A CENTURY
OF
TRAVELS IN
CHINA

Edited by Douglas Kerr and Julia Kuehn

1840-1940

西方旅行者的中国书写

[英]顾德诺、茱莉亚·库恩 编

顾钧、程熙旭 等译

1. 四川风景

Little, Mrs. Archibald [Alicia]. *My Diary in a Chinese Farm*. Shanghai, Hong Kong, Singapore and Yokohama: Kelly and Walsh, 1894, n.p. [1].

2. 身着旅行服的J·海伍德·霍斯伯格牧师（文学硕士）

Bishop, Isabella Bird. *The Yangtze Valley and Beyond: An Account of Journeys in China, Chiefly in the Province of Sze Chuan and among the Man-Tze of the Somo Territory*. London: Virago Press Limited, 1985, page 318.

3. 新式额尔金弹珠

"New Elgin Marbles." *Punch*, November 4, 1860, n. p.

4. 重庆海关守卫

Bishop, Isabella Bird. *The Yangtze Valley and Beyond: An Account of Journeys in China, Chiefly in the Province of Sze Chuan and Among the Man-Tze of the Somo Territory*. London: Virago Press Limited, 1985, page 484.

5. 街景

Thomson, John. *Illustrations of China and Its People: A Series of Two Hundred Photographs, with Letterpress Descriptive of the Places and People Represented*. Vol. 3. London: Sampson Low, Marston, Low, and Searle, 1873-1874, n.p.

6. 肖像 1

Thomson, John. *Illustrations of China and Its People: A Series of Two Hundred Photographs, with Letterpress Descriptive of the Places and People Represented*. Vol. 4. London: Sampson Low, Marston, Low, and Searle, 1873-1874, n.p.

7. 商贩

Thomson, John. *Illustrations of China and Its People: A Series of Two Hundred Photographs, with Letterpress Descriptive of the Places and People Represented*. Vol. 1. London: Sampson Low, Marston, Low, and Searle, 1873-1874, n.p.

8. 肖像 2

Thomson, John. *Illustrations of China and Its People: A Series of Two Hundred Photographs, with Letterpress Descriptive of the Places and People Represented*. Vol. 4. London: Sampson Low, Marston, Low, and Searle, 1873–1874, n.p.

9. 立德夫人在她的中国农场
Little, Mrs. Archibald [Alicia].
My Diary in a Chinese Farm.
Shanghai, Hong Kong, Singapore and Yokohama: Kelly and Walsh, 1894, page 74.

10. 仪态端庄的小姑娘及其母亲
Little, Mrs. Archibald [Alicia].
The Land of the Blue Gown.
London: Fisher Unwin, 1902, page 48.

11. 身着满族服饰的伊莎贝拉·伯德
Bishop, Isabella Bird. *The Yangtze Valley and Beyond: An Account of Journeys in China, Chiefly in the Province of Sze Chuan and Among the Man-Tze of the Somo Territory.* In *Collected Travel Writings of Isabella Bird.* Vol. 11. Bristol: Ganesha Publishing, 1997, opposite page 352.

12. 中国的乌篷船
Bishop, Isabella Bird. *The Yangtze Valley and Beyond: An Account of Journeys in China, Chiefly in the Province of Sze Chuan and among the Man-Tze of the Somo Territory.* London: Virago Press Limited, 1985, page 475.

13. 奥登和衣修伍德于 1938 年 1 月前往中国
    Carpenter, Humphrey *W. H. Auden: A Biography*. London: Allen and Unwin, 1981, opposite page 336.

14. 史沫特莱与士兵
    Smedley, Agnes. *China Fights Back: An American Woman with the Eighth Route Army*. Westport, Connecticut: Hyperion Press, Inc., 1977, pages 42 and 43.

目　录

导论　顾德诺　茱莉亚·库恩　著　顾钧　译 / 1
　　中国观感 / 4
　　理论方法和关注领域 / 7
　　再现问题 / 8
　　论文一览 / 10

一　后浪漫主义旅行者笔下的中国与自画像：19世纪40年代德庇时对中国的改写　塔玛拉·S·瓦格纳　著　管宇　译 / 15
　　消除中国热与维多利亚时期中国的开放 / 21
　　西方主义奇观："英式中国的样本" / 28

二　转变中国之眼：麦都思牧师的"伪装"和维多利亚时期的中国观　伊丽莎白·H·张　著　陶欣尤　译 / 35

三　帝国主义之行：额尔金勋爵来华历程与维多利亚时期自由主义的局限　童庆生　著　阮诗芸　译 / 51

四　镜像：约翰·汤姆森镜头中的东亚　托马斯·普拉施　著

葛文峰 译 / 68
引言 / 68
帝国之像 / 69
人类学之眼 / 71
艺术与自然 / 74
题材构图 / 76
结论 / 78

五 吃在中国：维多利亚时期旅行文学和报章杂志中的中国食物表征 罗斯·G·福尔曼 著 李俊灵 译 / 80
美味饮食 / 83
英式用餐的"精致荒诞" / 87
多大程度上取决于宴会？/ 91

六 与他者相遇：女性旅行者在中国（1880—1920） 茱莉娅·库恩 著 江莉 译 / 94
与组织机构相遇 / 95
与城市和乡村相遇 / 104

七 游记与人道关怀：立德夫人在中国 苏珊·肖恩鲍尔·图林 著 程熙旭 译 / 117
立德夫人生平 / 119
慈善精神的形成与发展 / 120
成效甚微的善举 / 123
传教士 / 124
反对缠足 / 128

八 "利益范围"：伊莎贝拉·伯德用文字和照片构建的 19 世纪晚期的中国　苏珊·摩根　著　蒋雯燕　译 / 135

　　条约与条约港口 / 139
　　读者所受的教育 / 144
　　拍摄中国 / 151

九 在中国逆流而上：1905—1911 年港粤两地间的三次殖民之旅　何漪涟　著　邵霞　译 / 155

十 哈里·弗兰克在中国　尼古拉斯·克利福德　著　季淑凤　译 / 173

十一 战地行纪：奥登、衣修伍德和燕卜荪的中国之旅　休·霍顿　著　黄子安　译 / 191

十二 艾格尼丝·史沫特莱：同路人的故事　顾德诺　著　高莎　译 / 218

　　艾格尼丝·史沫特莱的旅行 / 220
　　宣传和真相 / 224
　　自然化与神话 / 230

注释 / 236

附录：人名译名对照表 / 291

译后记 / 303

导　论

顾德诺
茱莉亚·库恩　著

顾　钧　译

　　对于西方旅行者来说，中国是个超量。太多的地方可以旅行或征服，太多的事物可以体验、琢磨和描绘，还有太大的人群可以传播基督教。19世纪末立德（Archibald Little）曾一路向西，越过"连绵的群山"访问西藏，他面前那一座接着一座、似乎看不到尽头的山脉既高大雄伟，但同时也令人沮丧。[1]他给自己的游记起了《峨眉山及更远的地方》（Mount Omi and Beyond）这样的题目，从具体走向了某种隐秘，实在是一种无奈和浪漫的姿态。一个人，特别是一个外国人，如何与那样一个庞大的存在发生联系呢？衣修伍德（Christopher Isherwood）在重读20世纪30年代写的中国游记后，感到自己的形象很可笑——"在中国的一个小我"。[2]傅勒铭（Peter Fleming）则一开始就优雅地承认自己的不足，他在《独行中国》（One's Company: A Journey to China）一书开头的"敬告读者"中写道：

　　　　中华文明有记录的历史长达四千年。中国的人口大致是四亿五千万。中国比欧洲还大。

　　　　本书作者二十六岁。他在中国前后总共七个月。他不会说汉语。[3]

中国各个方面都是巨大的：面积、人口、物种以及它所蕴含的问题和机遇。甚至它的衰落都是超常的。回看中国千年的辉煌历史，会使欧洲人、美国人感到自己不过是些后来者，也激励他们在对比之下思考自身所特有的现代性——这成为西方游记的一个重要主题。如果从外部来说，中国因为地域广大，历史悠久，文化和语言复杂而难以把握的话，那么从内部来看，中国人思想和感情的神秘也常常使外来者难以理解，甚至完全摸不着头脑。肯普（Elizabeth Kemp）写道："人们或许可以描绘出一个民族的灵魂——如果它很容易显露出来的话。但是了解和热爱中国的外国人会首先出来反驳这种可能性。"[4]

对于外国人来说，中国总能超出他们旅行、描绘、征服、贸易、盘点、讲演和惊叹范围之外。中国是一个深不可测的所在。19世纪40年代是中国开始被西方条约控制（至少是部分）的起始，但同时中国也在变得越来越让人捉摸不透。中国历史长河中的分裂和动乱只有在回顾时才能看到它们的意义。本书涵盖的时间段从第一次鸦片战争到中华人民共和国建立。在这百年中，中国的方方面面都发生了深刻和痛苦的变化，西方旅行者是这些变化的见证人，同时也部分地参与了这些变化。中国的帝制于1911年结束。但中华人民共和国的建立是否永久地改变了中国历史（如周恩来所说法国大革命改变了法国历史一样）还不能骤然下结论。

虽然对于西方旅行者，特别是游记作者来说，中国是一个巨大的挑战，但我们并不缺乏挑战者，不论是男性还是女性。1840年以来的一个世纪不仅是欧洲帝国主义高歌猛进的时代，也是大部分旅行者（他们的文本将在本书中讨论）文化自信心高涨的时代。西方国家在全世界范围的控制力和影响力似乎证明了武力、经济之外的文化优势。当时西方比中国更为富庶、强大、进步，对于很多人来说，西方还拥有一种中国人茫然无知的宗教真理。虽然这种文化自信并非来自专业知识，但它是19世纪大部分西方旅行者的共同特点，尽管我们会看到，在本书所讨论的部分20世纪作者心中，这一点渐渐有所动摇。

例如罗素（Bertrand Russell），在经过了一次世界大战的灾难后，他在中国发现了"一种生活方式。如果全世界都采用这种生活方式，就会感到幸福快乐。"①[5]虽然他急于摆脱西方的优越感，但他仍然很乐于描绘他在中国的所见所闻以及自己的反应，并从这些观察中得出结论。例如此处他对通商口岸城市之中国人和西方人的居住区的反差的描述：

> 人们常常会感觉自己突然从一扇门走进了另一扇门。旧城中有一种凌乱欢快的美；而欧洲人有洁癖，端着那种周日必去教会的正经八百的架子。两厢一对比，给人一种奇怪复杂的印象，可以说是又爱又恨。在欧洲人住的那一面，人们感到安全、宽敞、清洁。在中国人住的那一块，虽不失浪漫色彩，但拥挤不堪，疾病流行。虽然我喜欢中国，但经过这么一转换，总能让我意识到自己是欧洲人，中国人的生活方式不意味着幸福快乐。但在采取所有必要措施减贫祛病后，我还是认为中国式生活能让中国人更幸福，而英国式生活却不能让英国人更幸福。不过，对于中国男人来说是这样，但对女人就不是了。②[6]

这是一小段高端的"旅行记"，虽然它不是很典型，但还是展示了一些我们在其他很多旅行者那里可以看到的比喻和修辞手法——被道德化的风景、东西方之间的二元对立（这不仅体现在通商口岸的不同区域之间，也体现在欧洲的现代性和中国的"浪漫"的反差上）；作者

---

① 中译文摘引自田瑞雪译《中国问题》，北京：中国画报出版社，2019年，第14页。——译者注

② 中译文摘引自田瑞雪译《中国问题》，北京：中国画报出版社，2019年，第80页。——译者注

文化身份和忠诚度的映射;伴随着强烈和永恒外在性的对于中国场景的欣赏;一种做出人种学和历史性泛泛之论的倾向;对于自己看到东西解释的某种不确定性;最后是对于中国性别政治的关注(几乎所有的旅行者都是如此)。

中国观感

西方对于中国的观感随着中国的变化而变化,但也被西方自身的需要、关注和自我认知所重塑。[7]启蒙运动时期的知识分子发现中国有很多方面值得仰慕,尽管政体是专制的,却是一个古老和高度的文明。耶稣会在18世纪70年代离开中国之前,向欧洲报告了中国思想和审美生活的丰富性。中国花园、茶叶、瓷器和设计理念极大地影响了欧洲的品味,汉语对于语言学家和哲学家来说也令人兴奋。对于刚刚从消耗巨大的宗教战争中走出来的欧洲来说,中国社会的世俗主义是令人羡慕的。中国工艺的精巧,儒家对于传统和家庭的重视,以及中国社会的稳定都是具有吸引力的。但随着18世纪的结束,欧洲人开始用一种更加实际的眼光看待中国,最常见的表述词汇是"开放"。中华帝国自认为可以自给自足(清政府没有外交部),[8]对于外国人的行动有很多限制,但是很明显,对于很多西方人来说,中国需要开放,或被开放,以利于国际间的"自由贸易"和基督教的传播。

马戛尔尼1793年对于中国的访问并不成功,但他对于中国人的观察却很仔细。马戛尔尼由东印度公司派遣,并得到英王乔治三世的允许,他在出访过程中很羡慕清朝"高度成功的治理",但预言其在他有生之年会瓦解。[9]来自外部的压力在不断增长。在广州和澳门从事贸易的欧洲商人对于受到的限制越来越不满意。英国从中国进口的茶叶通过产自印度的鸦片来支付,这些鸦片由东印度公司以及欧洲和美国的商人负责运输,日益猖獗的鸦片走私导致了与清政府的冲突。本书的时间段开始于第一次鸦片战争,战争导致了香港殖民地的建立,在此后的一百年里,由于"对华贸易"而引发的其他冲突使中国的沿海和内河上增加了若干通商口岸,外国人可以在这里居住和经商。随着清政府的进一步衰弱,西方列强和日本在中国逐渐建立了各自的势力范围,这一过程最终以20世纪30年代日本的全面侵略而达到高潮。[10]

不仅是贸易,中国在宗教方面也受到了外国人的关注。英国第一个新教传教士马礼逊(Robert Morrison)于1807年到达广州,从那时起到1865年,超过三十个新教团体向中国派遣了传教士。传教、贸易、外交活动是西方旅行者得以来到中国并写下游记的重要原因,此后,专业的旅行家也出现了。很多重要的汉学家是传教士,他们的不少著作充满了对中国和中国人的同情,但传教士也可能是傲慢的、种族主义的和顽固的。

外国人建构着多种多样的中国形象——古老、传统、美丽、独特、驯服、充满智慧、守旧迂腐、古怪、欺诈、残忍、迷信、缺乏生机——与此同时,中国政府和中国人不得不接受外国势力的入侵,并面对不断增长的国内动乱。在这样的情况下,外国人被看作最不稳定和最危险的因素之一。但另一方面,在中国进行断断续续的改革和现代化的过程中,外国人也带来了可以用于拯救中国的新技术和新理念。这就是英国维多利亚时代旅行者到访时中国的情形。随着清朝的覆灭和民国的建立,20世纪的中国被看作一个全球现代性的参与者(尽管有些尴尬),混乱与希望并存,那些左右俄国、西班牙、印度命运的历史力量也左右着中国。

土地与风俗是游记的一大内容。我们可以从中看到中国不同的地貌,从繁忙的沿海城市到西部的群山。一般来说,男性作者会比较关注政治和经济状况,而女性则更在意社会和家庭生活,但这一原则也有很多例外。另外,在中国人如何生活方面,这些旅行者倾向于记录那些有特色的不同之处。可以说,运河对于中国人的生活比缠足更为重要,但游记作者们对缠足的兴趣远远大于运河。运河只是运河,不论是在苏州还是索利哈尔(Solihull)。但缠足在西方是没有的,充满异国情调,这一行为看似可以说明中国的一些重要特性,以及中国游记中常常涉及的话题,例如残酷、保守、性生活和妇女地位。

在西方,既有比较客观地描述东方的学术和文学作品(包括游记),也有明显服务于西方政治和经济利益的作品,最近几十年它们之间千丝万缕的联系一直备受批评界的关注。当中国和中国人的生活被贴上不足、落后、误入歧途、需要改善等标签时,其背后的一种动机就是为西方的干预提供说辞,不管是有意还是无意,事前或是事后。本书讨论的作者中有不少这样的例子。但也有不少作者对中国的各种事物抱着欣赏、惊奇和学习的态度,这必须从历史的语境来理解,而不能庸俗地视为对西方攫取中国利益的盘点。同样,并非所有对中国的批评都可以贬斥为抹黑中国的霸权主义话语。正如克利福德(Nicholas Clifford)在他的论文中指出的那样,外国旅行者对于中国某些方面的批评常常和中国改革家自己的观点是一致的。

"当到达一个新的地方",布托尔(Michel Butor)指出,"我必须开始学习不同的规矩、不同的法律、不同的交通规则。"[11]旅行是一种研究。同时旅行也是一种形式的自我发现,一种观察自我的方式。旅行者即使是在一个封闭的度假胜地,也是离开了他熟悉的世界,用一种不同的方式在体验生活,而带着一双开放的眼睛和耳朵的旅行者可以看到不同的地方,听到不同的声音,也会体验到被看和被听,这在某种程度上既可以澄清也可以改变他们的主观意识。所有中国游记的作者在写下对中国的印象时,也书写了他们自己。无论这种书写是寥寥数语,还是长篇大论,中国只是一个背景而已。我们只有在和自身之外的他者发生联系时,才能意识到自身,对于这些游记作者来说,这是中国神秘性的另一层含义。

理论方法和关注领域

19世纪下半叶见证了西方的帝国主义扩张（在中国主要表现为一种非殖民的扩张）和旅游业的发展。到那个世纪末，环球旅行者开始出现，他们与传教士、商人和职业游记作者一同分享着陆路与水路。一种对于文化混杂性的认知（部分来自旅行经验）逐渐提高，这被认为是20世纪旅行写作中大量自我意识和内省产生的原因。[12]到本书截止的20世纪中叶，伊夫林·沃（Evelyn Waugh）抱怨道，由于二次大战和"流离失所的世界"，旅行已经不可能了。[13]毋庸讳言，无论是旅行的经验，还是关于旅行的书写，在一个多世纪中发生了深刻的变化。

旅行书写在20世纪80年代得到了学界新的关注，因为作为一种写作形式，它凸显了与异域文化和风景的碰撞和交汇。[14]旅行文学研究发展了自己的术语，不少借用自其他学科。这一研究吸引了来自文学和文化研究、历史（包括艺术史和科技史）、人类学、地理学、社会学和地区研究的众多学者，它日益成为跨学科研究的一块沃土。

在过去的二十年中，旅行书写的混杂性、虚构与事实的"双栖性"[15]为各种研究视角提供了用武之地。坎贝尔（Mary Campbell）认为，旅行文学研究以及文化研究的认识论转型起始于萨义德（Edward Said）的《东方学》（Orientalism）。萨义德借用福柯（Michel Foucault）的"话语"理论来阐明西方对于东方的殖民统治，他所质问的"我们知道什么以及我们如何知道"和"'我们'是谁"给各个学科带来了一个新的认识论范式。[16]他运用精密阐释（此前只用于高级的文学文本）来解读非诗歌、非小说作品，不再区分文学、学术、外交、政治的话语与行为。他的这一方法不仅为文学研究提供了几乎无穷的新文本，也为旅行文学研究提示了一个至今仍然有效的方法论。

旅行书写研究的一个文学角度是从形式、性别、传统、叙述声音和模式、虚构性等方面切入。形式因素的探讨包括套话的形成与功能、字源学和美学问题、作者意图、自传、叙述中的真实性、"事实"的修辞性质、"阅读过程中的认同"、"跨文化翻译"、比喻和其他修辞格的使用等。[17]

另外一个角度是关注"事实"和话语层面。在历史学、妇女研究、殖民话语分析和后殖民理论的影响下，这类研究主要探讨民族主义和帝国主义以及旅行者对这些问题的态度，此外还包括男/女性旅行者的凝视、帝国之眼、接触范围、文化嫁接、游记中的性与性别。民族学家和人类学家在旅行文本研究中有他们特别的方法，而后殖民和文化理论家最近则热衷于采用对他者性的心理分析模式。[18]

另外一股新潮是关于空间和流动性的后现代理论，用坎贝尔的话来说，这一理论已经取代了"学界以往对于固定文化、边界国家和帝国主义历史的争论和研究模式"。[19]在后现代，旅行文学需要解决的问题可以用以下概念来总结：背井离乡、位移、游牧主义、全球化、流散、难以表达、难以捉摸、他者性。

无疑，旅行书写将继续为多学科和跨学科研究提供方法论的阵地，这些学科之间也将取长补短。

再现问题

本书所收论文在再现问题上具有共同点。任何一个游记读者都会问这些基本问题：旅行作者的选材、视角和思想观念是怎样的？游记的真实性、细节的可信度是如何的？除此之外，还有更大的理论区域敞开在我们面前。在比较抽象的层面，我们可以考虑如下问题：19

世纪和20世纪初期的中国是如何通过各种游记被再现的？如何表述从熟悉的自我到陌生的他者的过程？如何探究旅行和写作之间的关系？邓肯（James Duncan）和格里高利（Derek Gregory）在其主编的文集中讨论了游记书写发生的多个地点，并且指出了再现的空间性质问题。[20]笔记、日记、书信、日志只是几种文本的表现形式，它们被组合、修订、编辑后出版，最后形成的游记成为一个个自我建构的空间。

作者和他手中的笔一直在流动中，他身体和精神的游历最终落实到了纸面上，从这个意义上来说，邓肯和格里高利所强调的用于书写的各种媒介也是同样重要的。跨学科研究早已从单一媒介走向了多元，旅行书写的研究者不仅可以利用日记、书信和各种出版物（以前是文学和历史的研究对象），还可以利用速写和绘画（艺术史家的领域）、明信片、照片和电影（以前专属于摄影史和电影史学者）、地图和各种地理图表（地理学家的领域），以及关于人群和文化的非虚构作品（人类学家的专长）。关注邓肯和格里高利所谓"再现的物质性"，意味着阅读各种形式的游记，分析它们或隐或显的价值取向。[21]

另外一个和再现有关的问题是转换。旅行书写意味着在两者间移动：对于自我的认知和对于他者的接触与理解。"转换"一词直接的意思是从一个地方到另外一个地方，有得也有失，但最重要的是它从来不是价值中立或无价值倾向的。实际上，按照汉内（Michael Hanne）的说法，旅行书写"总是以某种方式与**建构他者相联系**。"[22]游记常常采用两种极端的转换，要么以帝国主义的姿态，将外国驯化并纳入自我塑造的框架；要么以反帝国主义的姿态，夸大他者使之与自我远离和迥异。我们期待从旅行写作中获得一种真实感，那种小说中不具有的真实感，但游记中的真相与虚构、修饰与事实，以及修辞的性质都有商量的余地。[23]我们越是花更多的时间在游记的字里行间，越是需要质疑而不是肯定其中的判断和方法。

导　论

论文一览

中国对于旅行者和作家来说是一个巨大的题目，自19世纪40年代到20世纪40年代，有关中国的旅行书写同样数量巨大。本书并非面面俱到，而是关于一些话题的论文选集。遗漏和缺失在所难免，但话题和方法确实相当多样。本书中的论文讨论了旅行写作的不同地点、文类、媒介，分析了那些新鲜的中国经验如何在文字和意象中被表达出来。本书探讨了一些有代表性的游记文本，同时也没有忽略历史上存在的多种类型的旅行者，坎贝尔将他们分为"殖民长官、朝圣者、探索者、外交使节、喜忧参半的妻子、漫游的士兵、热情的异装者、西班牙征服者、传教士、商人、逃跑的奴隶、闲散的公子哥、冒险家以及远离人群的现代艺术家"。[24]

德庇时（John Francis Davis）是汉学家、广州东印度公司雇员，后来参加过1816年阿美士德（Lord Amherst）使团不成功的北京之行。在他身上，我们看到了一个既为中国吸引又忠诚于英帝国的旅行者形象。塔玛拉·瓦格纳（Tamara S. Wagner）的论文利用出版于1841年的《中国见闻录》（*Sketches of China*），讨论了德庇时在矛盾中的挣扎。一方面他表现出后浪漫主义时代对于中国的好奇和着迷，另一方面他又怀抱帝国主义的自我优越感，叹惋他者"失落的"文明，后者分明地体现在他对中国军事和商业利益的敏锐观察之中。德庇时利用了游记这样一种文学样式，但重新定义了它的内容，与早期的浪漫主义作品拉开了一段距离。

伊丽莎白·张（Elizabeth Chang）的论文探讨了另外一个类型的旅行者——传教士。和瓦格纳一样，张认为来华西方人总是预设中国的经济、政治有着实用以外的考量。论文展示了麦都思（Walter

Medhurst)在《中国内地一瞥：在丝茶产区的一次旅行期间所见》(*A Glance at the Interior of China: Obtained through a Journey in the Silk and Green Tea Districts*，1850)一书中对于两种重要出口商品价值的讨论，同时在一个更大的背景中论述了这类游记如何逐渐打开了维多利亚时代英国人的中国视野。随着第一次鸦片战争的结束，英国旅行者和作家可以更加深入中国内地，修正了此前看待中国的方式和角度。麦都思游记的文字和图片既展示了中国的风光，也说明了中国战败的原因。

童庆生(Q. S. Tong)在他的论文中指出，"帝国主义显然必须依靠'旅行'，因为帝国主义具有扩大控制范围和影响区域的内在欲望。这主要是，但不仅仅是为了经济利益和贸易特权。"他对于额尔金(Elgin)勋爵19世纪50年代两次中国之行的研究表明，外交活动背后的驱动力是更大的英国帝国主义的自我实现，对此额尔金并不完全心安理得。他关于中国之行的记叙从表面上看存在着一对矛盾：自由主义的思想和帝国主义的责任，这种动机的混杂性也是19世纪英国自身的特点。

本论文集的一个核心关注点——再现问题——多次出现在普拉施(Thomas Prasch)关于汤姆森(John Thomson)中国照片的论文中。这位苏格兰摄影家在他的评论和说明文字中表达了对于照片直观性、真实性的执着，但是他的行动却消解了这一点。普拉施认为汤姆森明显带有维多利亚时代种族、阶级和文明的观念，这影响了他在照片拍摄时选择"典型的场景和类型"，以及为选中的对象设计位置和姿态。汤姆森和维多利亚时代观众的先入之见(社会的、科学的和艺术的)共同制约了中国形象的塑造。

福尔曼(Ross Forman)的论文关注的不是一次旅行或一群旅行者，而是所有旅行中的一个重要主题。他在中国食物被消费、欣赏、拒绝、丑化、比较、误解、仿制(有时根据外国人的口味)的过程中，发现了两种文化表面和深层次互动的全部历史。所有旅行者的描述都有关中国食物，其独特的味道在旅行作品中是中国他者性的一个表征。出席中国人的宴请对于外国人来说常常是一个考验，也最能深入体会中国的物质文化。

库恩(Julia Kuehn)的论文运用了最新的批评理论，包括女性主义和(后)殖民批评，同时也考察了接触、描述、理解他者的过程。论文的主要研究对象是19、20世纪之交的几位女性游记作者——英国旅行家伯德(Isabella Bird)、卡明(Constance Cumming)、立德夫人(Alicia Little)和澳大利亚作家冈特(Mary Gaunt)。作者认为西方人对于中国机构、城市、风景的接触和阐释导致了"视界融合"，在这种互为主体的融合中，观察者和观察对象之间更倾向于形成一种对话的关系。

立德夫人是一位相当知名的中国游记作者。她和丈夫于1886年到达中国，此后她写出了三部小说和五本游记。她同时还是一位活动家，积极致力于减轻各种社会苦痛，特别是在早期反缠足运动中发挥了领袖作用。图林(Susan Schoenbauer Thurin)的论文特别关注了这一方面。当我们对于游记作者"他者化"和对他者的屈尊态度，以及感伤主义、文化优越感习以为常的时候，立德夫人的行动中，以及对中国贫穷的弱势群体的表述中所体现的人道主义精神，让无论是西方还是中国的读者都有些不知所措。图林论文的一大任务就是重新挖掘了立德夫人利他主义的当代意义，这种利他主义既具有吸引力，也让我们感到尴尬。

图林的论文围绕着立德夫人的慈善理念和行动展开，而摩根(Susan Morgan)对于伯德作品的修辞和意识形态探讨则使用了另外一个框架："对华贸易"。伯德是另外一位著名的女性旅行家，摩根展示了她的《长江流域旅行记》(*The Yangtze Valley and Beyond*, 1899)披露有关中国信息的修辞手段。中国对于西方的开放刺激了对于这片广阔土地的了解。伯德的游记以及图片集《中国图像：在中国拍摄的照片集》(*Chinese Pictures: Notes on Photographs Made in China*，1900)让英国公众认识到，中国并非神秘莫测，而是可以把控的，"既是对英国商人和投资者在经济上的承诺，又取决于英国依靠'其政治才能和影响力'取得合适的国际地位。"

随着20世纪以来中国不断的政治变革和革命运动，游记的主题也在更新。在新世纪——托马斯·曼(Thomas Mann)认为人类的命运展示了新的政治意义——旅行者们往往把中国看作一个政治问题，或政治谜团，或政治事业。何漪涟(Elaine Ho)的论文围绕珠江两岸的情况展开，一边是殖民地香港，另一边是正在酝酿巨大政治变革的内地。香港总督卢格德(Lugard)、东方学家爱理鹗(Charles Eliot)，以及环球旅行的费边主义者韦伯(Webb)夫妇都提供了20世纪早期有关中国生活的信息。每个人都根据自己的专业知识来看待中国，何的论文揭示了他们所没有看到的东西，特别是他们的帝国主义和东方主义视角所遮蔽的东西。

克利福德(Nicholas Clifford)的论文探讨的是美国旅行家弗兰克(Harry Franck)20世纪20年代出版的著作。弗兰克不是传教士、汉学家、外交官、政治评论家、美文作者，他带着独立的思想观察中国人的日常生活，提供了一幅他自认为是关于各地的"真实的印象"。他的作品给克利福德提出了关于游记真实性的问题。确实，弗兰克的记录可以说是真实的，但克利福德在结论部分提醒我们思考这种真实性到底体现在哪些方面。

20世纪30年代末，我们进入了福塞尔(Paul Fussell)所谓的"两次大战期间游记写作的颓废时代"。[25]日本侵略阴影下的中国催生了奥登(W. H. Auden)和衣修伍德(Christopher Isherwood)所著的《战地行纪》(*Journey to a War*)。在本书中，霍顿(Hugh Haughton)讨论这部充满了自我反省和内心对话的游记。霍顿揭示了这本书如何避开政治宣传和浪漫的东方主义这两大障碍，展现当下的真实状况("地图诚然可以指向一些罪恶之所/居于其间的人们今朝的生活已被邪恶笼罩")以及未来的图景。席卷中国的侵略战争和意识形态战争很快将在欧洲爆发,对于奥登、衣修伍德,以及作为诗人和教师的燕卜荪(William Empson)来说,旅行的一大目的就是为了进一步看清自己的文化及其困境。

作家常常需要面对异国经验所带来的挑战。美国新闻记者和政治活动家史沫特莱(Agnes Smedley)1938年曾短暂地和奥登、衣修伍德有过交往,她是中国革命热烈的支持者,她早年的贫困和抗争也使她对于红军战士有着强烈的认同感。在本书的最后一篇论文中,克尔(Douglas Kerr)探讨了史沫特莱有关中国真实状况的报道与她精心选取的修辞和叙事手法之间的张力,乃至矛盾。

维多利亚时代游记中的各种内容——美学的、传教的、政治的、民族的、批评的、比较的——也在20世纪的文本中不断出现,只是风格有所改变,许多老问题也以新的方式被提出。同样的道理,本书读者在某一篇中遇到的话题、方法和概念会引导他去看此前和此后的论文。旅行和阅读有一种奇怪的相似性。如果如布托尔所说,旅行者需要再一次学习阅读,那么读者也需要从过来人那里获取对于旅行的新的认识。阅读和旅行都有其自身的隐秘性,但两者都不是单独的经验。

一 后浪漫主义旅行者笔下的中国与自画像：19世纪40年代德庇时对中国的改写

塔玛拉·S·瓦格纳 著

管宇 译

当德庇时于19世纪40年代早期出版《中国见闻录》时，他受益于当时外界对中国的幻想的显著增多，但更重要的是，该书涵盖了19世纪英国对中国政治、商业以及文化方面态度的重要转变。书中内容既矛盾又复杂，充分展现了这种对华态度的转变。这种转变一方面受到浪漫主义文学遗产的推动，另一方面则受到了维多利亚早期帝国主义和商业主义的驱使。因此，它巧妙融合了两种对"天朝上国"迥然不同的态度。19世纪40年代，中国作为大英帝国的交战国受到关注，同时中国拥有商业发展的新资源，也为文学创作提供了新素材。因此，德庇时在修订《中国见闻录》时着重对其青年时了解的中国进行回顾式的改写，主动满足需要，不断对内容进行更新以反映大众观念的即时变化，所以该书透过浪漫主义美学和商业利益的双重视角改变了人们对中国过去的印象。事实上，《中国见闻录》确实不只是简单地改变了对中国的概念化解读，或是简单地预测中国将会沦为"半殖民地"，它实际上常批判性地与当时盛行的"东方"话语以及19世纪英国文学、文化对"东方"的想象相结合。这也是我想说明的一点。因此，为了从双重视角下展现中国的面貌，我会把德庇时自己对他早期观点的一些回应与19世纪浪漫主义及维多利亚时期作家的回应相联系，着重强调德庇时能够意识到东、西方优越论话语所产生的影响。

汉学家德庇时生于1795年,1813年成为东印度公司广州商馆的书记员,之后主要凭借出众的语言能力入选外交使团,陪同阿美士德勋爵前往当时令人十分神往的未知之地——中国。德庇时彼时21岁,刚成年不久,只在广州待了三年。德庇时最终在中国居住了二十多年。1834年,德庇时成为协助律劳卑勋爵(Lord Napier)的驻华商务副总监,后升职为驻华商务总监、第二任香港总督和驻港部队司令,直到他1848年离开香港。1890年德庇时去世,他生前见证了两次鸦片战争及其恶果。作为香港总督,德庇时虽极不得民心,却通过文字为19世纪的英国塑造中国的形象做出了重大贡献。实际上,德庇时的作品中有大量的游记、对中国外交政策和历史的评议、对包括从蒙古到英属印度等亚洲各地的"杂"文随笔,以及中国古典文学的译作。他对中国诗歌进行了深入研究,1834年在澳门出版《汉文诗解》(*Poeseos Sinensis Commentarii: On the Poetry of the Chinese*)一书,20世纪60年代前多次再版。

然而更重要的是,虽然德庇时根据早期外交使团经历撰写《中国见闻录》的时候,中国可能仍然离"敞开国门"相去甚远,但他已经推测到了中国的商业优势所在,并将其当作对军事战略有益的重要信息进行了详细描述。《中国见闻录》是在第一次鸦片战争(1839—1842年)期间或者说是在战争即将结束的时候出版的,德庇时对中国的商业发展前景及其战略利益的初探使其著作产生了深远的影响,永久地改变了旅华和旅华游记的风格。尽管书中描写的是近三十年前的中国,但由于当时正值中英双方交战,德庇时还是认为他所提供的中国信息至关重要。商务贸易当然是初期促使中、英相互了解的强劲动力,但双方交战期间的情形让人不得不对商贸因素重新评估。特别是因为鸦片不仅是英国远东贸易的大宗,也是殖民扩张的依赖,是英国深陷双重帝国主义的标志,其影响遍布海外以及英国国内。德庇时之所以一直不断地改写或在书中增添新的内容,一方面是为了满足这种对商业因素再考量的需求;另一方面,德庇时对远东的最初看法主要是审美性的,这与商业渗透的新动向相比似乎已经过时,这让他感觉十分困扰,也不得不做出妥协。

德庇时更新了广州和北京之间多次往返旅行的描述,力图迎合维多利亚时代中期的读者。因此,即使德庇时的游记从未像19世纪后期的立德夫妇或伊莎贝拉·伯德·毕晓普不断推出的作品那样广受欢迎,甚至也不如他自己在中国文学方面的著作那样流行,但他这本《中国见闻录》通过"再现"19世纪早期的外交使团任务,对理解当时变动不居地看待中国的种种观点,特别有启发。如果德庇时想要吸引更多的读者,而不只局限于19世纪中期那一小部分特定的专家读者群,他就必须弥合大众对于"东方"的看法差异。换句话说,读者之所以阅读这本书,很大程度上就是因为他们对中国有别样的兴趣,对这个国家的民众、文化、商贸港口和军事资源感兴趣,而并不是冲着他第一次中国内陆之旅的所见所闻(1816年他作为阿美士德使团的一员进京)。当时,英国正是为了进一步与中国建立广泛的贸易联系任命阿美士德为全权公使出使清廷。但刚到白河①,阿美士德就得到消息,必须要行叩头礼才能觐见皇帝。德庇时用近乎讽刺的口吻称这是"鞑靼仪式","彻头彻尾的中国式"礼仪。[1]阿美士德采纳了副使斯当东(Sir George Thomas Staunton)的建议,拒绝向皇帝叩头,就像马戛尔尼1793年那样,除非清朝高官也向英王行使同样的礼节。使团因此未能进京。和马戛尔尼一样,阿美士德使团的访华之旅也宣告失败。但令人意外的是,《中国见闻录》中关于此事只有只言片语的描述。这本书写于19世纪40年代,德庇时显然认为三十年后这些细枝末节都已是陈年往事了,重点不在于回忆,也不在于从当年的记录中

---

① 海河支流。大沽口即白河口,是京津的门户。——译者注

寻求军事优势,因此书中并未对此倾注过多笔墨。此外,《中国见闻录》首次出版后不久,人们对中国的态度又发生了翻天覆地的变化。鸦片战争结束,中国随之被迫开放,而此前"西方"游客很少能够涉足这些口岸,中国最终沦为半殖民地半封建社会,彻底改变了旅华游记写作的维度。同样重要的是,德庇时的《中国见闻录》于1841年出版,正值第一次鸦片战争的高潮,中国被迫"开放"之前,而距离他青年时期访华也已有二十多年。所以,他对中国往事的回忆立刻受到了人们当时对中国认知变化和态度转变的影响,军事战略方面的迫切担忧也进一步渗透到他对中国的回忆之中。正如副标题所示,"与当前战争相关的记录及见闻"(Notices and Observations Relative to the Present War),对早年的记录做了补充。书的第一卷中插入了一则广告,其中更是强调"当前的危机让人们对中英关系愈发地感兴趣。"[2]

1836年,德庇时出版了两卷"笔记合集"——《中国人:中华帝国及其居民概述》(The Chinese: A General Description of the Empire and Its Inhabitants),同样声称对其青年时期的一些观点进行了改写,但他后来出版的作品更加强调在战争期间了解中国优劣势的重要性,以及人们对浪漫主义旅行者作为文学形象的兴趣的增长。[3]这两者让读者感受到一种明显的对立,一方面是因为德庇时表达的模糊,另一方面他在价值判断和偶尔的东方狂热之间摇摆而表现出一种不寻常的西方主义。比如拜伦和柯勒律治就结合对天朝上国的理解重新对它进行了阐释,成为诗学东方主义(poetic orientalism)的一部分。他们的阐释更多的是基于对中国的想象,而非所见所闻,因为那时中国还遥不可及而且在很大程度上仍然不对外开放。

奈杰尔·利斯克(Nigel Leask)的著作《英国浪漫主义作家与东方》(British Romantic Writers and the East)影响巨大。他认为在浪漫主义作品中,东方各地已经开始"从地中海文明'黄金时代'新古典主义中的田园牧歌式世外桃源(locus amoenus)沦为'当代的东方之地'"。[4]地中海地区是古希腊、古罗马文明繁荣的"古典时代高地",曾极大地促进了启蒙思想和写作。人们一度把东方与地中海地区作对比,但更重要的是后来东方开始与其相匹敌。柯勒律治(Coleridge)的片段诗《忽必烈汗》写于1816年,是一段关于上都即蒙元中国的梦境。这首诗将中国看作是"地方精神"(genius loci)的象征:它的灵感主要来自一个与早期游记相关的梦境,柯勒律治吸取了其中的美学精华,并将其用在这首"充满高度浪漫精神的寓言"诗作中。[5]简·奥斯汀的小说中虽然包含一些嘲讽浪漫主义的元素,但《曼斯菲尔德庄园》(1814年)中的女主角范妮·普莱斯同样可以展开想象之旅,前往马戛尔尼笔下的中国。中国和同样不在世界舞台中央的西印度群岛形成了鲜明对比,前者是"平静"之地,而后者处于不断的商业开发之中。安提瓜的奴隶种植园与英式豪宅拥有者的个体政治学存在显著的平行关系,而中国则是进行冒险教育、逃脱现实的梦幻之地。中国更像是一个文学空间,通过阅读与它相关的游记、自传、诗作才能去到范妮那间名副其实的"东方之屋"。所以,范妮把中国当作"安乐窝",就像她表兄说的,她可以在那里免受家庭迫害:"我想,一会儿你要启程去中国了吧?马戛尔尼旅途顺利吗?"[6]家里的烦心事径直打破了范妮想象的乐园:"但是,范妮并没有看书,没有去中国,没有平静下来。埃德蒙给她带来了最离奇、最不可思议、最坏的消息。"[7]

到了19世纪中期,除了鸦片战争,人们对"东方"的认知和文学理念的转变也促使与中国相关的阅读和书写变得愈发复杂。尽管东方主义在19世纪文学创作中仍起到重要作用,但"东方"这样一个理想化的世外桃源,或者说人间仙境,在很大程度上由于维多利亚时代的中世纪主义和新古典主义的复兴已成为明日黄花。浪漫主义美学原本可能会利用并扭曲人们幻想出来的"东方",但在19世纪中叶,东方主义开始沉浸于层次更为清晰的帝国主义优越感之中。这种情况也得到了达尔文进化论的进一步验证:中国曾是乌托邦的愿景之地,如今却被认为发展停滞不前,节节落后。从表面上看,浪漫主义基于古时异国情调的美学对陈旧、破败事物的理想化,已在净化的话语中崩塌殆尽。[8]

德庇时的著作中包含着两个层面的东方主义,这两个层面的连接将这种转变醒目地呈现了出来。然而讽刺的是,上述这些话语之所以能够产生,其中一个重要因素就是一开始中国并没有那么开放,因此吸引了人们的兴趣。英国人的商业优越感曾有过动摇,但在面对中国区分文明和野蛮的古老理念时,这种优越感更强烈地再度涌现。中国被迫对"西方"开放,成为西方的商业资源,随之而来的必然是德庇时这位旅行者对中国的重新描写和其审美态度的改变。或许更令人反感的是,这些也会极大地转变人们对(古)文明原本的看法和描写。在与中国的西方主义接触的过程中,德庇时体会最深刻的就是这种对中国看法的不断转变。德庇时在书中对其19世纪早期有关中国的看法进行了改写以迎合读者,但对于维多利亚时代的读者而言,中国被迫开放是难以理解的。

因此,本文以《中国见闻录》为研究重点,旨在批判性地评价德庇时对东方主义和西方主义优越论话语的抵制。德庇时在书中把自己塑造为一个充满好奇心、热爱冒险的年轻旅行家。本文同时也将会突出强调他是如何把这种自我形象的刻画嵌入到对中国的描述当中的。他笔下的中国一方面就像他在《中国见闻录》第一章中所说的,是"巨大的反常",令人着迷;另一方面也是英国军事上的敌人。[9]我们可以看到,虽然德庇时反复将中国和古罗马类比,强调中国的古色古香、风景如画,然而他插入的对中国战略优势的描述——不管看上去多么虚假——无疑有悖于(浪漫主义)理想化的"他者",即令人神往但却衰败甚至失落的古代文明。德庇时态度上的这些不确定性造成了他表述的不连贯,我们由此可以把《中国见闻录》看作一种三段式的布局:外交任务的彻底失败解除了使团身上的重担,德庇时由此感到庆幸并对此评论了一番,接着他便展开了一段悠闲的旅程,最后回到广州,投入商贸方面的工作中。"在广州他常常可以听到一些自己并不陌生的说法:'番鬼''红毛'"。德庇时最后回归到商业也表明他在这部回忆性著作中实现了自己的本意,即让游记成为具有军事和商业价值的文本。[10]简单来说,游记的撰写是为了实现特定目的。

消除中国热与维多利亚时期中国的开放

德庇时对中国文化和文学深感兴趣——他也很热爱翻译——每次旅行都为中国的乡村美景所深深吸引。德庇时后来的作品中充斥着一种好奇心,奈杰尔·利斯克不久前把它判定为一种特别的浪漫主义求知欲。但讽刺的是,这种求知欲往往会增添许多破坏回顾性描述的奇闻趣事。[11]例如,德庇时1857年修订版的《中国人》特别谈到了一种"中国热",指维多利亚时代中叶收集中国新奇事物的热潮。但相反,《中国见闻录》一书仍保持着浪漫主义的神秘感,即他者性,同时又需要在书中对近期的时事有所描述。[12]《中国人》再版时正值第二次鸦片战争。1857年,额尔金伯爵率领英法联军攻占了广州。再版的《中国人》涵盖了"1857年议会解散前的英国对外交往史",这也是此书副标题的一部分。但我想说明的一点是:相比之下,《中国见闻录》更能显示出英国与"天朝上国"之间关系的深远变化。

书中融合了对中国风景如画的描写和英国迫切的政治忧虑,事实上,这在多方面分化了浪漫主义美学求知欲,说明欧洲关于中国的话语出现了分歧,这一点十分有趣。虽然维多利亚时代的这种"中国热"可能促进了德庇时后期作品的出版,但这是在改变其原本关注重点的基础上才实现的。因此,德庇时的很多表述都是多重影响的结果:它受到了政治冲突的影响,而同时维多利亚时代的英国国内政治话语也正把对中国的新看法纳入其中。但当时一方面美学的观念已得到了革新,被重新定义,而另一方面政治局势尚不稳定。在这样的背景下,德庇时对中国的描述究竟进行了怎样的改动?他的作品如何与后浪漫主义东方主义,尤其是"西方"的西方主义对野蛮人的新认识相融合?如果大众认为"被迫开放"的而非半殖民地的中国曾表示出的对远东贸易的热情与帝国主义优越论的意识形态相冲突,那么德庇时重写后的浪漫主义的中国如何体现了这种冲突?

一旦中国对游客、经验丰富的旅行者、专业游记作家和商人开放,他们自然会把中国——以及中国人的卫生问题——与其他旅游目的地做比较。旅行的相对便利与否也变得十分重要,这对那些把自己和其他普通游客区别开的环球旅行家(越来越多的女性也加入了这一行列)来说更是如此。[13]离开上海和香港,在中国内地城市旅行意味着舍弃某些外国人习惯上的便利。有关"肮脏"的描述让人体验到通商口岸租界区域以外的"真实中国"。这里的"脏"(dirt)是最广泛意义上的,维多利亚时代的作品常委婉地用"脏"来指人类和动物的排泄物。苏珊·肖恩鲍尔·图林曾说,对一般的休闲游客而言,体验的真实性比对脏乱环境的反感更为重要,或许这对职业旅行作家来说更是如此,尽管在当时,殖民地的清洁概念已经开始出现种族歧视的内涵。[14]这一部分是因为达尔文的进化论对当时的大众思想产生了影响,另一部分原因则在于维多利亚时代的英国在卫生法规方面展开了多次主题辩论。图林还补充道,在无论是殖民地还是其他任何地方的权力关系中,干净/脏乱这样的措辞"作为一种界定和区分自我和他者的方法可以信手拈来,所以它们会出现在各种跨文化和跨种族的语境之中。"[15]

一旦前往中国内地旅游成为各旅游期刊普遍的主题,上述这些问题就必然会引发对所谓的中国落后话题的经常性讨论。维多利亚时代的观念认为中国深陷于旧日的文化之中,或者更确切地说是难以摆脱过去深厚文化的影响,但浪漫主义对"天朝上国"的理想化在很大程度上并未被这种明显的忧虑所沾染。对德庇时而言,质疑中国厕所的有无根本就不是问题。他当时是外交使团的一员,外交任务成功的渺茫希望至少在一开始还是他叙述的重点,他为此甚至不惜倾注大量笔墨。似乎只有当使团外交失败成为无可避免、不可否认的事实后,德庇时对个人印象的描述才开始取而代之成为主要内容。从那时起,德庇时似乎才开始有时间沉迷于,或者说能够自由地探索中国的新天地,在那里展开冒险,突破使团的限制,远离他们沿途的临时住所。

后来维多利亚时代的环球旅行者都想努力地深入中国社会,但英国早期外交使团的成员却难以做到这一点。他们不仅被提供早已熟悉的食物,还能得到其他一些生活便利设施和必需的"累赘"。在使团人员卸载行李物资时,德庇时清楚地看到中国人"对我们带了这么多'累赘'"感到十分惊讶。他对此试图解释,称这表明"我们和中国人的习惯完全相反,英国人要想在陌生的亚洲国家舒适地待上几个月的话,就必须带上大量笨重的物资和其他用品。"[16] 这样一来,他们就不会生活在后来的旅行者所描述的那种陌生而又不整洁的环境当中了。当然这也意味着,德庇时这样一个浪漫主义时代的年轻冒险者很快就感到被缚住了手脚,他在中国的经历也必然受限。德庇时对柯勒律治笔下那个中国的梦境空间充满了渴望,也就是在柯勒律治发表《忽必烈汗》的同年,阿美士德使团前往了中国。

德庇时在他回忆性的叙述里不断抱怨自己的行动受到了双重限制。一方面使团人员本身有诸多条条框框,另一方面德庇时一贯称为"满-汉政府"出于"嫉妒的恐惧"对他的行动进行了限制:"这种监护状态一点也不能增进我们对中国的了解;我暗暗下定决心,要力所能及地用一切合法手段来突破监护的重围。"[17] 德庇时甚至在几十年后写道:"需要有某种心态才能承受得住这种反反复复的检查和对我们天生好奇心的限制。"[18] 这样的"监护"来自"一支'监察队',他们一直包围在我们的临时住所周围。"[19] 实际上,每当德庇时设法摆脱这种监护的时候,他的叙述重点就会相应地进行转移,对正式外交任务的叙述也分成了两部分。这实际上呈现出一种相互协调的双重视角,由此才有了《中国见闻录》里所描述的中国。作为一个浪漫主义的准探险家,德庇时以"他者"的视角在观察与被观察两方面都展现出了主动的兴趣。而作为怀旧的维多利亚时代的人,他试图对自己充满冒险的青年经历进行重写。然而最不可思议的是,德庇时也曾抛开这两重身份,聚焦于自己被中国人用异样的眼光审视的经历:

> 后来的事情让我们与政府在某种程度上发生了争执,而且我们似乎也不再需要和政府继续交好。我们稍稍下定决心就冲破了那些强加在我们身上,让我们十分不悦的限制;中国人根据过往经验发现我们确实没有恶意,所以他们之后就没有再试图干涉我们的旅行。我们游遍了驻扎地周边的地区,也去了几个中国最大的城市。对于这些,后文我会再一一展开描述。[20]

虽然德庇时不可避免地在回忆的情形中对过去的事件做了另一番不同的描述,但毫无疑问的是,阿美士德使团外交失败后停止了后续谈判,使德庇时有了更多的出游时间。对英国当时的军事活动和后续的商业扩张而言,外交上尽管失败但可以为其提供有用信息。德庇时在19世纪40年代写道:"在我们与天朝上国现有的交战状态下",自己在1816年注意到的一些问题可能会变成战争的"某种后果"。[21]比如,我们看一下台湾岛就可以知道,它"对任何企图推动与中国贸易的欧洲大国来说都是位置诱人的必争之地",且台湾岛的港口优势也"使其成为海军一个非常有利的据点。"①[22]美学的享受融合了对中国

---

① 此处文内引用有误,英文原文出处应在《中国见闻录》第1卷的第17页,而非第13卷的第17页。——译者注

优势的探求,产生了一种奇特效果。德庇时描述道:"这是在这个国家见过的最美、最风景如画的建筑。"为了突出其美学效果,他接着借用诗歌简短地讨论并暗示了中国人对垂柳的喜爱和垂柳在中国诗歌中的作用。之后似乎没有任何的过渡,他紧接着又指出:"柳树木炭是中国火药的成分之一"。[23]但更重要的是德庇时并没有提到他旅行的初衷,因此这位回忆作家很快便把初心抛之脑后而一门心思地专讲他浪漫主义旅行者的故事了,所以我们看到的正是德庇时带有双重好奇心、后浪漫主义的自画像。这样的自我刻画在书中得以展现,十分引人入胜:一方面他在回忆性叙述中相应地突破了种种限制,另一方面他的改写也充满了利斯克所说的古老的美学求知欲。

简言之,使团的外交失败使团员们陷入了暂时前途未卜的僵局:行动受控或面临被驱逐出境。正是这种困境催生了计划之外的探险之旅,即走进仍然"封闭"的中国。可以说,德庇时从观察者的视角讲述中国是非常偶然的。因为与后来的专业旅行家以及包括伊莎贝拉·伯德在内的职业游记作家不同,德庇时不是到中国来创作小说或流行旅游类书籍的。虽然如此,浪漫主义旅行话语的盛行使德庇时对古老的"东方"之国产生了强烈的好奇心。正是在这种好奇心的驱使下,德庇时打破了原本在中国的工作限制。若非如此,与狄更斯《小杜丽》中亚瑟·克莱南的中国之旅相比,德庇时对中国各地的探索也就不会有多大的超越。

当时人们对中国形象的描绘发生了广泛的文化转变。在此背景下思考德庇时对自身经历的回顾性改写确实至关重要。所以,我想简要地谈一谈中国在维多利亚时代的流行小说或"主流"小说中无可辩驳的边缘作用。但也正因为这样的边缘性,中国才具有显著的代表性。这些例子尤为发人深省,特别是当德庇时试图对19世纪初的中国以及中英关系进行追溯和解读时。最重要的是,当商贸与作为"东方"之异化的中国热交汇时,这些例子就更具有解释力了。

可以看到,我所说的这些在狄更斯19世纪中期的小说《小杜丽》中都有所体现。狄更斯在这部作品中常常强调枯燥的商业生活,这打破了关于"异域"中国的文化神话,并在很大程度上与创造出这些神话的浪漫主义作品相抗衡。狄更斯笔下的克莱南是"一个在中国生活了20多年的英国人"。回到英国后,他对失败的家族企业感到反感,并对自己在中国曾经逗留的经历讳莫如深,"带上重重的镣铐,拴在一个目标上,从来没有同我(克莱南)商量过,也从来不是我的目标;我还没有成年就被送到了世界的另一端,被放逐到那里,直到一年前我父亲在那里去世为止。"①[24] 虽然小说在第二次鸦片战争(1856—1860年)之前就开始连载(1855—1857年),而且在战争结束前就已连载完,但其主要情节依旧设定在19世纪20年代。不仅如此,克莱南的商业流放还需要再往前追溯20年,所以他口中讳莫如深的中国正是德庇时笔下所描述那个中国。事实上,如果说德庇时在广州"常常可以听到一些让他感觉熟悉的声音",那么这恰恰反映了克莱南一回到伦敦这座让他感到十分沉闷、陌生又熟悉的商业之城时,那种既怀念又失望的感觉,以及他在中国时没有经历过的那种对商业的厌倦。但如果说克莱南家族在中国的生意状况让人琢磨不透的话,至少可以确定的是,他之前的未婚妻弗罗拉确实有中国狂热症,胡言乱语净说些奇怪的话。弗罗拉对此感到害怕:

> 你(亚瑟·克莱南)跟一个中国女人结了婚,因为你在中国待了这么久又是做生意……我只是希望她不是个宝塔反对派……我不知道自己说到哪里去了,哦还是跟我说说中国女人是怎么个模样,她们两只眼睛是不是真是那么长那么细老叫我想起明信片中画的贝母鱼来,她们的头发真是拖在背后还打着辫子还是只有

---

① 摘自金绍禹译,1998年上海译文出版社《小杜丽》的译文。——译者注

男人才有辫子,她们的头发从额角往后梳得紧紧的她们痛不痛,她们为什么要在桥头寺院帽子还有别的东西上都挂着小铃,她们真是这样的吗!①[25]

虽然近来有很多人猜测克莱南一家从事的可能是鸦片贸易,认为这才是儿子克莱南罪恶感的来源,如此才能够让人信服,但实际上小说的重点是在强调所有的商业活动都十分沉闷和阴暗。[26]图林指出:"通常外国商人很少在中国旅行。他们是出了名地不爱学中文,也不愿意和中国人打交道。这在某种程度上是对通商口岸条例的反应,即外国企业及住房仅限于租界之内。"[27]如果说19世纪中叶的流行小说在对中国的描写中强调了一种分离,即把英国国内对中国新出现的迷恋之情(也就是德庇时所说的中国热)和日常的在中国新开放口岸的商业接触相分离,那么德庇时广州与内陆之旅的对比就抓住了这种从两个角度认识中国的精髓。德庇时回忆说,即便是在19世纪初,中国内地还是可以接纳浪漫主义旅行者的,而到了19世纪中叶,读者们耳熟能详的则是广州的商函往来和贸易情况。

奥斯汀1814年出版的小说《曼斯菲尔德庄园》中的女主人公可能还能读到中国游记,作为其浪漫主义(或嘲讽浪漫主义)教育内容的一部分。这就与我们广泛讨论的西印度种植园形成了鲜明对比。在狄更斯19世纪中期的小说中,克莱南在中国的商贸业务则是另一种"死寂"。[28]虽然有人可能会辩驳说狄更斯小说的同名女主人公——据说是来自工人阶级的艾米·杜丽可能代表着东方以及被东方化的女性,而杜丽在伦敦东区所生活的封闭世界则可能代表着东方,但狄更斯的这篇小说对中国的描写实则更多聚焦于商业帝国的衰败,一个受人奚落、供人消费的东方大国的衰落。[29]《曼斯菲尔德庄园》和《小杜丽》两

---

① 摘自金绍禹译,1998年上海译文出版社《小杜丽》的译文。——译者注

个作品中间跨越了两次鸦片战争、中国的被迫"开放",以及从浪漫主义的求知美学到19世纪中期东方主义的中国热与对其商业关注的转变。《中国见闻录》或许试图将德庇时描绘成浪漫主义旅行者,但其实有时他更像是返乡后的克莱南。当然也有例外,就是他谈到的自己摆脱了使团和中英两国政府限制的束缚后那种欣喜。在这之后,德庇时暂时把对战争和商业的考虑搁置一旁,开始展现出浪漫主义旅行者对东方古国的迷恋。这一切都是建立在一种好奇心之上,而这种好奇心需要他把商贸发展抛之脑后,当然有时他也无法完全做到这一点。[30]他一方面表露出对中国风景、寺庙的欣赏,另一方面又夹杂着商业投机的花言巧语。当他的表述在这两者之间来回变换时,他对西方主义所持的模棱两可态度就渗透到了这种二元结构中。

西方主义奇观:"英式中国的样本"

虽然德庇时对浪漫主义美学的复述有时让人感觉过于熟悉,但他对19世纪中叶主流话语的抵制倘若是自愿的,就表明他的作品调和了浪漫主义和维多利亚时代的两种看待中国的模式,这一点十分重要。即便是在回顾自己的旅行经历时,德庇时依然专注于对"东方"世外桃源的描写。利斯克将这种世外桃源称为浪漫主义作家用于描绘"他者"的通用手法。利斯克近期更多对浪漫主义美学求知欲的探讨借鉴了最早可以追溯到19世纪40年代的研究素材。虽然他只提到了一些在"炎热地带"(即"东方"以外的墨西哥)发现的遗迹,但他有关古文物研究(或考古)之旅的许多论辩都可以延伸到对中国古代文明的兴趣。[31]就像利斯克所讨论的浪漫主义作家那样,德庇时认为中国的古老遗迹"风景如画",这也是《中国见闻录》中经常出现的字眼。

此外,德庇时不但多次把中国与古罗马作比较,还甚至一度将

"'九门提督'手下的将领"比作是"罗马禁卫军长官",或把中国宝塔的螺旋楼梯与"罗马、伦敦和巴黎那种大家熟知的圆柱式结构"相提并论,同时他也强调当时在埃及也发现了中国的古代容器。它们"与圣甲虫和宝石以及底比斯古墓中的其他小物件混在一起。"[32]德庇时兴奋地写道:"它们可能是罗马帝国时期的文物,我们知道当时罗马帝国与中国有直接交往,或者可以再往前推至阿拉伯与中国贸易时期。"[33]考虑到19世纪早期古文物研究话语的重点就是比较,我们可能不会对德庇时反复把南京比作罗马的行为感到惊讶。但令人吃惊的是,他所描述的这种相似性似乎是基于习俗惯例而并非自身经历:

> 南京的居住区在整个古城中占的比例很小,与现代的罗马极为相似……1837年,当我站在罗马的卡埃利安山上,荒芜的山地将大片黑色废墟分隔开来,让我立刻想到了与之相似的南京,因为这两座城市都被古城墙包围着。[34]

他是基于自己在罗马的所见对南京进行的比较性描述,还是相反的情况?无论哪种情形,德庇时回忆式的写作框架都表明了他文化观念的转变。他不再对东方古国过分迷恋,而是注重把中国和现代罗马这片昔日辉煌之地进行比较。德庇时并没有把自己的研究与19世纪中叶"落后"或是退化的概念捆绑在一起,他的研究重点更多地放在了衰败和遗弃上,而没有对残存的废墟进行浪漫的颂扬。由于人们把欧洲的历史模式强加给中国,也就是克利福德所说的常常把"积极向上而充满活力的西方与消极被动的东方"做鲜明对比,导致维多利亚时代的旅行者认为中国"深陷于过去的泥潭之中"。[35]浪漫主义者或许理想化了这种东方式的恒定;但对生活在维多利亚时代的人而言,这种恒定则意味着缺乏活力。

约翰·斯图亚特·密尔的《论自由》写于1859年第二次鸦片战争

期间。他在书中提到，中国是发展受限、"静止不前"的"前车之鉴"。[36]当然这并不意味着维多利亚时代的旅行者从未对古遗迹狂热过。实际上，考古学在19世纪的重要性与日俱增，表明事实恰恰相反。但在19世纪中后期的大多数游记中，有关现代化和文明的话语论述并行不悖，并且它们倾向于摒弃浪漫主义东方美学中对古建筑破败感的欣赏。通过强制中国执行新制定的卫生标准，与衰败有关的描述可以轻易地和管制"开放的"中国这一想法对接。卫生也是维多利亚时代的英国，特别是伦敦东区面临的一个主要问题。伦敦东区是英国国内的黑暗地带，"东方"这一隐喻常常暗示的就是这里。

即便在试图用把北京或南京比作罗马的方式来称赞中国的这两座城市时，德庇时也陷入了一种回溯性的措辞之中。中国与罗马之间并不是一种简单的平行关系，它们甚至也不是通过一方衬托来彰显另一方。这里暗示的是，中国同罗马一样，昔日荣耀已不再，虽然说罗马文明已被各个新的欧洲帝国所吸收："罗马与欧洲的关系就像北京现在或者说曾经与亚洲大部分地区的关系一样……我们自然怀着极大的兴趣来到这个无与伦比的地方。"[37]德庇时对他年轻时访问过的"天朝上国"重新进行了认识和解读，认为它既古老（有漫长的过去）又一成不变（没有历史），而这种再解读可能被视为与维多利亚时代新兴的进化意识吻合，同时在此基础上，他也反思了日益壮大的"年轻种族"的优越感，这种优越感在19世纪后半叶的进化论中进一步发展变化。

重要的是我们要记得德庇时不是传教士、考古学家、商人或科学家，他在达尔文主义普及化之前来到中国并写下游记。德庇时是外交使团的一员，或者说至少在回忆里他自己这样认为，这个使团另外的功能在于打通获取军事信息的渠道。虽然使团中有一位科学家，还有一位画家，但他们都是被指派来的。德庇时会观察他们工作时如何对当地的渔民进行描绘，有时带着自嘲式的愉悦。他在《中国见闻录》开篇提到使团乘坐的船只不得不靠岸加水,这就"为他们创造了几次上岸访问的机会,而这对使团中的大多数人来说是第一次":[38]

> 这两位先生分别是使团中的博物学家和画家,他们一位带着科学仪器,另一位带着铅笔和素描本上了岸。画家试图用他的铅笔将形形色色带着热切好奇心将他团团围住的当地人画下来。但这并非易事,因为当他们每个人看到画家认真地盯着自己的时候,他们会突然走到画家身后看画得如何;但因为我们优秀的画家并不是最有耐心的人,所以画的效果就变得相当滑稽。对这些当地人——主要是渔民——而言,欧洲人看待事物的视角非常新奇。[39]

如果说人们熟悉的商业港口可以被看作导致"东方"和"西方"交流停滞不前的罪魁祸首,那么对于内陆的探险就意味着东西方之间彼此的好奇。"有充分的证据表明,中国人生来和其他大多数人一样好奇。"[40]虽然这种好奇最初是通过打断西方画家的素描过程表现出来,但这种好奇的回头凝视可以抵消对东方主义的扭曲。尽管如此,德庇时偶尔还是会对好奇的围观者表示不满,"他们挤在英国人的聚会上,带着十分不礼貌的好奇审视外国人的样貌和着装","一看到陌生的不速之客,他们总会流露出极度惊讶的表情"。[41]科学仪器和素描本也成为奇观的一部分,在中国人的眼中,它们和西方人构成了双重奇观。与此相反的是德庇时所说的"让我们西方人感到困惑的事情"。这种东、西方的碰撞交会提醒我们,德庇时是最早将"欧洲人"归为"来自西方"的作者之一,从而把欧洲人的特性与"东方"对此的理解进行了区分。[42]我在其他地方有过更详细的论证,19世纪"西方"这一概念的确是西方主义和东方主义共同创造的产物。[43]19世纪人们对那些旅行者的反应千差万别:从不适或者说不安到自嘲式的欣赏。

或者用图林的话来说,从被中国过度的"自负"所震惊,到被"传说中中国仇外情绪这种矛盾的魅力"所吸引。[44]

当德庇时沉醉在对东、西方双向新奇经历的回忆中,或者说当他注意到使团行动可以越来越自由时,他便在文化探索和求知欲美学的启发下流露出了年轻旅行者的热情。虽然听上去有些讽刺,但德庇时再次回到那些商贸口岸,听着那些熟悉的声音时,他确实不单觉得乏味和平庸,更让他痛心的是:当新奇感慢慢褪去,他感受到的只剩下敌意和轻蔑。"番鬼和红毛,即'洋鬼子'(Foreign devil)和'红发(Rufus)'"绝对不是什么讨人喜欢的词。这些字眼提醒着这位再次回到中国的探险家,他在这里并不受欢迎,而且他在中国人的观念中地位低下。德庇时对这两个粤语词汇的翻译简洁明了,准确地捕捉到了这种体现种族优越感的辱骂性字眼。这里他对"红毛"的译法非常有趣。广东话中的"红毛"一词经常以转喻的方式来暗指"鬼"或"魔鬼",而欧洲几个世纪以来把红发都看作是一种种族标志。比如,我们可以在对红发叛徒犹大的描述中看到这个词和反犹太之间的联系。[45]虽然德庇时或许是想把中国的西方主义当作英国国内的种族优越感,从而缓和他所遭受的敌意,但同时他也对描述中带有种族歧视暗示的诋毁性话语进行了准确翻译,表明种族歧视处处都存在。

尽管19世纪有关中国的游记已经注意到中国的西方主义概念并以多种方式做出回应,但只到最近大家才开始关注这种西方主义。如果说西方主义不能替代后殖民主义概念,人们也往往会将其与后殖民主义联系在一起。这就使它必然沦为对东方主义的一种回应,成为东方主义对"东方"最坏认知的一种映像。例如,库兹·维恩(Couze Venn)谈到了"从后殖民主义(本身也已被卷入到了现代主义的历史当中)的立场来探寻现代主义的目的",但是他用西方主义对"欧洲西方化和世界现代化的过程"所做的描述带有一定的误导性,也使得他的研究方法进一步复杂化了。[46]大多数研究都认同陈小眉对西方主义的定义,即"一种话语实践,这种实践通过建构自己的西方他者来允许东方凭借自己的本土创造力主动参与自我转化这一过程",陈氏的这一定义影响非常深远。[47]毫无疑问,朱迪思·斯诺德格拉斯(Judith Snodgrass)有力地强调了东方在东方主义中的参与,她认为虽然对于爱德华·萨义德而言,排斥"亚洲"是他"西方"主导和"东方"被动这一概念的核心,但这只是对话语互动的部分描述,只"适合萨义德自己的研究,因为他的研究强调了对中东犯下的恶行。"[48]东方主义实际上只是各种他异性作用中的一个具体实例,西方主义则是另外一个。[49]

西方主义当然一直存在于中国文化之中。德庇时颇具沙文主义地宣称,"他们愚蠢地、先入为主地认为天朝上国在普天之下至高无上",这种先入为主的观念有时对欧洲的东方主义起着重要的反制作用。[50]对于无知的暴露可能在两个方面发挥作用:它是美学求知欲的一部分,但这种求知欲不可避免地属于东方主义。所以当德庇时在船上或临时住所遇到表现出无知的来访者,并且他们无法满足德庇时的好奇心时,他感到失望甚至可笑。但同时他也注意到,在一定程度上自己也已经成为某种西方奇观的一部分:"他们似乎对有关自己国家的事情足够无知。当他们看到任何昂贵或精巧的艺术品时,他们立刻就会问它是否产于广州以外。他们看到一件英国瓷器时似乎感到非常惊讶,几乎难以置信。"[51]在参观一座庙宇时,"一幅刻有中文题词描绘耶稣基督的古老欧洲版画"让德庇时同样感到非常震惊,这幅版画也是众多被崇拜的"祝圣"宗教圣像之一。牧师讲解这幅画像的时候,却只是被问"在英国是否有佛教信徒,如果他去英国布道的话,英国民众是否会因此而皈依佛教!"[52]倘若不是相当震惊,德庇时很少会用到感叹号。重要的是,英国当时对传教事业持怀疑态度。事实上,德庇时对这段令他震惊的经历所做的描述包含双重批判。就像利斯克所说的,并不是"所有的欧洲旅行者都拥护种族主义、沙文主义或帝国主义",这一点非常重要。[53]

但这并不意味着德庇时对中国的描述不包含沙文主义的痕迹。"在一般的观察者眼中,中国既发生过种种奇迹,又存在明显的矛盾",而在德庇时满腔热忱的双重表述中,中国是拥有商业资源、有待被征服的异域。在游记快要结尾时,德庇时回到了广州,回归到商业之中,但他随之遇到的是在广州各种种族优越感的冲突,这显然是当地常有的。不同于以往的是,在这段叙述中他摆脱了浪漫主义旅行家的身份,用东方主义的优越感推翻了西方主义的优越感。他突然开始强调"更胜一筹的效率",甚至预见到了后来有关进步和"落后"的话语:"不管别人怎么说中国人对效法外国人丝毫不感兴趣或是反感,我都相信广州在这方面的效率要比北方或内地更胜一筹,这很大程度上得益于我们在当地的做法让他们有章可循。"[54]虽然德庇时鼓励中国人效仿国外的措辞有些刺耳,认为中国人要是能够模仿国外的话本来应该会发展得更好,但他还是通过强调中外差异来为这种东方主义的看法提供了合理化的解释。德庇时提到了一个受过良好教育的张(音译)姓中国人"常常谈到自己对英国人刚正、直率的性格表示欣赏",德庇时因此认为"要想获得中国人的尊重,最好用一种和他们完全相反的方式行事。"[55]对德庇时而言,东西方之间的效仿无疑是单向的,而双方的差异正是全书中模糊性所在。在这位观察者的笔下,他所描述的中国是荣耀与衰弱并存,不凡的成就和显著的矛盾并行。然而,尽管《中国见闻录》呈现出的是对中国充满好奇心的"英式中国样本",但德庇时的叙写成功地展现出了东方主义的各种期待和19世纪游记中不同美学求知欲之间的碰撞、冲突与融合。

二 转变中国之眼：麦都思牧师的"伪装"和维多利亚时期的中国观

伊丽莎白·H·张 著

陶欣尤 译

麦都思牧师(1796—1857)在其游记《中国内地一瞥：在丝茶产区的一次旅行期间所见》(A Glance at the Interior of China Obtained During a Journey through the Silk and Green Tea Countries)(1850)[1]中开篇劝告道："为了成功完成中国内地的旅行，外国旅行者有必要穿中国服装，将前额和鬓角的头发剃掉，留一条辫子。还需要能够随时用中文交流，并尽可能遵从当地人的习俗和礼仪。"[2]麦都思开篇的话对于不习惯剃头，不会说中文，也不知道如何适应当地人习惯的外国旅行者很棘手，让他们感到畏惧。对此，麦都思在《中国内地一瞥》中用其1845年春在江西省七周的旅行作为模板来祛蔽启蒙。

麦都思本人对此次旅行准备充分。自1816年申请加入伦敦会(London Missionary Society, LMS)以来，他就一直期望着有机会能够启蒙"异教徒"。麦都思受教于圣保罗和哈克尼学院(St. Paul's and Hackney College)，在公理宗伦敦会的第一项工作是印刷。他在东南亚工作了超过20年，主要工作地是马六甲、槟榔屿和巴达维亚。1843年他开启了伦敦会在上海的传教工作，此前不久还获得了神学博士学位。尽管61岁时因健康原因不得不离开中国，他还是不愿意退休，他写道："回到中国重返工作是我最诚挚的愿望和笃定的目标，因为只有全身心投入到宣教事业时我才会特别快乐。"[3]尽管这个愿望没能实现——麦都思在返回英国几天后即病逝——但他为后世教会工作留下了一大笔遗产。他强调语言学研究，尊重中国文学和历史传统，与中国各阶层接触广泛，还出版了一大批著作，其中《中国内地一瞥》虽知名度不高但很引人入胜。《一瞥》的前半部分是关于中国人日常的详细目录，包括"旅行必备的服装""关于中国人的食物以及吃饭的方式""需要注意肤色"等条目，和第二部分相比，可以说是理论篇。第二部分是游记，主要记录麦都思尝试拜访一些同情基督教的中国改革人士的经历。这两部分合在一起，在抽象理论和具体实践上展示了一个不请自来的英国人如何与当时最不熟悉的一类人——"内地"中国人——相互观察。

尽管麦都思的著作尝试具体、权威地记录他对中国的新观察，但同时他也在不断尝试修改他的观察。作为伦敦会传教士，麦都思极为重视"伪装"成中国人的细节，他最终的希望是让他的手册过时。[4]将中国内地展现于西方的视野中，麦都思和伦敦会希望借此能让大量的中国人皈依基督新教，让欧洲基督徒自由地在中国各地行动。正如麦都思1838年在他的调研报告《中国，目前的状况和未来的前途》(*China Its State and Prospects*)中所写的："这正是需要努力传教的地方，是最有影响力的教会的主攻所在，因为如果中国没有起色，在其他地狭人稀的地方的成就都是微不足道的，如果中国还没有福音化，我们的工作中最伟大的部分就不能说已经开始。"[5]在《中国内地一瞥》中，对于中国人和中国地理，麦都思所做的主要是一种基督新教式的书写。到当时为止，欧洲人对中国内地的理念主要来自天主教教士关于中国的著述[6]，麦都思的论著则与天主教教士的论著隐约地有所呼应，而又有所突破。之后的传教士如戴德生（Hudson Taylor）——他是中国内地会创始人，也穿中式服装，但没有尝试乔装成中国人——会在麦都思开启的新教游记这一文类上继续用力。[7]其他很多详述来华新教徒旅行和艰辛的书也都是以麦都思的著作为前奏。[8]

麦都思的游记中记录了很多失望和挫败——晚清改革派领袖由于生病无法会见麦都思,改革派成员拒绝皈依基督教,麦都思的向导因为担心旅途中的笔记会被当作罪证将之全部销毁……这部著作的影响力因此减弱了不少。游记中只是泛泛地提到了一个"为福音进入中国中部铺平道路"[9]的计划,但没有提及人们普遍的对麦都思宣教的抵制(甚至麦都思的向导尽管很愿意冒险帮忙也没有皈依基督教)。另一个降低该书影响力的原因是旅行完成于1845年,游记出版却在1850年,中间间隔了整整五年时间。等到书出版时,当初向导力图规避的对于外国人活动的限制已非正式地取消了,麦都思的旅行和游记很大程度上沦为"古董"。在《南京条约》(1842)和《天津条约》(1858)之间的这个时期,外国人只能在距五个通商口岸一天旅程的范围内活动,[10]麦都思的旅行写作正是这一时期的遗迹。

同样,麦都思尽管被认为是19世纪传教领域的重要人物,近年却退出了人们的视野。当代涉及麦都思的研究主要讨论的是其重要的语言学和文学贡献——麦都思写了60多本书,包括将《圣经》翻译为中文,以及将中国文学经典译为英文[11]——却忽略了他的这部大杂烩《中国内地一瞥》。[12]《中国内地一瞥》内容世俗,没有严谨的结构,不能作为个人"传教学"[13]代表作,也无法进入学术性强的人种志行列,远不如其他描述在中国乔装旅行的游记那样流行,[14]无怪这部著作被相对地忽略了。[15]

一

关于如何理解维多利亚时期的旅华人士,麦都思这部很不知名但相当不寻常的著作触及了很多相关的重要问题。因为这部书是一本培养"当地人习俗和举止"的指南,就必须说清楚中国人会看到什么,又会给外界看到什么。在阐述时,这部书强调了维多利亚时期旅行者和读者对中国的习惯性想象和看法。19世纪游记中常见的现象是预先声明中国与其他国家的相似性。比如福钧(Robert Fortune)就写道:"长时间覆盖着这天堂般国家的幕布已被扯碎,我们没有发现神奇的乐土,中国说到底和其他国家是一样的。"[16] 但其实对于英国人来说,中国从不像别的国家,这一点无须赘述。我想进一步讨论的是:福钧,包括很多像他这一类的人,尽管追求不同的经济、政治、科学和商业目的,但描述起中国来措辞却又是千篇一律的。造成这一现象的一个原因是很多维多利亚时期的旅行者缺乏语言能力,遇到中国人只能用眼睛观察,不能交流,但这只是一个客观因素,背后还有更重要的理论原因。

  对于大部分19世纪的英国人来说,中国不仅仅是一个遥远的帝国。它代表着一种看和被看的方式,这种方式提出了一种与欧洲传统决然不同的视觉美学。麦都思的著作值得重新进入人们的视野,因为它提出了对此种视觉美学的负面定义。麦都思没有梳理中国人"看到"的内容,而是用他们(显然)没有看到的事物——即麦都思本人——来描述中国和中国人。麦都思成功完成旅行,成功写完著作,都依赖于他对中国人能看到多少的正确测度。在我们重构19世纪中叶观察中国的基本活动时,麦都思的著作是内容丰富的材料。游记充满了审视、观察、凝视、瞪视、窥视,当然,还有标题中的"一瞥",为我们提供了一个以维多利亚时代的术语参与到19世纪视觉性问题讨论中去的机会。近期关于19世纪视觉实践的史学著作多采用技术驱动的方法来描述维多利亚时代的人是如何看和被看的。[17] 然而,对于种族伪装的维多利亚旅行者的研究鲜少触及19世纪视觉性问题,虽然二者存在交叉研究的可能性。尽管在试图向我们展示中国人如何"真正"观看时,麦都思的著作难以胜任,但它成功地提炼出了维多利亚时代视觉性的详情细节,这是非宗教人士和中国人的著作所无法比拟的。

麦都思对中国视觉差异本质的关注让我们回到了美学与社会、政治和商业密不可分的关系上来。麦都思著作的目的使他在确定"中国人"和"英国人"区别的视觉修辞上非常准确,因此我们在他的著作中可找到直接证据,表明中英两个帝国之间存在复杂的竞争、分离和交流关系。而此类关系在其他著作中总是模糊不清。尽管维多利亚时期的人很少有像麦都思那样完全采用中国习俗,但非常多的人会在他们的瓷器柜里、衣柜里、茶几上等地方摆放一些中国器物。我认为这些行为应该被看成一种差异连续体——在壁炉台上放一个蓝白色的瓷器是对一种独特外国美学的精神适应,这种适应不管多么微小,和麦都思复杂的自我改变其实是一样的[18]。大众的行为和麦都思的自我改变其实既是在描述差异同时又是在抹去差异——家里的瓷盘既是外国的也是本国的,麦都思的身体既是英国的也是中国的。

正是因为这种本质论(瓷盘来自中国,麦都思是英国人)和主观性(瓷盘成为英国的装饰品,麦都思被看成是一个"普通"中国人)的相互作用,我认为《中国内地一瞥》有必要当作伪装叙事来阅读,尽管它与19世纪和20世纪经典的美式伪装叙事有所不同[19]。伪装叙事来源于奴隶制以及后奴隶制时代黑人和白人的种族认同,但最近的学术研究表明,在更广泛意义上考察身份伪装是有益的[20]。正如我们所理解的,伪装会详述某个主体的行为,这个主体尽管本身"真的"来自与主流群体有区别或分离的另一群体——这种区别或分离是由于法律、性别、种族、物理或社会条件,或上述因素综合造成的——但是却成功地伪装(有意或无意地)成主流群体的一员。定义"伪装"行为需要的语言技巧就已经表明了它的复杂性和偶然性。即便我们排除很多重要的伪装叙事,如残疾、性别,或者男/女同性恋伪装叙事,仅仅考虑种族伪装叙事,给其下定义也不容易,因为首先"种族"的意义就不易说清。如果我们研究传教语境中对种族的历史建构，我们的工作会更加困难。如果伪装作为一种概念和行为如同沃特·本恩·迈克尔斯（Walter Benn Michaels）认为的那样，取决于一种本质主义的、视觉上的种族身份观念，那么它必然与一种宗教身份观念相牴牾，因为这种宗教身份取决于皈依的可能性[21]。但是这种差异和困难是有益而不是有害的，因为它们迫使我们思考麦都思对中国人心灵和身体的了解程度。对于麦都思来说，了解中国人的外表和思考方式是紧密联系在一起的，他对中国人外表的接受取决于他对中国人思维方式的了解。换句话说，与其说麦都思感兴趣的是装扮，不如说他感兴趣的是视觉和精神上的转化。

但是将这两种转化错误地等价并重，让麦都思的计划变得非常复杂。我认为《中国内地一瞥》既不是成功的完全的世俗作品也不是成功的彻底的福音作品，因为在中国语境中，关于视觉的世俗观念与宗教观念发生了冲突。[22]维多利亚时代的不少作者从视觉差异角度理解中国，而新教传教士却从精神的、内部的、不可见的宗教皈依层面与中国人接触。但是麦都思的传教计划以及他为完成这个计划而伪装成中国人的做法，却让人感到不安。并非麦都思一人处于此困境中。19世纪中叶的新教传教士刚刚入华便致力于大规模地让中国人皈依，他们普遍感到很难调和中国传统话语（多以视觉术语建构）和有关信仰的新定义（服务于他们所追寻的精神渗透和宗教传播）之间的矛盾。

因为这个原因，我建议，我们阅读新教传教士的中国游记的方式需要有别于其他游记。传教士和商人、科考人员不同，不会满足于鸦片战争给中国带来的由封闭到被开发，由不被看见到被看见的转变，必须还要有由异教徒到基督徒的转变。对麦都思以及其他游历中国的人来说，中国的状态决定了中国人具有一系列天生的能力，这些能力涉及视觉感知、历史自我意识和空间意识。其他游历者注意到了这些能力，他们或称赞这些能力是一种吸引人的中国情调，或责难它们是中国停滞不前的标志。但麦都思与他们不同，他致力于彻底改变中国人的状态。[23]按伦敦会的理解，做一个真正的教徒不止意味着增加一套信仰和行为，而是从根本上重新调整生命状态，让其与基督上帝的信仰一致。

麦都思的《中国内地一瞥》中潜在的是他对中国宗教转化的希望，而表面上突出的则是对种族转化和伪装的叙述，同时阅读这两部分可以看出两次鸦片战争间中国内地文化碰撞和交流的空间所涉及的问题和可能性。尽管每个途经中国内地的游客都将自己伪装成——用福钧的话说——"一个漂亮的中国人"[24]，但是麦都思这样的传教士所认为的中国人有别于英国人的关键因素与园艺师福钧等人的理解不同。在本文的下一节，我会重点叙述麦都思对中国人观察方式的描述，这即使不能让我们知道中国人的实际情况，至少会让我们知道对于麦都思来说作为中国人是如何观察的。正是在这种差异中，麦都思的著作揭示了恢复观察者的历史特定看法的困难。

二

在《中国内地一瞥》开篇的指导语中，麦都思强调只精通中式服装的细节（为此他用了惊人的篇幅）是不够的。还要精通一些更复杂的事情：

> 穿上了这种衣服和提示（原文如此），但不要以为旅行者已经诸事办妥，不会引起注意。旅行者还要有中国人的特点，要做到这一点，就必须要穿上和佩戴前面列举到的物件，而且必须是严格按照中国当地人的穿戴方式来穿戴。在中国，所有事都是固定

的；穿衣服也有一定顺序，不能违背。有些需要先穿，有些后穿。需要按一定的方式扣上扣子并系住，并且按既定的方式一件套在另一件外面，否则就会显得奇怪。对习惯最轻微的偏离都总会引来观察，并且导致被发现。坐、站、走的方式；移动胳膊和腿的方式，都必须严格注意，否则会引起别人的关注。尤其要避免走得太快，或者是大步走，或者在街上推开其他人；要安静平静地向前走，好像对周围发生的事情不感兴趣一样。[25]

这些非凡的指导表明麦都思考虑到的转化有多么多，范围有多么广。伪装成中国人不只要注意选择好衣服，还要注意到"伪装"这个意蕴丰富的词所包含的一整套行为。① "伪装"既描述身体的动作，也描述一种观看，这种看本质上是一种非观看，一种"匆匆的"一瞥，一种对审查的拒绝，而这就赋予了正在伪装的视觉主体一种无声的接纳。这一段的最后也指出了一种既是个人的也是普遍的历史观念，这种历史观念依赖于向前的动作和不断前进，将其作为时间移动的标志。认为中国人对"周围发生的事情"不感兴趣这一点很多作者都说过，但上述例子再次提到这一现象让我们回到本文的中心论点。我认为麦都思伪装成中国人的过程必须结合他游历中国的行为进行解读。伪装成中国人和游历中国这两项活动都是在将中国——对很多读者来说是永恒的异域——的居民和地理转变成可接触的、熟悉的人和地方。在"伪装"的所有的含义中——历史的、移动性的、种族和国家意识的——意义集中于对中国人眼睛的基本看法，即作为感知器官，中国人的眼睛与英国人的很不相同。麦都思的游记，在写出基督教的中国观之前，必须先说明中国人视觉的理论和实际效果。

---

① "伪装"原文为"passing"，英文中"passing"既有"伪装"也有"匆匆的，快速的""经过，通过"等意思，所以作者说该词意蕴丰富。——译者注

因此麦都思的著作中俯拾皆是中国人观看的场景，并且还会描述在这些场景中中国人看到了什么。在麦都思的阐述中，观看是具有竞争性的行为，而作为器官的眼睛就是冲突的中心。他警告道："如果旅行者的眼睛是浅色的，那最好用眼镜遮住……外国旅行者最好要在这件事上注意细节，因为眼睛是最先被人注意的，也是最有可能导致身份暴露的地方。"[26]对于外国旅行者，公共场所是可体验的地方，但必须时刻保持自我隐蔽。甚至在路边的茶铺吃点心时也是如此，麦都思写道：在茶铺，"一般会有六个或更多的游客，外国人最好避开他们的观察，要坐到边上或光线较暗处或者不起眼的地方……"[27]但是，尽管有所防备，麦都思在他自己的旅行中还是经常处于众目睽睽之下。当他的脚夫停下来吃饭时，他抱怨道："我不得不在最公共的场所坐下，数百人来来往往，差不多一个小时，我就那样暴露在他们的注视下"；[28]在乘渡船旅行时，他写道："这里，我们不得不和各色人等坐得非常近，脸对脸，眼睛对眼睛，如果要在船上找出任何外来血统，这可是个好时候。"[29]

尽管麦都思很在意被中国人看，但他似乎不能理解中国人是如何看他的：

当地的妇人小孩见到我，都不怎么关注我，这让我吃惊，在其他环境下应该还会感到有点沮丧……这对我来说非常陌生，因为我和其他外国人一样，已经习惯在上海穿着自己本国的衣服出去时，被当地人注视，被从一个地方跟随到另一个地方。但是穿上中国服装后，当地人似乎没有想过我有什么特别的，经过我的时候就跟经过别的中国人时一样，绝不是当地稀有的人。[30]

身体上的接触让他更不习惯："让我有点惊讶……看到人们随便地挤着走……甚至一个人为了让我给他让道，还让我偏离了道路，掉到稻田里。我习惯了看到中国人为欧洲人让路,有时候他们甚至跳到水沟里让欧洲人经过,所以当情形翻转,我被驱离道路时,我自己当时并没有准备好。但当我想起自己是在伪装中国人时,又很开心,觉得自己被当成中国人对待,说明伪装得很成功。"[31]麦都思对中国人的视觉有两种理解——要么眼光敏锐得可怕,要么缺乏想象力不善观察。所以,麦都思的伪装,在《一瞥》中被描述成一系列的、持续的、注意到与未注意到的失误和暴露,取决于当地人视域的可塑的自负。作为中国人去看——如麦都思理解的那样——至多是一种断断续续、遮遮掩掩的不完整的实践。这不仅是因为麦都思的伪装实践由于缺乏经验而受挫,还因为他认为中国的本体论状态,在字面上和比喻义上看,都没有看到即将到来的救赎。他的著作建立在一系列的矛盾之上:中国人不能清晰地看到自己的状态,但是,为了成功接触中国人,麦都思自己又必须屈服且模仿这种视觉笨拙,即便是在现实和叙述层面,视觉敏锐一些都更理想。因此,伪装的视觉状态创造了这部著作不断与之抗争的双重束缚。

麦都思至少部分地意识到这一点,叙述中不厌其烦地回顾了几乎被发现的场景,在这些场景中,麦都思的外表和相貌没有与中国标准视觉上保持一致,导致被人认真打量。其中最显著的是麦都思与最边缘的中国阶层相遇时的场景——仆人、小孩、乞丐、小偷。尽管他们是中国之眼的一个极端,但他们的边缘性增加了,而非降低了视觉洞察力。比如,麦都思旅店外聚集的"闲人"们就"谈论过(麦都思的)相貌,有一些奇怪。"[32]正如麦都思所描述的,经济和社会上的中心人物视觉可能性的范围十分狭窄,他们甚至都懒得抬起眼睛去留意当下的场景。他解释说:"在这个国家的很多地方,事实上,人们似乎从来没想过外国人这回事儿,遇到外族就像遇见鬼。"[33]但是郊区的观察者们更为敏锐。关于某个渡口的"丐帮",他写道:"他们的官话非常好,对路上的每一寸土地都很熟悉,而且可以从遇到的人的外貌上,精准猜出这个人的出身和职业。"[34]这些乞丐的局外人身份意味着麦都思所谴责和依赖的失明准则不能起到有效的约束作用;麦都思唯一的办法就是"离他们远点"。[35]

  作为中国人的观察者,麦都思过多地注意到了边缘人物。这一点在他警告读者小心经常袭扰旅店和酒馆的强盗时尤为明显,他写道:"外国人应该,当然,躲避……无赖……并且,除去堕落的外表和坏人似的表情,这些人和好人之间不易分别,所以谨慎细心很有必要。"[36]此处旅行者为了成功伪装,必须辨识出"堕落的外表",同时还要保持距离,谨慎细心;这种悖论展示出伪装主体的自我隐蔽性质;以一种立体的方式被迫观看和被观看,种族伪装者意识到了多种主体位置,但没有完全占据其中任何一种。对自己容貌的自觉理解表明了分析这些伪装叙述的价值:因为这些叙述永远无法将视觉或视觉效果自然化,根深蒂固的文化差异必须明确地表述出来,而不是任其被默认。

  公开地一心一意地注视会暴露麦都思"有趣"观察者的身份,会让他显得与周边大众有很大不同,而对于英国人来说,中国人最著名的就是一致性。例如,麦都思的导游提醒他,永远不要问关于面前的食物的问题,"因为这样的提问会表明旅行者对看到的东西很不熟悉。而对于每天都放到桌子上的食物不熟悉,是一种无知的表现,即使是小孩子这样也是不能原谅的。"[37]这种"避免对任何事感到惊讶"的谨慎确实适用于整个旅程。麦都思总结道:"因此,在中国旅行的人,必须严格遵守提给孩子们的建议,即只听,只看,不说话。"[38]面临危险的不只是发表评述的权利,还有在中国内地用以定义和描述视域的话语。麦都思不屑地写到了中国人"爱打听"的特点和中国人"令人不愉快的问各种问题的习惯"。[39]在他之前和之后很多外国旅行者都抱怨过这一点。但麦都思的伪装让事情变得更为复杂。他试图装成一个令人尊敬的陌生人——也许是他某次暗示的,是"一个文学毕业生……去省城追求更高的荣誉"[40]——所以他既渴望观察周边的事物,同时也得对周边事物提不起兴趣,因为他认为"令人尊敬的中国人"就是对周边事物不感兴趣的。在本文的最后一节中,我将讨论麦都思试图将这些失败的观察场景转换成叙述的方式,以及这种转换的尝试如何揭示了在中国进行描绘实践的可能性。

三

虽然《中国内地一瞥》中很多时候都是在隐藏视觉活动,但其中当然也有很大篇幅讲述了旅行中的风景,如:

> 我们的路线是西行的,在群山之中,太阳一升起,山峰就被和煦的阳光镀上了金色。在这样的光照下,周边风景展现出各种美。蜿蜒的河流,不断呈现出新的景象,和煦的微风……鸟儿的欢唱……所有都让我们充满了欢愉的情绪,成为旅途中最愉快的部分。这景象,画家会很乐意描绘,我感到遗憾,自己能力不够,不能获得这风景的更持久印象,如果可以,我就能通过描绘这印象来愉悦他人。[41]

在最后一节中,我想进一步讨论麦都思对中国印象的传递,更广泛地谈谈在中国旅行的外国人将视觉转换成更持久的形式的问题。麦都思试图将在中国看到的事物转变成可以重现和传播的具体景象,这种想法似乎是纯从美学角度上理解中国风景的价值。然而《中国内地一瞥》中的内容却表明,麦都思对生动风景的观察与其对经济方面高效的风景的观察是多么错综地缠绕在一起。因此,麦都思的《一瞥》和19世纪中叶的同类叙述一样,既代表着描绘中国的新方式,也代表着一种"获得"其描绘之物的新方式。麦都思的视觉实践,既秘密又致力于转化,永远改变了他的景象词汇。

为了说清我提出的这种对比,此处将《一瞥》中一段景象描写,和麦都思1838年写的《中国:目前的状况和未来的前途》中的景象进行对比。《中国:目前的状况和未来的前途》写于他在上海常住之前。他在书中这样描述中国南方的海岸线:

> 从这些高处望去,景色极其宜人……大庙……像蜥蜴一样沐浴在正午的阳光下。所有可以从自然和艺术中收集到的助力都集中在那里,使这景象既可爱又迷人。但在基督教博爱者的眼中,它呈现的是一幅道德和精神死亡的忧郁画面。[42]

这种描述有赖于同时使用两种视角,与实际的视觉经验是不同的。虽然这个段落坚持认为景观欣赏者和"基督教博爱者"有区别,前者觉得寺庙"非常宜人",后者却只看到"道德和精神死亡",但这两者的观看其实在空间和时间移动上是相同的。

然而,当观看者伪装成中国人旅行时,这种身体和精神的分离就变得不可能了。景象和场景是偶然和主观形成的,视觉可以被随意地、突然急剧地、限制或扩张。请将麦都思1838年的风景观察与《中国内地一瞥》详述的以下事件进行比较。麦都思在参观导游的家和村庄时,一个好奇的陌生人突然发现了他:

> 我很快就意识到他是个算命的人,他假装通过检查个人的相貌来确定他们未来的状况。过了一会儿,我看得出他在打量我的相貌;在当时那种情况下,我的相貌不能被近距离打量,于是我起身退到里面的公寓里去了。不久之后,我的房东进来时被算命先生搭讪,他提到我说……那张脸不像常见的样子。这使我的房东大吃一惊,很快就把他支开了,从那时起,他就注意将户门小心闩

好。因此,我也被关在房东家的院墙内几天。[43]

此处,麦都思再也不能像1838年的书中那样,远远地描述他对中国的观察了。他不能移动,十分脆弱,突然受到路过的算命先生的打量,被中国房东预防性地关闭起来。中国人的眼睛,而不是麦都思的眼睛,决定了感知中国的条件和观察状况。然而,麦都思立即对自己的禁闭作了补充说明,他总结道:"然而,我并没有完全丧失自由,因为还有一扇仍然敞开的后门,我可以频繁地走进树林和田野,在那里我享受着新鲜空气和周边的风景。"[44]就像我在上一节中描述的其他的险些被发现的场景一样,这次相遇也在元视觉层面上起作用。麦都思将中国辽阔的封闭内地转换成一系列可描绘的场景,这有赖于中国人的不严格的禁闭、英国人的身体移动性和文本的扩散。

算命先生,对麦都思来说,在两个方面是失明的:一是个体层面,这是由于他的算命职业徒有其名,另一个是一般层面,他是许多中国人中的一个,不能成功地找出麦都思差异的根源。然而,正如这个段落和整个著作中所清楚展示的那样,中国人并不像麦都思想象的那样敏锐。相反,麦都思在中国最终的视觉胜利来自他赋予所见之物价值的能力。麦都思至少有一个后门的自由,他可以自由地、不断地宣称自己对中国地理的观察是基础性的。"周围的风景"因其与作者的亲近而获得意义和描绘价值。在一篇文本中,当地人一直被认为无法或不愿意正确地感知,麦都思的写作就不仅仅是转录一个视觉场景。它还试图让他的场景描述比之前的观察者的场景描述在概念上更健全,在物质层面更持久,无论之前的观察者是中国当地人还是罗马天主教传教士。

因此视觉价值就扩展到了美学范围之外。在他对"丝绸和绿茶国家"的调查中,麦都思密切关注技术细节,他还将一本中文家蚕培育手册的译文插入书中。这表明他对中国乡村的观察既有精神层面的考量,也有英国商业方面的考量,二者同等重要。此处麦都思的旅行著作转化为一种视觉审美的回报,这种回报既是风景如画的,又是非常有销路的。这可以由他描写画面的重点转变中反映出来。他写道:

> 这条蜿蜒在群山之间的道路非常浪漫,呈现出千变万化的景象,山峰、峡谷、岩石和小径接踵而至。最后……我们开始下到平原上……[并且]发现乡野逐渐展开,四周都是耕种过的田地和微笑的村庄。在这个地区,有一个新的变化给我们留下了深刻的印象,是关于茶叶种植的,这里大部分小山都被茶树所占据,茶树在这里漂亮地成排栽种。而且,当时恰巧是春天,耕种的人、男人、女人和孩子们分散在种植园里采摘茶叶,这一切都汇成一派非常热闹的景象。[45]

尽管这段描写的开头在描写"浪漫"的风景,这与《中国,目前的状况和未来的前途》的特点一样,但是其结尾就很不一样了。麦都思并没有坚持描写他所观察到的人们的偶像崇拜和上天长久的惩罚;而是将人们描述为投身于全球产业中的劳动者。英国人非常想在印度的英国殖民据点——甚至如某些乐观人士建议的在英国本土——复制这种茶叶种植的景象。这一点在明面上不是麦都思讨论的主题。[46]但他对视觉劳动、体力劳动和商业产品之间联系的理解是清晰的。在将他所看到的中国划分为可描绘的场景时,麦都思依赖于一种既经济又美学的逻辑。描述另一次攀登时,他写道:

> 我们艰难地登到山顶,一到山顶,所有努力都得到了回报,因为江西省浮梁县(Fowleang district of Keangse)的风景十分优美;广阔的稻田,其间点缀着茶园,延伸到目力的尽头,在西边太阳的照射下闪闪发光。[47]

在麦都思的末节论述中，甚至他自己的身体也成了一种商品，中国人的眼睛却无法正确地辨识出来。在他们的旅程结束时，麦都思和他的向导必须等待海关官员的到来，以允许他们的船通过运河闸门。这一幕颇有戏剧性；尽管他的向导害怕被发现，他们还是遇到了一个"低级下属"，他只是粗略地检查了一下船上的东西。麦都思写道："他问我们有什么商品，得知我们只有一箱衣服，他要求看一看。那箱衣服放到他面前时，他打开盖子，从上到下翻了翻。没有发现什么特别的，他就环视了一下船舱，看看船上是否有禁运品，他没注意到在他面前就有一件身穿中国服装的重要禁运品，他从船舱的尾部出去了，我们再未见到他。"[48]海关人员的离去标志着麦都思自己伪装的结束；一页之后，麦都思记录道：他"抵达……我的门前；在那儿……（我）静静地走了进来，那些陪伴我的人不知道我是谁，那些在家里的人不知道我旅行的方向，也不知道我回家的路，除非我告诉他们。"[49]这里麦都思奇怪地提到自己的话不可靠，以及他对中国人和他的英国朋友的双重欺骗，这些突出了麦都思在实际层面和叙述层面的自我隐藏。

我认为，麦都思将自己与一种交易的商品联系起来，这种商品本质和起源既有偶然性，也有间歇隐藏性。这预示着后来的联系，同时也对这些联系提出了颠覆性的挑战。麦都思把自己比喻成伪装的禁运品，这就是将中国开放、商业利益，与伦敦传教会追求的建立在贸易品流通基础上的精神转变联系到了一起。在这里，也许中国人的视觉差异问题被纳入了对商品变革力量的预期性描述中。如果说麦都思与本质主义、种族和视觉差异、宗教皈依等悖论的斗争使他的著作很怪异，并最终被遗忘，那么他对这些悖论的介入也给我们提供了理由来重新审视他的著作。当我们试图重建维多利亚时代的旅行者如何看待他们身处的中国时，类似麦都思这样的记述为我们提供了证据，证明了这些观察者的视角在不断变化中。

三　帝国主义之行：额尔金勋爵来华历程与维多利亚时期自由主义的局限

童庆生　著
阮诗芸　译

> 帝国主义的核心政治理念中恒久不变的最高目标是扩张。扩张不是临时的洗劫，也不是对被征服者的持久同化，因此它在政治思想和行动史上是一个全新的概念。全新的概念在政治学中十分罕见，令人惊奇。这一概念之新仅仅在于扩张其实并不来源于政治，而是来自商业投机领域。在商业中，扩张意味着工业生产和经济交易的持久扩展，是19世纪的典型现象。
>
> ——汉娜·阿伦特（Hannah Arendt）《极权主义的起源》，第125页

额尔金勋爵（1811—1863），本名詹姆斯·卜鲁斯（James Bruce），是一位旅行者，一位帝国主义的旅行者。在他约二十年的职业生涯中，英帝国曾多次派遣他跑腿，去往世界多个不同地方。他的旅途并不平坦，他在当地也不受欢迎。作为殖民官，他担任过牙买加总督、加拿大总督、中国全权专使、日本全权专使以及印度总督。[1]然而额尔金的名号和声誉主要是在他1857和1859年两次来华期间确立起来

---

[1]《额尔金书信和日记选》，后文引用该著时简写为《额尔金》，所注页码为西文原页码。下同。——译者注

的。那是在亚罗号战争（Arrow War）——即第二次鸦片战争时期。[2]晚年他回顾过去，曾心情复杂地表示自己"在很多年里或许行走了太久"(《额尔金》，第390页)。

就历史上的帝国主义而言，尤其是在早期较为冒险主义的时期，"旅行"（出征）不仅仅是从一个地方移动到另一个地方，而是一项旨在发现、征服和获取的必须行动。帝国主义显然必须依靠"旅行"，因为帝国主义具有扩大控制范围和影响区域的内在欲望。这主要是——但不仅仅是——为了经济利益和贸易特权。提到帝国主义，我们怎么能不想到"旅行"？旅行是帝国主义的一个本质组成部分、其行动的一种模式、其物质主义的一种象征，也是帝国主义探索、征服、殖民和统治或远或近区域以不断实现自我满足的一个表征。帝国必须是机动的、浮躁的、冒险的、激进的。帝国不知该什么时候、在哪里止歇，除非被迫停下，或是无法再动弹。西利（J. R. Seeley）或许是英帝国最有影响力的国家主义历史学家。他认为英国在18世纪的历史是书写并发生于其疆界之外的，是在美洲和亚洲进行的；[3] 19世纪的英帝国只不过是在更大范围内重复这种领土和商业扩张的历史。在这个意义上，英帝国的历史是由像额尔金这样的帝国旅行者通过"出征"的行为集体写成的。他们将英格兰变作不列颠，将不列颠变作大不列颠，大不列颠原本还指望成为"更大的不列颠"。额尔金的多次中国之行是出征式的帝国主义的转喻，是帝国集体行动的一个缩影，被帝国对实现其愿景的需求所驱动、所定义。

一

第二次鸦片战争比第一次鸦片战争更为清晰地反映了英帝国主义的残忍与野蛮。那是一场没有正当理由的战争，起因是中国地方政府处理"亚罗号"走私船引发的较小争端。尽管该船在香港殖民政府登记的执照已过期,且被捕船员皆为中国人,但此次拘捕仍然被认定为对英国主权的侵犯、对英帝国荣誉的侮辱。[4]当时的香港总督包令(John Bowring)要求两广总督叶名琛出具一份官方道歉并要求赔偿,但遭到拒绝。包令于是要求采取军事手段,派遣英国军队来惩罚中国人。

  包令是自由贸易的坚实倡导者,用马克思的话说是功利主义之父边沁的"爱徒"。[5]在1854年被任命为中国全权大使和香港总督之前,他在英国公共领域已经是一位颇有名气的哲学激进者、语言学家和旅行家。[6]在他之前或之后的其他香港总督大多在香港取得辉煌名声,而在本国默默无闻。但包令则不同,19世纪前半期,他在英国的公共和知识领域扮演了重要角色,深度参与着国内主流政治议题。例如,他当时是颇具影响力的刊物《威斯敏斯特评论》(*Westminster Review*)的政治主编,是反谷物法运动背后的重要驱动力量。包令对于边沁式功利主义和自由贸易的信仰影响了他对于国际关系的理解,决定了他所采取的香港殖民政策。作为香港总督,他处在一个独特的地位,能够宣传和散播他所认为的亚洲自由贸易的自由主义原则。但是自由贸易的理念被引入到东方后似乎需要额外的精力才能付诸实践。清朝总督叶名琛拒绝与他交接关于贸易和其他相关的事宜,包令的自尊受到了伤害。叶名琛的消极态度和对于包令理念的不屑一顾使得包令愈发失去耐心,想要诉诸武力。在一封写给当时的外交大臣克拉伦登(Lord Clarendon)的信中,他说:

> 我相信,最安全、最明智不过的方法就是要求在叶名琛的当地衙门进行一次亲自的、得体的会面,来面对面地讨论我们需要提出诉求的问题。要得到这一接待的条件,是由战舰陪同我们的使团……我不认为对方会拒绝我们进入——尽管必然会遭到表

面上的反抗。这一措施将使我们不必再与这位清朝总督多费努力……显然这将会为针对北京的行动奠定绝佳基础……[7]

包令想必很高兴亚罗号事件提供了机会,他抓住这次机会,将其升级为针对中国的一场全面战争。战争持续了两年。包令对于正式受到清朝广州总督接待的渴望,对于他作为一个地位相当的人的尊严和尊重的要求,使得他陷入了帝国黑暗的深渊。

很多人认为,包令相当虚荣,具有道德缺陷。在英国上议院里,例如德比勋爵(Lord Derby)就认为包令对于在叶名琛的衙门受接待这件事的"执念"是他建议英国发起对中国的又一次战争的唯一理由。[8] 包令在两个议院的批评者——包括他的朋友理查德·柯步登(Richard Cobden)——开启了一场政治风暴。1857年2月,柯步登在下议院的动议使得帕默斯顿(Palmerston)下台,然而帕默斯顿在一场国家选举运动之后被重新选举上任。作为亚当·斯密的信徒,帕默斯顿对于自由贸易深信不疑。[9]他重新掌权后,英国对中国的态度变得敌对。[10]据哈里特·马蒂诺(Harriet Martineau)的说法,额尔金因此被传唤并派遣到中国,"尝试是否可以修复包令的行径造成的伤害、尽可能扭转情势,同时要顾及因包令在国内影响力导致的民众的不满。"[11]额尔金去中国不止一次,而是两次。他的第一次出使任务没有彻底完成。1859年,他接受了第二次前往中国的任务,尽管并不情愿,但他相信他有责任让"中国从残暴的局面和欧洲人的剥削中摆脱出来,走向具备文明的基督教美德的未来。"[12]

二

额尔金记录下了他的多次帝国旅行任务,包括两次中国之行。他完成两次中国之行后仅仅过了十年,1872年,他的家庭通信和私人日记就被收集并公开发表了。这里我并不讨论额尔金的通信和日记集是否应当被视作旅行写作的一个案例;[13]这些写作揭示的是额尔金天然的人性与许多殖民商人和执政官形成了强烈对比,后者的例子有包令。包令对于英国军队抵达中国即将进犯广州感到十分高兴。这些日记和通信表明,额尔金心情十分压抑、焦虑,对于他即将以英帝国名义采取的行动感到悲伤。

在军事行动的准备阶段,由于额尔金干预了印度兵反抗(又称印度叛变)事件,他没有足够的武力对广州发起全面进攻。尽管他不加犹豫就派遣了部队进入印度镇压叛变,但他不愿执行眼前在香港的工作。他不关心可能要推迟发动军事进攻,也不在意是否能成功完成帝国交待的任务。他写道:"我最大的困难来源于害怕,害怕在拥有全部军力之前就不得不攻打广州,这样一来,如果遭遇反抗,我们会不必要地摧毁更多生命和财产。"(《额尔金》,第210页)

1858年12月22日,袭击发动前六天,额尔金在懿律(Elliot)准将的陪同下在一艘炮舰上对英军部署进行了视察。他们靠近广州,进入了"手枪射程"。当看见英国军人排列在广州城前时,额尔金心中涌上一股强烈的羞耻感。在给他妻子的一封信中,他写道:

> 我这辈子从未有过如此的羞耻感,埃利奥特说这次行程似乎让我感到难受。我们就在那里,在靠近一百万人口的地方,就在他们眼前,聚集着摧毁他们的力量。"是的,"我对懿律说,"我很难受,因为我看着这座镇子,我觉得正在为自己在连祷文中赢得一席之地——'天灾、瘟疫、饥荒',紧接着就是我。"(《额尔金》,第212页)

在他面前的人民和土地似乎没有那么激进、粗野,而他的任务却是要组织并发动一场针对他们的军事袭击。他感到愤慨,开始憎恨那些将他拖入这一场不义之战的人。沿着珠江巡航的时候,额尔金感受到一阵偶然迸发出来的诗意,他以一个"旅游者"的眼光记录道:

> 天气好极了。早晨温度计在阴处显示为 60 度(注:指华氏)。阳光强烈,空气清新。我们开船到广州,看到冲积海岸上产业丰富、生活富饶;更远处是无人的高地,土地泛着红光,仿佛高原地区的石楠山坡;再往远处是青色的白云山脉,在阳光下矗立着——想到那些为了一己私利践踏这片古老文明的人,我心情复杂。(《额尔金》,第 212—213 页)

那些为了自私的目的渴望战争推进的人是谁?毫无疑问,那就是如包令这样好战的殖民商人和执政官,他们对于旨在开拓中国市场的军事行动有强烈兴趣。额尔金第二次中国之行期间,他在一艘船上给妻子写信,叙述了一些英国商人对他的中国之行的期望:"船上同行的两三个和中国商行有关系的人都期待着大规模的流血和屠杀。"(《额尔金》,第 325 页)

额尔金在自己的同胞身上看到这样的野蛮和仇恨,这与他向往公正和平等的自然天性相矛盾。他感到压抑、难堪。他完全认识到这些在东方的殖民执政官、吏员、商人都是受英帝国的支持、赞助和鼓励,正是英帝国将他们带到东方的。额尔金于是开始质疑其政府对东方政策的道德基础,尽管并不像柯步登那样在下议院公开反对。包令和帕默斯顿毫不犹豫地抓住了亚罗号事件的契机,但对许多像额尔金勋爵这样的人来说,英国理应是一个文明的国家,这种事情是令人不齿而窘迫的。在发动对广州的全面袭击之前,额尔金甚至不愿意在他发布给叶名琛总督的最后通牒中使用亚罗号事件作为借口:"我几乎没有在最后通牒里提到亚罗号那件恶心事,那对我们是一件丑事。我的

理智告诉我,除了少数人性有缺失的人,所有人都这么认为。"(《额尔金》,第209页)

第二次前往中国,跨越印度洋的时候,他空出一些时间来阅读和放松。他读了丁尼森(Tennyson)的诗歌,以及值得一提的威廉·霍华德·拉塞尔(William Howard Russell)的《我的印度兵变日记》(*My Indian Mutiny Diary*)。他将其推荐给他的妻子。"这本书让我感到难过,"他写道,"但它证实了我之前的信念。我们对待可怜的印度土著的方式十分可耻。"(《额尔金》,第325页)此刻,处在第二次前往中国的旅途中,额尔金想象着等待着他的事情,因战争的前景和结果无法抑制地感到沮丧:"英格兰正在对一个虚弱的东方种族犯下残暴的罪行,这是在召唤上帝的诅咒,我能做点什么阻止这些?还是说,我的所有努力只会扩大英国人的错误,让他们更多地展现出他们的文明和基督教是多么空洞和肤浅?"(《额尔金》,第325页)这些内心情感只能在他妻子面前流露。但额尔金对于英国政府殖民政策的保守态度、他对那些少数"人性有缺失"的"自私"的人的憎恨、他对于"中国问题"采取的拘谨措施对于某些人来说仅仅是证明了他的心理脆弱,证明他没有能力守卫帝国的大业。[14]

三

身为英帝国精英的一分子,额尔金的职业生涯在19世纪英国贵族中属于典型。他出生在排名前二的苏格兰贵族家庭中,[15]在伊顿公学和牛津受过教育。据说"他青春时期不像同龄人那样脆弱,很能享受青春时期的消遣,他的生活从很早开始就'染上一层思想的色彩'"。[16]他在牛津时期就成了出色的公开演讲者,培养出对于思想的敏锐接受力,对柏拉图、弥尔顿和科勒律治的政治思想颇感兴趣。他全面"掌握"了科勒律治的哲学思想,受到弥尔顿倡导言论自由与平等思想的深刻影响。弥尔顿"发人深省的文章""在他的旅途中成为他持久的陪伴,有些时候我们能在他的思想和语言中找到其影响"。他的朋友、后来的英国自由党首相格拉司通（Gladstone）正是从他那里得知"弥尔顿竟然著有散文",格拉司通"记得他们在伊顿上学时额尔金曾激动地谈起弥尔顿的散文"。[17]

额尔金认为自己是"保守派",但他是一个"非排他原则的"保守派——"视野并不狭隘,并不认为观点不自由"。他是个保守派,他说是因为"我认为,我们可敬的宪法规定政治体中所有阶级和层次的人拥有神圣的手足之情的纽带,承认彼此共同的战争目标、共同的希望。"额尔金的保守主义中自带自由主义。他继续解释自己是什么类型的保守派:

> 我是一个保守派,因为我相信如果我们国家的宗教和民事体系能够如实尽职地运行,不是专为某些阶级服务,而是促进全体人民的幸福和安宁,那么采纳这些体系将会是明智的;我是一个保守派,也因为我认为这些体系的维护能够促进英格兰的经济繁荣,更重要的是,这些是英国人在上帝护佑下拥有的与众不同的美德赖以存在的基础。[18]

额尔金对自己政治立场的意识明显是由自由派边沁式功利主义所塑造和影响的,尤其是其中的最大幸福原则。

额尔金在伊顿和牛津学习的日子"奠定了他的政治清醒、自由派保守主义、偏好稳健的行政手段的基础"。[19]或许是他早期的道德与政治的塑造经历使得他作为一名殖民行政官的整个后期职业生涯中都保持了人道主义。他被普遍认为是"早期清醒的帝国主义者中的一员"。[20]但应该注意到的是,他的理智不仅仅是由其自由的道德情感所限定和支撑的,同时也来源于他对于英国帝国主义事业的坚守。他认为"没有人类力量能够诱使我接受压迫弱者的职位"(《额尔金》,第220页),但他对于普遍人道主义的看法中交织着对帝国未来的愿景。正如他在中国之行中的做法所体现的,他对于弱者的同情和对同胞傲慢无礼、好战喜斗的反感,归根结底是因为他认为对帝国的未来最好的方法是对殖民者和其他受制于其帝国力量的民族(包括中国)采取更人道的政策。

确实,额尔金始终没有忽视他作为殖民行政官的最重要任务,试图让他的工作成为"联系母邦与殖民地的纽带",并让"他的影响力成为当地政府和帝国政府之间保持行动和谐的手段"。[21]武力可用来征服,却不能用来统治。额尔金完全知道在武力征服后需要什么:"武力和外交做了一切正当之事后,需要在中国完成的工作才刚刚开始。"[22]他到中国时带着的目的是"扩展基督教文明的范围,利用商业增长将东西方连接,促进共同利益"。[23]因此,额尔金敦促所有殖民代理官和职吏——商人、执政官乃至传教士——将大英帝国的更大利益放在心中,依此行事。他第一次来东亚期间,去往日本的途中在上海暂住,他的兄弟、英国驻华代表弗雷德里克·卜鲁斯(Frederick Bruce)在那里任职。他利用这一机会"指导上海的英国商人他们在中国的角色是什么",提醒他们要将英帝国在中国的长期利益放在心中:"我们肩负重要责任。我们已经以不请自来的、直截了当的方式打破了这些古老民族对世界设下的屏障,揭露出他们想要隐藏的神秘,以及——至少以中国的例子来说——他们正在衰落的文明的残破和腐朽。"[24]

额尔金的早年教育经历使他深埋下普遍平等和自由的观念,这些在当时已经被确立为欧洲道德和政治现代性的先进意识形态。但在英帝国主义的语境下,这些观念如果与帝国的利益相冲突,就只能限定在个人信仰的范围内。尽管额尔金不愿执行他被派遣到中国所做的任务,但他承认:"我不可能有其他选择"(《额尔金》,第212页)。他将其中国之行不仅视作是军事行动,同时也视作是寻求解决中国问题的政治与伦理手段的开始。前文提到,他接受这一任务,是希望能够在中国宣传基督教和西方价值体系,以此替代欧洲式的暴力和剥削。

但额尔金的中国之行带来了毁灭性的后果,尤其是第二次来华,最终以北京圆明园的烧毁作为结尾。这是一场暴行,额尔金和当时大多数的自由派思想家对此都保持缄默。我们不禁好奇,额尔金是否想到过,自己也在主持摧毁这座被视作世界最美的园林的行动中"遭受了人性的损失"?这件暴行使得他与其父额尔金勋爵七世齐名。他的父亲在半个世纪前从雅典卫城偷走了帕特农神庙的雕塑。英国公众不可能忽视二人的相似性。《笨拙》(Punch)杂志就发表了漫画,圆明园所获取的东西被呈现为"新式额尔金弹珠"(见插图3)。额尔金雕塑创造了浪漫主义式的崇高瞬间(尤其是对约翰·济慈而言),但老额尔金更可能被拜伦钉在"讥讽的宝座"上。[25]尽管作为老额尔金人生标志的从崇高到滑稽这种转变没有在小额尔金身上发生,后者却经受了一场更为严重的道德分裂,这使我们的注意力转移到英国帝国主义与自由主义之间的复杂性上。

在最近一篇关于额尔金勋爵在中国的文章中,约翰·纽辛格(John Newsinger)不禁问道:"额尔金是怎样经受着一生的矛盾?一方面他是英国自由主义的代表,私下里对自己公开追寻的事业表示惋惜,同时又对那些从他的行为中获利的人的品性表示不满。"纽辛格的回答是:"自身利益",或者至少"部分源于自身利益"。[26]将额尔金的矛盾归结于其自身利益固然过于简单,纽辛格在这里提出的问题却十分重要,尤其是这个问题的提出与英格兰19世纪经历的类似矛盾相关。自由主义的英格兰是如何与帝国主义、殖民主义的英国共存的?英国帝国主义的高峰与英格兰自由主义影响力的最强时期在19世纪中期重合,这恐怕不能被视为仅仅是历史的巧合。

四

需要承认的是,额尔金和包令都重视自由主义思想,包令可能更甚,他是明显的自由主义者,不仅因为他与伦敦的哲学激进分子有密切往来。在这篇论文中,将二人相互联系的不仅是第二次鸦片战争的背景,在这次战争中他们都以自己的方式为相同的帝国事业发挥了重要作用。尽管他们来自不同的政治谱系,他们可能更因为个人原因而非政治原因讨厌彼此,但共同的价值和信仰让他们在香港为了同样献身于兹的帝国事业相遇。他们都是自由贸易的坚实支持者。自由贸易无疑是经济生产领域的一种自由主义形式。额尔金的事业转移到殖民统治之前,他在众议院短暂工作过。在一次被认为代表了"扩大化、自由化商业观点"的演讲中,额尔金说:"我一直都是自由贸易原则的倡导者,因为这些原则是由赫斯基森(Huskisson)先生提出的。"[27]

对包令来说,自由贸易是主导国际关系的唯一规范;的确,对他而言,这不仅是一条经济准则,还是上帝的意愿:

> 自由贸易代表和平的原则,不是惰性、麻木的,而是以完全充满活力的能量运作。自由贸易打破了狭隘、自私的圈子,所谓的爱国主义、自我中心的民族主义将社会情绪限制在这样的圈子中。这是对那条伟大、崇高宣言的现实肯定,那就是"上帝"——所有人的圣父——"上帝"——无所不能的、无处不在的创造之神——"从一滴血制造出";他用同样的材料鞣制——他用同样的爱对待一切——他以同样的温柔规范一切,引领着同样的最高天命——"所有",一切,没有保留,没有例外——"世界上所有民族"。

自由贸易的原则如果得到普遍实行会成为促进、维护世界和平的力量。包令继续说：

> 每艘离开我们海岸、追求诚信交易的船只，都是善的传教士；每一件通过实惠或品质获得购买者认可的制造品，都带去道德的教化；每次给予享受、解决困难、为交易方提供任何形式利益的贸易行为，都为应当围绕世界的友谊之网添上一个纽带。[28]

作为和平会的一员，包令倡导自由贸易的原则，以之为规范力量来维护世界秩序。讽刺的是，他却成为一名好战分子，在挑起对抗中国的帝国主义战争中扮演了重要角色。

自由贸易作为一种思想与实践在英帝国的议程中占据一个中心位置，并且正如一些人所说，构成现代帝国主义的一个重要源头。[29]自由贸易在当时的历史背景下虽然拥有自由主义的外壳，其实渴望的是畅通无阻地到达世界上即使是最遥远的市场，在帝国的边界之外扩展空间以获取财富和资源。和帝国主义一样，自由贸易的原则必须传遍世界的每个角落，否则就不是理论上或实践上应该有的样子。自由贸易非但没有促进和保护世界和平，反而在19世纪中期构成国际冲突的一个主要来源，这正是因为自由贸易需要用军事力量来运作，才能实现所谓的促进和保护。战争和贸易是密不可分的。西利十分了解这两者的辩证关系："贸易本身或许渴望和平，但当具有商业前景的领土因为人为的政府政策而不能贸易，那么贸易自然而然渴望战争。我们从最近与中国打交道的经历中知道这点。"他以更直白地方式解释了在促进和形成贸易过程中武力的必要性：

> 无论贸易的精神和战争的精神之间有怎样的天然对立，以这种方式追求的贸易几乎和战争等同，几乎必然导致战争。占有领

土不就是征服吗?……商业和战争密不可分,商业导致战争,战争带来贸易。

但战争的生产力不仅仅在于保护不平等贸易;"战争对英格兰而言自始至终是一个产业,一条通往财富的道路,最繁荣的业务,回报最高的时间投入……通过征服,她为自己获得了一个帝国,而帝国使她富裕。"[30]

理查德·柯步登因为反对第二次与中国开战的政府决策而失去了在议会中的席位。对他而言,自由贸易是一个政治、伦理议题。他或许是当时英帝国最激烈的批评者。他坚持自己认为的自由贸易的真正原则,认为应当不使用军事干预进行贸易。[31]第二次鸦片战争结束了包令和柯步登之间的友谊。他们曾在反谷物法案运动中并肩作战。1859年8月28日,柯步登在写给包令的一封信中说:

> 我们无法恢复曾经在文艺馆会面的老关系了,这对你我而言尽管痛苦,却坦诚。但如果我能通过私下的解释发现我对于在你支持之下发生在香港的事情的判断有任何错误,那么我将会无比快乐。假如我试图掩饰自己的看法——我认为你的行径缺乏正确指导、与我们长期以来共同坚守的原则相左,而那是我们彼此友谊的基础——这将会是虚伪的。[32]

包令似乎一直在国内政治中站在自由派一方,但一旦进入殖民运作的领域,一旦他尝试在远离母邦的地方实践自己的自由主义,这种自由主义就开始自相矛盾。柯步登和包令之间长达二十年的友谊是建立在对国内政治的共同的自由主义事业上的。这种友谊的结束,就是对维多利亚自由主义的一条批判性注脚。包令或许背叛了自己的自由主义原则,但在19世纪80年代,柯步登所倡导的非干预主义、非扩张主义的和平立场在自由党内被"自由派帝国主义"所替代,后者"又称作新自由主义——讥讽激进派为'小英格兰人',认为他们的和平主义在德国和俄国作为新的侵略性力量崛起的世界中十分天真。"[33]

两次中英战争在19世纪中期发生,当时英帝国正是最好战的时刻,英格兰自由主义也处在最具影响力的时期。约翰·斯图尔特·密尔(John Stuart Mill)的《论自由》于1859年出版,就在第二次鸦片战争进行的时候。《论自由》的发表在密尔的思想生涯中是一个重要时刻,因为这本书旨在给功利主义的冷血无情注入一丝人性的温暖。但密尔的自由主义在任何意义上都不是为社会上的个人主义做不妥协的辩护,更不用说涉及民族或国家自由与主权问题的时候。对密尔和当时其他的自由派思想家而言,一个秩序良好的社会的最重要原则是构建一套价值体系,让其发挥等同于或类似于基督教的作用来管理社会。自由主义的实践被视作构建秩序良好的社会的政治伦理基础。莫瑞斯·考林(Maurice Cowling)认为密尔的自由主义是作为一种宗教来提倡的——"一种人性的宗教";考林的观点是基于一种不同的政治与意识形态信仰提出的,也就是他思想上的托利保守主义。[34]但密尔对自由主义原则可以普遍适用的信念为帝国的事业提供了支撑和论证。[35]他的导师、功利主义的伟大创始人杰里米·边沁在19世纪前半叶一直倡导和促进功利主义的"自由原则",在英帝国历史上占据重要之地。他对英帝国在澳大利亚、北美和印度的建设有巨大的直接贡献。奥格登(Ogden)指出:"这么说也不过分——要不是边沁的影响,我们地图上最红的区域早就像美国一样是浅粉色了。"[36]边沁及其门徒见证了帝国惊人的优势地位,大多对帝国的运作不表反对或是保持沉默。他们积极地改革英国社会,希望创造一个更自由、公平的社群,让最大幸福原则得以实现,但就像艾力·阿莱维(Elie Halévy)所说,"殖民化这个事实让他们的逻辑屈服了"。[37]

自由主义就和帝国本身一样需要旅行到远方才能证实自己的合法性。自由主义内有着一种驱动力，需要向外扩张、延伸、在世界所有地方增加其存在和影响，这种驱动力的源头来自对自由主义的普适性的信仰，就像帝国主义的扩张主义受到其内在对其生长的限制的焦虑驱动一样。自由主义与帝国主义的同谋关系必须作为自由主义的内在矛盾的一个方面来考虑，需要从自由主义的极权主义和独裁主义倾向来考察。自由主义试图在空间多样性上施加统一性，这一未被审视的原则就体现和证明了这些问题。帝国就像有幽闭恐惧症——总是害怕不能扩展到更大的空间、停滞在原地——这就是不断旅行的帝国主义的原始力量。帝国的旅行是领土与民族幽闭恐惧症的症候，这种病症源于扩大空间存在的欲望、对失去所有物的恐惧。因此维多利亚时期的自由主义与英帝国并非根本对立。尽管自由主义是为了促进英国国内的发展，但在英国之外的时空条件下要延伸自由主义的应用，就需要依靠炮舰，需要刀剑的武力和权威来达成。在扩张中，自由主义已经设立了自己的局限。

　　当英国大多数自由主义思想家已经接受了各种形式的资本主义现代性（包括包令的自由贸易思想、边沁的功利原则、密尔的自由主义理论等）的普适性的时候，马克思和恩格斯展现了一幅完全不同的图景，告诉人们资本主义的全球化力量对人性可能意味着什么。在《共产主义宣言》的精彩段落中，他们这样说道：

> ［资产阶级］已经将个人价值消解为交换价值，并且用自由贸易这一单一且不合理的自由替代了无数不可击败的受到保护的自由……在宗教与政治的幻觉之掩盖下，资产阶级用赤裸裸的、无耻的、直接的、残暴的剥削替代了原本的剥削……坚固的一切都化为了空气，神圣的一切遭到亵渎，人类最终不得不面对自己清醒的感官、生活的真实状况以及与同类的关系。一个不断扩张

的市场对产品的需要使得资产阶级遍布整个地球表面。资产阶级必须在各处安家落户、建立联系。通过对世界市场的剥削,资产阶级在每个国家都给予了生产和消费一个世界性的特质……它迫使所有民族为了避免消亡而采取资产阶级的生产模式;它迫使它们将所谓的文明引入其中,也就是使自己成为资产阶级。总而言之,资产阶级用自己的形象创造了一个世界。[38]

1848年出版的《共产主义宣言》在《论自由》十年前发表,预言了维多利亚时期自由思想家们没能看到或选择忽略的关于英帝国扩张政策和实践的问题。

五

额尔金的中国之行将他的地位提升到了一个社会性、政治性的名人。他被两院中那些因与中国的冲突而抨击包令的人赞许,如德比勋爵和格雷(Grey)勋爵。更多的荣誉接踵而来:1859年他被帕默顿通邀请加入内阁,"在伦敦市长官邸被宴请,成为伦敦市的荣誉市民",当选格拉斯哥大学的名誉校长。[39]对于他的成就的公开赞扬在当时的背景下应当被理解为国家对于帝国海外事业的支持;但为帝国在世界各地服务了二十年之后的额尔金十分清楚这不会长久,也知道他自己想要什么。在他家乡丹弗姆林(Dunfermline)举办的一次聚会上,他在讲话中对老朋友和邻居们表达了自己不想继续旅行、希望在家乡度过余生的深沉愿望:

> 多年来我一直在漫游,我很幸运能收到在世界各地扎根的同胞寄给我的表示尊敬和关心的消息。但请允许我这么说——这

些消息中,最让我感激和快乐的是来自家乡的朋友和邻居的。或许我将他们的消息看得更重是因为我意识到我已经漫游得太久,这使我无法一直待在他们周围,建立我希望与他们建立的一些亲近关系(《额尔金》,第390—391页)。

但额尔金渴望留在家乡的愿望无法实现。1862年,就在他从中国归国后不到两年,他再次被派遣,这次前往印度,继任他朋友坎宁(Canning)的总督职位。这次是他最后一次进行帝国的旅行,他再也没能回到故乡。第二年他就在印度去世了;他被葬在喜马拉雅山,结束了一个职业"漫游者"的生涯。

像额尔金这样的人,他们命中注定要成为"帝国的公民",在"自己统治的领土上没有居住的家",一生都"对故乡永久地思念,而故乡只在他们为祖国服务的过程中存在于他们的梦中"。尽管他们在治下的土地上享有几乎至高无上的权力,他们在故乡"几乎不占据社会中心地位"。[40] 据说,额尔金"最好的纪念"是"年轻的加拿大民族"。[41] 但与此相伴的,还有北京圆明园的废墟。它就像大英博物馆里那些额尔金雕塑的破碎的光辉一样,将继续讲述一个关于额尔金家族历史的不一样的故事,这个故事是英国帝国主义史的组成部分,也为后者所塑造。

四 镜像：约翰·汤姆森镜头中的东亚

托马斯·普拉施 著
葛文峰 译

引言

约翰·汤姆森在著作《马六甲海峡、印度支那与中国》(*Straits of Malacca, Indo-China, and China*, 1875)的序言中坦露心声，总结了在东亚摄影十年的旅行。汤姆森写道："我一直关注镜头带给读者的凝视，即中国与中国人影像给读者留下的印象——即使并非总能令人接受，至少是真实的印象。"[1]汤姆森所持镜头中，读者所见皆为汤氏，并非中国。

诚如汤姆森所言，他与同时代多数人均持一种坚定信念，即摄影的直观现实主义。他言称，"此类忠实的照片为读者提供了最贴近的方法，使其身临其境"[2]。然而，汤姆森的摄影实践远非中立，而是阐释了西方关于种族、文明的等级想象。他的中心主题即捕捉"情景与类型的特征"[3]。关键词之一"类型"呈现在摄影的照片选材与构图技术之中。支撑性文本通过一再强调他作为维多利亚时期英国人关于种族、种族融合、阶级、进步与文明的典型观点使这一点得到充实。中英两国之间直接与间接的对比进一步强化了英国在东方的镜像投射，尤其是在两国社会底层对照方面，更是如此。

汤姆森的摄影彰显出维多利亚时期摄影在定义、界定、分类19世纪文化边缘群体时的法则。维多利亚时期的摄影家将个人的分类与等级观念强加于边缘群体（皇家主题抑或国内贫民），以摄影将其社会阶层公之于维多利亚时期的受众，并谓之曰"自然"。在借鉴了更多传统艺术（特别是绘画）创作规范的情况下，摄影作品本身蕴含的社会与种族等级信息又被支撑性文本进一步强化。诸多类型学意义上的"自然"属性是一种摄影特征假设，普遍被认为是客观的转录——亨利·福克斯·陶博特（Henry Fox Talbot）喻摄影为"自然之素描"（the pencil of nature）——隐藏了摄影师在主题选材、姿势、构图中的调适角色。

帝国之像

汤姆森生长于爱丁堡（Edinburgh），他在爱丁堡大学完成学业。约在1861年，他开启了亚洲之旅。1862年，他继续旅行、居住于亚洲，彼时25岁。斯蒂芬·怀特（Stephen White）追溯了汤姆森的行程。汤姆森先在槟榔屿创建摄影室并在那里居住了十个月，继而前往新加坡，其兄为此地船舶供应商。兄弟二人在新加坡协力创办摄影业务。1864年，汤姆森客居于锡兰与印度，1865—1866年在暹罗，1866年在柬埔寨。此后他短期返英，展示在柬埔寨与暹罗的摄影及行记，并再次折返东亚，途经新加坡、越南，1868年居住于香港。

室内摄影工作之外，汤姆森开始寻觅其他摄影路径，包括1868年在《中国杂志》（China Magazine）上发表作品，同年出版太平军影集（期间他编入戈登［C. G. Gordon］中校的军队），1869年出版爱丁堡公爵（Duke of Edinburgh）造访香港的影集。此后数年，他开始广泛游历中国，积累摄影素材，结集为《中国与中国人影像（1873—1874）》

四　镜像：约翰·汤姆森镜头中的东亚

(*Illustrations of China and Its People*,1873－1874)。[4]在多部影集的简介中,汤姆森记载了他的中国之旅:"我的行程……粗略估算在4 000至5 000 英里之间,"[5]其中有北方主要城市北京,以及上海和南京,还涉及长江、珠江、闽江等流域。1872 年,汤姆森返回英国,继续发表他在东亚十年旅行的摄影与游记,直至1876 年。在十年旅行中,汤姆森独特的摄影技术日臻完善。

汤姆森东亚摄影实践的意义显而易见,他将摄影作品诉求,与科学新知的扩张、西方商业及控制结合起来。[6]他的帝国膨胀意图不断显现:"最终,文明之光似乎真正照亮了遥远的东方。初始的光芒惊醒了弹丸岛国日本,也穿透了中国大地的边界。中国的城市仍被黑暗的岁月所笼罩,黑云在缓慢地移动,不甘心地让位于海岸线上涌入的晨光。"[7]黑暗与光明的意境不仅重申了帝国的陈腔滥调,更获得了从反复利用光线进行工作的摄影家那里展示的新的意蕴。

双重含义并非偶然,因为汤姆森惯于整合摄影、科学进步与帝国扩张。他写道:"摄影技术几乎始终与各个领域的科学发现、发展保持同步,分享着已有知识的全部有用之处。"[8]知识转而促进商业的进程。譬如,论及广州(汤文仍记为 Canton)时,汤姆森认为,只要英国制造商能够"熟知中国人所用器物的各种确切形制"[9],"优质英国制造"便会轻而易举地取代中国当地商品。阻碍西方商业垄断进程的只是这种知识的匮乏。而且,西方商业能够为"沉睡"的东方带来繁荣、利益乃至历史本身——相应地,也提供了更佳的摄影机遇。[10]

汤姆森的实践集中国人与景的影像于一体,两者均带有帝国主义的动机。正如詹姆斯·R·里安(James R. Ryan)所言:"取景是汤姆森作品中的帝国主义视角行为。如此一来,这便凸显了异族象征意义。所以,外国协议便是这个黑暗道德取景地的灯塔之光。"[11]从领土到国民,中国是一个需要英国权力与商业重建的国度。

汤姆森作为帝国活动中摄影师的角色十分明显:影像中的中国

与中国人"应该传递一种该国的确切印象……还包括艺术、物用、民俗……以及种族类型。"[12]当光芒触及东方,汤姆森用之于摄影——沿着中国的新开商埠,"携带着漫游的亲密伙伴照相机"。[13]故而,鉴于他对摄影证据的科学真理深信不疑,汤姆森对知识传播贡献良多;鉴于他对帝国与科学启蒙的同等坚信,汤姆森对大英帝国的扩张颇有助力。另眼反观可见:汤姆森摄影技术娴熟(选材与构图),伪饰以时代观念,即摄影乃未经介入的现实转录,进而以私己之影像塑造中国,以自我熟悉之分类与等级强加于陌生的他者帝国边缘,于某种意义而言,这在大英帝国的扩张上发挥了促进作用并为之做了辩解。

人类学之眼

将类型学与西方商业规则利益联姻并付诸实践者绝非汤姆森一人。这可以视为彼时类型学作为"社会科学"发展的特征。十九世纪六七十年代,随着分类体系的发展,尤其是种族分类以及文明、社会阶层与物质文明水平等级划分的发展,人类学界对类型学极为关注。1869年,汤姆森在《伦敦民族学会会刊》(*Transactions of the Ethnological Society of London*)发表文章,另一位联合署名作者是约翰·克劳福德(John Crawfurd),他的系列文章集中在种族类型主题,既覆盖了广义上精神、身体分类特征,又涵盖诸如头发、眼睛、皮肤等细节。[14]汤姆森关于东亚种族的思考与同时期阿尔弗雷德·拉塞尔·华莱士(Alfred Russel Wallace)关于太平洋种族学史的研究不谋而合。[15]1875年,在汤姆森出版中国影像集的同一年,弗朗西斯·高尔顿(*Francis Galton*)开始发表人类科学测量体系,英国学童作为他的首批测验对象,奥古斯·皮特·利弗斯(Augustus Pitt-Rivers)正在详细阐释分类原则,其基础为进化的不同阶段,为此他建立了博物馆,并于一年前在贝斯纳尔格林区（Bethnal Green）向公众开放。[16]同时，利弗斯也专注于种族学手册《人类学释疑》（Notes and Queries on Anthropology）的汇编，确保人类学专家、旅行者、传教士懂得如何以比较的方式科学地收集信息。[17]1876年，泰勒（E. B. Tylor）评论在伦敦重印未久的德国著作《民族学摄影馆》（Ethnological Photographic Gallery）时注解道："摄影艺术裨益人类科学良多"，尤其是"种族影像"。[18]在这种社会科学环境中，汤姆森的类型学摄影及其对社会学、种族学分类的调和，便拥有了现成的受众。

尽管彼时以"科学"示人，又兼之客观、中立，此类社会科学关注点直接支持了一种帝国主义意识形态的产生，甚至以特定的方式鼓动着帝国主义统治。在十九世纪六七十年代的人类学著述中，分类与帝国主义规则结合已经成为至关重要的潜台词。迪斯坦特（W. L. Distant）写道："一家大型甘蔗庄园依赖欧洲的资本、设备和欧洲人的监管，以及数百亚洲人的体力劳动"，将种族分类之"科学"置于种植园农业服务之中，总结出"苦力"劳工的最佳种族类型。[19]同样，莱特纳（G. W. Leitner）坚持人类学方法在解决印度次大陆边界争端中的重要性，并赞扬英国推行的"当地印度政府"与人类学家的合作。[20]至19世纪末，此类言论成为一种主流观点。因而，里德（C. H. Read）在《人类学释疑》（1899）修订版序言中说道："沉浸式服务（人类学）首先有利于官员治理我们远方的资产，其次有利于国内的中央政府。"[21]人类学会会长亨利·巴尔福（Henry Balfour）宣称："在我们的帝国与殖民地利益及责任下，如果要公正且明智地统治那些我们手下的异种民族，比较与本土民族学研究极为重要。"[22]首部出版的英国博物馆人种志作品集指出，"如果统治者能够以本土角度理解这些原因，则本土的统治会变得更为容易"，"通过研究这些原始人的物质需求和艺术偏好，与他们的贸易会有更大的优势。"[23]

在汤姆森的个案中，帝国主义与人类学的联姻使用了摄影的新

"转录"艺术。1869年,伦敦民族学会呼吁会长赫胥黎(T. H. Huxley)为"大英帝国一系列多种族影像形成系统性"确立指导方针。赫胥黎起草了一种摄影方法,坚持采用裸体全图像、抵制标准化网格背景图,强调文化语境下身体与种族分类超越其他关注点。[24] 1877年,《人类学研究所学报》(*The Journal of the Anthropological Institute*)首次刊登影像,此后采用影像插图成为惯例,这比配图期刊普遍采用影像制图早了数十年。[25] 迟至1893年,作者继续敦促该学报采用影像作为甄别种族类型的手段。[26]

汤姆森的摄影实践以其特有的类型学影像最大限度地契合了当时人类学关注的焦点:正面头部像,无背景,使用"比风景、人群摄影中更长的聚焦镜头"以便进行"科学"对比,因为"作为测量基础的短焦镜头影像,其中人物特征会因扭曲而变得无法解读。"[27] 对头部的重视反映出流行的骨相学与相术的双重理解,也反映出头盖测量学作为种族判定手段,不断发展并被赋以、强化人类学上的意义。[28] 里安也解释道:"汤姆森所用的正面的、独立层面视角,个体头像……清晰地证明了他受到人类摄影学与颅相学规则的影响。"[29] 他的写作中也显示出对种族分类型观点的类似关注,对他游历之处的种族子群体加以仔细辨别。[30]

汤姆森的文字中也显示出当时另外一种种族主义偏见,尤其是对种族纯洁性的关注。他所见"最纯洁"的种族是在台湾腹地遇见的巴布亚人[汤姆森称之为"平埔番"(Pepohoan)],他们"身材高大,体型健硕,大眼棕瞳,目光蒙昧,神态狂野","尽管他们骄傲自大、举止粗野,不求尊严与体面,但仍不失为一个善良、不可恶的民族。"[31] 相反,汤姆森追踪过澳门葡萄牙人后裔的种族退化过程说:"早期葡萄牙人后裔受到当地、社会、气候与种族融合的不良影响,……姣好俊朗的面容难得一见。"[32] 对此,汤姆森给出两种解释,一方面是环境因素,另一方面是种族混血产生的不良后果。因此,"博物学家告知我们长期居住某地会对动物的外貌产生适应性改变。"[33]与此同时,他们"肤色比欧洲葡萄牙人更深,甚至深于中国土著居民",这向汤姆森提示了一段种族融合史——与时代同步,他认为这也是一段种族恶化史。[34]

然而,根据对葡萄牙人后裔退化的观察,汤姆森补充了一个主要条件:"可以想见,这种情况也适用于人类的更底层秩序。"此类种族与阶层划分的模糊也是维多利亚中期的常规种族思维模式。[35]正是基于这种划分,汤姆森构建了摄影实践的重要组成部分,即中国社会类型的肖像与群体照片。汤姆森的革新在于以户外街头替代了室内工作室,增加了摄影中的"真实价值",强化了自然主义景观的现实性。[36]但是,在将照相机搬至街头的同时,汤姆森丝毫未将构图法则抛之脑后:摄影须与现实一般简洁且"实事求是",必须受到当时艺术规则的严格控制。他的摄影也突显了阶层划分的重要性,因为他拍摄的亚洲"绅士"影像仍在室内,更为紧密地遵守欧洲人像摄影的法则。

艺术与自然

汤姆森艺术规则的重要性源自他对摄影艺术特征的评价;他声称,"每一张照片都应该是一件艺术之作。"[37]例如,当他面对一次拍摄台湾刑场照片的尝试时,他甚至断言无法完成:"我努力试着拍摄,但是场景毫无摄影体面可言。"[38]这种观点似乎与汤姆森坚持的科学、转录摄影特征相抵牾,但是他的处境也正体现了当时艺术摄影家的特点。摄影是一个"机械的"过程,这种观点不能否定艺术的可行性,尤其是当时对自然主义的关注尚为主流思想。即使在选材有限、汇编受到更多限制的情况下,艺术的眼光与摄影师的素养依旧重要。[39]

问题的核心是如何定义"自然","自然之素描"的摄影实证定义与基于类型学的人类"自然"定义之间界限不清。汤姆森追求"真实的类型",而非个体。[40]关键在于艺术家应该"聚精会神于作品的本质自然特征"。[41]本质即统一性。汤姆森借鉴拉斯金(Ruskin)构建了构图的权威性:"构图的最大目的是自始而终地维护统一性。"[42]这是一种为构图介入而申辩的美学。在汤姆森的个案中,构图统一性的观点与他获取"真实的类型"活动相结合。汤姆森寻找的真实并非未经介入的街景转录;相反,它是"街头类型"的"本质"特征。为了创造"统一性"而构建本质,再通过选材、归类等介入手段,可以获取最佳"本质"特征。

汤姆森解释道,摆出摄影姿势会产生问题。注释暹罗国王合影时,他写道:"一位拥有独立思想的东方君主,如何让他摆出姿势,又在态度上得体,这着实困难。"[43]汤姆森的解决方案是让君主选择服饰,并说服他按照指引摆出姿势。汤姆森自知他的目的有完全不同的美学考量,但是又无意于让美学决定他的摄影实践。

在与香港本土摄影师的交流中,汤姆森意识到,东方的"态度上得体"意识与西方美学概念全然不同。他如此描述当地出版的标准摄影肖像:"大多带有佛教式的冷漠表情,全部为正面坐姿,肢体偏左或偏右,成一系列等同角度"。吊诡的是,即使他并未觉察自身的假设前提,汤姆森也领悟到他者美学传递的文化表征。中国人的姿势得以被采纳事出有因,汤姆森辩解道:"如果可以避免,中国人不会自愿受罪,被要求摆出姿势拍一张四分之三的侧脸照。理由是照片理应显示照片中人有双目、双耳以及一张圆如满月的脸。"[44]必须强调,面对此类异议,汤姆森并不尝试改变美学诉求,却会将自己的思想诉诸目标的外在形式。

题材构图

讽刺的是,汤姆森的构图策略被视为否定了自己由工作室到街头的举动。选材与构图工作需要将题材剥离环境,从街头生活中选取作为其中一部分的题材。这在全景式摄影中最为明显:街头类型存在于其他街头类型的独立体之中,而不在作为街头生活一部分的积极互动之中(见插图5)。偶然间,小商贩的确在售卖,但是在汤姆森的摄影中,他们更为典型地存在于交易视域之外,不见买者。汤姆森作品中最孤立的人物也往往最富有异国色彩,最陌生者即最孤立者,可以来自任何一个社会层面——譬如囚笼中带枷惩治的囚徒。

数种构图策略综合运用,以此促进这一孤立举动。其一是聚焦问题:当时的摄影家多用锐聚焦拍摄整个影像,是为一大特征。与他们不同,汤姆森倾向于锐聚焦于前置影像,并模糊其背景。[45]其二,汤姆森执意使用三角测量法,这是一种创建统一性的标准构图法,影像群体被设置为金字塔形或倒金字塔形。汤姆森大量使用对角线与阴影强化三角测量法,线条呼应着群体影像的构图。他还经常使用背景中的门口,以框起取景对象,并借此将其从社会语境中移出,使之独立。

汤姆森另一种策略是"类型"与劳作并用。在他几乎全部的街头影像中可见人物与生计相互关联,完全处于劳作状态(见插图7)。[46]此类标签化的影像中,他们的劳作定义了人物,他们的劳动即其"类型"。里安论道,"这些场景通过他们'自然的'交易和职业,展现出'类型'。"[47]在相应文本中,汤姆森频繁离题于这些"欢快的"苦力,以突出这一主题信息。例如轿子,他注意到欧洲人最初不愿使用这种奇异的设备,但是他又总结道:"一天的艰苦劳作之后,他感到有休息的必要……标记出轿夫喜悦、满足的脸庞,他们喧闹,又毫无意识地堕落,全因他提供了尊贵的互惠互利。"[48]汤姆森论述东亚的贫富差别,使用了"苦力"一词,不仅指轿夫这样的传统职业,还包括新兴工业职业。他彰显劳工的满足感,同样也声言中华民族的"勤劳"。

与这些劳工影像形成对比,西方常见的类型,如他处理的东方精英,紧密跟随欧洲肖像摄影的传统规范,汤姆森的摄影与他的文字强调了东西方的差异(见插图6、8)。文字再次重申这种平行对比。汤姆森写道:"正如其他以及更为开化的国家一样,柯钦(Cochin)绅士的体格、举止普遍显示出上层社会教养。"[49]关于北京的权贵影像,汤姆森注意到,他们"仪表堂堂,正如我们的内阁官员自夸的那样",亲王们样貌"稍微逊色","拥有骨相学者描述的聪明头脑"。[50]他们的摄影在室内进行,服饰、饰物彰显着权利和身份,摆出标准的欧洲摄影姿势。

至于外在形式,他也采用分类。除了等级化种族类型的广义分类之外,甚至在标签、装饰图案的细节上,汤姆森也想方设法使东方摄影对于伦敦人产生熟悉的印象。广州的一条街道"甚至比伦敦最拥挤的道路更堵塞",[51]他认为中国街头人群"按照我们的方式,应该归类为修补匠和小商贩"。[52]中国的当铺被比作伦敦的典当行,中国的音乐娱乐活动被标注为"音乐会"。

相同的趋势可以在更广意义的主题词中出现,这借鉴于当时英语文学中关于社会底层的叙述。汤姆森呼应了迪斯雷利(Disraeli)的北京"两国记"主题。"我可以发现财富自由分布的证据……另一方面,还有肮脏和痛苦的可怕痕迹。"[53]以英国典型的方式,汤姆森将贫民划分为"可敬者"与不可敬者:在广州,"更加值得尊敬的、更为勤劳的劳动者阶层更偏爱岸上生活",而不是船上生活。[54]在述及中国乞丐时,汤姆森甚至比附世人熟知的维多利亚时期乞丐阴谋组织一事,这个组织形成了特有的地下社会秩序,伪装病痛。①[55]

---

① 此处英文注释中提到的Fagin费金是《雾都孤儿》中的人物。——译者注

汤姆森的东亚举措可以视为一种清晰的尝试,即通过一定的(正式的、文本的、互文本的)层面,把亚洲低下阶级社会分类应用到维多利亚时期的英国劳工阶层。这种分类法的推行,便于为汤姆森所支持的帝国在东方持续扩张进行辩护,帝国扩张的过程,又与工业化自由贸易新时代进程的到来完全一致。如果中国的下层秩序近似于英国,那么,将他们转变为工业无产阶级是合理的。

返回英国之后,他在经典之作《伦敦的街头生活(1875—76)》(*Street Life of London(1875-76)*)中把同样的技术运用在伦敦东区的工人阶层中,书中不时参照他的东方经历,并发表评论。汤姆森公开模仿了梅修的做法,作为一种探索的方式。汤姆森的东方探索展现了异国情调,但是,他的伦敦探索投射出隐形而熟悉的情形:"我们熙熙攘攘的大街上,随处可见的街头人物,我们对他们一无所知。"[56]再次,他使用照相机作为工具,辨别"真实的类型"。

汤姆森不断与中国对比,强调伦敦与东方社会下层之间的类比。《伦敦街头生活》开篇也可见他的策略:伦敦游民的"邮戳""让我回忆起蒙古大草原的游牧人"。[57]此类对比通常带来伦敦贫民的劣势:与伦敦郎博思区(Lambeth)的穷人相对,"中国人习惯了洪水泛滥",[58]谈到垃圾,"中国人是典型的农民,他们去除尘土,拒绝像伦敦人那样将垃圾收集在住处,以备再次更好的使用。"[59]汤姆森此类对比,带有居高临下的意味,虽然意在推动改革,但他的做法只是再次强调了伦敦贫民与文明之间的巨大差异。

结论

汤姆森摄影的维度——东亚与东部伦敦——揭示了一系列普遍旨趣:以艺术摄影中的艺术规范为手段,实现肖像摄影中和谐的"统一性",意在捕捉社会"类型"的本质;艺术摄影与摄影的科学诉求"转录"相结合,以此掩饰汤姆森技术中的主观性;运用摄影为维多利亚帝国与工业"进程"辩护。汤姆森与其他维多利亚时代摄影家的实践,均为摄影界的"广为流传的中国信念"辩解,汤姆森向读者逗趣道:"一条关键的摄影原则可以从拍照人的身体上提取。"[60]汤姆森提取的一条关键原则即他的拍摄对象可以创造自我镜像,可以控制自己的命运。

五 吃在中国：维多利亚时期旅行文学和报章杂志中的中国食物表征

罗斯·G·福尔曼 著

李俊灵 译

资深环球旅行者伊莎贝拉·伯德在其写于1899年的游记《长江流域旅行记》(*The Yangtze Valley and Beyond*)中写道："总体而言，我们对中国食物的看法是严重有误的。"①[1]这也呼应了杂志《圣殿酒吧》(*Temple Bar*)的态度——该期刊在1891年宣称"似乎无法纠正人们认为狗、老鼠和蜗牛经常出现在中国餐馆菜单上的想法。"伯德的游记对具有异域风格的中国饮食存在的普遍误解展开了分析。[2]这些误解通常是由于旅行作家和记者只参加过正式宴会，但对日常食物和地方特产不熟悉而导致的。相比之下，伯德通过描述自己在官府府邸、乡村旅馆、路边餐厅和市场等多种环境中进食的经历，更为真实地向读者描述了有关"天朝上国"人们的举止和风俗。"的确是这样，"她写道，"有钱人挥斥巨资纵容胃口，在'晚宴'上提供花样繁多的肉类和非时令性的水果和蔬菜，这样的奢侈浪费在我们英国也存在，另外如狗肉排、火腿、猫肉、燕窝汤（一种非常昂贵、在外国餐桌上也经常露面的美食）、炖海参、炖蜗牛、蠕虫和蛇肉在盛宴上也可以看到。"（《长江》，

---

① 《长江流域旅行记》，后文引用该著时简称为《长江》，所著页码为西文原文页码。下同。该书目前译本有：湖北人民出版社的《1898：一个英国女人眼中的中国》和四川民族出版社的编译本《长江流域旅行记》。——译者注

第300页)但是,她继续写道,在她旅行期间看到并品尝过的中国食物实际上既安全又健康,而且即使在不那么宽裕的家庭中,食物的多样性也令人难以置信:"中国各阶层消费的食物种类非常惊人。至少要用四五页纸的篇幅才能记录下旅途中在餐厅和食品店看到的东西。"(《长江》,第298页)

伯德的书出版于19世纪末,正值英国公众对中国食物由长久迷恋转向兴味低落的时期。几十年来,神秘中国那充满异国情调、注重感官享受的盛宴常由远在他乡的作家、旅行者为国内读者详加描述,他们到各地品尝中国饮食——通常在中国,但有时也在纽约和美国西海岸的唐人街。这些英国作者主要在期刊上登载他们的经历,有时也在游记中留下记录,中国人餐桌上的礼节往往让他们感到厌恶,也总是出现在他们笔下。居住在中国的英国侨民对此同样厌恶,他们对当地食物的反感在杰伊·登比(Jay Denby)的搞怪之作《初来上海的格里芬寄给父亲的信件及其他夸夸其谈》(*Letters of a Shanghai Griffin to His Father and Other Exaggerations*)中被刻画得入木三分。[3]

像维多利亚时代的旅行者一样,伯德对"天朝上国"食物的关注证明了公众对截然不同的异域的普遍神往,而作为叙事形式的游记需要尽力为国内读者提供详细描述。她知道读者对所描述的饮食领域不甚熟悉,因而竭尽所能唤起读者的兴趣甚至向往。与其他作者相比,伯德对中国饮食的讨论更加准确,也更具美感,而且她提供了不同阶层消费的食物——从四川一个村子里制作的皮蛋到更加繁华地区制作的豆腐,到市场及"人群聚集处"那些城镇"流动小贩"吆喝的"蔬菜馅饼"(《长江》,第298页),这些描述与维多利亚时代过分强调中国菜相对于英国饮食的奇怪与对立截然相反。和一般(尤其是男性旅行作家和记者)对英、中两国饮食差异的强调不同的是,伯德更多地关注中国饮食的特征,如多样性、新颖性、健康性,甚至还有战胜逆境的特性。("干净的烹饪和有益健康的饭菜,"她断言,"通常是在黑暗和并不宜人的环境中制作出来的，那些常在中国内地走动的外国人不难发现中国菜的可口"[《长江》,第300页]。)[4]

无论是有意还是无心,这种对中国食物的看法引发了对英国人自身的反思。中国人在烹饪方面具有达尔文提出的适者生存般的极强适应性,他们信奉多样性是维持社会整体生存的手段。与读者的期待相反,伯德之旅证明了即使在恶劣的条件下中国食物依然符合卫生标准,即使这些食物不合英国人的口味和被认为不健康,它们的营养价值也不容忽视——这部分解释了许多游记中对食用老鼠、狗、蛇、昆虫和其他"低等"动物的强调,而这些动物被"文明"的食用者排除在视野之外。

伯德的书反映了这一时期有关中国饮食习惯及菜肴的重重矛盾,既迷恋又拒斥异国情调的两种态度并存。19世纪40年代往后(自第一次鸦片战争到1857年叛乱后英国在印度和亚洲的大肆扩张)对中国晚餐和食客的描述定期出现在英国报刊专栏文章上,同时也成为在国内或旅居中国的英国作家相关游记、杂录和小说的主要内容。

这些描述在很大程度上导致英国公众将中国视为异质和无法接近的存在,但同时也介绍了礼仪和习俗的文化背景,目的是通过礼节、饮食和饭后娱乐活动上的相似性使中国变得更易理解。对中国食物的讨论与种茶和制茶的话题紧密相连,而具有中国特色的茶是英国人常喝的。在整个19世纪,茶逐渐从陌生的舶来品变成了熟悉的本土饮料。随着新的制备方法的出现,红茶的消费量超过了绿茶,而随着南亚新的殖民地种植园的出现,茶叶生产也从中国转移到了英帝国殖民地(从而消除了英国依赖中国茶叶消费所隐含的经济风险,同时鸦片出口扭转了两国之间的总体贸易"失衡")。然而,中国食物继续以它的多样性、异国情调以及陌生的烹饪和消费模式或使人着迷或遭人排斥。即使是用来将"食物"从餐桌送到口中的工具,对于许多在中国的外国游客来说也不啻是一个奇迹：筷子是集崇高和荒谬于一体的物件，反映出这一古老文化坚决抵制纳入西方行为体系和西方物质文化模式的基本矛盾。

因此，对中国食物（正如其他外来饮食）的解释提出了关于民族界限、自然边界、适应界限的问题，也成为英中两国关系的标志：通过将其描述为异质的来遏制中国，也是将中国纳入女王全球统治版图的重要途径。旅行家作为品尝者和讲述者的双重主观性既确认了文化界限，又冲破了这一界限，将烹饪描述转变为重申自身文化完整性的过程，同时又促进了跨文化的认同。这些描述依托于大量类比，例如将变蛋比为成熟干酪，或将繁复的餐桌礼仪和菜肴的丰富与法国传统相联系，而为中文菜单寻找参照术语的做法也使中国食物及相关习俗可以为那些对此毫无体验者所理解。在消除中国食物陌生化的同时，这些作者也实施了一项反向操作——使欧洲食物自身陌生化。因为如果以批判的目光审视，西方佳肴也如蛇、燕窝等中国食物一样具有异国情调、极不可口。例如，1887年1月，《康希尔杂志》(*The Cornhill Magazine*)上有关燕窝的文章引用了查尔斯·达尔文（Charles Darwin）"中国人烹制干唾液汤"的嘲讽性评论，但为之提供了以下语境："这听起来确实恐怖，但是，只有当我们不再用死胭脂虫为果冻着色时，才有资格向东方饮食投掷石头。"[5]

美味饮食

从历史上看，对中国食物这一特定主题的迷恋至少在大众媒体中与《南京条约》的签署紧密相随，该条约开启了中国在商业贸易方面向西方"牡蛎"式开放的进程。自19世纪40年代初第一次鸦片战争爆发后，英国媒体明显地开始关注中国事物，越来越多派往中国（包括英国在华殖民据点的香港)的商人和官员传回相关报道,这些都引起了人们的兴趣。19世纪40年代和50年代初期,期刊上——如《霍格的指导者》(Hogg's Instructor)和《实用知识传播会便士杂志》(The Penny Magazine of the Society for the Diffusion of Useful Knowledge)——出现了一系列有关收集燕窝及将其用于炖汤的文章。[6]这些文章基于记者和博物学家在中国的经验,或者从当时的游记中选出,与美食本身相比,它们更关注英中两国贸易不平衡的经济问题,特别是燕窝的高昂价格和"垄断成本",并将其视为中国抵制"与外国人通商"和无视市场规则的一个典型例证:"燕窝几乎不牵涉任何人类劳作的付出,生产成本在市场价格中所占的比例微乎其微。"1841年《便士杂志》引用了约翰·克劳福特(John Crawfurd)1820年游记《印度群岛历史》(History of the Indian Archipelago)中的上述这句话作为结论。[7]燕窝成为食物几乎是偶然的,这里的讨论主要是科学性的,尤其是在经济方面。燕窝的价值取决于其稀缺性,这种关注促使英国人将中国人视为亚洲最类似于自我构想中的商人,同时也将中国视为拓展新市场、推动帝国主义重构的合适场所。从那些在文化上、通常在政治和经济上曾经是中国的朝贡国获取的燕窝和海参运送到中华帝国内部的消费场所,标示着一个高度组织化的区域贸易网络,这对于海上帝国主义是一种竞争形式,它意味着拒绝纳入欧洲的贸易体系。[8]

与食物更直接相关(与试图将中国纳入英帝国的动机也同样有关)的是《泰晤士报》通讯员柯克(George Wingrove Cooke)1857至1858年在华期间对"中式晚餐"的描述。柯克被派往中国报道第二次鸦片战争,他在发表于《泰晤士报》的一系列信件中记录了他的旅行经历。这些信件1861年被结集为《中国和孟加拉:1857—1858年有关中国的〈泰晤士报〉通讯》(China and Lower Bengal. Being "The Times" Correspondence from China in the Years 1857-1858.)。尽管表面上是对战争的描述,但柯克一书的结构更像传统的游记。它以"人在旅途"一章开始,并以"再见了,中国"一章结束(如果不是作为结论的话)。①[9] 关于中国食物的信件构成了该书"中式晚餐"一章。

柯克对在宁波用餐的讨论有四个重要方面。首先,他将宴会描述为"中式晚餐"的典型,后来成为描述中国人饮食习惯的标准模式。第二,他证明了早在1857年欧洲人已很难在中国人的家中品尝到"正宗"的中国饮食。柯克解释道,因为了解到拜访者的口味后,主人总会雇佣客人自己的厨子来烹制,这种模式到底是源于西方人对外国食品的难以容忍还是中国人对款待的特定理解,原因难以确定:"在中国人的家中已很难品尝到地道的中式晚餐。主人认为根据客人国家的习俗来进行招待才有礼貌。我一直盼望着山东商会在宁波一座新庙中的宴请,但是,哎!这些山东商人居然雇佣了英国客人们自己的厨师。"(《中国和孟加拉》,第238页)第三,柯克的描述暗示了中国那时拥有比英国更为发达和贵族气的餐馆文化。1857年在英国外出就餐的可能性远远低于法国,而"在中国到处可见餐馆。"②[10]这是1860年到达中国的医学传教士德贞(John Dudgeon)看到的情形。当时英国盛行在家中招待客人,中国的情形则大为不同。就像德贞所解释的,"在大城市中,这些(饭馆)规模很大,并且是上层社会邀请朋友共进晚餐的聚会场所。中国人通常不会在自己家里举行社交聚会,而被邀请到这些饭馆去就餐被认为是非常体面的。"(《健康展览文献》,第317页)

因此,为了在宁波品尝"地道"的中国食物,柯克在一位官员经营的饭馆里做东。这不是平常招待富人的那种饭馆,而是只接待上层精英人士。它被命名为"学士饭庄",并且享有京城之外"中国美食之最"的声誉(《中国和孟加拉》,第239页)。这一饭庄逐渐发展成为体验

---

① 后文引用该著时简称为《中国和孟加拉》,所著页码为西文原文页码。——译者注
② 因德贞的文章收入了《健康展览文献》(The Health Exhibition Literature),后文引用该文章时称为《健康展览文献》,所著页码为西文原文页码。——译者注

"中式晚餐"的主要场所意味着中国饮食是一种城市现象,同时也意味着,那些在菜单中标明的外来食物或烹饪方法也日渐被中国化了。因此,具有异国风情的中国饮食体现了城市对舶来品的包容,这在许多方面与维多利亚时代人们对海龟以及海鲜店中牡蛎与黏性肉类的偏爱没有多大区别。那时海龟是从美国进口的,就像中国的燕窝是从东南亚进口的;牡蛎等黏糊糊的食物也类似于中国宴会上的海参和燕窝,这使得许多观察人士认为中国人喜爱胶状食物。第四点即最后一点,柯克的"中式晚餐"与其他的记述明显不同,因为后来人们对所提供的中餐食物显示出同情并愿意尝试。柯克与18世纪英帝国主义者的情绪更加吻合,他们将当地食物作为日常饮食,而不是像维多利亚时代后期那样对外国食品表现出怀疑甚至是反感。[11]实际上,柯克敏锐地意识到了饮食习惯中的文化相对性,他主张对饮食差异持开放态度,并要求人们具有适应变化的意识。海参是"多汁而令人愉悦的食物,味道完全不像甲鱼裙边,"他接着总结道:"如果一个人不能吃任何他祖父和父亲没吃过的东西,我们必须让他去吃牡蛎、滨螺和小龙虾,不要指望他会吞下更可爱的海参。但是,可以肯定的是,一个已经大量吞入贻贝中有毒物质的英国人无权反对一个正享受着炖海参的中国人。"(《中国和孟加拉》,第240—241页)

对中国食物的描述出现在大多数游记中,不仅从未过时,而且在十九世纪八九十年代再次盛行。日本明治维新后的开放、上海租界区域的扩大、轮船航线的延伸都将中国沿海与英国和澳大利亚更紧密地联系在了一起,也使中国内河的商业运输日益繁忙。更重要的是,期刊间出现了争夺读者的竞争,此时关于中国食品的文章呈现了爆发式的激增,互相竞争的出版物都力图在中国食物这个话题上压倒对方。小说也产生了一定的影响:《闲暇时刻》(*The Leisure Hour*)在1880年将儒勒·凡尔纳(Jules Verne)的《一个中国人在中国的遭遇》(*Troubles of a Chinaman*)以连载形式刊登,小说主人公金福(King-Fo)对宴会进行了精心的描述,引发了一系列名为"中式晚餐"或"中式菜单"的文章。①[12]

1883年中国首次正式参加了在英国举行的国际渔业展览,一年后在国际卫生展览会上开设了中式自助茶座。这些公开展示使中国美食问题成为公众关注的焦点。传统上只有男性才能享受的宴会体验被扩展到了女性,她们涌向南肯辛顿来品尝价格固定的中式套餐,这些宴会赋予了菜肴以令人印象深刻的法国名称,例如肉冻鹌鹑(Chaud froid de cailles à l'Essence)和粤式海藻鸡肉肠(Crépinette de Vollaile à la Cantonaise au Varech Violet)。这些菜的确切成分很难确定,前者大概是用肉冻制成的鹌鹑,而后者则是某种带有"粤菜"海藻风味的鸡肉香肠。

展览本身就是一种反向旅行,它将中国的世界带到了英国。正如许多学者所指出的那样,其空间设计和亭阁布局旨在反映环球旅行的经验,并通过专门印刷的指南来引导参观者。国际展览可以代替海外旅行,也是刺激海外旅行的手段。此外,从很多方面来说,这些展览给予了参观者直接尝试中餐(无论其改变程度如何)的途径,而出于文化原因,这是到香港或其他通商口岸的普通游客实际上可能没有机会体验的。的确,维多利亚时代晚期几本关于中国的指南很少提供有关当地食物以及如何、在何处品尝中餐的信息。(据推测,游客一般在酒店用餐,除非在乡村旅行,否则可能永远不会品尝当地食物。)

英式用餐的"精致荒诞"

19世纪晚期偶尔会出现一些对中国人提供的欧式晚餐的描述。

---

① 《一个中国人在中国的遭遇》,后文引用该著时简写为《遭遇》。——译者注

这些描述仅在19世纪末才出现在游记中,部分是因为,在这个历史关头,帝国扩张的动机本身日益受到质疑(特别是考虑到英国对中国鸦片贸易的历史),对文化进行等级分类受到批评,但一些烹饪专家如伊莎贝拉·比顿夫人(Mrs. Isabella Beeton)在《家庭管理手册》(*Book of Household Management*,1861年)中运用了这一等级分类,并宣称"用餐方式就是文明优劣的体现"。这些描述通常具有讽刺幽默意味,通过揭示英国人在中国大量食用罐头肉和其他进口商品的事实来论述跨文化理解的问题。他们经常以自嘲的方式表明中国人对英国食物的错误印象有多严重,但这种方式实际上又强调了中国人将欧洲人视为"野蛮人"具有合法性。在叙述中,他们采取中国人的视角,提供了与其行为相应的各种习俗。通过这样的方式,表明习俗与文化相关,但与文化之间的等级并无必然关系。采用中国人视角的幽默叙事风格促成了作者与读者之间常态关系的逆转;实际上,幽默是在中国人对欧洲晚宴的看法与读者看法(在英国叙述者的干预下)之间的一股调解力量。

贸易商和旅行者立德(Archibald John Little)描述一位广东商人在四川为他提供了这样的欧洲菜:几乎全是煮熟的家禽,还有血淋淋的大羊腿,与中国人晚宴上精致的饮食形成了鲜明的对比。"不是将整块的鸡肉切成小块,然后用细腻的酱汁炖煮,用雅致的筷子将它们全部送到嘴里,相反,桌上放了一只粗糙的白煮鸡,也没有切鸡用的餐刀,"他指出,如果中国客人来参加这次晚宴,一定也会感到这些东西无法下咽。①[13]尽管在立德看来进餐的问题源于鸡肉和相应的餐具,即缺乏适当的切割器具以及面包和土豆等可口的佐餐,但具有讽刺意味的是它揭示了中国人如何看待英国食物:半生不熟、烹制方法极为粗糙。立德的结论是要对中餐重新评价:"吃过这顿饭后,我开始不再

---

① 《在中国西部的贸易与旅行》,后文引用该著时简写为《贸易与旅行》。——译者注

像以前那样认为自己是受害者,因为在旅行中通常只能吃纯朴简单的中餐。"(《贸易与旅行》,第306页)实际上,在这次商人举办的宴会上,中国客人才是受害者这一事实并未直接点明,而是通过下面这句话表述出来:"尽我所能弥补同来客人的不适。"(《贸易与旅行》,第305—306页)这种受害感是英国人对中国食物的标准印象,将吃饭从享乐转变为受苦,通过叙述增强了一种刺激的力量。

讽刺性地使用食物描述来强调文化相对性(也是通过中国人的眼睛和嘴巴)有一个更令人信服的例子来自明恩溥(Arthur H. Smith)。明恩溥是常驻山东潘家庄的美国传教士,在中国生活了18年后出版了《中国人的特性》(*Chinese Characteristics*,1890)一书。①[14] 基于《北华捷报》(*North China Daily News*)上刊登的一组论文,刘禾(Lydia H. Liu)认为,在赛珍珠(Pearl S. Buck)的《大地》(*The Good Earth*,1931)出版之前,《中国人的特性》是关于中国书籍中最受欢迎的。[15] 在这本书中,明恩溥将中国人对西方食物的印象滑稽地表达了出来:

> 一位中国官员幸运地受邀在英国领事馆参加晚宴,讲述了英国的"伟人"是如何站在桌首,并用巨大的刀将那摆在他面前的巨块牛肉切成薄片。一排排的仆人像来访的客人一样,站在那里,注视着这一切肉的行为,他们所有人都已经习惯了,来欣赏表演的精致荒诞。为什么一位主人当着所有客人的面,来测验自己关于比较解剖学的知识,这有什么合理的理由吗?难道等待是19世纪文明的庄严任务,一个仆人本可以在方便的时间将肉切割成

---

① 《中国人的特性》,该书中译本目前有:作新社藏版的《支那人之气质》,光明日报出版社的《中国人的特性》,三联书店的《中国人的性格》,学林出版社的《中国人的素质》,书海出版社的《文明与陋习:典型的中国人》,中华书局的《中国人的气质》,河北大学出版社的《中国人气质》,陕西人民出版社的《中国人的文明与陋习》,北京联合出版公司的《中国人的气质》;古吴轩出版社《大国与小民:外国人眼中的中国范儿》。由相同译者翻译、但不同出版社出版的译本在此只列出一种。所注页码为西文原页码。——译者注

大小合适的块头，主人却非要在客人等待时来切肉吗？……(《中国人的特性》，第24—25页)

再者，幽默构成了通过对方的眼光传达文化评价的手段，从而消除了被中国人嘲笑的不愉快和不可接受的感觉。正如明恩溥所指出的，就餐具有表演性质，而这种表演被人们误解了，因为对于一种文化而言，款待是一种好客的行为(比如切割烤牛肉)，而对于另一种文化而言，则是虚张声势的无礼象征。因此，切割仪式变成了"精致的荒谬"，但关键的一点是，仆人充当了这场闹剧的观众：切肉行为打乱了主人、来宾和仆人的原有角色，成了家庭管理不善的典型范例。为了证明这一点，也为了吸引读者，明恩溥从中国人的主体视野转换到西方的主体视角，但最终这也显示了中国人更为优越。他邀请读者一起思考，贵宾被邀请在英式餐桌上切鹅，"结果不慎将鹅肉掉在旁边女士的腿上，女士还要微笑着说没有关系。"(《中国人的特性》，第25页)。这种容忍礼服被弄脏的英式礼貌实在荒谬。明恩溥得出结论说："在中国从来不会出现类似的事情，仅凭这一点，我们意欲声称，在饮食、烹饪、切肉方面，中国人比我们更加文明。"因此，明恩溥笔下中国官员对英式晚宴印象的描述促使广大读者追问19世纪末期文明的职责是什么，并质疑英国人实际上是否有能力规定此类职责。

像立德描述的那样，当举办宴会时，中国主人决定为欧洲人提供熟悉的食物，这肯定归功于实用主义和好客的文化观念。德贞在为1884年国际卫生展览会撰写的题为"与健康有关的中国人的饮食、衣着和住所"的论文中赞扬了中国人的创新，他这样回忆自己参加的一次宴会："可能更有趣的是中国人展示的烹饪技巧，可以将牛奶制作成丰富多样、令人愉悦的样式，我曾受北京一些高级官员的邀请参加过盛大的宴会，他们知道外国人偏爱牛奶并经常食用，因而这顿丰盛的晚餐几乎完全由含牛奶成分的物品组成，而奶酪、黄油、软凝乳和奶皮一点儿都没有使用。"(《健康展览文献》,第276页)如果可以将英国人对中国食物的抵抗在某种程度上归于英国人对"中国本土化"的反感,那么与此同时,中国人不提供自己食物的倾向也是一种疏远机制,一种避免交流的做法。

多大程度上取决于宴会?

这并不是说,在这些宴会上对中国食物的描述一定是负面的。尽管宴会上的中国伴乐总是被贬斥为"震耳欲聋的噪音",但菜肴本身经常被认为很美味。1880年在《帕尔默尔晚报》(*The Pall Mall Gazette*)上发表的《中国烹饪》一文刊登了《辩论报》(*The Journal des Débats*)记者的报道,该记者出席了担任清朝官员的法国人在中国举行的一次宴会。"在欧洲时我们对许多中国菜肴有所耳闻,但实际上它们并不像听闻的那样古怪",文章写道。燕窝就像是鸡汤中的细粉,鱼翅让人想起溜冰鞋,尝过变蛋的"每个人"都说"它们很棒。"[16]卡明(Constance F. Gordon Cumming)在《漫游中国》(*Wanderings in China*,1886年)中讲述了她在一位艾先生家中品尝的"非常可口但时间漫长的晚餐,有多达25道菜肴。"[17]卡明发现,"所有东西都是精心烹制的,而且毫无疑问非常清洁,因此尝新的欲望可以放心地得到满足。"(《漫游中国》,第220页)"可以肯定地说,"她补充道,"我尝到了所有不常见的东西,而且,我确实认为所有特色菜都很好。"(《漫游中国》,第220—221页)即使宴会上有人不喜欢这些食物,他也会认识到主人准备食物和上菜时的精心,为用餐者准备擦手热毛巾的习俗也很受赞赏。

最重要的是,构思和制作如燕窝和鱼翅汤等复杂菜品的过程体现了中国精致而文明的味觉理念。达尔文在《人类的起源》中指出"猴子和人的味觉神经非常相似";[18]品尝过中国食物的人发现不同的"人种"间也存在相似的模式,尤其是那些古老而文明的人种。达尔文还提出,"高级种族中的文明人与低级野蛮人之间的道德性格差异绝不是断崖式的,因此它们有可能转变并发展成为彼此。"(《人类的起源》,第35页)同样地,中国菜可能是异国情调的,但英国作家在品尝和向他人介绍的过程中意识到了口味的可转变性,以及人类胃口的普遍相似性。

另一位旅行家阿什比(Henry Spencer Ashbee,后人更熟知的是他对维多利亚时代色情作品所作的索引)使上述观点更加明确。在1882年出版的《满洲都城》(*The Metropolis of the Manchus*)一书中,阿什比讲述了自己的北京之行,他"决定要吃一顿地道的中餐"。[19]尽管他实际上并不喜欢在一家"当地老字号"用餐,但他既不责怪餐馆也不责怪食物本身,而是归咎于自己对文化的敏感:"这并不是我第一次享用纯粹的中国食物,我对它并不完全陌生,也不是食物做得不好,但人们对于所有东西的味觉或多或少都是后天习得的,是教育的结果。由于我的舌头没有接受过这门语言的教育,所以我的味觉也就没有学会欣赏这种烹饪。"(《满洲都城》,第32页)

阿什比将掌握一种特定的语言与掌握一种特定的饮食美学加以类比,展示了一种特有的叙述模式。聚焦于舌头的双重用途——说话和品尝,他再次概括了体验食物和叙述体验之间的辩证关系。他不仅指出了旅行经历的体验特性,而且还呼吁人们注意游记作家是如何将自己的体验转换为国内读者可以欣赏的文字。此外,他在抽象地欣赏另一种文化(通过食物、语言等非个人喜好的学理上的关注)与旅行者能够切身体验这种文化差异的能力之间做出了重要区分。阿什比的理念中最重要的是教育和训练是跨文化理解的关键因素。能把不快变为快乐,把厌恶变为欣赏的关键唯有知识和接触。

这种认为味觉可以通过教育来摆脱文化限制的观点有助于理解为什么品尝者——尤其是1884年在英国展厅中品尝过中餐者——主

张诸如鱼翅汤之类的美味佳肴可以纳入英国饮食。其中一位宣称,他所品尝到的燕窝汤很快将会出现在伦敦著名餐馆的菜单上。"英国人的口味能够与最好的中国菜相适应"这一观点也有助于解释为什么人们总是用"法国高级菜"这一参照框架来描述中国宴席上的食物:对英国来说,品味和口味可以被教授的审美模式源自法国,这要归功于萨瓦林(Jean-Anthèlme Brillat-Savarin)、埃斯科菲耶(Auguste Escoffier),尤其是索耶(Alexis Soyer)和其他在英国工作的法国厨师,他们推动了精致烹饪的发展,使高级美食成为时尚。"外国侨民或游客有时受到中国人邀请参加宴会",宴席菜单上有丰富的汤、烤肉以及口味清新的点心和饮料与英国人十分珍视的法国烹饪几乎可以相互媲美。[20]

最后,这些有关中国食物繁多而参差不齐的描述都可以归结为美学意义上的品味问题。中国烹饪无论被视为高级美食,还是令人生厌、做法粗俗的糊口之物,主要都来自19世纪和20世纪初旅行者和记者所作的描述。在他们笔下,中国要么是典范,要么是笑柄,从而为那些试图将天朝纳入欧洲知识体系的品鉴者提供了素材。

六 与他者相遇：女性旅行者在中国（1880—1920）

茱莉娅·库恩 著

江 莉 译

本文以1880—1920年间游历中国的多位女性旅行者为研究对象，分析她们以何种方式体验和描述中国、中国人。[1]在研究方法上，本文不作共时层面的历史研究，而是聚焦于这一时期一系列特殊经历或事件。

福柯（Foucault）在《知识考古学》（*The Archaeology of Knowledge*）中解构了整体化的、线性连续的、强调因果关系的历史研究。与之相对，他指出历史是一系列"由罕有事件或重复性事件形成的特殊时段，这些时段彼此并不连续，存在互相并列、前后相继、重叠交叉等多种情况，无法归纳描述为一种线性构架"。[2]本文在分析女性旅行者书写的中国经历时，采用福柯的情景性事件（episodic event）作为一种分类依据。福柯的"事件"概念适用于游记文学研究，乃是因为游记与福柯定义的"历史"类似，通常都是由一系列针对特定事物或零散片段所作的情景性叙述构成的，这些情景性叙述并不构成一个线性发展的故事。1917年来到北京的美国旅行者艾伦·拉莫泰（Ellen La Motte）在介绍其游记作品《京城旧事》（*Peking Dust*）时坦承该书并不以向读者提供准确、实用的信息为目的，而是记录"传闻——流布于街头巷尾的传闻，恰如北京城里的飞尘"。[3]她建议读者对书中所录之事"淡然处之",[4]这实际上是在提醒读者：游记只是对一系列经过选择的事件的书写,这些书写呈现的是作者个人的印象和体验,采用的是人们谈论奇闻轶事时口语式的叙述方式。

福柯的"事件"概念中包含时序性和叙事性两个维度。时序性维度不可忽视,但本文主要聚焦于叙事性维度,着重考查女性旅行者对中国某些组织机构、中国的城市与乡村的书写记录。

与组织机构相遇

医院

19世纪,西方医学持续传入中国,主要渠道是传教士在中国进行的医疗救助活动。爱尔兰护士艾米莉·戴利(Emily Daly)于1888年前往中国,主管开设在宁波的一所妇女医院。戴利在中国可谓"旅居者"。她的叙述值得关注,不仅仅因为她从业内人士的角度讨论了中国医疗事业状况,还因为她与当时在中国最知名的女性职业旅行家伊莎贝拉·伯德(1831—1904)产生了交集。1894年,伯德拜访了迁居到满洲牛庄的戴利夫妇。夫妇二人由于创办医院的共同志向而结缘。戴利谈到伯德时说,"无论她走到哪里,都热情鼓励、积极支持医疗事业",此言非虚。[5]

伯德游历多国,所到之处对当地医疗状况格外关注,令人钦佩。但这种关注也可以解读为维多利亚时代女性"文明使命"[6]观念的表现。当时人们普遍认为,女性肩负着文明使命,应以其端庄高贵的品德和操持家务的长处增益于社会,应热心慈善,多加走访,常做奉献。因此,在19世纪,慈善事业在为贫困阶层带来生活所需的同时,也成为中层和上层阶级女性的一种义务、闲时乐意为之的一项活动。[7]由此我们不难理解为什么伯德尽管发现中国的慈善机构极不健全,仍然在1899年出版的《长江流域旅行记》(The Yangtze Valley and Beyond)一书中专章介绍了"中国的慈善机构"。她没有意识到亚洲的文化语境中并不存在西式的慈善事业,她不无疑惑地写道:"我还无法确定,中国女性乐善好施的天性是否有机会得以施展。"[8]伯德先后失去了妹妹亨丽埃塔(Henrietta Bird)和丈夫约翰·毕晓普博士(Dr. John Bishop)。她对他们悉心照料直至临终。[9]失去两位至亲之后,伯德的慈善之心更切,慈善之举更勤。在其后旅行亚洲的过程中,她用自己出版游记作品带来的收益建立了多所医院以纪念家人。她在中国浙江周府(Chow-fu)和克什米尔的斯利加那(Srinagar)建立了约翰·毕晓普纪念医院,在印度北部的西姆拉(Simla)和中国四川保宁府(Paoning-fu)建立了亨丽埃塔·伯德医院,此外还有在首尔建立的一所医院以及在东京建立的一所收容地震孤儿的孤儿院。[10]

其实在伯德有足够的经济能力在国外积极参与医疗活动之前,她已经开始探访医院。1878年第一次到中国旅行时,她曾在由中国商人创建和支持的香港东华医院停留。在那里,她写道:"无论是用药还是治疗,这里完全不采用欧洲的医疗方式。"[11]也许伯德对东华医院的组织和工作总体上是赞许的,但她仍然批评了这里西方医疗知识的缺失:麻醉不使用三氯甲烷,而是用具有麻醉效果的"一种深棕色的粉末"。[12]更让她感到不满的是,中国的医生在治疗过程中从不使用消毒剂,包扎伤口使用的是"麝香、猪油、龙涎香、犀牛角研磨的粉末、晒干的虎血、虎肝研磨的粉末、蜘蛛眼"等混合物,人参也常用来治疗一些疾病。[13]伯德总结道:这里实施的是这么一套陈旧的江湖医术,死亡率居高不下就不足为奇了。[14]

伯德积极的慈善活动、充沛的精力、主动寻求与他者相遇的意愿,伴随着一种西方知识优越论的沙文主义信念。对前往异域的旅行者来说,将遭遇到的陌生事物纳入熟悉的认知框架中去理解是一种常见的方式。1920年旅行中国的英国艺术家、学者伊丽莎白·肯普

(Elizabeth Kemp)也探访了医疗机构。比伯德更甚,肯普在上海、北京、杭州的各种机构中搜求着一切能够证明西方现代化、商业化、工业化之优越性的证据。她考察过的机构有洛克菲勒医学与科学研究中心、红十字会、山东齐鲁大学医学院、传教士兴办的杭州妇产医院等等。她十分认同上海的商务印书馆,这个机构——她写道——致力于满足对"快速增长的、介绍欧洲各门类知识的中文书籍的需求",流露着身为西方人的自鸣得意。[15]

与伯德同时代的康斯坦斯·戈登·卡明(1837—1924)女士,同样因旅行探险事业而闻名。与伯德不同的是,卡明出身贵族背景家庭,在上流社会中人脉甚广,这成为她开展旅行探险事业的有利条件。1879年,卡明同样带着她作为上流社会对慈善事业的使命感和西方世界的优越感来到了福州的一所医院。正如她拒斥一些传统的中医治疗方式,如用针灸治疗痢疾,用蝎子制成的调和剂治疗发烧,让怀孕的妇女服用鸽子粪便制成的药品,等等。她对缠足的评价特别明显地表现出一种居高临下的姿态,也显露出用自己熟悉的框架阐释他者的策略。卡明称缠足的传统为"酷刑""骇人的畸形"。[16]她写道,坏疽的脚本来只能截掉,然而幸运的是,"在训练有素的欧美医护人员精心治疗和悉心照料下,它们很快就会恢复成美国妇女那样的天足,比走起路来步履蹒跚的三寸金莲方便得多。"[17]值得注意的是,卡明把缠足现象的核心问题——"人工的美"与欧洲一些国家妇女束腰的习俗相比较,就是在通过既有的认知经验去理解异域的、异质的传统。[18]

与这些情况类似,福柯在《词与物》(*The Order of Things*)一书的序言中曾经谈到一个"中国式"的分类系统,以之为例说明中国人的思想迥异于西方,揭示出知识总是与特定的文化系统相适应的,总是以特定的"历史先天"(historical a priori)或"知识型"(epistemes)为前提条件发展出来的。他引用了某部中国百科全书里的一个词条,根据这个词条,动物可以分类为:(a)属皇帝所有的;(b)经过防腐处理的;

(c) 驯养的；(d) 乳猪；(e) 鳗螈；(f) 传说中的；(g) 流浪狗；(h) 包括在目前分类中的……[19]具有讽刺意味的是，这一份中国式的动物编目只是豪尔赫·路易斯·博尔赫斯(Jorge Luis Borges)虚构出来的。博尔赫斯这份庞杂混乱的动物分类对我们习惯于通过自身先在的、特有的、有时候甚至是任意的类别概念来认知事物的做法形成了一个小小的讽喻。它表明，对于那些旅行者来说，他们必然要透过西方文化的基本规则去认识中国——无论这些基本规则是意识形态层面的、历史层面的还是审美层面的——除此以外别无他法。

缠足

女性旅行者面对中国的缠足问题时，将他者性纳入同一性框架中去理解的做法更加常见。1919年，澳大利亚旅行家、小说家玛丽·冈特(Mary Gaunt，1861—1942)较为详细地讨论了缠足问题。玛丽·冈特拒绝被别人称为"女权活动家"，但是承认自己是女性参政思想的拥护者，"深知女性的最大价值并不因其成为一个天使或奴隶而实现，是因其成为一名合格的公民而实现。"[20]冈特探访山西的一所医院时，目睹了缠足给人带来的痛苦和疾病。她探究了这一传统的起源，并且做出了评论。与卡明一样，她是将缠足与欧洲女性束腰的行为相对照来进行评论的。"缠足的原因还不十分清楚，"她写道：

> 我想，缠足行为本质上与性有一定的关系。但是，我无法理解为什么人们认为一个遭受病痛折磨的女人会比一个健康的女人更加乐意投入她的主人的怀抱。当然，我们不会忘记，就在不久以前的维多利亚时代，娇柔纤弱身体欠佳的女人往往为众人所爱慕。看看狄更斯和萨克雷小说中那些动不动就昏厥的女主人公就知道了。但是，缠足与束腰决不能相提并论。我听说不少人有这样的看法，但是我敢断言这是错误的。与束腰相比，缠足更

加罪恶。[21]

不管冈特本人如何表明立场,她关于紧身内衣的言论确实可以解读为一种女权主义话语。比冈特早两百年,玛丽·沃特利·蒙塔古(Mary Wortley Montagu)在索非亚女浴室体验过"一丝不挂"的自由。[22]浴室里的土耳其女人想要为这位外国客人宽衣,但发现她被英式胸衣紧紧箍住。于是土耳其女人们放弃了,她们认为一定是这个外国女人的丈夫发明了这副"器械"来锁住妻子的身体。[23]如果蒙塔古的紧身内衣可以看作父权社会的隐喻——毕竟蒙塔古夫人自己也对不得不离开那个妇女解放的社会回家为丈夫履行家庭责任而深感遗憾——冈特对缠足的阐释也可以视为一个典型事例,显示出人作为认识主体是如何把陌生的事物从其原来的语境中割裂出来,放到主体熟悉的框架中对其加以理解,甚至人为地使之与主体自身的处境产生关联。伊莎贝拉·伯德探险寻异的爱好也常常被看作维多利亚时代女性反抗束缚和压抑的例证。[24]伯德游历中国的过程中装束不拘一格,把中国式的罩衫、日本式的遮阳帽、英国式的手套和鞋子混搭在一起。这样穿戴不仅仅是为了避免引起人们过多的注意,也是为了让腰间更加自由。[25]苏珊·图林(Susan Thurin)在讨论伯德时说:"伯德因为没有紧身胸衣的中国式服装带来的舒适而激动,她在国外寻求的实际上是挣脱在西方社会中备受束缚的角色,获得自由。"[26]可以说,在对待缠足这个问题上,冈特其实大可不必因为人们把她视为女权主义者而抗议,她确实批评过中国女人仿佛是男人"受宠的奴隶"。[27]在讨论缠足问题时,卡明和冈特都把束腰问题引入进来,将二者作为具有可比性的话语,这似乎表明二人都认为:压迫女性,不惜使之身体畸形,屈服于某种强加给她们的性爱理想,这样的情况并不只是在中国才有。

美国游记作家、女权运动积极分子格蕾丝·西登(Grace Seton,

1872—1959）延续了这种女权主义者思路。西登1922年前往中国之时，就计划"聚焦新中国女性的处境这一尚未引起公众关注的问题"。[28]她对上海、北京、广州、杭州的描述无一不以对女性解放问题的讨论收尾。在《太太之灯》(The Tai Tai Lantern)中，她赞颂了女性参政论者、女医生、女慈善家、女作家、女性反缠足活动家等中国"新女性"的出现。值得注意的是，西登反复使用的"新女性"这样一个未必恰当的词语本来是用来指称早期的女权活动家的。这表明西登同样是在使用一种西方的框架描述中国新出现的女性群体。[29]

在西方女性关于中国缠足问题的讨论中，旅居中国的英国作家阿里西亚·立德夫人（1845—1926）的论述受到广泛的认可。在其著作《熟悉的中国》(Intimate China)第一、二章，她追溯了缠足传统的历史起源和神话起源，记录了缠足的具体方法及其地方差异，并从医学角度讨论了缠足的危害。[30]第三章则转到一个"令人振奋的话题"，[31]即1895年天足会的成立。到1899年立德夫人写作之时，天足会已经吸引了众多支持者，既有中国人，也有西方人。因此立德夫人希望在不久的将来"人们只有从利伯提百货公司制造的针垫形状，才能大概了解'三寸金莲'穿的鞋子是什么模样"。[32]与冈特和卡明一样，立德夫人在关于缠足的书写中，也援引了西方概念，包括常用来与中国缠足进行对比的西方束腰传统以及利伯提百货公司的针垫。虽然她试图将缠足问题放入其本土历史语境中去解释的努力是值得肯定的，但她仍然是在代替中国女性发声，而不是让她们为自己发言。[33]不过，当中国女性开始主导反缠足运动，立德夫人进而用她在中国的活动经验和成果为英格兰女性参政权辩护时，中国经历与英国自我产生了关联，某种互惠关系显现了出来。

孤儿院

此处我们讨论的很多女性旅行者采取的观察策略，都类似于玛丽·路易斯·普拉特(Mary Louise Pratt)所谓的"帝国的凝视",即:抱持着一种民族中心主义的姿态,将他者性吸纳进自身熟谙的、固定的框架中加以认识。[34]但是,"帝国的凝视"意味着一种典型的殖民式的文化邂逅(colonial encounter),而本文更感兴趣的是找到一种能够用来研究自我与他者首次相遇时的互动过程及其影响的理论范式。因此,在我们接下来讨论女性旅行者在中国与孤儿院的相遇时(作为第三种福柯式的"事件"),在对一系列相关旅行文本的分析中,将引入汉斯-格奥尔格·伽达默尔(Hans-Georg Gadamer)处理他者性的现象学方法,作为本文分析方法的有益补充。

福柯认为,人们的认知构成具有封闭性、整体性的特点,而伽达默尔哲学则强调人们的认知结构能够通过不同文化知识型之间的对话与交流得到丰富。这中间的发展有必要进行一下解释。对我们讨论的维多利亚时代晚期的女性旅行者来说,现成的道德范畴足以用来区分何为偏见,何为开明——特别是在分析她们与医院、孤儿院等中国社会机构的相遇时。但是在本文后半部分处理这些旅行者与中国城市和乡村的相遇时,就需要改变原来以道德意识为依据简单地将其表现定义为排斥或是宽容的做法,引入一个超越这些女性的道德处境(moral situatedness)的分析框架,以深入描述和分析她们与他者性相接触的过程。特别是,在最后一部分讨论女性旅行者对中国乡村景观的审美反应时,更需要一个更有包容性的理论解释模型,为描述偏见的不同呈现方式(包括道德的、历史的、审美的等等)提供空间,以讨论在各种形式的相遇中与他者对话的可能性。我们在伽达默尔关于人类认知特点的理论中,看到的就是这样一种对福柯理论的打开和拓展。

探访孤儿院、抚育弃儿是女性慈善之心的另一种表达方式。伊丽莎白·恩德斯(Elizabeth Enders),20世纪初居住在中国的一位美国的图书馆员,和丈夫在江苏旅行时曾遇到过一名孤女。当时孩子跟着残忍冷酷的叔叔一起生活。看到孩子赤贫凄惨的生活状况和奴隶般的处境,美国夫妇用十个金元买下了那个女孩。在旅行途中,夫妇俩让女孩吃饱穿暖,待她十分和善。后来,他们将女孩送到苏州一所教会学校并与学校达成协议:夫妇俩承担孩子生活所需费用,学校则须向夫妇俩通报孩子在学校的进步。这样的举动,在西方旅行者当中并不少见,当然可谓善举。但是这当中也有一种帝国主义者和传教士的情感蕴涵,因为夫妇俩正如恩德斯所写的那样[35],"得到"并拥有了这个女孩,而将其安置在基督教环境中,实际上是把他们所抱持的西方标准强加给了这个女孩。

恩德斯本人当然不认为自己为这个女孩所做的安排有任何问题。一般来说,女性与他者的接触通常会受到其自身既有的原则、观念和框架——也就是福柯所说的知识型——的影响。这些原则、观念和框架深深植根于其所属社会的历史和意识形态之中。这些女性眼里的中国形象就是他者性价值的体现。那么,如果知识的形成是以海德格尔所谓理解的"先在结构"为基础的,人们怎么可能如其所是地认知他者,怎么可能避免将自身投射到对他者的认知中呢?伽达默尔的现象学模型提供了一种处理他者性的方法。他承认"先在结构"的存在,论证了"承认所有的理解都不可避免地带有某种偏见是诠释学问题的真正要旨。"[36]他的模型触及了自我与他者相遇时交互影响的本质。

玛丽·冈特在1914年的游记《来华一妇人》(A Woman in China)中讲述了一天之中探访两所孤儿院的经历,一所是基督教背景的,一所是佛教背景的。她与那所为盲人设立的基督教会孤儿院初次接触时的情况,体现了伽达默尔所谓的个体的诠释情境的影响。伽达默尔认为个体的诠释情境是由前在的本体论认识构成的一张复杂网络,其中包含了对自身的认识。而这种对自身的认识则由个体在历史和传统中的思想立场所决定,个体正是经由这种对自我的理解来处理陌生性的。

冈特对教会孤儿院持赞赏态度,但是她并不像其他来华旅行者那样毫无保留地称赞传教士的工作持守了西方标准和基督教规范。她批评盲童们的生活过于紧张,质疑传教士"在向盲童们教授经文、灌输对上帝的赞美时过于急切,对他们提出的道德要求常人未免都难以完全达到。"[37]但是,冈特也意识到,传教士为盲童提供了切实的帮助,作为回报,盲童们则接受传教士的要求,这似乎也无可非议。因此,她的结论是:"我无所作为,在此事上不应妄下论断"。[38]在这里,伽达默尔认知模型的另一个前提条件得以显现出来。那是一种亚里士多德式的对实践理性的执着,是一种参与对话的意愿。伽达默尔把个体的诠释情境,即视域,与同他者对话的必要性结合起来,将自我与他者相遇的过程以及阐释活动定义成一个熟悉性与陌生性不断调和的过程。在对话中,自我和他者都将受到影响,双方都将发生所谓的"视域融合",原来被视为陌生的、异质的、反常的事物在新的、变化的视域之中得到整合。[39]如此一来,处理他者性的关键"既不是面对内容持中立姿态,也不是自我的消亡",而是使自我存有的偏见前景化,加以利用,让他者"在前见之中宣示其自身的真相"。[40]

在佛教孤儿院里,冈特曾用自身的审美标准评价男孩子们的光头,抱怨光头让孩子们"毫无美貌可言"。[41]但是,偏见逐渐让位给了对话,起初在冈特那里呈现出异质性的事物逐渐汇入新的、变化了的视域之中。在游记中,冈特多次谈到,虽然初次接触时难免抱有偏见,但是在那之后她的"眼睛打开了",开始真正看见。[42]当人们明确意识到中国是一个有着自身悠久历史的、与西方完全不同的国家,而不是在西方传统中被刻画出来的那个想象的异邦,当人们能够带着拓展西方知识视域的愿景去认知他者的时候,就会在认知过程中去除神话色彩,并开始与他者对话。正是在此时,冈特发现了中国具有的一些真正的独特之处,不再将中国视为一个神秘的、怪异的、落后的他者,而是有待认识和理解的对象,并且这种认知最终将成为她关于世界的知识和经验的一部分。就这样,这位旅行者跨越了中西知识系统之间的桥梁:在谈论他者性时,她没有诉诸民族中心主义的想象、刻板印象或者虚构等方式(正如福柯在《词与物》中所言,这些方式恰恰揭示了主体自身思想体系的局限性),[43]她力图开展对话,而不是独白。当她看到佛教僧侣是如何关怀备至地照顾那些孤儿时,她非常遗憾自己不能与他们交谈,只能通过一些非言语符号来交流。[44]冈特在探访了这两所孤儿院之后所做的总结是"世界上有多种行善的方式",这表明语言不通并没有阻碍作者融合视域的努力。它标志着伽达默尔所谓的"现象学对话"的发生,自我与他者在对话中得偿所愿地找到了一种"共同的语言"。[45]

与城市和乡村相遇

城市景象

在接下来分析的两种"相遇"中,福柯"事件"概念中的时序性维度开始显现出来。尤其是发生在世纪之交的事件,体现的是中西关系创伤性的一段历史。1900 年义和团运动,欧洲各国设在北京的使馆遭到围攻,中国人的仇外情绪达到顶点。随后欧洲军队①攻入北京,解除了围攻。但是在这个过程中,很多西方人以及更多的中国基督徒被杀害。因此,1900 年以后与北京相关的游记文献充斥着与这一历史事件相关的记忆与传言,我们的女性旅行者们对此采取的立场则各有不同。

在 1900 年之前到访北京的康斯坦斯·卡明和美国人伊莱莎·西德莫尔(Eliza Scidmore,1856—1928)二人的记述中,对 19 世纪晚期

---

① 除欧洲军队外,还有日、美军队参与。——编者注

正在滋生和发展的社会政治动荡没有表现出明显的兴趣，甚至没有给予关注。相反，在描述欧洲各国的公使馆（建立于1860年欧洲军队第一次进攻北京之后，作为战败的中国做出的妥协之一）时，她们聚焦于外派人员生活中令人愉快的一面，对公使馆所牵涉的经济和政治问题则没有触及。卡明1879年6月从天津出发经由陆路到达北京。她通常更喜欢坐船旅行。就舒适度而言，乘车与坐船不可同日而语。[46]反复抱怨坐在北京马车里"炼狱般的经历"，反复向读者诉苦这种旅行如何"挫伤了骨头"之后，卡明终于到达了北京。然而，她失望地发现，"天朝皇帝举世闻名的都城"看起来就像是"一座泥土堆成的丑陋的城市，覆盖在厚厚的尘土之中"，到处亟需修缮。[47]英国公使馆位于英国政府向中国租用的一座王府内，卡明对这处建筑颇有好感：地砖铺设精致，富丽堂皇的房间也无疑是建筑杰作。[48]卡明注意到俄国、德国、美国使馆都与英国公使馆近在咫尺，对此感到很满意，"对中国政府来说这虽是不得已的安排，但对外国人来说，能比邻而居，形成一个令人愉悦的小社会，实属极大的好处。"[49]娱乐活动相当丰富（卡明自己也迅速地参与到了美国使馆的一项娱乐活动中），这位来自上流社会的旅行者感到"在这个可怕的流放之地，这种娱乐的特权充分补偿了被视为朝贡使臣带来的不愉快。"[50]

总体上看，卡明对当时中国与西方之间的紧张关系不予关注，也未做评论。虽然她也承认"迫不得已允许野蛮人在北京城里居住，对中国政府来说想必是难以下咽的苦药"，[51]但随后就十分满足地四处观光，在经济宽裕的殖民圈子里享受热情款待，按照她一直以来的习惯四处搜寻旅行纪念品。卡明可谓是典型的现代旅行者——她也抱怨在北京"接待外国人的酒店之类的事物是不存在的"，这一点值得注意。而职业游记作家、摄影师西德莫尔也表现出相似的态度。[52]西德莫尔也在北京环城观光，最后也以购物的狂欢收尾。不过西德莫尔还是对北京城里西方人的活动作了较为详尽的记叙。[53]与卡明相比，西德莫尔对这些外派人员的生活抱着一丝含讥带讽的态度——这也许是因为在她写作北京游记的时候，义和团起义已经临近爆发，社会的动荡不安更加明显——在她看来，"使团在北京的生活，就是无休无止的尝试，白费力气的周旋，遭受生硬的拒绝或是暗中的侮辱"。[54]然而，她间接提到的当时那些密谋、不成文的规矩、寻求让步的盘算——所有欧洲外交官们不得不关注的这些问题（还有"早餐前的政变，连夜处决罪犯，闹事的士兵……任意向公使馆的马车和轿子扔石头的暴民，电报通信的中断"），在她的书写中都被另一种歌舞升平的描述中和了：外交人员的住处豪华舒适，业余生活丰富多彩，"他们有自己的俱乐部、网球场……春秋季节的赛马在城外专门的赛道上进行，狩猎季节频繁的游园会、野餐茶会，冬季轮流举办的宴会和舞会。"[55]《文学界》(The Literary World)杂志中曾有作者在评论西德莫尔时指出她的"艺术敏感远胜于政治敏感，她的注意力更多地集中在当下人们的生活日常，较少去推想未来的发展"。[56]因此，总的来看，西德莫尔和卡明的记述在对较广阔的政治现实背景缺乏关注这一点上是相似的。

在这一点上，阿里西亚·立德夫人与西德莫尔和卡明不同。立德夫人《我的北京花园》(Round About My Peking Garden)里"1900年8月周年回顾"一章记述了一年以前爆发的义和团事件中发生的残酷杀戮以及随后北京城里衰败困窘的景象。[57]与作者交谈的天主教修女和修道院院长向她描述了她们的弟兄姐妹们被残忍杀害时令人毛骨悚然的细节。当然，立德夫人的描述表现出的是看待历史事件时的西方视角。[58]从伽达默尔提出的个人视域总是不可避免地带有偏见这一观点来看，立德夫人的这种表现是可以理解的。然而，让人困惑的是，立德夫人为之深感同情的几乎都是围攻之时和围攻解除之后西方人生活中那些琐碎的困难，比如她对日常衣食住行陷入困境的渲染：

在中国炎热的夏天熬过8个星期，不能洗澡，也难得换洗衣服,吃着让所有人都感到不舒服的食物,有些尚能下咽,大部分难以忍受。然后,你能相信吗!突然你意识到你得救了,你必须自力更生,养活你的妻子、家人和孩子。可是你一口锅、一个盘子、一把椅子、一张床、一条毛巾都没有,你也没有钱去买这当中的任何一件东西——即使你有钱,也没人卖给你。而且,就算这些暂且不论,在中国8月的骄阳下,你连个住处都没有,根本就是个无家可归的乞丐,还有好几百中国人指望依靠你!你能怎么办呢?[59]

在立德夫人的记叙中,关于围攻的记忆,比如谋杀和殉难、死去的士兵、变成孤儿的孩子、沦为废墟的城市……这一切都跟她对得胜国通力合作的溢美之词混合在一起,她赞叹这些来自不同国家的人"聚集在一起,忍受着恼人的尘土的折磨"却能够建立起"如此的秩序和规范"。[60]作为大英帝国坚定的维护者,立德夫人在她的论述中把义和团运动这样一个带来创伤的历史事件叙述成了西方势力的巨大成功。对中国之特性的理解并没有能够改变她的偏见,她1904年出版贝德克式(Baedecker-style)的《北京指南》(*Guide to Peking*)一书,对义和团事件更是避而不谈,只用"义和团爆发疯狂的愚蠢"一语就将其带过了。[61]

冈特1914年的《来华一妇人》中用对话体的书写方式,用更加客观中立、措辞谨慎的态度谈到了北京,她谈到了西德莫尔所说的驻华人员的赛马活动。看到这些流放异乡的英国人反倒比国内同一阶层的人生活得更惬意,这位澳大利亚作家对于把中国人拒之门外的赛马活动中明显的隔离导向提出了批评:"这明确体现了监视着中国的列强是怎样的态度。"[62]冈特看到居住在北京的西方人对义和团运动之后的各种问题漠不关心。在她写作的年代,革命之后各种问题涌现,但驻华的外国人似乎不以为意(比如国会一片喧嚣,总理被控谋杀,南北局势紧张,战争传言四起)。北京的外国人圈子——冈特不无讽刺地写道——"独自运行良好。"[63]一次参观使馆区之后,冈特反思了这个城市里外国人的强势:"设想一下,在伦敦有一片区域被地球上各个国家占据,假设它是从大理石拱门到海德公园角、从帕克街到邦德街之间的一片区域。各国将其占据,修筑起防御工事,不允许本地居民进入,虽然不是完全禁止,但是设下各种限制,以免本地人占了上风。"[64]她在文中将"不要忘记"作为关键词,这是她对西方的批评最激烈的表现。"不要忘记"是写在英国公使馆一面墙上的几个粗体字,这几个字对于中国上层社会受过良好教育的人来说是一种侮辱,因为它"永远在提醒着——如果这些国家需要提醒的话——不要忘记1900年可怕的日子,不要忘记一旦这个爱好和平的国家掀起排外的运动,这样的日子就可能重来。"[65]但是,正如伽达默尔指出的那样,偏见普遍存在于自我与他者的相遇之中,冈特在这里也再一次无可避免地陷入了偏见之中。她试图用审慎的批判性态度呈现出硬币的两面,通过转换视角,站在他者的角度看待问题,将自身原有的偏见陌生化。关于西方对中国的影响,她的结论是中国人必定迫切希望"把这些在这里耀武扬威的傲慢的西方人驱逐出去"。这种看法五年之后在拉莫泰那里再次出现。拉莫泰对义和团驱逐西方人的努力明确表示了同情和支持。[66]

风景

在旅行书写中,当我们的女性旅行者描述一地风景的时候,她就再一次进入了其自身文化与历史知识型——或者说理解的"前结构"——的影响之中。有些人认为,人对风景的欣赏之情必定是在远离尘俗静雅高深的状态中发生。比如雪莉·福斯特(Shirley Foster)提出,当人与风景相遇时,常会发生情感的升华,进入片刻的忘我境界,她认为这是一种从日常生活中抽离出来的状态。[67]本文最后一部分正是要针对福斯特的假设提出不同看法。我们将通过解读四位女性作家与中国风景相遇时的情形，揭示出在欧洲和中国普遍存在的、对风景的欣赏背后的哲学和历史深意。首先讨论的两位作家立德夫人和肯普分别于1896年和1908年造访了四川名山——峨眉山，她们明显受到19世纪末历史记忆的影响。当时西方各国正在中国瓜分势力范围开展经济活动，沉浸在这样的历史记忆中，她们的书写也表现出意识形态上的片面性。与之形成对照的是肯德尔和冈特，她们的文字则表现出了以对话的态度探讨中西关系的努力。

1894—1895年中日战争之后，日本向中国索取巨额赔偿。英、法、德、俄等国先后在中国圈定区域，号称"购买"这些地区以帮助中国走出因赔款造成的经济危机。在签订了一系列不平等条约之后，法国占据了中国南方地区，英国将四川成都和东方的上海之间的区域作为自己的势力范围，德国占据了山东省部分地区，日本占据了满洲里部分地区，俄国则控制了东北。拉莫泰讲过一位美国大公司总裁向中国政府申请一处经营场所时发生的事情。办事人员递给这个美国人一张中国地图，让他选择地点。地图上用彩色的点和色块标示出了外国租界。对这些标示的含义完全不了解的美国人用手指了地图上的几个区域，表示"我希望在这儿工作"，旁边与他同为西方人的秘书只好反复告诉他这里是俄国的，那里是法国的，那里是英国的。美国总裁十分恼火，最后转向旁边默不作声的中国人问道："到底哪里是中国？"拉莫泰的这个故事既是对她无知的美国同胞的批评，也是对中国半殖民地状态的一种描述。[68]

像拉莫泰这样明确地表达反殖民观点是比较少见的。在1880年到1920年间，旅行书写中更加典型的态度是与立德夫人和肯普相似的。从她们对山区风景的描述中可以看到对殖民活动的支持，也可以看到殖民者的优越感是如何投射到风景上的。在她们的叙述中暗含着人与山区风景相遇时的情感反应。在这种相遇中,正如康德在论述崇高时所言,心灵超越了现象世界,通过一种超验的凝视和自我分析,在心智上完成了对自然力量的超越和掌控。[69]这种与崇高的相遇被不断地与殖民活动联系起来。这两种活动的相似之处在于:二者都表现出将自我定义为理性的、优越的存在的努力;二者都表现出在两种力量的对抗中试图掌控对方的斗争;二者都以主体设法移除一切潜在的竞争对手或破坏性力量为最终结果。[70]在立德夫人爬上峨眉山的时刻,她立刻占有了它。回顾当时的情形,她写道,她和丈夫"发现自己竟然不知不觉完全沉醉在风景之中,不禁感到既惊讶,又有趣"。但是这种对风景的沉醉透露着一种帝国主义式的幻想。立德夫人和丈夫穿过了"未曾开发的森林",手握"带钉的手杖"扎入沿路的泥土,"这里碰断一根细枝,那里碰断一根细枝","一路采摘熟透的覆盆子和无比甘甜的白草莓"。[71]当他们表示希望看到这片风景里跑跳着"欢乐的孩子们"时,[72]这对夫妇的帝国主义白日梦最大限度地彰显出来。

肯普于1907到1908年间在山东、吉林、湖北、四川、云南等地旅行了半年时间,其间也攀登了峨眉山。与立德夫人相似,她的叙述也处处显示出观察者将自身置放于至高无上的地位,几乎分毫不差地实践着普拉特的殖民比喻——"凡我所到之处,我皆为君王。"[73]肯普是在西方将中国半殖民地化的历史语境中理解她所见到的风景的。她像对待一幅画一样对所见风景进行美学化处理和表达,描述风景时遵循的是西方式的前景后景顺序:"站在山顶的岩石边缘,俯瞰层峦叠嶂,峭壁林立,景色变化无穷,令人目不暇接。云朵仿佛从一口看不见的沸腾大鼎中蒸腾而出,远处的峰峦在云中时隐时现。"[74]以语言为画笔的画家,就这样让一个非事件性的对象在此刻显得意味深长。[75]大量使用的形容词和修饰语让含义更加丰富:"在天清气朗的日子,白雪覆盖的山峰遥遥可见,美丽富饶的平原从远处延伸而来,峨眉山石灰石质的峰峦仿佛从这平原上拔地而起。"[76]此处提及"石灰石",在风景描写中增加了新的意象,平添了"一点英格兰的风味"。[77]艺术家肯普不但用自己的方式欣赏了山景,用自己的语言向读者描绘了山景,并且拿出速写本,画下了"近在眼前万佛顶的悬崖峭壁"。[78]到这里,肯普彻底完成了对风景的掌控。大概立德夫人和肯普都相信无论在经济上还是政治上"中国的救赎只能由外来力量完成",[79]在对峨眉山风景的描述中,她们思想意识上的优越感和自身的文化历史处境表现得很明显。对风景的描述变成了一种历史化的事件,在一种帝国主义式的自鸣得意中,中国的特性被抹杀了。

那么,如果以伽达默尔的方式呈现和描述风景,是什么样的呢?与立德夫人和肯普那种君主式的姿态有什么不同?伊丽莎白·肯德尔(Elizabeth Kendall,1865—1952)可以作为一个例子。肯德尔是美国韦尔斯利学院(Wellesley)的历史学、政治学教师,20世纪10年代游历中国云南地区。她对西方人在当地造成的影响持一种批判态度。她写道:

> 当下对西方思想的开放和接受,背后一个重要的原因是对外国势力的忧惧。中国人愿意接受我们的方式,并不意味着他们觉得这比他们自己的方式更好,只是意识到必须掌握了我们的武器,才能跟我们平等相待而已。[80]

肯德尔回顾了西方势力进入云南的历史,尤其是1880年法国势力进入云南之后的历史,将其主要特点总结为"流血与动乱"。她指出,这段历史"对中国造成的重挫现在才刚刚开始恢复"。[81]她对这一地区历史、地理、人口、气候、基础设施和贸易状况的讨论,充分表明她与云南府周围的风景相遇时抛开了殖民范式,转向了对话式的互动。立德夫人和肯普在讨论类似的问题时,常站在西方的立场,着眼于一地风物可能给西方商人带来什么好处,而肯德尔则将铜矿资源、金属贸易优势和丰富的农业资源都看作"后西方时代"云南摆脱经济和政治危机可以利用的优势条件。云南鸦片贸易曾经标志着西方与中国之间不平等的、具有破坏性的关系,这种贸易已经被禁止了——"看不到一片罂粟田"[82]——虽然肯德尔预测云南未来将会走过一段艰辛的路程,但是她对云南正在发展起来的经济自治势头仍然充满希望,相信这里终会呈现出焕然一新、繁荣昌盛的景象。

与立德夫人和肯普相比,肯德尔在旅行书写中描述乡村风景时更加强调客观公正、不偏不倚的立场,她对中国取得经济上的独立自主所持的乐观态度也显示出将自我代入他者视角的努力和对话的可能性,但是这还不能称为"视域融合"。玛丽·冈特对中国北部河北省遵化州附近"圣山"的描述,与伽达默尔的理想更为接近。[83]她如此记叙了朝山区进发时的所见:

> 我抬头仰望高耸的山峰,它们几乎与地面呈垂直之势,仿佛原来应有的斜坡被一把钝刀粗暴地斩去了。我看见其中一座险峰(即冈特将要攀登的"圣山"),从山谷拔地而起,在午后的阳光下峭拔千丈,山顶有建筑坐落其上……[84]

这段描述透露出冈特与陌生的风景初次相遇时内心不安的感觉。因为,在欧洲"常见山脉与峡谷如波涛高低起伏,绵延千里"的景观,较少如眼前所见这般"山峰在广阔的冲积平原上平地而起"之状。[85]在这种异化感的推动下,冈特不由自主地举起相机,试图通过拍摄照片来"掌握"和"控制"眼前的山峰。但是,这种通过照相写实主义的方式来达成认知和理解的尝试让她失望了:"人们说照相机是不会撒谎的,而我只知道我根本无法拍下那座山峰。"[86]这使她愈加感到挫折。起初她就不太情愿攀爬这座"圣山"去参观山顶的九龙寺,在她竭力用自己熟悉的认知框架去把握这番经历却未能如愿的时候,她更是得出了这样的结论:"哪怕它是世界上最美的寺庙,我也不想爬到山顶去参观了。"[87]她身边还有雇佣的中国仆人老段,但她对他是不做指望的。事情接下来的发展可以解读为一个转变过程:冈特从西方式的行事方式、思维方式和权威意识,转而接纳中国的方式。就像冈特交出决策权,给了老段独当一面的机会一样,西方式的观看方式被证明"不恰当",为中国式的风景审美方式留下了发挥的空间。老段告诉冈特寺庙极少对外人开放,而此行正逢寺庙开放的吉时,试图让冈特相信圣山值得一登。冈特坚持说感觉过于疲劳不能攀登陡峰的时候,老段又安排好了轿子和轿夫。老段成功地让我们的旅行者相信在当时的情形之下他确实能做出更加高明的安排,到了山顶之后,他的角色又发生了变化。"到了这儿,老段的地位飞升。在此之前他只是我的仆人,"冈特写道,"虽然是最重要的仆人,但也就是仆人而已。现在,他摇身一变成了我的翻译。"[88]就像画家把风景画下来给观者欣赏一样,老段通过翻译把风景呈现给冈特欣赏,在冈特建构风景的过程中将她变成了一个积极的接受者。观看的过程变成了一个对话的过程,对话的双方,一方是老师,提供一种特殊的感知方式,另一方是学习者,学习这种感知方式。在这个过程中,学习者的主体性也在不断的自省中被形塑。[89]当冈特的照相写实主义方式未能成功地让她"看见"风景的时候,老段给这个西方女人提供了一种乔迅(Jonathan Hay)所谓的"救赎性的指导",因为这里这个老师的"教导"实际上是一种开示(enlightenment)。[90]老段买了香敬拜他的神,不断地在地上磕头,这些行为向冈特示意着此处风景中的灵性意义。[91]冈特早前的表现已经充分显示出她是愿意在对话的基础上认知他者的,但是在这个情境中,冈特接受了"学习者"的角色,对话就被带到了另一个层次上:老段为冈特阐释他们所经验的一切的意义,他通过自身的行为让冈特看到这座山峰的灵性之后,冈特才具备了用一种不同的方式看待他者的

六 与他者相遇:女性旅行者在中国(1880—1920)

能力。在这个对话式的观看过程中,学习者不断地面对来自老师的挑战和游说,老师甚至不惜激起学习者的质疑(或者说是伽达默尔所谓的偏见),以营造达成开示所必需的精神压力。[92]老段通过自我了悟把神性教导给冈特之后,[93]冈特做出了如下叙述:

> 是的……我果然感悟到了一些什么——一些我无法用语言来表达的东西;五百年前那些人正是在这种难以诉诸言语的感召下,在这山顶建造了庙宇,去荣耀神——我的神,他们的神——无论你如何称祂的名。坐在这里遥望远处的风景,树林和草地上闪烁着金色的阳光,林间投下静谧的阴影,空气中飘着茉莉花淡淡的清香,生命中失去的一切怅然涌上心头(此处指冈特的丈夫。冈特在丈夫离世之后,离开澳大利亚,到英国谋生),让人不禁回想那推着我、把我带到这九龙佛寺来的多舛命运,然而无论如何,至少眼前这美好,可算人生令人欣慰的收获。[94]

学习者在这样的过程中有一种对理解的拒斥,这种拒斥只能自己去克服。[95]因此我们看到,在冈特的叙述中对风景的沉浸和感悟:有对景物中阴影的观察——在中国风景绘画中是没有阴影的,这完全是一个来自西方绘画的概念;有茉莉花的香味引起的感官愉悦;还有老段的宗教敬拜行为在她心里引起的宗教思考。这一切融合在一起,凸显出中西方两种框架的交汇沟通。这里对风景的观看既涉及实地经验,也涉及难以被胶片捕捉的思考的过程。在照相写实主义之外,冈特获得了另一种"观看"的手段。这趟旅行触发了对风景地灵性意义的理解——无论这种灵性是属于基督教框架的,还是属于佛教、道教或者儒家框架的,因此她后来称这次旅行为"朝圣之旅"。对冈特来说,与风景相遇的过程变成了一次自省的过程。诠释他者的努力对"知识型"发生了影响,视域融合得以发生,对诠释者的主体性起到了形塑作用。

肯普的叙述表现出强烈的控制欲,处处显示出理性意识、帝国的权威意识,而冈特放弃控制和说理,愿意用一种不同的方式观看世界,拓展自己的认知范围。因此,冈特的这一小段经历可以解读为主体面对他者(老段)认知世界的方式从被迫接受到积极对话的转变过程。冈特对这趟旅行的结论是"值得铭记"。[96]

结论

福柯指出,"一种文化中的那些基本成分——那些支配其语言、知觉框架、交流、技艺、价值、实践层级的代码——从一开始就为每个人确定了种种经验秩序。这些经验秩序是他(她)需要处理的,并且只有在这样的秩序中他(她)才会感到自然、自在。"[97]本文讨论了19—20世纪之交的40年里在中国活动的数位女性旅行者,她们都曾与中国的组织机构、与都城北京、与中国的风景相遇,关于这些共同的经历她们留下了各不相同的记述,而本文的目的则是对这些各不相同的记述作出系统化的分析。我们使用了伽达默尔现象学的认知模型作为分析工具,根据这一模型,在理想的情况下,相遇之初的偏见和自我居于支配地位的状况会让位于双方的对话以及积极的诠释过程中个人视域与他者视域的融合。本文的分析表明,这些女性旅行者在与中国式的"他者"相遇时反应各不相同。有些人完全排斥伽达默尔式的认知过程,这一过程有可能会解构她们原有的主体性观念和权威观念(但是也有可能让她们对他者形成更深入的理解),有些人则愿意带着更加不设防的心态看待自己所处的情境和偏见,用积极的观察和开放的心态认知他者的特性。

回到前文曾提到过的豪尔赫·路易斯·博尔赫斯虚构出来的中国百科全书中的条目,对于动物的分类还有"(i)发疯的;(j)数不清的;(k)用非常细的骆驼毛笔画成的;(l)等等;(m)刚刚打破水罐的;

(n)远看像苍蝇的。"[98]女性旅行者对中国的记述类型丰富,无法简单总结概括。博尔赫斯动物分类中的"等等"一类,倒是适用于我们关注的这一类文本。尽管如此,我们仍然希望本文能为探索自我与他者相遇的过程提供一些可行的研究方法与途径。

七　游记与人道关怀：立德夫人在中国

苏珊·肖恩鲍尔·图林　著
程熙旭　译

人们通常不会想到将人道关怀作为游记的主题。不过,有关19世纪中国的叙述中,人道关怀却十分突出,尤其是在阿里西亚·立德的笔下。阿里西亚·立德又称立德夫人,她发表关于中国的文章或著述时署名为立德夫人。笔者所称的人道关怀,指的是消减他人痛楚与苦难的努力,是立德夫人在她的中国著述中探讨的话题。立德夫人对中国、对中国妇女儿童的积极态度,为之付出的努力,尤其彰显出她的人道关怀。本文尝试考察立德夫人的人道关怀动机,探查在华生活如何引发了她的人道良知,审视那些引起她关注和行动的话题。

19世纪的中国游记有两个典型的主题,即传教士和缠足。传教士本身是人道主义者,缠足则是需要人道关切的问题。传教士有关中国的著述常常都是游记类或民族志、人类学方面的作品。游记类的有赫斐秋(Virgil Hart)的《华西：峨眉旅行记》(*Western China*)等,民族志、人类学类的则有明恩溥的《中国人的特性》(*Chinese Characteristics*)、《中国的乡村生活》(*Village Life in China*)以及卫三畏(S. Wells Williams)的《中国总论》(*The Middle Kingdom*)等。非传教士的普通旅行者则往往记述在传教士那里作客的情形,评说传教工作的成本和价值,于是引发了英国国内在维多利亚时代后期对传教士作用的争论。

然而,殖民地世界的人道关怀超出了传教士的工作范畴,即便人道关怀是历史发展使然。

本文所论的人道关怀是利他主义的实践,而利他主义是哲学、社会心理学、发展心理学、进化生物学等领域广为探索的话题。[1]格特鲁德·希梅尔法布(Gertrude Himmelfarb)的《贫困与怜悯:维多利亚时代的道德想象》(*Poverty and Compassion: The Moral Imagination of the Late Victorians*),阐释了人道关怀的历史。我们讨论人道关怀,从该书入手会颇有裨益。希梅尔法布注意到,怜悯的含义在18、19世纪早期发生了变化,从道德情感转变为政治原则,成了科学研究的主题,因此解释说,维多利亚时代将贫困看作能够根除的社会问题,有别于早先将贫困看作需要立刻纠正的生活状况。梅修(Mayhew)的社会探索,以及狄更斯(Dickens)、迪斯雷利(Disraeli)等的小说,刻画了广为人知的穷苦人形象。布斯(Booth)、郎特瑞(Rowntree)等一众贤德的社会改革派,还有后来的费边社会主义等理论,都为旨在消除贫困的机构发展和制度变革贡献了力量。本文探讨的立德夫人的人道关怀,包含了对怜悯的不同看法,包括促使个人成为慈善救助的对象,立德夫人对需要慈善救助的群体的生动描写,她对参与慈善救助工作人员的刻画,以及她对满足特定社会需要的有组织活动的描述等等。

在游记文本的语境下,学者的阐释分析基本上与人道关怀形成对照,如玛丽·路易斯·普拉特在《帝国之眼》(*Imperial Eyes*)中的分析。普拉特令人浮想的"凝视"(the gaze)研究,就认为旅行文学的言辞揭露出旅行者的一个目的就是利用各地人民,将珍贵的自然资源为己所用。[2]而与之相对的是,具有人道关怀之心的游记作者,比如立德夫人,则描写生存环境和文化习俗,关注如何予以革新。尽管立德夫人常常批评传教活动,但她自己可以被看作宗教界外的传教士,一位意在改善自己所处文化的人。立德夫人的在华活动直到1895年才为公众所知,此时她已经在华生活了八年。如此漫长的孕育期,发生了多起重要事件,也是她在华写作、游历、旅居的结果。

立德夫人生平

百年历史黯淡了立德夫人的光芒,但她在那个时代小有名望。1903年,立德夫人与格特鲁德·贝尔(Gertrude Bell)在上海的一次宴会上相遇,引来了贝尔颇含妒意的尖酸评述。贝尔在近东有优异的政治表现,为她赢得了"伊拉克无冕之王"的称号。她曾在信中告诉父亲:

> 立德先生和立德夫人也在。立德夫人着实差劲,穿着一件土黄色的礼服,颜色跟她肤色一模一样。我一度都没注意到她穿着低胸礼服。她举止十分活泼,嘴上的绒毛浓重,看着像胡须。立德先生并不起眼。莫里森博士(Dr. Morrison)[传教士]说她的书相当一般,但是既然卖得好,就希望她能写出更多,因为他乐于见到激起任何有关中国的兴趣。[3]

贝尔在贬低之后又极不情愿地恭维,表明是写作和社会活动给立德夫人带来了名声。婚前,立德夫人以其闺名阿里西亚·比尤伊克(A. E. N. Bewicke)发表了九部小说。从文化视角来看,其中最有意义的两部分别是1883年的《斯坦迪什小姐》(*Miss Standish*)和1885年的《亲爱的母亲》(*Mother Darling*)。《斯坦迪什小姐》为妇女争取选举权、财产权以及为"传染病法案"的废止辩护,而《亲爱的母亲》则推广并影响了确立母亲监护自己孩子权力的改革。这些小说是立德夫人在华工作之前的作品,表明她长期以来都致力于社会事业,通过写作推动其发展。

1886年结婚之后,立德夫人随夫抵华,以婚后的名字发表了三部关于在华西方人士的小说、五部游记,还有一部李鸿章的传记。丈夫去世之后,她又整理编辑了两卷丈夫的作品。立德夫人有一部小说名为《在中国的婚事》(A Marriage in China),给她招来了不少骂名,因为小说里的人物性格和场景与那时在华工作的多位西方人士太过相像。此外她谈论纳妾和欧亚混血儿童这两个争议话题时又太过直白,更加深了非议。小说当时引来了诸多评论,多次再版。她另一部关于中国的小说是1906年的《百万富翁求偶记》(A Millionaire's Courtship),教导人们如何做一名理想的在华欧洲人。立德夫人大胆地使用虚构与非虚构两种手段,描写殖民时代的中国生活,阐释人道关怀的主题,叙述游历的见闻。立德先生则是一位汉学家。他起初在一家德国人办的中国公司里当品茶员,在茶叶贸易衰落后做买卖、办企业,著有多本相当重要的关于中国的书籍。他们夫妇二人广为游历,曾旅居重庆、上海、北京,最后于1907年返回英格兰。他们通过各自的作品和行动推动中国转向现代。[4] 在1899年的《熟悉的中国》(Intimate China)和1902年的《穿蓝色长袍的国度》(The Land of the Blue Gown)里,立德夫人描写了自己的在华生活,是游记,是回忆录,也是社会政治评论,书尾记述了她在反缠足运动中令人钦佩的工作。

慈善精神的形成与发展

维多利亚时代的中国游记常常抱怨尘土、疾病和奇异文化,抱怨中国性,往往视腐化败亡为其特点。19世纪末,物产丰富的奢华中国形象已然不存,取而代之的是西方列强占领和剥削之下,为腐败官员、贫困以及落后所困扰的国家形象。在《熟悉的中国》一书中,立德夫人试图通过呈现真实的场景反驳这种观点。她保证笔下的中国人都是

"自己在中国人的家中和宴会上亲眼所见。"①[5]在新婚燕尔以及1887年5月旅居中国的兴奋之中,她摈弃了对中国的偏见。在立德夫人看来,上海不是沉闷的泥泞之地,不是河流交汇的出海口,而是东西方相遇的喧嚣之所。在身处深入内陆六百英里的汉口时,她又一次驳斥了众多对中国尘土飞扬、臭味熏天的描绘,而将汉口与伦敦东部和法国南部相提并论。多年以后,在说明上海租借之外地区的肮脏名声时,她最想要人们注意到水质难以接受,而穷人们却不得不用来洗衣做饭,日常饮用,令不远处外国租界里"充足的优质纯净水"愈加显得不合时宜。②[6]她写道,"上海的非租借区非常肮脏、令人生厌,名声在外,但是那天下午,阳光明媚,我们不觉得肮脏和讨厌,尽管走过一条两边都是中式房屋的街道时,我们有点纳闷哪儿来的尘土……"(《蓝袍》,第43页)立德夫人并不是一点都不抱怨"肮脏难闻,因为这让原本的浪漫迷人变成了令人担忧的冷峻现实"。(《蓝袍》,第90页)但是,穷人受穷,她从不归咎于穷人,受害者受到伤害,她也从不责怪受害者,而是展现出慈善精神,指责条件恶劣造成了生活艰难。

遭受苦难的人们令立德夫人感到羞愧难堪。跟许多在华西方人士一样,她也曾评论过对犯事之人施以酷刑,比如,她说枷刑让"可怜的受刑之人"不能躺下,无法自己进食。(《蓝袍》,第40页)然而,立德夫人比较中国人与"热情奔放的那不勒斯人"之时产生了偏差,因为中国人受传统文化熏陶情感不外露,而那不勒斯人手舞足蹈的夸张表达惹人注目,她误认为,"中国人如果很想表达什么,他们的整个体魄一定早就变了。但是中国人长期遭受苦难,有人会说他们天生就是干苦力的料,生来就能忍"。(《蓝袍》,第43页)尽管立德夫人的评论里透

---

① 《熟悉的中国》,后文引用该著时简写为《熟悉》,所注页码为西文原文页码。下同。——译者注
② 《穿蓝色长袍的国度》,后文引用该著时简写为《蓝袍》,所注页码为西文原文页码。下同。——译者注

着屈尊附就的味道,但是其中还是展现出狄更斯式的同情,似乎回应了《远大前程》(*Great Expectations*)中乔(Joe)所说的:"我们不了解你做过什么,但是我们不会为此饿死你。"[7]即便立德夫人遭遇抢劫,她对此的描述也隐含了人道关怀。在义和团运动的一次骚乱中,立德夫妇失去了所有财物,但是立德夫人并没有为自己的损失自叹自怜,按理她会谈及自己的财物损失,可她只字未提,而是讲述骚乱、骚乱者的行为,以及外国人士遭到的冲击,分析事情发生的原因。立德夫人力图不偏不倚,因此在关于中国的著作中,她总是光明磊落地去理解政治文化冲突。立德夫人这种堂堂正正的态度,让更受欢迎的伊莎贝拉·伯德都担心自己的《长江流域旅行记》(*The Yangtze Valley and Beyond*)竞争不过《熟悉的中国》。1899 年 2 月,伯德给出版商约翰·默里(John Murray)去信说,立德夫人的书"非常清晰易读,图文并茂"。[8]

立德夫人对在华生活的公共领域展开评论时,话语富有哲理,思想自成一体。在《熟悉的中国》中有一章描写婚姻,她汇集了多起轶事,其中有婚礼上滑稽可笑的小晦气,情意满满的乐事,还有妻子遭受虐待绝望至极,毒杀亲夫而遭到处决的长篇叙述。(《熟悉》,第 184—196 页)讲述这些故事目的是展现跨越时空的多种不同的婚姻状况,拉近东西方的距离。然而,描述个人领域的情形时,立德夫人有时候就没那么宽宏大度了。在《穿蓝色长袍的国度》中,她加入了自己 19 世纪 90 年代早期的日记,当时她在离重庆不远的一家农舍里避暑。立德夫人的描述完全是日记体,处理文化差异时不加任何修饰,很可能是因为这样,她在《熟悉的中国》中有一番评论,其中一句"活得长久,哦!炎炎夏日对他们[中国人]来说已经够漫长,寒冬就更令他们疲乏",让她觉得自己的描述真实可靠。(《熟悉》,第 5 页)

日记中很多地方写到了妇女儿童惨遭虐待和家庭生活阴暗面的残暴罪行。起初,立德夫人的游记中没有体现一贯的慈善精神,可能是因为在陌生环境中找不到方向。结果就是文本细节上前后不一致,她有时在评述惬意生活时，说起儿童受虐的事情，比如这段话："空气清新，弥漫着芬芳，令我想起翻晒干草的日子。农妇用鞭子抽打小孙儿，因为小孙儿腿上长了疮却不好好清洗。农妇洗衣服的方式太好玩了……"（《蓝袍》，第144页）此后有一段话描写妻子因为购买衣物的账目不对遭到丈夫责打，也没有给出评论，紧接其后就来了一段立德夫人乘轿子进山观看日落和风景的描述。立德夫人既没有对那些遭受虐待的人们表示怜惜，也没有打算干预，甚至有一回还嫌那个小男孩碍事，因为小男孩"两条腿上都有严重的皮肤病，呻吟声让人头天夜里睡不着觉"。（《蓝袍》，第167页）立德夫人的前几篇日记，显示了她与周围中国人相互分隔的真实状态。

立德夫人的日记始于新婚之时，那时立德夫妇来到重庆生活，就在通商口岸区域的边上。除了外国商人之外，传教士是重庆当时唯一的西方人士。立德夫人的中文也不好，她的孤独感显而易见。为了排遣孤独，她试着跟一群农妇一道为夏布准备材料，有一次还拿自己的脚让她们缠着玩。随着这些活动，她对当地民众产生了感情，允许挨打的农家儿童的父亲出面干预，就体现了这一点。时间久了，立德夫人的慈善之心在日记里也得到了更多体现，比如，父母不同意将患皮肤病的儿子送去让西医治疗，她为此感到挫败。（《蓝袍》，第208页）同时，紧急的困境也让立德夫人感到孤立无援。为痛楚和苦难表达怜悯之情，为改变现状而进行论辩，这种帮助他人的方法是她力所能及的，也更适合她自身的情况。

成效甚微的善举

即便是在个人层面，善行要取得成效，身处农家的立德夫人也更加需要权威部门的介入。立德夫人在农家的身份是租客、妻子、老外，她在此的处境不明朗,难以掌控自己的生活。好心有时会办坏事。立德夫人请房东女儿给她绣一只装饰用的缝纫袋,这本是好心,可是有一天,她得知女孩因为精细的针线活"得了眼炎,快瞎了"。(《蓝袍》,第203页。在立德夫人那个年代,眼炎可能还未找到确切的病因。)令人更为震惊和痛苦的是,立德夫妇睡觉的时候,值钱的物件被盗。有个嫌犯显然就是小偷,可他在重刑之下胡乱指认,说农家的儿子是始作俑者,结果农家的"长子因为我们下狱"。(《蓝袍》,第203页)"这些可怜的人们遭受的痛苦,毕竟因我们而起,想到这一点,就再也无法忍受。"(《蓝袍》,第208页)于是,立德先生向中国官员说情,主动放弃追回财物,只求放了孩子,免得给这户人家造成更多不幸,但是这个孩子还是没有躲过毒刑。

立德夫妇感到害怕,为了自卫拿起手枪练习射击。立德夫人想与当地人打成一片,想法挺美好,却落得不快,令人觉得可悲,她说:"我们伤心极了,连事情都不想谈。"(《蓝袍》,第213页)正义最终得以伸张,农家小伙子的冤情得到昭雪,真正的小偷被罚站笼,立德夫妇的财物被找回,"这户农家的声誉恢复如初"(《蓝袍》,第226页)。然而,那年夏天行善未果证明,即使在最小的范围内,善举也随时会陷入困境。回头看时,立德夫人能够从慈善精神上审视这些事情,并感到释然:"中国人是一个庞大人群,也是真实的有着简单的渴望和需求的男人和女人,与我们自身毕竟没什么不同。"(《蓝袍》,第226页)

传教士

游记对人道关怀的这种讨论中,传教士举足轻重,因为除了宗教本职工作,许多传教士还从事教育和医疗事业。在中国这样一个国度,教育曾经几乎都专为男性而设,也鲜有现代医疗,西方传教士想要引进那些让中国人过得更好的知识。但是,在立德夫人的年代,西方来华传教士是一个非常有争议的话题,仅次于鸦片。一方面,大众媒体、政治评论以及议会等以给中国带去福音为由,处处为西方剥削中国辩解。第二次鸦片战争后签订了不平等条约,特别规定允许传教士来到中国各地,赋予他们在中国拥有土地的权利,给予他们特别的保护。另一方面,西方卷入对华鸦片贸易,1860年后传教士大批涌入中国,传教工作花费巨大而皈依基督教的人却不多,中国人和西方人都对改变中国古老信仰的公正性心存忧虑,以上这些都给传教士在中国的工作带来了困难。跟其他任何人一样,立德夫人对传教工作感到矛盾,既赞扬又谴责。在《熟悉的中国》的"我们的传教士"一章中,她给传教工作罗列了一大堆批评,却高度赞扬了传教士个人。她游记中关于传教士的段落,最令人伤悲的是她对意大利修女和法国天主教牧师的描写,他们去国抵华传教,永无停歇,连请假回国探亲的希望都没有。从事人道关怀工作的人,如果自己都是怜悯的对象,那他们的工作成效似乎就成问题了。

立德夫人笔下的天主教牧师和修女孤苦无依,而在华的新教传教士则可以享受家庭的温馨,可以定期回国。具有讽刺意味的是,立德夫人在《穿蓝色长袍的国度》中有一章以"廉价的传教士"为题,对传教士的话题进一步展开了叙述。立德夫人谈到的最为敏感的问题严格来说与金钱有关,她论及时惴惴不安。芜湖有一处传教士居所,是赫斐秋博士所在的传教站,与别处相比,规模宏大而气派,令人尴尬,给人的感觉"好像是各种传教会围在一座中国城外,设下防卫,要围而攻之"(《蓝袍》,第295页)。有批评说传教士从国内索要捐款到国外过奢靡的生活,立德夫人觉得,在中国乡村建造的西式楼宇无助于消除这些批评,尽管她提及楼宇的建设经费时小心翼翼。赫斐秋博士所办的学校虽然值得称赞,但对于立德夫人来说,他的生活方式有损于他工作的利他性。

与"廉价的传教士"这一章相反的情况也有多位传教士可作例证，他们的生活水平不会令其国内的捐赠者感到困扰。中国内地会有一位霍士保先生（Mr. Horsburgh），声称每个月仅靠五英镑度日。[9]立德夫人还描写了一位孤苦伶仃的牧师，他生活贫困，唯一的奢侈品是他书桌上方装有玻璃的一扇小窗户，家具很简单，只有三把椅子和一个小书架。靠近西藏的边城打箭炉①有一个传教站，离附近最近的西方人也有一周的路程，这个传教站从另一个角度展示了传教的花费。传教站里有三位牧师，好像拥有一家兴旺的农场和舒适的住所，但是证据表明他们的传教工作成效甚微，包括一所学校，只有八位女学生，教师只有一位华人女教徒。其中一位牧师勇敢且开朗，让他们显得不那么闭塞。立德夫人后来明白，他们嘴里的外部世界的大事和新闻，是过去十余年来所发生的事情，"我们觉得，这真是代价很高的传教会"。（《蓝袍》，第128页）对于立德夫人而言，与生命个体所承担责任的意义相比，传教所耗费金钱的价值退居其次——那么少的孩子受教，那么多的生命蹉跎而过，寂寂无名。

　　在《穿蓝色长袍的国度》的"传教士的所作所为"一章中，立德夫人论及传教工作中的另一个争议，即传教士们的劳动成果。立德夫人本来就尤其不认同向中国传递福音的必要性，所以从未以皈依人数来讨论传教的成效，而是完全强调传教士在教育和医疗上所做的工作。在《穿蓝色长袍的国度》中，她称赞学校和医院"可能是最令人满意的传教形式"，（第90页）描述了很多参观学校和医院的场景来支持自己的观点。她曾参观一所女校的结课仪式，留下了深刻印象，说姑娘们"很有趣，很迷人，她们的头脑明显开窍，变聪明了"。（《熟悉》，第239—240页）在镇江的美国美以美会（AME）女校，立德夫人称赞学生们教养良好、身体强健，更让人赞许的是，她们能成为贤妻良母，因为她们

---

① 今天的康定城。——译者注

从未缠足,"比多数中国妇女都幸福,我觉得看见她们的人都不会怀疑这一点"(《蓝袍》,第292页)。立德夫人觉得南京的男子大学很现代、很优异,"气氛热烈",教室里的氛围激动人心,学生们"才能全面发展"。(《蓝袍》,第293页)立德夫人没有提及这种西式教育与传统中国教育的矛盾。

立德夫人毫无保留地称赞教会学校,也把更多褒奖给予了两位接受美式训练的华人女医生,两位医生当时一边在乡村进行大量训练,一边建立自己的医院。立德夫人还挑出其他教会医院来表扬,特别是在南京的几家,不仅环境洁净,而且手术出色。19世纪时,西方人士都轻视传统中医,但是对医疗传教的贡献,医疗传教作为人道事业的价值,却鲜有争议。西医的引进曾在治疗中国许多地方性疾病上很有帮助,直到现在也仍然是一个得到了广泛研究的主题。

立德夫人试图全面呈现传教工作时,在典型的人道关切之余,还讲述了另外两个故事。她留意到,许多在华西方人士有意收集材料写书,于是特别关注了两位女士,即安妮·泰勒(Annie Taylor)和潘惠廉夫人(Mrs. Pruen),她们"有特别奇异的故事可讲述,却什么书都没写"。阅读过19世纪游记的人,可能了解安妮·泰勒的伤心故事。她带着一个仆人冒险前往西藏,三天之内抵达当时封闭得最为坚决的拉萨城。泰勒挨饿受冻,遭遇穷凶极恶之徒而幸存,说明她"素质好、想象力丰富"(《蓝袍》,第263页)。泰勒没了帐篷,马匹也都死了。故事的详细情节令人震惊,可是她为什么冒险前往?尽管立德夫人对安妮·泰勒的刚毅充满钦佩之情,但是她有两处不太相信泰勒,一是泰勒对藏人的描画,立德夫人说,"一点都不像我曾经在书中读到的形象";(《蓝袍》,第271页)二是泰勒对传教工作的理解,立德夫人对此提出了质疑,"不管是因为藏人堕落还是因为藏人高尚,泰勒小姐返回时心意已决,要将福音喜讯传递给藏人。用她的话说,即使藏人犯下过错，①他们无论如何都不会遮掩"。(《蓝袍》，第271页)然后，立德夫人用泰勒的事情表明，传教士教化西藏另一侧的印度人可能更为成功，就像皈依海外华人成为基督徒"回报可能更丰厚"，比如皈依加拿大和美国的华人，在这两国"不会激起反对"，"在他国生活过的人们一定注意到了，偏见不论好坏都慢慢减少，习俗渐渐不再那么严格，生活的一切都成了见仁见智的问题"。(《蓝袍》，第272页)对于立德夫人而言，人道关怀显然要以人为本，所以在她看来，即便是宗教工作也应该考虑是否实用。

在安妮·泰勒的故事里，生存至上令信仰的根由黯然失色。立德夫人讲述的第二位传教士，即潘惠廉夫人的故事，则完全是关于民族志的。潘惠廉夫人是中国内地会在云贵地区的一名传教士，她有幸受邀在苗族的春节上观礼。苗族是中国的一个少数民族，当时不太为人所知。越战后，越南赫蒙族人大量移民到美国，而苗族人因为与赫蒙族相关，如今为美国人所知晓。潘惠廉夫人对苗族舞蹈和节日服饰的描述，增进了西方对苗族人的了解，佐证了立德夫人的观点。立德夫人认为，传教士有别于在华商人和其他西方人士，首先是传教士喜爱中国人，其次是传教士对地方文化有深刻了解。从这一方面来说，诸如安妮·泰勒和潘惠廉夫人等传教士通过了解和欣赏鲜为人知的族群，为人道关怀事业做出了贡献。

反对缠足

有时，一个出人意料的表情或手势对一个人的生活有重大意义。

---

① 此句英文引文有误，《穿蓝色长袍的国度》的原文为"if they do wrong"而不是"if they do no wrong"。——译者注

在《穿蓝色长袍的国度》中,立德夫人描述了1896年的一次经历,当时她呼吁停止缠足的巡回演讲行将落幕。她在福州被介绍给一位生意人,此人想让她说服自己的妻子停止给年幼的女儿缠足。立德夫人得到这位母亲的许可,开始实施放足,但是结果令人震惊:

> 除了缠足的时候,可怜的小姑娘从没让人碰过自己的裹脚布。她大叫一声,看着我,脸上的表情痛苦而绝望。我从未见过小孩脸上有这种表情,希望以后再也见不到。她直视我的双眼,中国人很少这么看人,我看见她的眼神好像在说:"我受不了,我知道我受不了,我无力从你手中逃脱,可我真的受不了了。"可怜的孩子未老先衰,满脸的无助、愤怒、痛苦和恨意,我多么希望忘掉这个表情,这也激励我加倍努力,在孩子们离开艰难人世前去除陋俗。那么多孩子遭此苦难,那么多稚嫩的灵魂为此充满痛苦。

强调缠足残酷,折磨身心,足以解释立德夫人发起移风易俗的运动,不过,她接着又说了一个令人动容的个人动机:

> 有时候,我的确认为,上帝让我尝不到为人母亲的喜悦,为的是将童年的一切温情传递给所有遭受苦难的中国儿童而不会有所减损,不用我保留一丝暖意,分心庇佑家中的孩子。(《蓝袍》,第351—352页)

立德夫人为了中国妇女付出努力的个人动机,为她反对缠足的活动平添了几分凄美,但无论怎么看,她为反对缠足所做的贡献都意义重大,因为最终造福了几亿人。据估计,19世纪末,中国大概有五亿人口,约占当时全球人口的三分之一。如此规模的社会变革确实影响深远。

立德夫人反对缠足的态度是多年来慢慢形成的。刚到中国的头几个月里，一切都还新鲜有趣，立德夫人说起小脚时，笔下的用词只是"蹄子般的脚"，冷漠无情。她甚至以此为乐，查看中国妇女"缠着裹脚布的双脚"能否塞满自己脚上的大靴子，天真而幼稚。她还说，华中妇女踩着小脚走得"出奇地好"。立德夫人对中国妇女还有刻板印象，说她们能忍受裹脚的疼痛，部分原因是她们漠视苦难。（《熟悉》，第136页）后来，立德夫人在中国所见更多，看到了更多中国妇女，再谈起缠足时，用词就负面得多：缠足的疼痛剥夺了小姑娘们童年的自由，"拖着残肢的可怜的小人儿，拄着一根长棍，明亮的眸子中透着忧伤，黑眼圈严重"。（《熟悉》，第96页）妇女们根本无法行走，由佣人背着；屈辱且没了双脚；缠足的女孩有"远远"多于十分之一的人因此丧命。（《熟悉》，第140页）缠足的骇人故事讲述不尽，不过，立德夫人透露了一个令人哭笑不得的满意结局——缠足后幸存的妇女展现出"一种忍耐力"。（《熟悉》，第97页）中国妇女坚忍异常，为世人所称道。

　　缠足的历史及步骤，西方人士有详细记载。虽然他们一致批评缠足，但是向读者进行讲述时他们感觉好像是在揭穿秘事。19世纪关于中国的游记鲜有不谈缠足话题的，西方早期对缠足的叙述里充斥着偷窥心态。维多利亚时代的人们也有迷恋腿脚的怪癖。包裹白色裹脚布的中国小脚穿上美丽动人的丝绸鞋子，满满的情欲中体现出神秘。西方也有与此类似的东西。[10]

　　缠足源于宋代晚期的宫廷，怎么兴起的并不清楚，起初是为了好看，后来慢慢演变成严重的脚部残害，成为方便婚配的广泛习俗。立德夫人注意到，19世纪九十年代，缠足与社会地位基本没有关系，"以膝盖代脚掌行走"的女乞丐和农妇从南到北都裹着小脚。缠足要先将脚趾裹到足底，然后用裹脚布将前脚掌和后脚跟使劲缠拉在一起，大概三年才能完成，理想的脚型是三寸金莲。立德夫人展示了一张照片，照的是穿了鞋的小脚和没穿鞋的小脚。（《熟悉》，第139页）

立德夫人在反缠足的论述中指出,有些乡下妇女只是部分裹脚,只将脚趾裹到脚掌下,而入关的满族妇女从未缠足,但是为了遵从习俗,满族妇女穿上跟木屐相似的旗鞋,模仿小脚走路时的摇曳步态,穿上传统的丝绸长裤,给人留下小脚行走的印象。

如今,西方仍对小脚着迷,出版众多描述和评论缠足的作品,生意人也在这种趣味中抓住商机。中国制造的手工丝绸小脚弓鞋,不用花费太多就能购得一双。

许多传教差会都容忍女孩缠足,包括美国美以美会和罗马天主教会,一是有利于女孩婚配,二是害怕不接纳缠足习俗,家长不允许孩子接受传教士的教育。不过,1891年汉口的天主教修女所办的学校不再给女生缠足,修女们觉得女孩缠足疼痛难忍,但修道院院长对此却很冷漠,只把缠足看成是"大麻烦"——要用长达数米的裹脚布,随着脚越裹越小还要换越来越小号的新鞋。(《熟悉》,第141页)众多传教士反对缠足的努力在当地获得了成功,他们学校的学生和皈依的教徒不再缠足。因为传教士让姑娘们接受了教育,一些历史学家将为结束缠足设定基调以及普遍推动中国妇女解放都归功于传教士。另一方面,拥有西方权威的传教会在传教工作上却有所退却。1860年以后,因为不平等条约给予了传教士特权,传教士沦为中国排外情绪的牺牲品。[11]

1895年4月,立德夫人出于良知和愿望,展开行动革除伤害广泛的缠足陋习。立德夫人在上海说服许多其他西方非传教人士,跟她一道创建"天足会"。天足会旨在改变公众舆论,因此进入公共领域开展工作,而不是像传教士那样在私人领域反对缠足。天足会出版中国妇女的文字作品,然后将汉译的文字撰写成宣传文章。天足会的表现显示,他们理解中国文化,即便会员完全不懂汉语。他们对谈论缠足的禁忌有充分的认识,"在中国谈论脚最有伤风化,没有比这再不合适的话题了"(《熟悉》,第150页)。天足会担心使用方言会令人有所联想,于是决定使用文言文,以展现讨论的庄重程度,也能拉拢中国文人。

接下来是将反缠足做成长期的运动。令人称道的是,立德夫人了解如何组织运动。她在各大城市和通商口岸召开集会,这些地方名人聚集,集会可以引起众多人士的关注。她给大家看 x 光片,展示天足与小脚的脚骨影像,讲述妇女放足的个人故事,告知哪些地方的妇女从不缠足,然后鼓励听众讲述自己的故事,让他们在誓约上签名反对缠足,并且收取会费,让人更加感到给予了实实在在的支持。立德夫人明白,没有男性的支持,反对缠足不可能完成,因而在校男生与权贵显要也是她讲演的对象。她利用丈夫的关系,获取了李鸿章的支持。从中国权势最大的政界人物那里取得支持,此举勇敢无畏,需要沉着冷静、尽心尽力。[12]立德夫人还设法获得了免费的汽轮航班,行走于各城市间讲演。

立德夫人在推动反缠足时主张两条行动路线,一条是阻止小姑娘缠足,另一条是推动已经缠足的妇女放足。第二条路线过程痛苦,并非总能成功,但是也取得了一些令人满意的结果,放足后的妇女可以正常行走。立德夫人推动反缠足,采用积极主动的方法。她讲述放足的特别事例,点名批评不支持反缠足的学校,描述放足学生的快乐生活和幸福婚姻。为了反对偏见,立德夫人煞费苦心,在演讲中描述中国父兄、中国新郎公开反对缠足的事迹。

立德夫人反缠足取得成功也是机缘巧合。当时有一位北京的主考官撰写了一篇劝告长文,呼吁结束缠足,被称为"叙府劝诫缠足言"(Suifu Appeal)。立德夫人将该文印发给聚在重庆参加当年科举考试的数千名儒生。① "叙府劝诫缠足言"给反缠足运动带来了影响,得到

---

① 原文为 annual service examination,应该是本文作者图林的误解,清代时在省城举行的乡试为三年一次。在《熟悉的中国》中,此处所说的"叙府劝诫缠足言"是被张贴在刚刚结束科举考试的叙州府(即今天的四川宜宾)的城墙上,以便参加考试的儒生们知晓,从而将此劝诫缠足的声音带回自己的家乡。立德夫人不久就得到了一份,然后印发给所有当年前去重庆参加考试的一万名儒生。——译者注

了其他领袖人物的支持,他们身份高贵、影响力大,有变法领袖康有为,还有立德夫人所说的孔子后裔孔辉崇。①[13]湖南总督也完全禁止缠足。同时,立德夫人的天足会继续举办集会,男女都参与,最终反缠足的动力转移到了中国人自己身上。1897年,中国人的"不缠足会"在广州设立办事处。

结束缠足习俗,其实不能归功于立德夫人一人,其他人也为此奠定了基础。太平天国主张妇女的平等权利,他们也反对缠足,虽然有名无实,只是在政治纲领中以基督教义替代孔教思想。[14]清代多位皇帝曾试图禁止缠足,但乏力无效,为人们所忽略。时至19世纪末,中国国内展开变革运动,力图使中国进入现代世界。反对缠足的时机成熟,立德夫人所做的工作将此事业推广开来。立德夫人因此在多个方面被中国人认可。她发现自己被人称为"再世观音",中国的一本杂志也对她大加赞誉。令人更为欣喜的是,反对缠足的努力激发了其他变革。立德夫人以及天足会的其他官员受邀帮助创建了中国第一所女子高中,此后不到两年,上海便建立了三所女子高中。立德夫人还获得了一个更引人注目的荣誉——1900年她被任命为上海妇女大会的副主席。

研究游记文学时,人们禁不住会集中关注旅行者他者化的过程,以现今的标准来衡量另一时段的旅行者。我们当代人努力去理解那些旅行者文字的意义时,有时关注不到他们旅行本身所能带来的变化。有些旅行者是发疯后的库尔兹(Kurtzes)②,成了奴役者、剥削者;有些则被感动,要改善自己所发现的非人环境。立德夫人属于第二类,尽管她也绝不是道德完人,比如,她也会发出幼稚游客才会有的言论。她在《穿蓝色长袍的国度》的书尾还承认了一个事实,令人惊讶。

----

① 此名系音译。——译者注
② 小说《黑暗的心》(*The Heart of Darkness*)的主人公。——译者注

在反对缠足运动的过程中,立德夫人描写了"中国的巴黎"——苏州的妇女,说"很显然,她们确实非常漂亮。我在中国生活了十五年,不相信中国还有漂亮女性,而苏州妇女大都令人胃口大开[原文如此]"。(《蓝袍》,第363—364页)这一句婉转的恭维话,如果说揭露了她对中国妇女的真实情感的话,那么她在书中很大程度上压抑了这些真实情感。人道关怀者是克服个人偏见,根据道义行事,关注可以做些什么来减轻他人苦难的人。因为这才是真正的利他主义者的标志,他们损己利人。

"利他主义"一词为奥古斯特·孔德(Auguste Comte)所创。孔德用"利他主义"一词明确自己的理念,认为只有促进他人幸福的行为才符合道义。立德夫人的个人事迹是这种利他主义的一个例证,她笔下对中国的呈现也是一例。她赞同维多利亚时代晚期人文主义运动的主旨。因此,她强调同一性而不是差异性,认为中国妇女有权跟其他任何人一样行走,中国小姑娘需要接受教育,儿童需要抚养,违法犯罪者不应当受到非人虐待,疾病、贫困、脏乱差的环境应当被消除。对于立德夫人而言,游记是表达人道关怀的良机。

八 "利益范围":伊莎贝拉·伯德用文字和照片构建的19世纪晚期的中国

苏珊·摩根 著
蒋雯燕 译

到19世纪初,在英国流行着一个政治概念:英国在"东方"的利益。它即便不是字面意义上的也是想象中的。它是一个支配一切的总体目标,可以将英国在该地区的所有活动统一起来,一切都与之息息相关。英国在印度次大陆、英属海峡殖民地、马来半岛、东印度群岛和中国展开的各项活动,都围绕着这一目标。

首先,将英国人在被他们称之为"东方"的地区所采取的多元化、具体的、分散的各种行动联系起来的,是一个理念。它被用来反复描述和保护大英帝国的事业,那就是"对华贸易"(the China trade)。本世纪初,首相小威廉·皮特(William Pitt the Younger)提出"英国的政策就是英国贸易"[1]的宽泛定义,其中"对华贸易"占据着特殊地位。这个词充当起海上贸易整体概念的指南针,为小岛国英国所珍视。"对华贸易"将是最好的贸易,最大的贸易,"可能成为全世界最重要的贸易,"[2]它将拥有不可限量的消费者和商品。斯坦福·莱佛士(Stanford Raffles)于1819年"创立"了新加坡,英国于1824年从柔佛州苏丹手里买下了它,原因有很多,但最重要的是为"对华贸易"在印度和中国之间提供一个港口。"准确地说,马来半岛对英国而言意义重大,它在地理位置上靠近印度,毗邻印度到中国的水路。"[3]

事实上，在被称为英国帝国主义的历史进程中，有太多有形和想象的目标。这些目标与英国人所处的众多地理位置、经济、政治和文化背景一样具有多样性。我想表达的观点是：19世纪英国人描述中国的文章通常隐含但又始终存在一种特定的、先在的、修辞和意识形态上的框架。从广义上讲，这个框架就是神奇的"对华贸易"概念。

有关中国的文学里存在着另一个与"对华贸易"紧密相关的观念。正如那个不断重复的比喻所言，中国是一个沉睡的巨人，又如据传拿破仑曾说过的："她一旦醒来，就会震惊世界。"[4]英国人的文章里有一个比喻说，"对华贸易"就是一个金盆，可以用丰厚的利益来回报雄心勃勃的英国贸易。另一种说法则是：中国是个汇聚了无限经济潜力的好地方。因此，在道义上，中国不应该、也不能够被孤立、被抛弃。虽然中国清朝的统治者似乎尚未意识到中国需要在世界市场体系中实现它的商业使命，但是其他国家，首先是商人，然后是政府，显然认识到了。问题是这些外国列强如何说服中国。

英国政策的基石始终是炮舰外交。仰仗如此外交，英国横行"东方"和19世纪的中国。从1839年起，英国海军是英国在历次鸦片战争中获胜的关键。晚至1898年，英国驻北京的外交大臣克劳德·麦克唐纳爵士（Sir Claude M. MacDonald）逼迫中国割让山东威海卫港口给英国时，仍然威胁说："如果不同意的话，那就把问题交给舰队司令处理。"[5]然而，用最简单的话说，我们也知道使用武力和武力威胁绝不可能真正地绑定一个帝国，更何况是一个贸易帝国。正如托马斯·理查德（Thomas Richard）所言："帝国在一定程度上是虚构的。"而且"19世纪晚期的叙事充满了对帝国的幻想：绑定不是靠武力，而是靠信息。"[6]

借用何伟亚（James Hevia）极具洞察力的术语来说，"开放"中国在某种程度上是一个"教育项目"，问题关键在于"通过各种强制和引诱手段教会清政府精英和普通民众，在一个军事和经济都被欧洲帝国主导的世界里,应该如何正确地治理好自己的国家"。[7]如果说挑战很多,那么回报也肯定会很大。正如一门课程需要课本一样,这个项目暗示我们:信息的生产是对华贸易的必要需求。对华贸易将会带来潜在利益,清朝的精英阶层和中国民众需要接受这方面教育,因此需要为他们提供信息。但他们也并不是唯一的受众,英国人写的这些作品也相当于是对他们国内的读者进行帝国主义教育。这个关于中国的教育项目包括两个主要的修辞假设:一是中国作为市场和商品供应者的非凡商业潜力;二是英国作为一个大国,在发展对华贸易中起主导作用的权利和义务。

虽然西方对中国的描写已有几个世纪的历史,但客观地说,是英国1860至1876年间的条约向外国旅行者们打开了中国的大门,从而带来了大量的旅行作品。在19世纪末20世纪初,英国最著名的关于中国的作品出自阿奇博尔德·立德夫妇(Archibald Little and Alicia [Mrs. Archibald] Little)、女画家康斯坦斯·戈登·卡明、澳大利亚出生的老莫理循(George Morrison)、柯乐洪(Archibald Colquhoun)、摄影师约翰·汤姆森和伊莎贝拉·伯德·毕晓普(Isabella Bird Bishop)。关于中国的著作,已经有很多深入的研究了。最近出版的著作中有两部我觉得特别有用,分别是苏珊·肖恩鲍尔·图林的《维多利亚时代的旅行者和中国的开放(1842—1907)》(Victorian Travelers and the Opening of China, 1842 - 1907)(1999)和尼古拉斯·克利福德(Nicholas Clifford)的《真实的国家印象:关于中国的英美游记(1880—1949)》(A Truthful Impression of the Country: British and American Travel Writing in China, 1880 - 1949)(2001)。[8]克利福德的题目取自伯德的《前言》。

图林指出,维多利亚时代有关中国的文学作品的一个显著特点是"高度的论争性",[9]其论点集中指向鸦片贸易和传教士在华活动的问题。这个特点体现出作者清楚地意识到一些关于中国的政治和经济辩论，并愿意通过他们的作品加入这些辩论。换句话说，这些关于中国的作品并不简单，在政治上也并不幼稚。作者用自己的作品参与到关于中国的一些重要问题的辩论之中，并提出鲜明的立场。除了鸦片贸易和传教士，他们的辩论也涉及其他重大公共问题。

此外，从某种程度上说，我认为关于中国的游记比另一些不太稳定的地区如非洲和英属马来西亚的游记更加真实。游记讲求政治上的时效性，正如从前法国人用的"熟悉时事的"这个词。中国发生的时事都关乎清政府、外国势力的入侵、各种外国团体的活动和条约、新条约的签订、商业活动和传教士，所有这些事件都在以惊人的速度发生着，我们在英国出版物里常常能看到。一个作家不能自己冠以权威，也不能写出脱离实际的东西，简言之，不能声称"对一个国家真实的印象"，这点极其重要，因为作家必须对时事保持清醒的认识，尤其是一些触及某个国际集团利益而又常常出现在英国媒体上的时事。游记要达到"教化"英国民众的目的，作家首先要了解情况。游记文学需要在个人体验的当下性与政治和经济理解的疏离性之间取得平衡。

在这篇文章里，我选取了在维多利亚时期写给英国读者的游记中较为著名的一本：伊莎贝拉·伯德·毕晓普的《长江流域旅行记》（1899 年出版）(*The Yangtze Valley and Beyond*, 1899)，目的在于在面向英国读者进行帝国主义教化的阐述框架中分析该作品的修辞策略。伯德以强调其教育或教科书功能的语言开始了她的故事。她直言不讳地表达开设中国课程的必要性和她的贡献的教育价值。在《前言》的开头，伯德明确表示她的书"为人们了解那个热点地区做出了积极贡献"。她用科学的语言来结束其《前言》，强调自己"尝试忠实地提供数据"，以突显其教化的权威性。她还谨慎地指出："迫切需要通过各种渠道提高对中国及其人民的认识和兴趣"[10]。

伯德不仅使用文字，还运用图片作为提供信息的工具，以更好地教育读者。1900 年，紧跟着《长江流域旅行记》，她又出版一本《中国图片集：解读中国照片》(*Chinese Pictures: Notes on Photographs Made in China*, 1900)。在论述这两部作品之前，一些关于中国的一般性的英式修辞和伯德独特的修辞方式都需要放在19世纪英中经济和政治关系的历史框架中来考察。接下来简要梳理一下这些复杂交错而充满矛盾的国际关系。

条约与条约港口

与泰国一样，中华帝国的历史之所以与众不同，一部分原因是因为它从未被任何一个欧洲国家直接殖民过。19世纪英国对中国更加咄咄逼人的关系始于1834年7月，英国议会刚刚结束对东印度公司的垄断，放松了对中国贸易的管制，"英国政府在中华帝国的第一位商务代表"[11]律劳卑男爵（William John, Baron Napier）抵达澳门。同年八月，他在广州发布了一个公告，声称"成千上万的勤劳的中国人"像英国人一样需要和渴望贸易，中国方面的抵制只是腐败和镇压的表现。他强调：在便捷的道德框架下，英国企业家们可以将目光投向鸦片走私，这是实现积极进取的英国和勤劳勇敢的中国未来命运的必经之路。贸易将决定两国的光明未来，以及英国和中国的关系。

很多历史学家认为，鸦片战争不仅仅是一场"维护和扩大贸易的战争"，中国的鸦片贸易是一个复杂的问题。首先，虽然并无真正试图阻止交易和买卖的举措，且英国商人从中获利颇丰，然而，"这绝不代表英国当局和官方支持鸦片走私。"[12]英国驻广州的商务负责人义律（Charles Eliot，1801—1875）就曾说，鸦片贸易是"任何一个人类的朋友都会谴责的交易。"[13]第二，这里确实存在管辖权的问题。贩卖鸦片不仅仅只是或主要是英国商人。外商和国家贸易者除了英国，还有"美国、法国、荷兰、丹麦和西班牙。"[14]最后，在中国政府坚决反对鸦片贸易的同时,很多中国的有钱人、商人和官员都参与了鸦片的非法贸易,与走私者勾结,从中牟取暴利。

辉格党认为鸦片战争是为了捍卫"英国的国家荣誉"[15],这场貌似肮脏丑陋的鸦片战争,实际上是一场重要的道德保卫战。从短期来看,荣誉意味着不允许中国和其他国家没收英国人的商品,否则就是干涉或冒犯了英国商人。这是对英国的商业惯例和英国商人的挑衅和侮辱,是一个危险的先例。从更大层面来说,这些干预是对"对华贸易"神圣目标的"公然冒犯",这一目标象征着英国当前贸易政策所设想美好神圣的未来。这些贸易活动也包括鸦片,于是英国发动了战争,企图通过武力迫使另一个国家让鸦片贸易合法化,而大多数英国人自己也知道染上鸦片的毒瘾是危险的。事情的关键不在于贸易的种类和项目,而是关乎贸易的原则。随着未来贸易的不断扩大,难道不能让交易的方式变得合法化?"这场战争与鸦片无关……对英国人来说,是关于中国与西方的关系应该如何塑造。"[16]而英国人将是塑造关系的人。从1842年起,中国被迫接受了一系列不平等条约,这些条约影响了两国关系的发展。

与鸦片战争相关的争议包括:中国人内部的冲突与区别的问题、英国与其他外国势力之间关于瓜分中国的竞争问题、法律管辖和治外法权问题(关系到贸易的权利、货物和人)、中国立法和税收权的问题,以及英国人的"特权"这个涉及英国国家荣誉的问题。这些争议以各种形式反复出现,一直延续到19世纪末,它们总是通过英国人对中国贸易无可争议的价值这一先入之见的视角来构建和解释。

鸦片战争的决议、1842年8月签订的《南京条约》、1843年的《虎门条约》、1858年的《天津条约》和1860年的《北京条约》等条约及其附件使英中关系陷入混乱和不稳定状态,从而也使英中之间的贸易关系充满了不确定性和冲突。《南京条约》中,中国需向英方支付巨额赔款,以补偿英国被查封的鸦片和战争损失,同时向英国和英国人开放五个通商口岸(广州、厦门、福建、宁波和上海),此外还有准许英国派驻领事、废除清政府的公行自主贸易政策(公行一直控制着对外贸易),并且割让香港岛给英国,降低英国货物进口的税款。可以说,《南京条约》"开创了一个港口条约的体系,给中国带来严重后果和深远影响。"[17]

接下来就是"亚罗号战争"(Arrow War),①表面上看,导火索是两件事:一是一位法国的耶稣会士被处决,他到内陆旅行,明显违反了条约规定的条款,二是广东水师官兵登上了一艘英国军舰"亚罗号"(Arrow)。然而,认为广东水师官兵有违规行为,这值得怀疑,因为"亚罗号"实际为中国所有和操控,除了舰长是英国公民。它最初是在英国注册的,但是后来注册失效。此外,中国巡捕登舰是为了抓捕一个有盗窃前科的中国人。[18]这些都是小事。正如英国帕默斯顿勋爵(Lord Palmerston)所言,这场冲突是为了捍卫"香港岛到广东之间的一项对整个英国商业至关重要的权利,一项不断扩张的贸易。"[19]英国人从香港总督包令爵士(John Bowring)那里学到了这一点,他在1855年与暹罗签订了《包令条约》。他们的目标是修改《南京条约》,以便在中国确立不危及其巨大商业野心的条款。

中国政府反对在《天津条约》中作出新的经济上和政治上的让步。但1860年签订的《中英北京公约》(Sino-British Convention of Beijing)中可以看到中国不得已作出批准,带有甚至更多的不平等条款。《公约》再次包括了一轮巨额战争赔款,除了确定天津作为通商口岸之外,还另外增设了九个通商港口,它们是:牛庄、登州、台南、淡水、潮州、琼州、镇江和长江沿岸有待日后开放的三个港口。条约有效地"保障了长江沿岸直到汉口的航行权和通商权"。②[20]该条约扩大了

---

① 即第二次鸦片战争。——译者注
② 后来开埠时,牛庄口岸设在营口,登州口岸设在烟台,潮州口岸设在汕头。——译者注

治外法权，赋予传教士们充分的公民权利，包括在内地自由通行和拥有房产的权利，此外割让九龙给英国，在北京建立外国公使馆。外国人现在可以依法在中国购买土地和房产，还能在内地定居。此外，该条约让鸦片贸易合法化，而这是第一次条约里所不包括的。

到19世纪90年代，外国人已不再被限制在口岸城市和领事区域内活动，他们可以自由去往任何地方。当时中国境内已经有各国基督传教团大约2 500个，且由于西方政府为他们提供种种保护，"各种条约已经把中国皇帝变成了外国异教徒的守护者。"[21]1876年的《烟台条约》则开放了更多的通商口岸，并且开放了长江沿岸六个内港供轮船停泊。到19世纪90年代，中国已经有几十个开放口岸了，其中一些地方拥有庞大的外国社区，不受中国法律的限制。俨然就是属于自己的"小独立国家"。

19世纪下半叶，中国又失去了自己的朝贡国。法国入侵越南，于1883年官方正式接管了它，并于1887年、1893年先后接管了柬埔寨和老挝。英国于1885年占领了缅甸。中日战争的结果是中国战败。1895年签订的《马关条约》(*Treaties of Shimonoseki*)使中国承受了巨额战争赔款，建立更多通商口岸，并割让台湾，给予日本最惠国待遇。

中国对日的战败带来更糟糕的结果。第一，中国被迫抵押上自己的未来。过去的战争已经让中国负债累累，现在又摊上给日本的巨额赔款，中国不仅要放弃领土，还得放弃未来国家收入和经济稳定的希望。1895年，为了还债，破产的政府只能向俄国、法国、德国和英国"有用的"财团借贷，抵押品是尚未到手的关税收入和国内税收。在1949年以前，"中国独立的可靠的税收已然掌控在外国人的手里"，"中国已经逃脱不了外国的金融操控"。[22]

第二，和这些永久债务一样给中国带来重创的是，外国势力看到满清政府满目疮痍、虚弱至极，认为是时候尽可能进行榨取了。这些结果主要是由外国势力的相互制衡所驱动，而不是经济因素。正如陈月鸿（Yueh-hung Chen）指出，"从 1895 年起，列强们的商业动力逐渐减弱，他们的政治野心变得至高无上。"[23]英国政府针对其对手与中国制定的金融协定做出反应，开始涉足私人金融领域。基于垄断和门户开放的原则，英国政府曾经对于在亚洲的英国私人公司长期保持着高冷的态度，现在英国首相索尔兹伯里（Salisbury）态度开始转变，用迪斯雷利（Disraeli）的话说："在亚洲，我们所有人都有空间。"[24]外交部开始向中国政府提供战争贷款，矿产特许权，特别是铁路特许权。英国的目标与其说是拥有中国，还不如说是阻止对手（指的是法国和俄国，尤其是后者）拥有中国。

从 1895 年和 1896 年开始，随着这些贷款的发放，外国政府们开始慢慢"抢租界"，到 1897 年尤其是 1898 年夏天的动荡摇摆，外国势力在中国争夺租界的活动如火如荼地展开。各国势力将中国划分为众所周知的"势力范围"，在势力范围内，各国可以实际掌控（通常是 99 年租期）并且开展垄断贸易。他们只需要强迫中国外交官同意。对中国外交官而言，他们已经意识到中国太弱，无力反抗只能让步，只有通过准许各种特权的手段来讨好一国势力，所谓特权就是"准许一国在某一特定区域内独家掌控"。[25]俄国、法国和日本全都划定了自己的区域，然而从未成功掌控一个"领域"。1898 年，英国声称自己在长江流域的贸易优势地位，迫使北京开放内陆水域，并且获得九龙附近地区 99 年的土地租赁权，从而扩大了香港的领土。美国国务卿海约翰（John Hay）就曾担忧通商口岸赖以运作的开放国际贸易的理念会受到损害，外国势力会在"他们的"港口寻求垄断权利。1899 年 9 月，为了确保美国不会被排除在商业行动之外，他效仿英国暂时放弃的开放贸易政策，向其他大国提交了"门户开放照会"（Open Door Notes）。

读者所受的教育

伊莎贝拉·伯德·毕晓普关于中国的书从一开始就小心翼翼地将故事置于时事之中。英国在1895年前后对华政策的改变为她的叙述提供了十分具体的修辞背景,使她的故事可以被英国读者卓有成效地解读。为了证明这一点,我们必须从不同的批评角度来看待她的作品,而不是她自己非常熟悉的那种无畏——一种她以自嘲的风格在修辞上享有特权的框架,也是几代解读者所享有的特权。在关于游记的文学评论中可以看到,伯德是勇敢的女性旅行家的代表人物,帕特·巴尔(Pat Barr)称其为"独特的旅行者",当然这可能更多是由于她独特的个人风格,在家还是病怏怏的,出国便毫不气馁,用她印象深刻的旅途写出不下11部作品。评论的关注都局限在作家本人,实际上这就有效地掩盖了她书中具有政治功能的分析。

本文没有使用传记和心理分析的方法。而是将《长江流域旅行记》一书置于19世纪90年代的历史环境中,英国对中国的立场在发生变化,特别是伯德于1895—1895年间去中国旅行期间,和1899年这本书出版的时候。伯德的书为1898年英国政府和媒体关于对华政策的大讨论做出了特殊的贡献。

伯德开头就将自己的书《长江流域旅行记:关于中国特别是在四川省梭磨地区的旅行报告》(*The Yangtze Valley and beyond: An account of Journeys in China, Chiefly in the Province of Sze Chuan and Among the Man-Tze of the Somo Territory*)直接引入最近的公众辩论。在此书第一句中就提到了这样一个事实:长江流域已被英国划入了"利益范围"。在第一页就将该流域描述成"在1898年春就被纳入英国的势力范围的大盆地。"到书中第11页时,伯德已凭借其博闻强识和与时俱进的特点获得读者的信赖。她熟悉当下公共热门的讨论话题,她说明观点时还引用了1899年5月议会辩论的内容,特别提到英国驻京代理领事的一份报告,报告中写道"中国人热爱法律和秩序。"[26]

伯德的言辞让我们首先把她的书看作是一场重要的公开辩论,议题是与其他外国势力在中国开展贸易相比,英国应该采取哪些恰当的措施。其次,她把自己的故事框定为一次教育之旅,由一位权威的教师为读者提供知识基础,让他们建立起自己关于长江流域对英国的意义以及英国应该在那里开展什么活动的想法。她的权威首先是建立在对中国"渊博的知识"[27]基础之上,它源于伯德1895—1896年间中国之行的直接经验。正如她所言,这种知识来源于"中国近代史上最重要的三年的旅行。"[28]她对1898—1899年间英国公共讨论的了解,使她的第一个权威得以进一步丰富和深化。

读者要学习的第一课,是书中开头的段落。在开头七行以内,她用引号将两个相似却完全不同的表述放在一起,英国对华关系里有两个有效的关键词:"利益范围"和"势力范围"。优秀的读者和优秀的学生将会注意到二者的区别——这两个词组放在如此接近的位置让人很难错过——因此人们想知道这意味着什么。那么接下来请阅读《长江流域旅行记》一书,它将是揭晓二者差异的扩展阅读练习。

介绍完这两个词组后,伯德继续推进,直到第十页,她提出一个主要观点。她介绍了长江流域或者大"盆地"(在当时的辩论中,这个词比河谷更受青睐,因为它更少受到地理上的限制)。她想告诉我们的是从自然和经济地理学角度来说,关注其地域的辽阔和商贸的重要性。首先,介绍了它"包括全部或大部分的重要省份",占地65万平方英里,长江的实际总长度是未知的,但可能不少于3 000英里,它被认为是"亚洲最重要的水道,"[29]很多支流交错其间,"在距离入海口1 000公里处水流量大约是泰晤士河在伦敦桥处的244倍。"[30]她总结道:"它的出口贸易大约33万磅,进口贸易约240万磅。长江是中国进出口贸易的唯一通道,这一点再怎么强调也不过分。"[31]

就长江流域非凡的自然形态和经济意义启蒙读者之后，伯德言归正传，回到开头的主题。她首先提到英国人的"势力范围"，将之划归到"这是我所抗议的一个短语。"[32]值得一提的是，还有一个描写中国的作家也对这个词组表示抗议。柯乐洪在他1900年出版的《从大陆去中国》(Overland to China)里也提到了1898—1899年间议会会议中讨论的这个"势力范围"，当时外交部施压拟定文件和协定来保障这个"范围"。柯乐洪对外交部和这个"势力范围"表示轻蔑，他指出，英国的势力范围根本站不住脚，它不是条约，也不是正式宣言，也不是签订的文件。换句话说，"它没有任何实质性根据。"对他而言，所谓"范围"其实就是"一张空白支票，由强权任意填写。"[33]

柯乐洪的观点凸显了1898—1899年间议会辩论中明确提出的英国在长江流域的"势力范围"，不是一张官方的正式协定。然而，这也不是一张"空白支票"。这是一系列特定的商业合同，能够也确实为建立"势力范围"产生实际的法律效应。对英国人来说，它包括修建铁路，提供发动机和汽车以及负责铁路的运营（哪家公司的产品出口过来？费用多少？）这样一张协定就可以确保铁路公司的经理拥有掌控该地活动的实权。"长江流域、满洲以及广州和九龙之间的铁路租界"是"英国在争夺中获得的最重要的利益"。[34]

柯乐洪对"势力范围"的批评忽略了经济（即"租界"）和政治（英国认为自己不得不参与一场既不是自己发起也不是自己想要的，但又不能忽视的国际竞争）。而伯德则持有不同观点。在她看来，1895年以后瓜分中国的竞争是"有失尊严"[35]的。这是来自一位女性作家的尖锐批评，虽然一直以来她的作品都是支持英国在华帝国主义活动的，因为那些活动高贵而正义。而"失去尊严"就是失去了道德制高点，使人们对英帝国主义事业的正义性产生怀疑。伯德另一个观点就是，这种争夺是盲目的，至少是目光短浅的，因此与英国国际关系的大愿景不相称。关于大愿景，伯德不耐烦地写下了当前中国辩论中的所有术语"'门户开放'、'势力范围'和'利益范围',可见我们自己多么的贪婪（并不总是能巧妙地掩饰过去）,还嫉妒和猜疑我们的邻居。"[36]

伯德的目的是给读者们提供一个批评的视角,批评现在英国企图建立的"势力范围",与此同时用一种破坏它的方式来构建自己的批评框架。毕竟,伯德认为英国人应该在中国——只是不应该在"势力范围"。当然,这得归咎于外国势力。英国陷入了这场国际竞争,而不是处于完全独立行事的政治地位。目前的进程对于中国的打击是毁灭性的。1895年以后一些文章把中国描述成分裂的、成熟的、对外国商业收购非常开放的国家。伯德在她的结论中有力地辩称,这是因果倒置了。"中国的解体"并不是原因,真正的原因是"外国势力的干预",也就是"政策转变和机会主义政策、巨大的野心、外国势力之间的公然对抗,"[37]这些原因削弱了中央政府的权力从而分裂了中国。伯德赞赏并引用了索尔兹伯里1898年6月28日的发言,他反复强调英国对华长期政策的目标,"维护中华帝国,防止它毁于一旦,引导它走上改革之路,并给予它一切帮助。"伯德还引用了他最后一个观点,"这样做,我们将有助于它的和我们的事业。"[38]

从这些话语我们可以看出,伯德站在英国国会和公众的一边,他们在1895年以后非常难以接受一种政府介入的、与其他列强争夺中国的商业竞争概念。伯德在结论中明确指出,她仍然"相信'门户开放'政策的公平性和权宜性,而不是我所认为的'势力范围'的灾难性替代政策"[39],这一认识贯穿全文始终,其首个标志就是献词,"献给索尔兹伯里侯爵（Marquess of the Salisbury, K. G.）"在此,伯德宣告她的书为帝国服务,同时也加入政治辩论,并且站在英国政府一边。对于那些了解政治时事的人们来说,献词宣告该书反映了英国首相的立场,他长期以来都坚持慎重的对华政策：在中国问题上,英国在中国拥有合法席位,不是占领者而是领导者和导师。

作为"白人的负担"这一常见比喻的变体,伯德将中国展现为英国一种特有的负担。英国的历史使命要求它必须将自己与其他野蛮国家区别开来,并拒绝狭隘和贪婪的"势力范围"概念。英国应当承担起伟大文明的救世主的崇高角色。这个角色将会站位更高,格局更大。在伯德的帝国逻辑看来,她每一次向读者呈现中国景观的壮丽庄严和中国历史与文化的伟大,都是引导读者建立认识:中国没有独立的权利,英国有义务成为她的领导者。英国希望承担起自己的责任,这与中国应得的地位以及其他外国竞争对手在中央领导地位上的不足是成比例的。

伯德观点的形成,其部分原因在于她把自己定位成一个对中国感兴趣而又开放的观察者,即时记录她的见闻而不做修改。然而,她看问题是带着帝国主义目光的,包括看其他外国人。虽然她总是貌似一个无关政治的旅行者,但她的用语可是不敢恭维。美国轮船是"奢侈到极致","白色的珐琅和镜子令人生厌。"[40]法国人在她笔下是"残忍的",当看到一条中国舢板上全员沉没时,法国人说:"好!以后中国黄皮肤的人会少一些"。口岸城市沙市(Sha-Shih)"开放"后,"首先"被日本人"占领"[41],她并无成见:这太肮脏了。

通过这些对其他外国人的负面描述,伯德平衡了她的英国优越感,提出英国要保持自己的竞争优势,目前做得还不够。英国的商人和制造商要保持他们的竞争力,就应该放下自负,提高商业敏锐度。她又用语言为读者提供信息,让读者根据正确的信息得出适当的结论。因此,我们得知沙市随处可见的洋货多为日本货,"这是由于日本商人精力旺盛,或者用我们商人的话说,是出于日商的叫卖与兜售本能。"伯德所讽刺的对象通过"兜售"这一词而得以清晰化,因为"兜售"的意思是"首先了解到人们想要什么,然后通过训练有素的会说中文的代理商提供给他们相关商品。"[42]"万城"(City of Wan)棉纺织工业产能较大,其生产原材料都是从日本和英属印度进口,伯德挑战性地发问:"开夏郡(Lancashire)能与之竞争吗?……"[43]她提出,德国和奥地利的公司"正将自己的商业贸易向整个中华帝国扩张","我们不应忽视日本在更多贸易领域中的竞争。"[44]外国人也不是最大的担忧。伯德说:"这股浪潮正逐渐把生意从国外推送到当地人手中",此类例子比比皆是,几乎贯穿全篇。她向读者保证,尽管"在中国的英国年轻人的就业机会正在减少",但"实际的英国贸易可能不会受到影响。"[45]

伯德对非英国人(无论是外国人还是中国人)手中的企业的种种描述,与她对中国即将创造的巨大财富的频繁"观察"是一致的。如果她的英国读者需要了解这些挑战和竞争对手,他们也需要了解其中的全部内容。为什么英国不应该削弱中国?至少有一个原因是:中国是英国保持经济运行和政府稳定的物质利益之所在。这一点在书的第一部分更加显著,伯德反复地给我们提供城市里令人印象深刻的商业数据,尤其是她所经过的通商口岸。因此,我们才需要知道"1898年宜昌的贸易总额是￡2,298,437"。[46]然而,伯德也觉得有必要向她的读者指出一些商业上的可能性。随着她继续向西,来到长江上游,然后进入内陆,她向读者讲述了采矿业、盐业、棉花业和农田的富饶。英国不应局限于"势力范围",不是因为贪婪,而是因为中国有如此多的商业机遇,只有把中国视为"利益范围",抛弃狭隘的地域观,对华贸易才能发挥潜力。

虽然伯德一再告诫她的读者——特别是当她在中国东部港口的旅行初期——英国要想在中国拥有商业竞争力,就必须更努力地去"推动",但是她的叙述还有一个更振奋人心的教育目标。除了"市场、领土和铁路",伯德让读者对中国可以提供给"西方"的财富进行更全面的评估。在书的开头,她用一种人文主义的口吻阐述了自己的观点。她说,"忽略那些两千年来一直让中国值得争夺的人",[47]只从物质的角度考虑问题是存在"风险"的。接着,她对"势力范围"的恶果发出了含蓄的警告。难道我们"要和其他欧洲帝国一道,在没有替代物的情况下,毁掉这个地球上现存最古老文明、人口占人类四分之一的国家吗?"[48]

首先,伯德的叙述试图向读者提供关于长江流域的更大视角(在她的写作中,长江几乎等同于中国),即英国人到底应该多重视中国。这个视角将纠正中国等同于"野蛮"或"道德堕落"的观念。伯德让我们跟她一起旅行,通过她的眼睛来观察中国,以此来告诉我们,中国是"这种包罗万象的古老文明,尚未腐朽,虽然不完美,但仍值得我们尊敬甚至钦佩"。[49]

因此,中国不应被英国读者仅仅解读为一个赚钱的场所或与其他外国势力竞争的舞台。竞争很重要,英国商人确实需要做得更好。但英国人需要从多个方面理解中国的富饶。中国是一个蕴含丰富的文化和经济价值的地方,因此,也存在利益。然而,读者也需要知道,中国还没有准备好与英国进行全面的经济交流和文化合作。伯德用500多页的叙述,含蓄地支持着一个观点,那就是"如果英国不削弱中国,将中国视为英国的'利益范围',而非'影响范围',那么中国将会拥有健康的未来",该书还为此提供了一幅广阔的画卷。伯德的叙述恰恰揭示了中国财富的广博与英国所受限制之间的矛盾。

伯德的教育学也延伸到人种学。在叙述的后半段,当她开始讲述旅程的西北部分时,用了几章的篇幅,从一个讲述中国贸易潜力的老师转变成一个更科学的声音,于是《长江流域旅行记》突然变成了一种人种学叙述,采用的是阿尔弗雷德·拉塞尔·华莱士(Alfred Russel Wallace)的《马来群岛》(The Malay Archipelago)的传统。当伯德详细地绘制她的路线,描述"蛮子"(Man-Tze)——即住在中国的西部边陲以外所谓"域外"的"梭磨(Somo)山民"——以及他们的物质和社会轮廓时,探险家/民族志学者熟悉的叙事惯例就出现了。有太多评论讨论这种客观化形式,针对这种帝国作家置身于冷静的科学家的游记版本。这里我只想强调,伯德的叙述相当零散,在梭摩的这些章节中,她从即时经验和政治知识的权威——这些术语使她在整部小说中不偏不倚——转变为即时的地理探索者权威。

"梭磨"这个章节提醒伯德的读者，要认真对待她的教育权威。不仅因为用后来的说法她是一个中国通，还因为她是一个训练有素的、国家级的观察家。伯德是"一位地理背景十分可靠、没有被维多利亚时代读者质疑的女性旅行家"[50]。她一直是皇家苏格兰地理学会的会员，也是在1892年被接纳进入皇家地理学会的为数不多的女性成员之一。她写的《长江流域旅行记》在英国文化中是一个众所周知的、极具认可度的著作。她是一位受过良好教育、知识渊博的旅行者，在更抽象的层面上，她为读者所熟知的形象是一位杰出的英国地理旅行者，"梭磨"部分提醒他们，这位坐着滑竿和小船环游中国的老妇人还是一位科学家。

拍摄中国

伯德的叙述以及她明确的结论都在为中国辩护，反驳那些针对中国国家、人民、文化和治理方式等方面的批评。然而，伯德的辩护始终是在她的信念范畴内进行的，正如在书中最后结尾处，她所指出的：中国的未来"很大程度取决于英国的政治才能和影响力"[51]。《长江流域旅行记》一书形式上是对中国的维护，实际也是对帝国主义的维护。它从未否认英国在中国的权利，也不否认其责任。唯一的问题在于英国担负什么样的责任。在支持英国帝国主义事业的大框架下，伯德的书提供了她在中国拍摄的系列照片，形象化地诠释她的主题，表现了当下的中国，预示其未来的发展，并且表明英国对中国应有的立场。

伯德的风格一向是形象的，生动、直接，力求体现客观和真实。在《长江流域旅行记》一书中，这些诉求通过新的摄影技术，得以更简约地表达。伯德的语言本就是图画,而它们被配以更多照片画面——并不是作为一个艺术家的创作,而是作为一个观察者的记录。该书中有160处插图,几乎全是照片。一年后,她出版了一本《中国图片集》。书中有60幅中国照片,每张图下附有一段文字,其中近一半照片都曾出现在《长江流域旅行记》一书中。

照片可提供客观数据和科学记录的观点在英国皇家地理学会已经根深蒂固。1886年1月,约翰·汤姆森担任学会"摄影指导",培训许多探险者和旅行者用"照相机记录旅程。"[52]他所拍摄的中国和伦敦照片一样著名,尤其是他出版的四卷本的《中国和中国人影像(1873—1874)》(Illustration of China and Its People of 1873 - 1874)。[53] 1898年他又出版了《带着照相机穿越中国》(Through China with a Camera),[54]反响热烈并取得巨大成功,随后立即以更便宜的版本重印。

到19世纪90年代时,汤姆森的作品和他任职"英国皇家地理学会"的资历,已经让每一个试图成为科学观察者的旅行者们确信:相机是"出行必备",尤其是在去中国旅行时。伯德本来会很熟悉他。不过尽管她也是学会的成员,却并未参加过学会组织的摄影培训。在她去中国以前,她学习了一门《摄政街理工学院高级摄影课程》(Advanced photographic class at the Regent Street Polytechnic)[55],这门课是当时青年基督教学院(Young Men's Christian Institute)——如今已经并入威斯敏斯特大学(University of Westminster)——开设的一门新课。

汤姆森名望很大程度上依赖于他的人物拍摄,其中包括他极受欢迎的1877年作品《伦敦街头生活》(Street Life in London)。南希·阿姆斯特朗(Nancy Armstrong)专门写过文章论述汤姆森如何用他的人种志照片将人们进行分类,无论他们是贫穷的伦敦人还是中国人,从而"不仅将一个阶级与种族差异联系起来,还将一个种族特征用阶级差异来标识"。[56]在我的讨论里,这足以认为汤姆森常常把拍摄的人物变成一个类型。他的目标就是提供一个具体的代表,比如他把照片命名为《广东女孩》(Cantonese Girl)、《四川隐士》(Szechuan Hermit)、《中国木匠》(Chinese Sawyers)和《本土演员》(Native Actors)。他们就是很清晰的一个类别的模型,这显然也是伯德描写中国人的书里的模板。从《鞋匠》(Cobber)到《垂死的苦力》(The dying Coolies),再到《两个四川士兵》(Two Soldiers of Sze Chuan),伯德也用她的照片反复展现并命名她拍摄的作为代表类型的这些民众。将这些类别汇总在一起,成为一个整体原型,它不是一两张照片,而是错综复杂的形态,我们称其为"中国人"。伯德在她的文章里常常提到的"中国人",时而是正面的,时而是负面的,但总之是类型化的。

这种本质化的术语正是19世纪欧美游记作品的主要产物,无论游记是用语言还是照片来表现。此外还有一点需明确。伯德出版的关于中国的照片有一个显著特征,与汤姆森不同,她的作品里人物拍摄非常少。在她的作品里,代表中国的首先是建筑,其次是风景,而人物只能排第三。

《中国图片集》(Chinese Pictures)大致分为两类。第一类我们称之为"旅行方式",包括一些四轮马车、两轮拉货马车、滑竿、独轮车、船和小桥的照片。在这些照片里,人物只是道具而已。甚至在一张照片中我看到两个干活的工人,然而照片被伯德命名为《运酒运油的方式》(The Mode of Carrying Oil and Wine)。[57]另一个类别叫作"景物",包括寺庙、神龛、堡垒、大门、房屋和街道。如同1913年的《中国旅行者手册》(The Traveler's handbook for China)在首页中向读者声明的一点:"百闻不如一见",伯德的英国读者在她的照片中看到的就是一个直观的中国,是一个在文明和建筑上高度发达的中国,一个几乎没有中国人的"中国"。

描写一个国家却很少提及它的人民是另一种熟悉的帝国旅行叙事手法,尽管这种手法通常出现在探险类文学作品里。从伯德的中国照片看来，她采取这种修辞策略是有其独特意味的。《长江流域旅行记》和《中国图片集》两部作品虽然叙述方式不同，但作者的观点都是支持英国将中国作为一个合适的"利益范围"继续在中国活动。她主张的观点一个方面就是向英国企业展现一个易于管理而可控的中国，因此需要他们加大投资力度。如果中国已经被写成了人口众多的地方，那么她拍照时就避开人群。如果她的读者担心中国已经被损毁污染，那么她的照片就要呈现出中国整洁的一面。如果读者们担心中国是野蛮的，那她就得拍摄出中国温顺的样子。

  伯德照片里的中国是个非常宁静的地方。那里有连绵不绝的山峦和野蛮人，但是属于"域外"。她眼里的中国是个富饶的地方，充满了开发和商贸的机遇。它幅员辽阔、物产丰富。四通八达的道路、通航的河流，交错遍布在各个条约港口。那里的人们吃苦耐劳，是大量渴望投入工作的劳动力代表。然而这一切都是可控的，这既是对英国商人和投资者在经济上的承诺，也是对英国依靠"其政治才能和影响力"取得合适的国际地位的保证。伯德希望她的读者所看到的是这样一个可控的中国。

九　在中国逆流而上：1905—1911年港粤两地间的三次殖民之旅

何漪涟　著
邵　霞　译

一

20世纪初，第一次世界大战爆发前的十年常被视为大英帝国的顶峰时期。全盛时期的帝国版图上留下了许多英国旅行者的足迹，同时诞生了大量的旅行游记。英国旅行者对帝国不同地区的旅行记录经常显示出对西方，尤其是盎格鲁-撒克逊人的种族和文化优越性的自信，以及对这种统治将给非西方文化带来进步的信念。非西方文化往往被认为资源贫乏、了无生机、原始落后或衰败萧条，要想获得重生并最终再创文明，归附西方帝国主义统治是其必经的历史阶段；否则，只会遭受毁灭，在世界历史长河中销声匿迹。

从未开化到文明，世界历史的发展犹如沿着西方帝国势力铺设的路线踏上漫长的旅行。当作家们用叙述帮助将这种权力铭刻在非西方的历史和文化上时，他们在隐喻意义上，也就成了帝国的同路人。萨义德的《东方学》(Orientalism)激起了对殖民知识生产的大量研究。旅行既然是了解世界历史的通道，欧洲帝国的旅行写作也就在这些研究中，占据了中心位置。面对《东方学》提出的激进挑战，学者们揭示了欧洲旅行写作的话语是如何与帝国主义侵略和殖民统治串通一气的。然而,正如批评家们所指出的,《东方学》批判了西方帝国知识的归总力,但同时也对西方知识生产者和非西方知识者进行了归总。注意到这些矛盾,学者们在研究了旅行写作中的帝国话语后发现,针对其他文化的种族主义和种族优越论的表达往往是不完整、不稳定,或受到干扰的。在他们严格的审视下,一个看似独白的话语被分解为多个行为,每个行为都主张其代表的真理主张,每个行为都具有明显的视角。可以说,对当代学术而言,游记作品中东方化的旅行话语对当代学术的持久魅力并不在于这种话语所代表的"东方"力量,而在于它如何被断然地剥夺了权力。

本文探讨了英国旅行家在第一次世界大战爆发前十年间前往西方帝国世界历史版图边缘地区的三种旅行记录。这三组旅行者分别是——弗雷德里克·卢格德(Frederick Lugard)和弗洛拉·卢格德(Flora Lugard)、西德尼·韦伯(Sidney Webb)和比阿特丽斯·韦伯(Beatrice Webb)以及爱理鹗(Charles Eliot)。他们并不是为了写作而旅行;他们是官员或准官员,旅行是他们更大的职业计划的一部分。弗雷德里克·卢格德是时任的香港总督,刚刚从尼日利亚北部的职位卸任,当时正对广东总督进行礼节性的拜访。韦伯夫妇是费边社会主义理论家(Fabian socialists),在英国政坛赫赫有名,他们对大英帝国国内外的教育和社会制度都很感兴趣。爱理鹗是一位殖民地行政官员、东方主义者和民族学家,不久就担任了谢菲尔德大学(The University of Sheffield)的第一任副校长,之后又担任了香港大学的副校长。

这三段旅行游记的内容是对知识的记述;穿梭于香港与中国内地间的旅行考察了当地实情,并把这种实情转化为文化和社会知识。从某种程度上来讲,这些描述似乎将萨义德的观点置于最经典的位置:殖民权力构筑了关于本土文化的文本和话语,并将其铭刻在这些文本和话语中,而这一点在殖民官员或那些享受官方赞助的人的写作中得到了最好的体现。[1]因此,本文的目的之一是揭示中国和中国人是如何在帝国主义和东方主义的框架内作为他者成形的,以及帝国主义自我与被殖民——或者说是殖民——他者之间的这种交往的不对称性是如何被人们熟悉的文明进步的修辞所掩盖的。这些游记所展示的是一个断断续续的流动过程,在这个过程中,走向跨文化联系的步伐被欧洲的安全感和自满感所抵消。作为差异性的中国折射出欧洲他异性(alterity)的极致。

但是,尽管英国帝国主义自19世纪中叶就在香港建立了前哨基地,并在中国沿海的各通商口岸站稳了脚跟,但其向中国大陆的扩张仍未实现。在远东,中国对扩张主义的大英帝国构成了最大的挑战。表面上,中国政治、技术和军事的薄弱使其很容易成为西方征服的对象,但当人们认识到中国根深蒂固的传统与西方对世界历史图景的绘制格格不入时,一切就变得模棱两可了。旅行者的行程并不顺利,经常被突发事件打断,同样,他们的预想也经常在与中国民众的实际接触中不断发生改变。他们的写作铭刻了他们试图在异与同之间对中国进行调和,这些调和并非总能确保中国在西方话语中具有"文明性"。这个充满争议的结果终结了西方的种族优越论,这种论点将中国"种族"概念化为不可救药的堕落和文明的绝境。这些信仰假设中国的"种族"正在不断堕落并且无药可救,中国文明将一蹶不振。读者并不只是足不出户的神游之人,他们在与"中国"现象的接触中,观察着英国帝国意识的多种表现,以及偶尔发生的因无意识的欲望诱发的背叛。

在某些时刻,对某些旅行者来说,如果他们所遇到的中国显得"不开化"且"不可教化",那么他们的确会产生这样的想法:或许有一种相异的历史文化逻辑在起作用,而这种逻辑在西方人眼里仍然是隐晦难懂的。本文的目的不仅在于展示英国帝国主义修辞的断层线

(faultlines),还在于探索一种另类的、本土的差异性。这种差异性不仅在当时就被意识到,也在此后写作的旅行中留下了痕迹。这种另类的差异性在爱理鄂对广州之行的游记中最易察觉。他构建的文明进步模型与对日常生活和主题的描述并存于一个需要按自己的条件参与的土著生活世界中。

二

本次讨论将以卢格德抵达香港和前往广州的经历开始。作为殖民主义者总督,可以预见卢格德的文章中必然存在不可磨灭的殖民权力的印记,这一点在他大量的官方备忘录和其他出版物中很明显。[2]但是,当我们谈到他抵达香港以及前往广州的经历时,出现了一个更为复杂的情况。抵达香港的经历其实是记录在一封信中,这封信不是卢加德本人写的,而是他的妻子——伦敦《泰晤士报》(*The Times*)的前任殖民地记者弗洛拉·肖(Flora Shaw)所写。在给卢格德的弟弟爱德华(Edward)的信中,弗洛拉写道:"我们都观察到了这样一件事",

> 那就是东方人的沉寂。中国人可能已经学会了如何使用柯达(Kodak),但他们还没学会欢呼……虽然人群中没有欢呼声,但他们看起来饶有兴致。在我们看到的所有人群中,没有一张冷漠的面孔,人群作为一个团体有一种奇怪而强烈的方式来表达它的高兴。[3]

在这段引文中,我们看到了第一个基于经验所观察到的例子,也见证了实证主义从观察到在观察中构建内在逻辑的飞跃。卢格德夫妇在上坡到总督府的第一段路程中，正坐着轿子前进。从他们的高处看，人群的"沉寂"被称为典型的"东方"，但看来并没有典型化经常带有的贬义。取而代之的是，经验性的迹象被旅行主体组装和解释为一个意义矩阵，不仅证实了他们的权威性，也将他们与被观察者联系在一起。他们在殖民地旅行中经验丰富，与当地民众相辅相成，因为后者接受他们的在场。在抵达的第一时间，弗洛拉的描述在她和丈夫之间建立了一种联系，她和丈夫是老练的演员，而观众则就像是街头戏剧表演中满意的观众——这场关于仁慈的殖民统治盛大且壮观的街头戏剧表演。

当地英文报纸《香港电讯报》（The Hongkong Telegraph）的一篇报道提供了一个明显不同的视角。在该报道中，人群并不是单一的中国人，而是多种多样的，他们的沉寂或愉悦并非自愿，而是被严格管控的：

> 所有的街道……都排列着士兵，他们古铜色的外表和公事公办的样子一定让这位现任殖民地领袖的骨瘦如柴、头发斑白的战士回想起了什么。骑兵……看上去身体健壮，而印度人可能是用灰色花岗岩雕刻而成。在观众中，没有出现过去类似活动中的那种拥挤和不耐烦的举动，这可能要归功于警察对他们的处理方式，令人钦佩。[4]

该报告将卢格德与军事纪律联系在一起，并赞同在殖民地街道上展示这种纪律。[5]从这份报告的角度来回顾，我们应该如何解读弗洛拉的描述？是他没有注意人群中的这种"沉寂"是如何被提取和维持的，还是他们选择将目光从他们初次踏上的殖民地土地的现实中移开？或是他们看得太清楚了，但为了自己的自由帝国主义信仰，利用自己新来者的身份，选择了积极地掩饰这些现实，从而在统治者和被统治者之间建立起一种新的殖民关系模式呢?[6]

上述两段摘录表明对当地人他者的描述如何刻画出殖民权力的不同做法。这些问题还重新拉开了旅行者与旅途中的当地人之间的距离,卢格德夫妇游记中的描述似乎已经弥合了旅行者与当地之间的距离。这是所讨论的三篇旅行中反复出现的一个问题,也是一些旅行者自己时常意识到的问题。关于中国他者的积极评价在卢格德夫妇的其他写作中产生了共鸣。[7] 卢格德到广州后不久,就沿着珠江上行,他在给爱德华的信中谈到广州人的特点,重复了弗洛拉的那套经验观察、解释和赞许的步骤:"在熙熙攘攘的人群中,让人印象深刻的是他们脸上洋溢的智慧。他们是同一类型的人,但又各不相同,人与人之间也不争吵或争执。通常你会见到大量的勤劳百姓,每个人都住在像牢房或者鸽子窝一样的狭小空间里,他们工作努力,肤色蜡黄,聪明机敏。"[8] 卢格德明确地赞同中国人的特点由勤劳、平和与智慧共同组成,并认为在多样性和个性化中仍能找到这种典型特点。

作为一名新上任的英国政府的行政长官,卢格德不仅对他在香港的臣民采取措施,而且那些在边境上自由贩卖人口的中国人也属于他的统治范围。他用中国人本质上的"可教化性"来表达中国人勤劳、有智慧,这个精心挑选的表述,反过来又模糊了殖民地和内陆的界限。他逆流而上的游记展示了中国人的普遍性和持久性,香港和广东的居民之间几乎没有什么区别。作为香港的总督,他把他的殖民地臣民与广东清朝统治下的臣民区别开来,使他能够以家长式的监护人的身份出现在这两个地方。这种形象在他从广州返回后不久,就在为殖民地和内地的中国学生在香港建立大学的计划中形成。

因此,这些旅行记述刻画了一个复杂的分化过程,在这个过程中,卢格德一方面可以将自己与《香港电讯报》热衷报道的军国主义殖民统治区分开来,另一方面也可以把自己与强权但效率低下的清政府区分开来。他的仁爱表现非常令人信服,因为他成功地在香港和广东为大学计划赢得了相当多的财政支持。他也给西德尼·韦伯和比阿特丽斯·韦伯留下了深刻的印象,韦伯夫妇作为费边社会主义者,在英国政坛通常是卢格德的对手。

在游历了日本和华北之后,韦伯夫妇于1911年11月20日从上海乘汽船抵达香港,又从香港顺道去了广州。作为社会改革家,他们长期为伦敦东区的穷人奔走呼号,为促进社会学及相关学科的学术研究,他们还创办了伦敦经济学院(the London School of Economics)。[9] 在旅行日记中,韦伯夫妇记录了对各种机构的访问,并比较了它们在不同远东国家的发展情况。日记主要由比阿特丽斯撰写,其中也有西德尼的旁注、补充和修订。[10] 在日记中随处可见的,除了他们对社会组织的专业观察,还有关于土著问题和各种"东方"种族生存现状的正义评论。

韦伯夫妇抵港后也引起了总督府的注意,弗洛拉邀请他们共进午餐,他们以卢格德夫妇邀请的客人身份踏入了总督府邸。韦伯夫妇对主人恭维有加,他们盛赞卢格德总督"是所有英国行政长官的最佳模范……不仅心胸宽广、富有同情心、思想开明,更有着让世界变得更加美好的坚定决心"(164)。他们觉得卢格德这个人不怎么"风趣",但他们毫不怀疑,"作为为大英帝国做出正当辩护和解释的实体",卢格德"发挥着重要作用"(165)。至于弗洛拉,比阿特丽斯评价她是"一个有点强硬的帝国主义统治拥护者——一个托利党",身上既有"她丈夫的封建信仰",也有着某种"粗暴的资本个人主义"(165),但是比阿特丽斯承认她很快就被弗洛拉"庄重的举止"及"趣味盎然"的对话所征服,由此证明弗洛拉是一位"理想的"总督夫人(165)。

在中国,保守党的卢格德夫妇和费边主义的韦伯夫妇得以从英国政党政治的对立关系中解脱出来,建立了一种新的亲密关系。对卢格德夫妇的心领神会,意味着韦伯夫妇在英国政党政治中反对托利党的立场发生了偏移。在他们的旅行日记中共出现了三次立场偏移,这是第一次。在"中国"所提供的多元空间里,卢格德夫妇和韦伯夫妇在对帝国主义的阐释上产生了分歧;这两对夫妇对中国的不同表述正好可以证明他们之间的距离。第二次立场偏移出现在韦伯夫妇对中国和中国人的描述中:他们同情底层大众遭受的苦难,但令人惊讶的是他们从社会主义者的立场上退缩,让人怀疑他们的政治立场似乎更靠近拥护帝国主义的卢格德夫妇。

游记中写到卢格德对待"从属种族"("subordinate races")的态度——在这里,韦伯夫妇表达了一种熟悉的帝国主义偏见,——"考虑到他有义务提升他们的地位,遵循他们的风俗习惯,从本质上来讲,他是令人敬仰、具有良好教养的。"(164)韦伯夫妇抵达香港之前,已经花了超过两个月的时间在日本、韩国、中国等地接触了各种"从属种族",并且从未质疑过对从属种族的等级划分。具有讽刺意味的是,正是他们这种进步主义理念,促使他们把日本人归为同类,把中国人构筑成不可救药的他者。在韦伯夫妇看来,日本人由于有能力按照西方的思路进行现代化改造,所以他们比中国人更优越。相比之下,中国人是"野蛮的",他们的原始传统使他们无法接受日本人为了成为欧洲全球国家版图中一个可靠的成员而进行的政治和社会改革。

侨居在外的合作者提出喜欢中国人而不喜欢日本人的观点,韦伯夫妇对此也予以抨击,认为这只是他们习惯于把中国人当作仆人,因为中国人并不像日本人那样对欧洲的霸权构成竞争和威胁。对北边侨民带来的情报,卢格德也没有什么深刻的洞见,他用"常见的偏好"(165)来总结他们的观点。同时,韦伯夫妇对在港遇到的来自欧洲的商业领袖也同样不屑一顾:"他们显然是一些实践能力很强的人,但在知识文化和求知求解上却不如人意,他们对中国人几乎一无所知,漠不关心。"(166)他们与中国人的接触完全是通过中介系统进行,日本公司则不同,他们不需要中介,要求所有的雇员都学习中文。韦伯斯由此得出这样的结论,即英国人"完全没有意识到日本人勤勉刻苦、虚心好学、深思熟虑、意志坚强"的品质(167)，而正是这些品质直接指导着日本的企业活动。韦伯夫妇和其他殖民主义同行大不相同，他们不满足于现有的实践和熟悉的知识，他们希望找到一种对日本人典型特征的表述，这种典型品质可以转化为日本集体化的文化逻辑，并对这个国家作为经济强国和竞争者的出现做出历史解释。

换个角度来看，韦伯夫妇反复哀叹中国人未能在有目的的社会组织中发挥他们勤劳刻苦的品质。在广州之旅中，城市里拥挤的人群给他们留下的印象犹如"一场噩梦"：

> ……数百万工人身着蓝大褂，如蚂蚁般住在望不到头的小房间里，吃饭睡觉的地方又黑又脏，工作的地方却装饰得富丽堂皇。这些用单层砖或石头砌成的房子以列排开，列与列之间形成了狭窄的巷道，巷道上涌入的行人络绎不绝，这种光景只有在蚁冢边才能看到。雇佣的苦力抬着我们乘坐的笨重的"轿子"，不断地吆喝着才能强行穿过……整个城市给我们留下印象的不是别具特色的住宅，而是用单层砖或石头砌成的单一建筑……屋内故意弄得漆黑一片，以排除灼热的阳光。所有广州人，无论贫穷富有，似乎一直在整齐划一和反复挖掘着一座蚁丘的同一部分。……广州市与日本相距甚远……也就是说，广州算不上一个社会有机体，而是一座蚁冢。(169)

坐轿子的韦伯夫妇和卢格德夫妇一样高高在上，他们的社会同情似乎已然屈服于他们进步主义理想的审查。他们强烈反对殖民地的外籍人士与中国人隔离，他们作为社会学家和经验丰富的社会改革家的权威，使他们自己的批判显得更加尖锐。

如果说在他们的社会达尔文主义噩梦中，当代都市中国看起来是一种原始的倒退，那么中国传统的遗址则更进一步地陷入了原始的混乱状态。与日本纯洁的神社和寺庙不同，韦伯夫妇视前者为种族纯洁和道德卫生文化的象征，而觉得广州寺庙"肮脏得可怕，不受重视，野蛮低级，寺庙中的图像无比怪异，寺庙的附属品廉价低俗，少数崇拜者的敬拜仪式是有辱人格的迷信"。回望北上以来对寺庙的印象，也都大致如此，于是他们判断这"也许是中国特征"(169)。他们时不时会瞥见一些孤零零的古代文明遗迹——一座聚集家族成员共同祭奠已故祖先的祠堂，或一座保存完好的花园。但在他们看来，没有任何一个地方能够摆脱周围的野蛮——庄严肃穆的儒家祭祀礼法仪式被他们所在的"花哨和俗艳"的建筑所污染，一个精致的花园点缀在一栋精心布置的房子上，却"不见任何书籍或画作的痕迹"。(170)

问题的关键不在于中国文明的再野蛮化，也不在于与成功西化的日本相反的倒退终极论。在韦伯夫妇看来，中国文化与其说是在衰落，不如说是在自然地退化。中国未能进化出更先进的社会组织和更高的知识化文化，这种失败深植于中国的唯物主义传统观念，个体对象只有家庭意识、缺乏集体意识，并且把感官享受视为指挥产业和生产力的最高回报。在他们对中国异质性的消极构建中，韦伯夫妇暴露出他们自身在知识化和世俗化道德的高度——或者说隐藏的深度。在第三次立场偏移中，他们抛弃了之前一直秉持的对科学社会学事业的严谨性。在返回香港的途中，他们对北上之行进行了总结反思，揭示了他们的进步主义社会学在多大程度上被维多利亚时代最纯粹的社会道德所束缚："有没有可能，"他们问道，"(a) 数百年来，中国人一直被某种'非自然性恶习'所笼罩，而(b) 这种在希腊人中也可能存在的恶习，会对性格产生某种微妙的恶化作用，这种恶化作用影响深远，甚至足以摧毁整个文明？"(154)。对盎格鲁—撒克逊式的科学主义理性外表下的欲望底色的焦虑，在韦伯夫妇所写的中国游记中爆发。比阿特丽斯在其早期游记中带着几乎不加掩饰的厌恶写道：

> 自我来到中国后,我就一直在想鸡奸这种恶习是不是因为男人的面部表情而没有得以大肆流行——很多男人脸上有着恶毒的阴柔之气。现在我们从权威人士那里得知,中国的每个城镇里都有'男童之家'('boys' homes')的街道,这种形式的卖淫远比更物质、更健康的男女之家受欢迎。正是这种身体和道德上的腐朽让人对中国感到绝望——毒品和畸形的性放纵似乎摧垮了他们的体质。(140,原文为斜体)

这些观察揭示了韦伯夫妇的维多利亚时代的清教主义是如何迅速地推动着他们在国内的改革热情,但在与异国的接触中它的发展成螺旋式下降。[11]真正令人震惊的不仅是比阿特丽斯将物质、道德、种族和文化混为一谈的谴责之词,更是她从印象式观察到所谓的信息分析,再到判断和谴责整个民族的转换速度如此之快。似是而非的逻辑及拼凑的体系结构所造成的背叛是思想上的背叛,或者说是理性进程的腐败。实证主义探究首先通过理性主义过程来找到原因,并将其宣称为真理。这种背叛通过"中国"叙事中的社会失序、道德混乱和本质败坏表现出来。[12]

三

爱理鹗同样有兴趣将中国置于世界历史的叙事中。但根据他旅行写作中的表述,文明进步中话语形成了不同的形态,受到强烈的学术反思的影响,并因对中国本土生活中世界细节的迷恋而进一步迷失方向。爱理鹗于1906年抵达香港,和韦伯夫妇相反,他由南向北旅行,经由印度的柯钦(Cochin)到达香港,再从香港继续逆流而上到广州,然后从陆路北上到达长江三角洲地带,之后又到北京。从北京出发,他越洋去到日本,以书信的形式记录了他的旅行,于1907年发表在伦敦的《威斯敏斯特公报》(Westminster Gazette)上,并收录在《远东书信集》(Letters from the Far East)[13]中。爱理鹗除了在大英帝国不同地区担任外交官和殖民行政长官外,还是一位学者和通晓多种语言的人,他长期以来对佛教有着浓厚兴趣,将佛教视为历史、社会和文化现象。正如他在《远东书信集》的序言中所写,其旅行的目的是"研究佛教所经历的奇特发展",因为他意识到,虽然他对梵文和巴利文的研究对辨别佛教在印度的起源很重要,但对语言的研究并不能"给出一个正确和全面的想法",说明宗教在远东发挥的作用(1)。和韦伯夫妇相比,他对中日之间、中国和世界间的比较性判断中,义愤填膺少得多,深思熟虑多得多。《远东书信集》一书将两种游记散漫地混合在了一起:一种是了解其他文化的知识旅行,另一种是记录旅行中的实际体验。虽然篇章的划分将两种游记类型分开,但需要将两者联系起来探讨,因为在他与中国、"东方"和"远东"的中国以及中国与欧洲的交往中,知识性的推测和经验性的观察相互支撑。爱理鹗对中国的看法以文明比较论述为框架,他将中国和日本社会传统的世俗主义与伊斯兰神权主义和印度教的宗教信仰相提并论。他进一步区分,推动日本进入现代世界的"强大的封建军国主义"和作为中国传统制度基础、爱好和平的儒家道德观是不同的(6—7)。爱理鹗笔下的"东方"远非同质,而是具有内在的变异性,这种文化多样化也表现在与欧洲的关系上。"印度教徒和伊斯兰教徒"都被假设与欧洲人完全不同,但是,中国人和日本人都被视为"和欧洲人一样拥有很多相同的才能和抱负",只不过在"物质文明和发展"方面落后于欧洲人(7)。

日本在追赶欧洲上的进步和中国的惰性都被追溯到双方不同的传统意识形态。儒家思想是"一种优秀的、明智的、平淡的、道德的哲学"(7),为王朝统治下的中国体制提供了稳定的基础。儒家价值观不鼓励个人主义和进取精神,这种态度与"现代国际伦理"(16)背道而驰，后者提倡主体和国家之间的竞争。另一方面，这种价值观所孕育的国家和制度文化可能会导致"难以置信的保守主义，在改革容易的情况下还保留着滥用权力的现象"；或者，引发一种反革命变革的逻辑，否定传统的所有有效性，"在政府的命令下，扫除人们可能认为珍贵的传家宝"(8)。在这方面，显然爱理鹗不仅从过去的角度看问题，他还注意到清朝统治者在采纳还是拒绝西方进步模式之间摇摆不定，以及在最后几十年的统治中，在温和还是激进的改革方案间来回更换。

爱理鹗提出的一种元叙事，试图将意识形态的传承、统治的传统，以及在当代事件中观察到的两者间的相关效应都考虑在内。他表现出一种谨慎的学术反思，尽管无法完全做到避免将文化解读为种族，避免将中国近代的困境解读成先天种族缺陷不断累积所导致的后果。然而，事实是，对第一原因的实证主义探究与韦伯夫妇的研究和他那个时代的其他民族学研究一样，塑造了他的叙事。这一点在他关于儒家思想的讨论中尤为明显。在他看来，儒家思想是中国持久力量和内在弱点的唯一来源，他认为这种双重遗产不仅体现在政治和社会领域，也体现在中国哲学、文学和艺术领域中。这种对儒家文化霸权的透视，反过来又使他对中国自主改革的能力提出质疑，也导致他从理论上认为跨文化接触是历史变迁的源头。

爱理鹗认为：历史表明国家是在"活跃期和休眠期之间交替"(18)，由外国人所统治的国家常常处于休眠状态，中国也不例外。对中国而言，清朝的满族统治者本身就是外国人。在清朝昌盛时期，这些外来统治者确保了或得到了这种"休眠"状态。清王朝的衰落标志着"中华民族复兴"或者中国回归"活跃"。在"中国人的意志、野心和理想"的推动下，将带领中国人民走上进步的道路(18)。爱理鹗认为，欧洲人已经接替满族人成为中国历史上新的外来统治者。虽然目前这种新接触没有成功的迹象，更多的是双方的误解、敌意和排斥，不过，历史发展的逻辑表明，通过接触和混合，未来会有一个更加和平的结果。

爱理鄂在表达赞美和指责时努力做到一碗水端平。尽管他经常批评所遇到的中国人有"精神缺陷"(16)，以及中国人普遍"自负"(18)，认为如果他们想向欧洲人学习，就可以很快地做到这一点，但他同样确信，欧洲文明并没有完美到应该被抬到"至高无上"的地位。他解构自己的学术权威，认为没有人真正具有"公正的或世界性的眼光来决定欧洲人的性格还是亚洲人的性格"更好(28)。根据他的历史逻辑，不同文明相遇后会发生交融，在随后的交融中，丧失的特色会在复兴和不断的生存中获得补偿。另一种选择——即如若一个文明将自己孤立起来，就只能衰老、衰退，最终消失。我们又一次听到了社会达尔文式的共鸣，即使它的倾向与韦伯相去甚远。[14]

在跨越文化的过程中，爱理鄂的知识化模拟了他的身体旅行，也体现了他在《远东书信集》中详细记录所见所闻的知会精神。香港向他展示了"欧洲的进取心所能做的一个引人注目的例子"(56)；他记录了蓬勃发展的贸易、公共建设和物质繁荣的景象。爱理鄂同意殖民地能让"爱国者、经济学家和政治家"感到满足，但"不能说它作为人类和礼仪的奇观而具有任何特殊的意义"(57)，他似乎对欧洲干预给中国人的生存环境和日常生活带来的影响感到矛盾，甚至准备完全否定后者，至少在香港是这样。他认为，要想观赏到"人与礼的奇观"，必须去广州，而广州长期以来是中国唯一向欧洲贸易开放的港口。"然而，它并没有，"他承认，"像黎凡特(Levant)①港口那样，成为世界性的大都市。广州尽管与欧洲有几个世纪的交往，但它的生活和习俗仍然是纯正的中式"(57)。这一评论表明，广州作为中国最重要的通商口岸，广州仍然拒绝接受这种跨文化融合，而对爱理鄂来说，这是文明进步的

---

① 黎凡特地区在古代地理上指地中海东岸的西亚地区，主要包括现在的叙利亚、黎巴嫩、约旦、以色列、巴勒斯坦以及土耳其西南部地区等。——译者注

必由之路。

然而,在描述广州的"纯正中式"时,爱理鹗进步逻辑中强调的多样性和混合性的前提是显而易见的。广州生活的空间以丰富的活动和生产为特征,多样性中包孕统一性,统一性中也蕴含多样性。本土的广州显得充满活力,生机盎然,这就推翻了早先的评论,即相比于欧洲,广州这座城市没有变化的言论。这是一个有趣的矛盾,或者说是爱理鹗自己的话语中混合的一个迹象,正如我们将看到的一样,他也在试图解决这一问题。在轮船上接近广州时,他发现河流上的生活作为一个自然和文化相互渗透的空间而引人注目。按照中国传统,船被视为"浮叶的仿制品",船只种类丰富"就像繁茂的植被地毯,铺在湍湍溪流中"。这些船"形状、大小和颜色各异——帆如蝴蝶的中国式帆船、中国富人才拥有的彩绘船屋、无家可归的麻风病人与乞丐所居住的浮屋……盐船、米船、水果船和鸭子船"里住着"水陆两栖人群",他们"像青蛙一样不停地来回移动、制造着不绝于耳的噪音"(57)。爱理鹗将自己从经验主义的体验中抽离处理,深入到历史和传统中去寻找能够统一异质景象的视角:船上主要居住着"一个叫坦卡(Tanka)的部落";这里是罪犯尤其是海盗的"水上"栖息地,而只有在中国这个"习俗博物馆"中,海盗行为才会继续存在,并享受着浪漫气氛的保护,这种气氛可以追溯到抵抗满族陆上军事霸权的时候(58)。

其他一些本土空间里也能明显地发现类似的"一"和"多"之间的交替。当爱理鹗从轿子的高处俯视这一连串的街道时,他和韦伯夫妇一样把广州看成是"一座蚁冢",虽然其"庞大的"产业给他留下了深刻印象,但他仍然怀疑"产出是否与劳动相称"(59)。不过,与韦伯夫妇不同,他深入到了民间。穿过漆黑掩映的巷道走进商店,爱理鹗立即被房屋内部的"辉煌"和中国产品的多样性所吸引。例如,他注意到:"用纸做的、镀金的或用最粗糙和最华丽的颜色涂抹的物品特别多——灯笼、扇子、伞、卷轴和成堆的手工花束。除此以外,还有堆积如山的水果和蔬菜,绿色的、黄色的、红色的;还有家禽等其他食物,虽然不是总能让人胃口大开,但一般都色彩斑斓"(59)。爱理鹗路过一位中国富人的宅邸,他要给主人送去一封介绍信,从黑暗、拥挤、"杂乱无章"的小道走进一栋"开放"且洒满阳光的房子时,他在房子里,又一次领略到了之前在河边感受到的那种自然与文化的交织重叠,"这下我迷惑了",他陷入了沉思:

> 这应该叫园中屋还是屋中园?通道和亭台楼阁与一座奇妙的假山密不可分,假山上种满了小树……房间和亭子都很干净,挂着的山水画色彩淡雅,到处都装饰着朱红的牌匾。……花园中没有花,不过有个微型湖泊,宽大的荷叶几乎将其全部覆盖,上面矗立着几朵红红的小花。(64)

即便神庙里充满了"都是巨大且荒唐的非艺术作品的……神像"(62),因为爱理鹗比韦伯夫妇拥有更细腻的敏锐洞察力,他还是被祭坛上的器皿所吸引,"尤其是那些大香炉",它们"普遍工艺不错,有时也很精致"(63)。他忍不住将寺庙里的奇观比作"哑剧的舞台",但与其说他厌恶这个本土的宗教空间,不如说他好像"误入"这个"只允许在夜间和远处观看"的舞台,所以在"白天的光线下显得十分荒诞可笑"(63)。整个游览过程中,他的导游似乎是爱理鹗唯一有过交流的中国国民。导游坚持要按照固定的旅游行程,这阻挠了他实现"在熙熙攘攘、色彩斑斓的街道上漂流"的愿望(60)。但是,正当爱理鹗对导游的"无情的连贯思维"(61)感到不满时,他也被后者混合的"怀疑主义"激起了兴趣,这种"怀疑主义"认为所有宗教都是"愚蠢的",却对传统的安葬仪式持顺从的态度(65)。

在表述本土空间时,爱理鹗自身流动感知力的功能是记录被观察者身上的流动性和多重性。这些表述中的"中国"与他的元叙事中的

"中国"有所区别,在元叙事中,"中国"对欧洲带来的影响显得漠不关心,而且与日本不同,中国在一个变化的现代世界中处于休眠状态。这种看似矛盾的现象并没有让他得出结论,中国不知何故是"不可捉摸、不可理解的"(21)。相反,他视中国的本土能量为一种力量的源泉,这种力量将推动中国在历史进程中从"休眠期"与"向跃期"前进。他说,"如果这个种族没有衰落,如果清王朝的衰败与中华民族的复兴相吻合,这将非常符合它过去的记录"(18)。在广州和更远的北方旅行中,爱理鹗都没有看到这种"衰落",也没有看到与之相关的"非自然恶习"。尽管有很多令人反感的地方,但也有大量证据表明,随着中国工业发展日益壮大,中国的传统将继续把分散的各个地区联系在一起,并在日常生活中不断发展中国的工业。而如果说与外国人的接触"起到了一种瓦解的作用,它有时会产生相反的效果,并使国家为某一特定目标而联合成行会或协会的力量开始发挥作用"(115)。爱理鹗举例说,在他访问中国期间,联合抵制美国商品的运动已经从广州向北蔓延到了苏州。但除了这个直接的引证之外,该评论只是乐观地预测中国在受到新一轮外国干涉的刺激后会重获新生。爱理鹗知识投入的特定历史逻辑是这样的:为了将中国置于全球进步的叙事中,把中国面对欧洲时的顽固态度从不可通约性的话语中转入具有相通性的话语。落后并不意味着先天性的文化退化或不可逆转的衰落。中国只是落后,假以时日,考虑到本土工业和欧洲的存在,它将赶上——或被卷入——不可抗拒的进步元叙事。

四

三组旅行家各自以不同的方式,在英国发展成为帝国主义和世界事务的专家,享有盛名。最近的一部英国帝国主义史证实了早先对卢加德的研究，认为他是"当时帝国主义的主要理论家"。[15]西德尼·韦伯是英国工党的核心创始人，1918年参与起草了工党章程。爱理鹗于1919年至1925年担任英国驻日本大使，履职期间撰写了一本关于日本佛教的不朽著作，遗稿于1935年出版。很大程度上，正是他们在帝国取得的声誉使他们在香港和香港以北的中国旅行游记成为权威性著作，同时也给文章内容赋予了权威性和真实性。但如果说他们的叙述构成了帝国话语的小小行为，他们也展示了这种话语在试图包含想要融入的多面"中国"时，是如何发生转移和分裂的。

第一次世界大战前后是中国发生根本性制度变革的时期，延续了两千年的王朝帝国统治在革命中落下帷幕，全国上下动荡不安，新成立的共和政府也在为争取合法地位而苦苦挣扎。三组旅行者选择在人口稠密的城市中心旅行，这里百姓的日常生活常受到当时政治社会动荡的直接影响。尽管从展开在他们周围的日常生活景象中，可以清晰地看到中国革命运动的影响，但是他们对中国革命缺乏思考，也没有浓厚兴趣，几乎完全未将其视为历史性的创伤，这说明在西方帝国主义庇护下，他们对文明进程的全球元叙事是缺乏远见的。

在这三种描述中，爱理鹗的描述似乎更敏锐地贴合了它所要表现的当代中国世界。他的理论，即将外部干预（external intervention）与其所导致的跨文化交流作为文明变革的源头，与梁启超等晚清和民国改革派知识分子的想法产生了共鸣，后者试图取缔中国文化至上的正统观点，主张亟需对列强环伺下的中国进行反思。对爱理鹗和梁启超的详细比较不属于本文的讨论范围，但比较中可能产生历史化的跨文化想象，研究其内在动力，并思考其意蕴，具有重要价值。

十　哈里·弗兰克在中国

尼古拉斯·克利福德　著
季淑凤　译

一

若寻找一位与伊莎贝拉·伯德·毕晓普比肩的美国人（不太可能找到），哈里·阿尔弗森·弗兰克（Harry Alverson Franck）可能是候选人之一。弗兰克与毕晓普有多处相像：遍览世界多地，尽管有时将家人安置在旅行地不远处，但是多数情况下都是"独行侠"；著作等身，先后出版 23 本著作，即 1910—1943 年间的游记；也同样承诺，书中所述是通过客观冷静之眼观察到的旅行地的原貌。

当然，弗兰克和伯德最终都难以脱离一种特殊的游记传统。他们都或明或暗地做出了承诺：旅行者将对他们的观察进行直接、准确的报道。不会像定居者、侨民、生活在殖民地的仆人、传教士或学者那般，对异国他乡的极度熟稔而形成了盲区，继而阻碍了对真理的探求。

旅行者们并无此类干扰，可以对开罗或昆明、巴格达或北京街头亲历的一切，包括他们所看到的、听到的、感觉到的和闻到的进行自由报道，不再局限于故纸堆里苦苦探索的研究，也全无传教士们或神圣或世俗目标的困扰，或出于解释经济和社会结构的愿望，也不必考虑国内明天要发行的报纸素材的需求，亦无须创造"文学"（后文将会讨论)。伯德旅华归来,用一个对我们来说会有点含糊不清的词来向读者承诺这是对"这个国家的真实印象",弗兰克虽无此类表述,却意在让读者知道他所展示的是一个与他们想象中完全不一样的中国。

两人的相似性仅限于此,这不仅是因为他们所处的新旧世界之间隔着三千英里的水域,也由于四分之一个世纪的灾难让他们彼此风格不同。西方突如其来的战争使数百万亡灵游荡于欧洲,永远结束了辉格党人开明、自由的西方文明之梦。伯德作为众多出国旅行者之一,其远足发生在动乱之前,彼时的西方还处于相当自信的年代。于她而言,大英帝国是人类进步的伟大推动者,她在《长江流域旅行记》(The Yangtze Valley and Beyond)一书中对索尔兹伯里勋爵为实现这一伟大事业而做出的奉献进行了真诚的歌颂,毫无讽刺意味。枪声沉寂几年后,弗兰克就没有这样一套体系框架可以为拯救那些不幸国家开出简单的药方了,任何想要将他的书献给卡尔文·柯立芝(Calvin Coolidge)总统或查尔斯·埃文斯·休斯(Charles Evans Hughes)国务卿的想法,在他看来和在我们看来一样都非常荒唐。[事实上,《漫游中国北方》(Wandering Through Northern China)是献给了1923年在北京出生的女儿。]

二

哈里·弗兰克拥有的当代读者或许不多,然而一家英国出版商计划再版他的两本关于中国的书(售价分别为125英镑和135英镑),这无疑反映出近年游记作品已是一个学术热点。事实上,作家弗兰克不仅多产而且广受欢迎("我们这个时代最著名的旅行家",一本宣传单如此称呼他)。[1] "他的书和马可波罗的故事一样有趣。像伟大的威尼斯旅行家一样,弗兰克先生行走在人群中,记录下他们的举止、习惯和风俗……他无愧于'现代报刊的最畅销旅行作家'的称号",波士顿一家报纸的评论员对《漫游中国北方》(Northern China)这样评论道。《民族》(Nation)为《漫游中国北方》刊登了一长篇书讯,充满溢美之词,但也不无遗憾地认为该书缺少索引,若有,则《漫游中国北方》可以作为工具书使用,价值更大。然而,有些人希望作者删减,"一本700多页的异域游记包含方方面面的细节。能有人坐下来从头到尾读完吗?"《纽约先驱论坛报》(New York Herald-Tribune)评论员质疑道。当然,她总结道:"除非是研究这个问题的学生,意在获得关于该问题的所有信息。否则,这个任务将难以实现……随着你的翻阅,会产生一种类似于你吃到感恩节的第四道或第五道菜时的感觉,菜很好,相当好,但是确实太多了。"[2]

1881年,哈里·弗兰克生于密歇根州(Michigan),1903年从密歇根大学毕业,随即开始了他的"间隔年"(Wanderjahr)。几乎身无分文,却竭力环游世界,并在1910年出版了旅行见闻《浪迹天涯》(A Vagabond Journey Around the World)。(巧合的是,在这段旅程中有一部分是他去日本之前在香港和上海的经历)[3]在法国和意大利服役后,他于1919年与雷切尔·拉塔(Rachel Latta)结婚,并继续旅行。数年之后,当他把注意力转向东亚时,他已经完成了在中南美洲和西印度群岛的长途跋涉,旅行的同时也出版了纪行书籍。1923年的《漫游中国北方》是他的第9本书,1925年的《漫游中国南方》(Roving Through Southern China)是第11本。他的最后一本游记出版于1943年,关涉墨西哥的经历。还有一部书《第九空军的冬季之旅》(A Winter Journey Through the Ninth),描述了1944年和1945年第九空军在欧洲战争最后一年的作战情况。此书迟迟未能付梓,直至2001年方才刊行,原因不明。[4]

"流浪汉"(vagabond),弗兰克在他首部书中如是塑造个人形象,并一直对此颇为得意。《牛津英语词典》将"流浪汉"定义为"喜爱流浪或闲逛,没有正当的职业,过着一种不安定、不规律或不体面的生活;一无是处、无赖、一文不值"。这些放荡不羁的个性及其所谓的自由感极大地震慑着那些体面的人。这种自由感不仅来自一个被称为"家"的地方，还源自一种关心和责任，源自一种思考和认知世界的方式，以及自己在世界中的适当定位的传统方式。如前所述，如果事先规划好行程的旅行提供的是一种命运与自由选择、自由意志之间特殊关系的经历，[5]弗兰克声称的流浪生涯绝对是一种非加尔文主义的方式。他开启的首次旅行向朋友们证明：一个人不必是百万富翁也可以环游世界。他后来的书不仅取笑谨慎的游客，取笑因去过一些遥远的地方和见过一些陌生人而建立权威的人，还取笑了关于在这些地区旅行的困难和危险的警告。另一方面，他的亚洲之旅冲击了国内熟悉的文化认知。他带着年轻的一家人旅行，把他们安置在北京、昆明、广州后，自己便深入内陆，他的流浪汉天性也没有使他避免与日本裸体男女共用浴室时的尴尬。[6]

《漫游中国北方》不止500页，《漫游中国南方》(*Southern China*)超过600页。何时旅行、与谁同行等问题难以核实确切信息。雷切尔·拉塔·弗兰克的《我嫁给了一个流浪汉》(*I Married a Vagabond*)，也对该问题毫无助益，因为该书完全忽视了年代的问题。[7]正如史蒂芬·克拉克(Stephen Clark)所说，她和孩子的出现使得弗兰克与那些毅然决然放弃家庭和家人的旅行家迥然不同。然而克拉克也指出，弗兰克没有摆脱令历史学家和传记作家都非常头疼的习惯——几乎不写家人和朋友。[8]有时提到"我们"指的是他的家人（显然，他母亲也常常包括在内），更多时候，这个代词指代内地各式各样不知名的同伴——有时是传教士，有时是美国军方或外交官员。有时，日期可以由涉及的当前事件来推断。1922年5月，张作霖在北京附近战败后不久，弗兰克离开日本，经由朝鲜跨过鸭绿江进入中国东北。他们在北京参加迎接猪年的新年活动（1923年2月）。1924年10月，广州的商团叛乱被黄埔军校学生军扑灭之前，他们便离开广州，踏上了回国的征程。《漫游中国北方》在1923年末问世,当时很多传教士家庭逃离湿热的长江湿地来到庐山上的隐居地牯岭,弗兰克的前言即写于当年夏天。《漫游中国南方》于1925年8月在费城完成。

将他在中国的时间定位于1922年春末到1924年秋初比较妥当,前期主要在北方,后期主要在南方(分界线是在北纬23度,大致在淮河流域,这也是一个绝佳的分界线①)。两年中,他有相当长的时间离开了陆地,乘坐日本小轮船从厦门岛(Amoy)到台湾的基隆(Keelung),并两次远足到印度支那,一次是独行,另一次是与他的家人一起,到河内后,他便离开家人独自去流浪。

然而,将时间因素完全置之不顾也不可行。不仅是因为他的中国之行与世纪之交的伊莎贝拉·伯德·毕晓普及其同时代人的中国之行大不相同,而且因为就在他身处中国之时,中国正迅速发生着变化。假如他是在两三年后到达中国——比如,在五卅运动和北伐战争时期,以及共产党和国民党关系决裂时期——他的观察结果可能就会受到这些事件的影响。(这里我想表达我对后殖民主义理论的一点看法,后殖民主义一贯坚持西方观察者的主体位置,就好像非西方国家,或者在其时间上所限定的历史叙事中,除了外在"他者"所赋予的现实之外,自己几乎或根本没有现实。"真实的中国"可能只存在于想象中,但必须记住的是,除了我们头脑中所构建的中国外,那里确实存在着一个真实的国家。)

三

那么,弗兰克的读者们应该期待些什么呢?我们先一起来了解一

---

① 事实上,淮河位于北纬32度附近。——译者注

下他自己对他的读者们的劝诫吧。

读者们不要期望从他那探寻关于中国政治、战争、暴动、将领们以及其他人员等分裂国家的信息。这些事情"只有已经影响到人们的日常生活，影响到社会的底层时我才会关注，这无疑是我性格中的一些偏好使然。"读者们也不要期望寻找预测中国未来的信息——"我很遗憾我生来没有预言的能力，不能提供给你这样的信息"。[9]他们决不能把他当作中国的权威；国内有很多这样的人，很容易误导他们自己的同胞。[10]他们也不要企图寻求"年轻中国"发言人的陈词滥调，这些所谓的发言人生活在美国并且"与他们的祖国完全脱离了联系"，却向轻信的西方人描绘一个进步的中华民国的幻象。他们也不应期望获得一些特定处方来治愈中国的疾病，正如那些或出于神圣（基督教）职责或世俗（科学、技术、工业）职责的传教士曾经的尝试。最后，他们也不要期望在书中找到优美的文字。相反他告诉读者们书中只是一些记录而已，"记录一些让我感兴趣的东西，一些别人似乎忽视或认为不重要的事情"。[11]因为他宣称自己不过是

> 一个普通人，既不热衷于科学或统计，也绝无不轨意图。而且即使是流浪汉也必须为自己在这个生机勃勃的时代的存在寻找一些借口，所以他要尽可能完整地把这个[记录]带回家，希望它能引起那些有着同样口味的人的兴趣……我更感兴趣的是记录一个简单的事实而不是创作"文学"。[12]

简而言之，这个声明出自客观的观察者、记录者、记者而不是法官或文学家。客观事实即真相，即原初真相：声称要在"富有想象力"的文学作品中找到一个真理，这个真理超越了仅仅靠历史学家或批判性社会科学家在故纸档案堆里孜孜以求地探索事实过程中所得到的任何东西。然而，正如伯德所承诺的"真实印象"一样，现代读者也必须在这

些自称客观观察者所呈现的中国现实中辨别真伪。

换而言之,要对弗兰克的警告给予应有的重视,同时也要深入探究事实的真相。需要说明的是,我读弗兰克的书,将其视为历史学家,将其作品视为那个时期经过了严格的审查、在各个方面都揭示出一战后情况的一件艺术品,绝不仅仅限于中国。萨拉·米尔斯(Sara Mills)理智地评论:"游记不能简单地解读为对一段旅程、一个国家和一个叙述者的描述,而必须从当时话语体系的角度来考察"。[13]既然弗兰克来自两个战后变得更为强大的国家中的一个(日本当然是另一个),极易把弗兰克直接放进西方帝国主义的普遍话语体系中,或者更确切地说放进美帝国主义的话语体系中。故而,他可以理所当然地使用"白人至上"这一词,并强烈批评那些在沈阳(奉天)、哈尔滨和上海的俄罗斯难民们,他们令人烦恼的性格缺陷让白人的威望变得声名狼藉。[14]当其他人开始对此质疑时,他仍然是域外裁判权的坚定支持者(正如激进的史沫特莱和在上海或天津等通商口岸的外国定居点的守护者一样,虽然他们属于不同类型的人,但都以他们自己的方式表示支持)。[15]和其他诸多美国人一样,他反复宣称美国人没有特权——这是理论上准确却具有极大误导性的宣言。[16](虽然他声称没有站在道德制高点上为他的同胞们辩护)。

虽然战后美国在世界舞台上的地位变得更为强大,但实力与自信是两码事。弗兰克年轻时的环球旅行是在一个亚洲国家在战争中击败一个欧洲国家,从而造成整个西方国家强烈的震荡后开始的,或许这并非纯粹巧合。20年后,虽然20世纪20年代的挑战对欧洲帝国影响最为强烈,正式抑或非正式,这种影响也波及了美帝国主义(到1919年,曼努埃尔·奎松[Manuel Quezon]开始寻求菲律宾独立),在这种背景下,弗兰克书中对俄罗斯难民行为的担忧以及对域外裁判权消除的担心就必然会被读者所关注。

但是,不仅仅是帝国主义及其焦虑在发挥作用。我曾在其他地方提出,在20世纪20年代盛行的那些话语中,有一种关涉真实性。[17]试图摆脱原有的老路,通过观察普通人的生活,从而去发现"真正的中国"的,弗兰克并不是唯一一个人。在这些计划的背后隐藏着不同的动机,如果说这些动机之间有关联的话,那就是并非所有的动机都是旅行者们所特有的。当然,其中一个因素是随着交通设施的改善,到遥远的国度去旅行也变得相对容易;比如,到1920年,大型游轮可以进入上海、香港以及横滨和神户等地。旅客们可以乘着贝伦加利亚号(*Berengaria*)或加拿大皇后号(*Empress of Canada*)一路航行到上海外滩,沿着南京路或霞飞路进行一整天的购物。如此,真正的旅行者就有必要将自己与早期欧洲那些单纯的游客们进行区分。[18]他们必须要向读者保证他们知道真实的中国和中国通商口岸之间的区别。"上海和天津是白人的城市,"伯特兰·罗素当时写道,他对这两座城市的不真实感到沮丧,看到这样的城市会"让人怀疑旅行的目的何在"。[19]乘坐电车或汽车在天津的几处外国租界旅行给人的印象是"位于东方土地上的一个舒适的西方社区",弗兰克来到了异国他乡,却没有告诉你这个真实的国家或真实的城市是什么样子。后来,在北方逗留后"偷偷地"进入上海,他对这个城市的"第一印象是和奥马哈(Omaha)或孟菲斯(Memphis)一样有趣",破落不堪的铁路调车场、肮脏的车站、电车杆及汽车喇叭声使得道路杂乱无章,看起来就像是"美国二流城市的后街"。[20]

在对这个拥有西方的建筑、西方的俱乐部、西方的学校和教堂,从而有着"东方巴黎"之称的城市熟悉之后,他的印象也依然没有改变。当然这种观点也并不新奇;几十年前,像伊莎贝拉·伯德("沿海城市总是让人失望",她写道)和伊丽莎白·肯德尔这样的旅行者也总是迫切逃离那些中国的通商口岸,奋不顾身地挺进中国内陆。[21]上海或汉口等城市的文化混杂,外国居民引进了其国内所有的便利设施(并为这些设施全部配备了中国仆人),很大程度上模糊了西方与世界其他地区之间的明显区别,给旅行者留下的除了海伦·卡尔(Helen Carr)描述的支离破碎的"他们前辈们所编织的异域织锦的残片"外,再也没有什么可发现。[22]尽管弗兰克没有谈论要寻找真正的中国,也没有声称他已经找到,但透过其文字依然隐约可见端倪。比如,他毫不掩饰地称呼自己是中国专家,或者声称与普通大众有着天然的亲和力。

然而,对真实性的追求远不止是为了实现把自己与旅游大军或通商口岸的侨民区分开来这样一个简单的愿望,还源于国内的、本土的因素,而且弗兰克的观察点不仅立足于一个不断变化的中国,还立足于一个不断变化的美国。正如近年来,历史学家开始提醒我们的那样,弗兰克所来自的20年代的美国面对以工业化、城市化和新移民人口激增为特征的现代性,自身正处于焦虑之中。[23]这个国家正面临着失去曾经使它成为新世界的特征的危险,现在它正沿着一条未知的道路蹒跚前行,走向一个阴云密布的未来。这些年来,许多人——特别是当时常说的"老牌"美国人——极力从过去寻找那些属于美国特色的品质。洛克菲勒(Rockefeller)资助的弗吉尼亚州威廉斯堡殖民地的建设,或亨利·福特(Henry Ford)在密歇根州格林菲尔德村(拥有费城独立大厅的复制品)的建设,以及企业家华莱士·纳廷(Wallace Nutting)——牧师出身——利益至上的殖民复兴主义都是很好的例子。不幸的是,这些年还出现了旧种族主义的复苏,在洛思罗普·斯托达德(Lothrop Stoddard)和麦迪逊·格兰特(Madison Grant)这样令人敬重的人的种族著作中,以及在那些不受人尊敬的作品中,死灰复燃的三K党都特别反对新来的移民。正是在这种背景下,我们应该看出弗兰克似乎表面上支持美国在他那个时代的一些常见的偏见。如他反对犹太人,特别是俄国犹太人,因为他们既成功地控制了新苏联,又在华北流亡中从事贪婪的事务;他反对那些轻信又迷信的天主教徒的骗术和胡言乱语;他反对懒惰的美国黑人,等等。[24]

与对真实性的追求相关的是对地区主义兴趣的与日俱增,地区主义的倡导者希望重新定义美国,将其与东北部以欧洲为中心的精英文化(这对于亨利·詹姆斯[Henry James]的名声来说不是好年头!)以及与纽约、芝加哥等城市的民族大熔炉和文化实验区分开来。当然,这并不意味着引起威廉斯堡殖民地或地区运动的那些因素也直接影响了弗兰克的作品,或者能够解释它的受欢迎程度。人们对真实的美国的怀念与相信在某个地方一个真实的中国正等待被发现一样,有着特殊的意义。无论在国内还是国外,地区主义和对真实的探索都极易赋有紧张和怀旧的情绪,似乎带来一种希望:大众社会和大众市场不会抹去美国人早就预先知道的地区差异,或者,就该方面而言,像中国这样的国家在通商口岸兴起之前就已经表现出来了。弗兰克有一次乐观地总结道,尽管中国的北方人和南方人有很多相似之处,在日常生活的质量上仍然存在着无数的差异,"与我们国家形成鲜明对照的是,我们国家的产品是大规模批量生产的,且并有大量的广告,因此无论是在缅因州的波特兰,还是在圣地亚哥,一个人走在完全相同的街道上,经过完全相同的商店,甚至躲避的都是同样的汽车,脑海中很难留下深刻的印象"。然而,在他不乐观的时候也观察到,"中国城镇的相似性和当地居民的思想一样令人沮丧"。当然,这不是大众营销的错,而是由于对古老传统的一贯坚持。[25]

玛丽·路易斯·普拉特和莎拉·米尔斯认为,在游记作品叙事风格的基础上可以进行广义上的划分:客观的"风土人情"型作者,他们以叙述者为中心,将社会背景和有血有肉的人物作为叙述对象。[26]换言之,这种划分的基础是热衷于向国内观众介绍异国他乡、异域风情的人,以及更热衷于本土旅行、关注旅行本身所唤起的印象和反思的人。无疑,弗兰克会把自己划分为"风土人情"型作者,但事实上他并不是。他同样也不属于两次世界大战期间兴起的讽刺、反英雄作家的新模式,在该模式中,傅勒铭也许是最好的例子,他在试图访问江西的苏维埃政权未果后,惊讶地发现自己突然被认为是中国共产主义方面的专家。反语充分存在于弗兰克身上,但它是一种外在化的反语,针对调查对象(不讨人喜欢的西方人和中国人),而不是针对他自己。我们可能发现傅勒铭、哈罗德·斯派克曼(Harold Speakman)或者衣修伍德、奥登在看到这个国家之前,会对自己的想象和预想进行自嘲,然而从未发现弗兰克如此过。相反,他更接近于埃德加·斯诺(Edgar Snow)、艾格妮丝·史沫特莱或格雷厄姆·佩克(Graham Peck)这些美国同胞,他们对中国那些不喜欢的方面提出尖锐的批评,几乎没有任何反省或自我怀疑的痕迹,他们的评价更接近于讽刺而不只是反语。[27]

弗兰克对街头和乡村风景的描述充其量是在传达一种旅游指南所不能达到的真实感。尽管他避免反省,极力声称自己是一个客观的观察者,弗兰克这个叙述者的声音却一次又一次地显现。尽管他没有承诺解决中国问题(比如基督教、社会主义、现代医学或商业策略)的好方法,但是他积极宣扬中国为改善命运可能会采取的实际行动。弗兰克来自盛行泰勒主义和胡佛主义的美国,崇尚理性主义和有效性,他经常发表言论说"没有哪个国家的人能比中国人更具备把事情做糟的天赋。"[28]他利用一切机会发掘腐败和迷信,迷信表现为对古人的偶像崇拜,例如,占用了大量可用农田的成片的坟墓(几年前,约翰·杜威[John Dewey]也做了同样的观察)。[29]像19世纪的前辈一样,他也坚信儒家思想早已扼杀了几乎所有的原创思想能力,将中国被扼杀的文明形象地比喻为一个被冻结的瀑布(尽管他承认有些许解冻的迹象)。[30]他对宗教也进行了最严厉的批判。

一战后,"宽容"成为游记作品的一个主题,而在弗兰克身上几乎找不到任何对中国的宽容甚至赞赏(正如伯特兰·罗素的发现,中国人"有一种比西方更加优越的文明,为了人类幸福的文明")。[31]弗兰克的角色可能是记者和观察者,但也是法官,而且其所持有的评判标准很可能是西方人制定的。换而言之,他如果不是全知型叙述者,至少是可靠的叙事者,几乎不能去怀疑他的判断,或者寻求不同于他的解释。尽管他可以尽情地写下他所看到的一切,却全无新奇之感,抑或惊人之现。有时,当他发现长江没有想象的大,西安不过是"北京的缩影"时,也会失望。[32]

  这些旅行故事的叙述者在第一次穿越边境两年后便离开了这个国家,几乎可以说没有看到或学到任何能挑战早期观念或改变思想的东西。这确实是造成波士顿文学杂志对《漫游中国南方》长期持负面评论的重要缘由。[33] 没有朝圣之路,没有发现之旅,也没有让主人公比之前更有自知之明的心路历程。这些书的组织安排强化了说教性质。总体来说,《漫游中国北方》和《漫游中国南方》的编排主要基于地理位置而非时间顺序,其中列出了他的行程("从奉天到北京","从济南到青岛"等等)以备旅客之需。有时似乎更多体现出旅游指南的风格。比如,20世纪20年代初由日本政府铁道部发行的贝德克式风格的红色小本《中国指南》(*Guide to China*)。[34] 比如他的台湾之行特别有趣,因为这个目的地远远超出了大多数旅客行程,《漫游中国南方》中却没有提到,即使他在中国南方漫游时曾去过台湾。相反,在他的日本游记中却提到了这一点,因为台湾当时毕竟是东京帝国殖民统治的一部分。弗兰克认为,这样的安排有助于澄清问题。但这也有助于强调其客观中立的顾问角色,让读者的关注点放在中国而不是叙述者身上。

  不过,在他写《漫游中国南方》的时候,早期书中表达的一些较为严厉的观点已经得到了缓和,也许恰恰是因为这点,《星期六文学评论》(*Saturday Review of Literature*)的一位评论家评价道"他的书的乐趣之一,是它或多或少地无意识地揭示了发生在他身上的哈利·弗兰克式的教育",即"对这个国家的普通人的美慕和喜爱在明显上升"。[35] 然而,即使他写下了他真正喜欢看的东西,或在他观察到的人身上发现了一些令人钦佩的品质,他也很可能就此打住,似乎他的想象力受到了极大的限制,时刻不能忘记肮脏、噪声、拥挤和完全缺乏中国常识等这些始终存在的现实。因此,当他称赞北京安全,说这里——与美国城市不同——无论在白天还是夜晚的任何时候,女人们都可以戴着珠宝首饰很安全地随意走动,他立刻将原因归结为中国人的懦弱,归因为他们不愿"鼓足勇气实施一次暴力行为",就好像他们没有犯罪行为源于他们缺乏令人钦佩的品质。[36]

如果说弗兰克眼中的中国看起来与他期待的中国很吻合的话,那至少已经不是他年轻时第一次看到的中国形象了:当他的船驶入香港,"长着邪恶的脸,胡子拉碴的蒙古人控制的"中国式帆船靠过来。[37]彼时的中国,政治和军事动荡可能占据了新闻头条,但这只是表层现象,绝大多数在田间劳作的人对此漠不关心,他们甚至都没有意识到清王朝在十年前就已经被推翻。[38]尽管训练有素的西方行善者们尽了最大的努力为中国带来了进步的福音,但是这片土地依然被禁锢在自己的世界里。因为这个国家对那些宣称要带领它走向光明未来的人期望甚微,不管他们是像冯玉祥、阎锡山等有志于改革的军阀,或者是南方的民族主义者——"即使对他们有利的事情,他们也会进行坚决的消极抵抗,对此,即使是最坚定的改革者也很可能心灰意冷;这需要一代又一代的激进分子持续的努力才能取得永久的成果"。[39]祖祖辈辈,这块土地被腐败和自私的政府所侵蚀,弗兰克笔下的中国,最腐败和自私的不是北方或长江流域的督军们,而是孙中山管辖下的广州,军队里鱼龙混杂,对一切可以想象到的服务、商品和财产收费,以此来维持部队的开支。"当时极为流行的一个口号是'政权在民',但勤奋、耐心、乐观的中国人,即使是在最恶劣的情况下,很多方面都是值得称赞的,尽管他们也有一些令人不快或厌恶的特点,但总体都比目前的情况好。"[40]

常言道,旅行者往往只发现他们所期待的东西。如果此说法准确,我们需要进一步追问:他们没有发现什么?他们所访国家的哪些方面对有历史后见之明的我们来说显而易见,对他们来说却是隐匿不见的?1925年5月30号,也就是弗兰克从香港回到美国的七个月后,在上海南京路上的一支英国警察部队杀害了十几名游行示威者,直接引发了全国性的罢工、游行和反帝国主义浪潮。当时弗兰克在美国国内,他向《纽约时报》(*New York Times*)投了一篇关于上海的长篇文章,不过依然拒绝对上海的未来做出任何预测,而仅限于对该城市的描述。一位发言人办公室中的一份传单,尽管没有注明日期,但可能是1925年或1926年的传单,将"亚洲的权力斗争"列为他愿意讨论的话题之一,表明随着中国占据越来越多的头版,他现在已准备扮演他早些时候放弃的外交家和政治预言家的角色。[41]

到那时,他是否会后悔没有花更多的时间在他曾经蔑视的少年中国这样的现象上呢?当然,随着中国革命步伐的加快,在国民党的复兴,蓬勃发展的共产党以及苏联人鲍罗廷(Borodin)的"革命传教士"(韦慕庭[Martin Wilbur]称之为"革命传教士")等一系列事件的激励下,西方媒体四处打探错过了什么。虽然没有办法知道弗兰克巡回演讲的内容,但他的书籍对于解释1925年至1928年间席卷中国的风暴毫无用处。当然,弗兰克声称自己不是预言家,不是穿越军阀政治沼泽的向导,然而他坚持说绝大多数中国人都生活在一成不变的世界里,对时下正在进行的军事和政治斗争毫无兴趣,完全无从解释革命中的中国。因此便批评弗兰克不是他所声称的那样,既不公平,也毫无意义。

诚然,后来者很容易对所发生的历史事件或历史人物进行苛责。无论如何,问题不在于某一位观察者准确与否。事实上,我在2007年对弗兰克访华时中国历史形成方式的理解,对于未来的观察者来说,可能会显得很荒诞,远远比不上一张绘有龙或海怪的地图。然而,真实性往往被置于旁观者所建构的概念框架中,弗兰克等人期望透过西方化现象的表面进入"真实的中国",他们自己却可能陷入盲区。长久以来潜伏在西方视野中的另外一个危险,是认为中国有丰厚的历史渊源却没有真实的历史,停滞不前,没有发展。因此,所需要做的只是对此时此地的观察,"历史"只不过是当前的一个分支。

对真实性的追求也可能反映出人们对中国过往历史的恐惧,像弗兰克这样的旅行者(尽管他拒绝承认)试图以此来界定自己,并从中获得他们的特殊权威。如果真实的中国消失了,取而代之的是像孟菲斯或奥马哈这样的杂糅上海,旅行者的真实性是否也消失了呢?"在(长江)之旅中,最有意义的可能是那里建立了一座拥有大型现代化棉纺厂的中国模范城镇,但是,纯粹的旅行者来到中国主要不是为了看看中国在多大程度上复制了西方的模式以及曲折。"[42]他写道。这很可能指的是实业家张謇创办的位于靠近上海的南通的企业。

当然,旅行者们没有把他们所看到的全部内容报道出来(即使是像弗兰克所写的如此长篇幅的书),可能存在各种各样的原因。一些方面他们可能认为不重要,或不能引起读者的兴趣(比如南通),或者与他们已有的认知相冲突,因此直接将其忽略了。这(也许是对传教士和年轻的中国乐观主义者的一种不信任)也许可以解释为什么弗兰克从来没有访问过北京、上海或广州任何一所常规或教会大学,或者可以解释为什么他在广州逗留期间从来没有寻找过广州国民政府。然而,像罗素和其他人所说的,20世纪20年代的上海不代表真正的中国。这种说法的真正意义是,上海的现状与我们想象中的中国不相吻合,不是我们想看到的中国,更不是我们内心深处所构建的真实中国。虽然没有旅行指南,弗兰克与其同类人极似约翰·彭布尔(John Pemble)所描述的维多利亚人,参观熟悉的地中海地区、默里(Murray)或贝德克(Baedeker),通过参观著名的纪念碑来证实自己的经历,从而找到"一处浸染了自我情感色彩的山水风景;一位汲取了他们自我渴望睿智的神谕先贤"。[43]

四

  为什么要费心读弗兰克的书呢？一个心怀叵测的评论家可能会说他确实兑现了自己不写"文学"的诺言，当然期待从中得到像沃、葛林（Green）、拜伦（Baron）、傅勒铭或战争期间其他一些名人那样的报道也是毫无意义的。正如评论家约瑟夫·沃伦·比奇（Joseph Warren Beach）在谈到他早期著作时所说，其作品是"天真风格"的典范，他决心只"给我们提供历史、地貌、统计、经济和社会方面的信息"，这样的作品吸引了大量没有受过良好教育的读者群体，因为他们对作者的观点"浅尝辄止"，无所谓是否精确或优雅。比奇承认道，也没有必要期待更多，因为弗兰克丝毫没有这样的意图[而对天真风格的另一个代表人物西奥多·德莱塞（Theodore Dreiser）却可以有更多期待。][44]

  也许如此，但是最起码弗兰克的作品感情充沛，有一种身临其境之感。无论如何，他的缺点不足以让历史学家否定他，因为历史学家们不关注原始材料的文学或艺术价值，他们主要是为了阐释他们所研究的时代，他们经常会发现这些材料本身的价值比所论述的主题更为有趣、有价值。

  哈里·弗兰克的著作——就像任何文物一样——如果阅读得当，可以扩大对战争岁月的了解。这些作品告诉我们，也许只是间接地告知美国对中国的独特观点，从更长远角度来看，一种美国对后世所谓第三世界的看法。并不是说他的观点一定代表了大多数人，因为他经常得出悲观的结论，尤其是关于西方和受西方启发的中国改革者悲观的结论，给他自己国家的文明使命，无论是神圣的还是世俗的，均没有留下什么余地。这无疑使他与许多同胞们产生了分歧。1927年，《漫游中国南方》发行两年后，蒋介石皈依了基督新教，并与卫斯理女子学院毕业的卫理公会教徒宋美龄结婚,大大鼓舞了一直想要建立进步的、民主的,甚至基督教的中国的美国人。

关于这片土地自身,他又能告诉我们什么呢?尽管伊莎贝拉·伯德、伊丽莎白·肯德尔和其他人的读者可能对弗兰克所旅行过的大部分地区较为熟悉,但他行走过的台湾却是一个真正与众不同的地方。[45]

尽管我们可能会把他对中华民国的批评简单地当作西方傲慢的表现而不予理睬,但我们很快便会意识到弗兰克对自己国家及同胞们同样进行尖锐的评判,而且我们也意识到他对中国衰落的看法往往呼应了五四一代的代表人物——如陈独秀或鲁迅等人的观点。而且没有任何迹象表明哈里·弗兰克听说过五四领导人,他对少年中国不做记述。不过,如果继续实行缠足,或者沉迷于封建礼教——胡适所称的"孔家店"——无益于中国社会,评论家来自哪个国家对我们有什么区别呢?尽管他偶尔会说教,也会开出一些常识性的处方,但他肯定没有把美国作为中国可以效仿的榜样。

最后,如前所述,一部优秀的游记不仅要照亮国外,还要引起国内读者反思自己的国情。尽管弗兰克作品中确实存在公认的长篇累牍,但也的确揭示出美国自身的焦虑。他反复强调真实中国(远离被现代主义腐蚀的通商口岸的中国),这反映了美国国内对真实美国的追求,一个相比较波士顿或费城,更可能在爱荷华(Iowa)或威斯康星州(Wisconsin)腹地找到的领土。他的建议是中国应该按照自己的步伐前进,而不是被国内或国外的改革家们所操纵,这反映出美国人对各种新理论(比如社会主义或文艺现代主义)缺乏耐心,这些理论虽然通常不是来自外国,却可能腐蚀美国真正的灵魂。我并不是说弗兰克为美国的缺陷开了处方;但是,他是否有意无意地通过对他旅行过的异国他乡的审视,进而对自己国家在国外的变化而感到担忧?他的观众也觉察到了吗?或许如此,抑或正是这一点困扰了约瑟夫·比奇,他对弗兰克的"天真风格"和其"未受启蒙的读者"不屑一顾。

尽管如此,正是弗兰克对时代精神(或至少是众多精神中的一种)的反思使他的作品成为历史学家们的宝贵资料。他们是历史文物并和所有文物一样——广义上的文学、艺术、文化——他们都是绝对真实的。对于历史学家来说,最困难的问题是要弄清楚这些资料相对什么而言是绝对真实的,而且能对哪些问题给予真实的答案。

十一 战地行纪:奥登、衣修伍德和燕卜荪的中国之旅

休·霍顿 著
黄子安 译

一

"伫立于码头之上的观察员遥望的旅程旨在通向何方?……是什么让观察员难以自已地心生艳羡?"这便是诗歌《远航》(The Voyage)中的开篇辞章,而此诗正是奥登和衣修伍德所著的《战地行纪》(Journey to a War)一书的开篇诗作。书中,二人根据自己于1938年来华之时亲历中国抗日战争的见闻进行了叙述。这首开篇诗作也是作者对波德莱尔所写的《远航》(Le Voyage)一诗的部分回应,两位作家借此诗提出了关于旅行文学的一些根本性问题,在"真实"与"虚假"的旅程之间建立了对立关系。同时,作者发出了旅行归根结底是否对"好去处"的追寻的疑问,并将"伫立于码头之上的观察员"作为心生艳羡的读者形象。关于"旅程旨在通向何方"的疑问取代了更为常见的"旅程将去往何处"的提法,而十四行诗《船》(The Ship)则利用政治术语重新作出了定义:

如此平和的进步是我们的文化之所在

横亘在荒芜的大海上空,在前方某处
化脓的东方一场战争打响了,伴着新的花束和装束

在某个地方,样貌奇异而性格机敏的明日就此歇下
并为欧洲人谋划即将到来的考验,而没人会去猜疑
谁感到最羞愧,谁变得更富有,谁会先遭遇死亡。[1]

《战地行纪》一书记录了两位英国作家首次前往亚洲的经历,同时也是一部关于"我们的文化"的研究著论,并始终着眼于环环相扣的现实(对他们而言,这相当于一场"考验")。营地上的用语"新的花束和装束"捕捉了沉浸在"我们的文化"中进行旅行写作的异域风情,然而"战争"及"化脓的东方"却对这种情调构成了挑战。此处,作者没有选择"异域风情的东方"来表述,却选用了"化脓的"一词来形容,使读者不禁思索导致伤口化脓的病源。奥登此前已提及"虚假的旅程"诚然是"一种疾病"(且此类旅程将使旅行者染疾),但在随后的章节中,我们读到了作者在战时造访的中国医院里,人们遭遇字面意义上真正的病菌感染。同时,衣修伍德也对在汉口时目睹的探照灯下轰炸机狂轰滥炸的情景作出了隐喻性的描述,把诸如此类的炮弹袭击比作"用显微镜把致命疾病的细菌置于焦点之下"(第71页)。此处"致命疾病"指的是中国自1927年以来遭受的侵略战争,①战争将一直持续,直至日本战败而毛泽东领导下的政权在1949年取得胜利之后。"是的,我们即将承受苦难的洗礼,就在当下;而天空/隐隐作痛仿佛发烧时灼热的额头。"奥登随即写道(第272页),"我们"将"欧洲人"和中国人联结在同一阵营,彼此处于同样"灼热"的"当下",而欧洲则处于战争的边

---

① 1927年,日本出兵山东,制造济南惨案。同年,日本内阁召开决定对华侵略总政策的所谓东方会议。——编者注

缘,战争在"明日"一触即发。

奥登关于"旅程旨在通向何方"的疑问反映了他对瓦伦丁·坎宁安(Valentine Cunningham)在20世纪30年代所称"旅行书籍的广大读者群"的思考。[2]诚然,在塞缪尔·海因斯(Samuel Hynes)看来,"旅程"的比喻是"三十年代众多隐喻中最为人所坚持引用的"。同时,他认为,"在现实世界中,旅行书籍简直可作为世代相传的基本转义词",由此使得"人们认知的范围及灾难波及的社会扩大至了非洲、墨西哥、中国以及整个动荡的世界"。[3]贝尔纳·史威哲(Bernard Schweizer)于2001年所著的《行旅中的激进分子：20世纪30年代英语旅行写作中的政治》(*Radicals on the Road: The Politics of English Travel Writing in the 1930s*)一书,同样也讨论了奥登和衣修伍德的《战地行纪》此种受到政治影响的旅行风尚。玛莎·盖尔霍恩(Martha Gellhorn)也在其作品中提到,她未曾设想,在20世纪30年代,"您可能也会成为像我一样的人,成为一位毫发无损的战地旅行者",而《战地行纪》则类似于乔治·奥威尔(George Orwell)所著的《致敬加泰罗尼亚》(*Homage to Catalonia*)和伊夫林·沃所著的《沃在阿比西尼亚》(*Waugh in Abyssinia*),是旅行文学细分门类的特殊变体,是一本关乎战争的书籍。[4]的确,塞缪尔·海因斯也将《战地行纪》称作是"描述二战前夕战争一触即发时战地见闻的书籍"。[5]乔治·奥威尔、格雷厄姆·格林和伊夫林·沃三人作为战地记者、旅行作家和新闻撰稿人的身份纽带使得《战地行纪》成为时代的标志性作品,同时该书就像伊夫林·沃所著的《独家新闻》(*Scoop*)一样,成为"战地旅行"这一新兴文学类型的典范。

关于《战地行纪》,评论莫衷一是。伊夫林·沃曾创作过一本关于战地记者的名为《独家新闻》(1937年出版)的当代小说。他从右派人士的立场出发得出结论,认为奥登从"年轻的官方反叛者"这一荣誉称号得主转变为了"令公众厌烦的人",而衣修伍德则"毫无新闻意识",并且"在中国任何一个地方,他似乎都无法找到其著作所需要的那种刺激感"。[6]相反,对于左派政治阵营而言,《工人日报》撰稿人兰德尔·斯温格(Randall Swinger)则认为《战地行纪》的两位作者"过渡沉溺于自身心理困境,以至于在近代中国的战争进程中无可奈何地迷失了自我"。兰德尔·斯温格认为,除了"关于战争进程的准确而肤浅的叙述"之外,我们其实没有从中学到任何东西。最后,他总结道:"作者不过是在戏谑而已,以战地记者、英国公民和诗人作家的身份进行戏谑。"[7]然而,此种"戏谑"也是批评的一种形式,而奥登的《战时》组诗与衣修伍德的散文一样,也与公认的诗意游记和战争主题诗作观念背道而驰。尽管奥登声称"历史以其悲怆反对我们轻浮快活的歌声",但欢快的十四行诗以散文和平面照片中记录的"微妙而混乱的印象"为框架,对作者的战地旅程作了令人质疑和倍感疏离的叙述。

保罗·福塞尔(Paul Fussell)在其开创性研究著论《出国》(Abroad)一书中提及,他认为《战地行纪》及《冰岛信札》(Letters from Iceland,1936年出版)标记出了"纷乱战争之间的游记"中"颓废的阶段"。[8]在他看来,两部作品中的叙事都"断断续续而令人不安,不时被玩笑话所打断……同样会打断叙事的还有对游记作品风格本身的自我意识。"瓦伦丁·坎宁安也出于类似的理念,将两部作品视为"机会主义的大杂烩"。[9]近期,顾德诺、蒂姆·扬斯(Tim Youngs)和莫琳·莫纳(Maureen Moynagh)对《战地行纪》提出了较为积极的看法,但书中很少涉及关于战争或旅行文学的讨论,甚至关于奥登和衣修伍德的叙述也近乎未着笔墨。[10]这其中部分原因是由于作品的共同所有权(根据伊夫林·沃的说法,该书相当于是童话剧中怪物的"前腿和后腿"),部分原因是由于其开创性实验的形式,还有一部分原因则在于该书相较于两位作者的其他作品而言,均显得截然不同。[11]蒂姆·扬斯指出:"尽管同一时代的其他艺术因开创性的实验形态而受到赞誉,可奥登的旅行书籍作品却往往因其表现形式而为人诟病,这让人颇感奇怪"。同时,据他观察,《战地行纪》同时还促使人们"就战争、旅行及游记作

品以及中国与西方关系提出发人深省的问题。"[12]书中前言部分以颇具趣味性的方式,讲述了该作品诞生背后的故事:

  1937年夏初,我们受伦敦费伯-费伯出版社及纽约兰登书屋委托,写了一本关于东方的旅行书籍,而旅行线路则完全由我们自主决定。同年8月,中国抗日战争的(全面)爆发让我们打定主意准备前往中国。我们于1938年1月离开英格兰,直至7月末方才回国。(第13页)

"关于东方的游记"仿佛是一种具有东方主义色彩的空白支票,赋予了年轻作家们对"东方"进行定位的完全自主权。突如其来的战争让大多数旅行者望而却步,却让两位作家"打定主意"前往中国,"东方"这一关键词则被"战地"所取代。衣修伍德后来在其作品中写道:"中国已成为举世瞩目的关键战场,但与西班牙不同的一点在于,中国还未能荟萃星光熠熠、饱学诗书的战地记者。"事实上,衣修伍德还曾引述过奥登的论断:"我们将打响一场属于自己的战争。"[13]《战地行纪》不仅囊括了日本侵华后中国处于危机时期时的新闻报道,而且还为欧洲战场上的战事描绘了预警式的图谱(衣修伍德曾在慕尼黑阴谋发生之时在伦敦进行写作)。[14]尽管自1927年以来,国民党政府与红军政权之间便在中国大地打响了内战,但自1937年夏起,由于国民党领袖蒋介石被迫下决心全面抗击日本侵略者,内战终于转变为全面抗战。[15]据易劳逸(Lloyd Eastman)估计,"有大约1 500万至2 000万中国人因抗战而直接或间接丧生",并认为这场"与日本的交战……可谓中国进入民国时期以来最为重大的一次历史事件",并最终导向了1949年共产党取得胜利、成功掌权的历史进程。[16]在《战地行纪》的核心位置,奥登的十四行诗《战时》组诗跃然纸上。奥登在诗中写道:"地图诚然可以指向一些罪恶之所/居于其间的人们今朝的生活已被邪恶笼罩——/在南京与达豪"(第274页)。南京于1937年秋遭遇了令人发指的大屠杀,而达豪则在纳粹德国治下建立了臭名昭著的集中营,两次浩劫的规模不相上下。《战地行纪》是一本能够警醒欧洲读者的游记作品,提醒着人们任何对"好去处"的追寻都需要建立在对"人们今朝的生活已被邪恶笼罩"的了解之上,而不仅仅是"新的花束与装束"。

二

《战地行纪》一书看起来与奥登此前的合著游记作品截然不同。以《冰岛信札》为例,书中以奥登《致拜伦勋爵的信》(Letter to Lord Byron)中的趣闻轶事为代表,摘录了旅行指南、旅行日记、引语插图、圈内笑话,以及奥登在麦克尼斯(MacNeice)以旅行者身份共同拜访圈内好友时撰写的书信。《战地行纪》的核心部分是衣修伍德的旅行日记,但引入衣修伍德所著部分内容的是奥登创作的诗歌《远航》及五首十四行诗,随后是篇幅长达32页的《图片评注》(Picture Commentary)及高潮部分的《战时:十四行诗组诗》(In Time of War: A Sonnet Sequence),该部分内容将其别具一格的文化理论与里尔克(Rilke)所著《献给奥尔甫斯的十四行诗》(Sonnets for Orpheus,该诗为《战时》组诗所引用)的独特见解进行了完美的整合。这些组诗几乎未曾直接提及旅程,甚至没有真正提及中国,但通过衣修伍德的叙事,组诗的象征逻辑溢于言表。该书以"颇具劝诫意味"的诗句"评注"作为结语,这种写作方式后来在《新年书信》(New Year Letter)中得以延续,两位带着欧战阴影来到上海的作者将该诗的主题确定为"夜幕降临中国"。尽管《战时》组诗具有演说意味,该作品却能在东西方的叙事之间切换自如,从而实现当时大多数战争主题诗歌中都未曾企及的全球影响力。"这场意义非凡的角逐,令虹口陷入/恐惧与沉默之中,而闸北则成了呼号的荒漠/这正是当地战争的一种变体",正如奥登所言,"脱胎于通常意义上的战争/此战横亘在死者与尚未出生者之间"。[17]

由于书中具体报道与总路线图之间的关系,该作品始终因其由两位作家共同创作完成并以多种形式进行叙述而受到质疑。在书尾部分,奥登谈到"当所有的报道手法/均确认我们的敌人取得了胜利之时"(第23章,第281页),而本书的一大挑战是将不同类型的报道手法彼此对立使用,包括旅行日记、一系列带标题的照片及十四行诗组诗、诗歌评注等。在《冰岛信札》中,奥登将他自己创作的诗歌与麦克尼斯的诗作并置,以供读者进行"比较阅读",并说到,诗人、小说家和电影导演的作品,"这无一不是我们创作的版本——每个人都拥有自己的创作媒介"。[18]《战地行纪》同样也为读者提供了"比较阅读"的不同媒介。[19]衣修伍德的散文具有个人色彩,与特定环境息息相关,且有着纪录片式的风格,记录了两位作家在华南一带为期三个月的旅程细节,并将自己戏谑般地称作"业余战地记者",而其深入浅出的散文笔触则将战争提炼成了抽象的讽寓式叙述,使作品几乎不再蕴含特定的地理、历史或个人的评判维度。故事的主角是不指定具体对象的代词"他们""他"和"我们",主人公在一个很大程度上不具名的自然地理世界中穿行,这个世界被定义为"城市""喷泉""河流"和"山脉",同时又被政治名词"帝国"所定义,其中包括"暴君治下的城堡""野蛮人""将军"和"宏伟的建筑",各色人物"争相在光天化日之下争夺统治权"。在衣修伍德的叙述中,中国的战事只是在奥登组诗的中段才清晰地呈现出来,并在一个更为宏大的历史寓言中得以彰显。寓言由达尔文、弗洛伊德、马克思和奥古斯丁学说共同组成,构成了约翰·富勒(John Fuller)所说的"极其世俗化的神义论"。[20]凡游记创作无一不趋向于寓言的情境,而奥登则是自觉为之。诚然,他创作的组诗发端于人类因堕落而被逐出伊甸园的故事版本,并以人类"在满足生活必需之余自由生活,/有如山居之人居于群山之间"的愿景总领全文。诗人奥登描绘了"今夜在中国"(组诗第二十三首),并援引"十八省"作为"创造广袤大地"(组诗第十三首)的主体,将"南京"定性为"人们今朝的生活已被邪恶笼罩"之地(组诗第十六首),并提及"火海中的上海"(组诗第二十首),但读者始终能够意识到中国是题为"总统未开解的/悲怆"(组诗第二十首)中更宏大的伦理心理剧中的一部分。

三

衣修伍德的"旅行日记"开篇以业余战地记者的身份对两位作家进行了诙谐的自我模仿改编式写作,故事设定了印有"敖登"(Au Dung)和"易修伍"(Y Hsiao Wu)中文发音姓名的名片,并声称他们二人"渴望不遗余力地发掘一切具有轰动性效应的新闻图景以兑现对读者的承诺"(第27页):

> 我们曾经历过这一切……乘着蒸汽船,告别熟悉的餐桌、美国电影和守卫森严的不列颠岛上维多利亚女王的雕像,向西驶向危险重重且局势不可预知的战时中国。现如今——不管它过去是什么模样——旅程终将要开始。这不是梦境,也不是印第安男孩间的游戏。我们都是成年人,哪怕我们只是业余的战地记者,我们也着实踏入了我们的工作现场,开始履行我们的报道职责。只不过目前,我还只能感受到一种男孩般的不负责任的兴奋感。我们急切地扫视着河岸两侧,一边隐隐地期待着目睹这里因敌军的刺刀而进入战备状态。
>
> "看!那儿有一艘日本的炮艇!"(第28—29页)

颇具讽刺意味的语调瞬间被中断了,只见衣修伍德的笔触开始描述日本人在"他们的钢铁岛"中"自我隔离",而"宁静澄澈的河流和纯洁无瑕的苍穹断绝了该国与外界的往来"。作者的叙事语调及观点立场不时发生变化,使读者不禁时刻保持警觉。随后,在两位作家接触了专业的战地记者之后,他们心怀歉意地自称是"曾为写书来华走了一遭的旅行者"(第53页)。然而,如果说衣修伍德和奥登创作的《战地行纪》算不上是"严肃的"战地记者回忆录,那么这部作品的戏谑性本身就是批判的一种形式。[21]

随着两位作家头一次接触广东(广州),当他们面临着自己所不熟悉的欧洲文化与亚洲文化的融合之时,散文叙述开始呈现出令人眼花缭乱的场景变换。例如,此地的风景令他们忆起塞文(Severn)河谷,此处的乡间别墅就仿佛"按揭中的英国房产",中式帆船仿佛被弃用的"伊丽莎白时代的加利恩帆船","显然在向后航行"。随后,他们注意到一艘"绿色的小型炮艇",而且"具有独特的中国特色",此外,它"不似军舰,倒像是颇具异国风情的水生甲虫"。然而,这艘炮艇却毗邻一艘英国汽船,船上"身着白鸭图案制服的伙计"正练习着打高尔夫球。这一幕使两位作家想象到一架轰炸机上"一个一丝不苟的日本人向下俯视""自然之旗标记的旷野"的漫画画面。在英国领事馆,他们将踢足球的美国军人和英国军人视为"毛发浓密、肤色绯红、臀部有力的人",并推定对于"身材苗条、腰身细小、站姿如低垂花朵且笑容羞涩的广东人"而言,英美军人看起来无异于面目可怖的巨人(第31页)。在一次空袭发生之时,衣修伍德正在大使馆喝茶。衣修伍德试图用自己对矛盾文化现象的敏锐感知去理解眼前的情景——他一边盯着"盛有司康饼的盘子"与"相框装裱的牛津大学照片",一边听着"轰炸机的轰鸣声与远处沉闷的爆炸声"(第32页)。"要去理解,"衣修伍德告诉自己,"这些噪音及物品是融为一体的某个场景中的某一部分。然后清醒过来吧。"而在那时,他表示:"我确实也醒过来了。那一刻,我突然感到我抵达中国了。"(第32页)然而,在书中下一页的叙述中,衣修伍德便将他们目之所及的广东的平原、"微型山脉"和"帽状山峰"与《爱丽丝镜中奇遇》(*Alice Through the Looking Glass*)中的风景"作了比较(第33页)。奥登也曾谈及"这恰恰是衣修伍德试图见证的疏离感",而胡言乱语是文化冲突在观察者中产生疏离感的体现。尽管衣修伍德谈论的是"融为一体的场景",但他的行文技巧却更多的在强调一种非融合,比如"早晨空袭的遥远爆炸声与我们东道主的手风琴声"的不协调(第35页)。

随着两位作家的旅程转向内陆,衣修伍德在旅途初期感受到的文化与审美的不和谐感也进一步加深。经过漫长而乏味的火车之旅后,在两位作家经过"伫立于站台上的农民"之时,他们看见农民"头戴巨大的头巾帽,仿佛伦勃朗圣经画作中的人物";又途经跋涉中的士兵,只见士兵"身着沉重的装备,耐心地紧握着纸质伞具"。此时,两位作家也在一场暴风雪中抵达了武昌。在驶向汉口的渡轮上,和作家们挤在一起动弹不得的是那些"被人提防、鼻涕邋遢、脸似牲口的苦力们",他们是"贫穷的劳苦人民,在社会最小的夹缝中求生,忍受着屈辱和伤害"。与此同时,"奥登的纸伞也在暴风雪中折断了",随即"仿佛一顶怪异的帽子,包裹在头上"。抵达汉口这一"战时中国真正的都城"不久之后,关于历史和权威的问题就成了人们关注的焦点:

> 各色人物都居住在这个汉口镇上——有蒋介石、艾格尼丝·史沫特莱、周恩来;有将军、大使、记者、外国海军军官,也有雇佣兵、飞行员、传教士、谍报员等。所有的线索均隐匿于此,能够帮助专家(只要专家能找出这些线索)预测未来五十年的历史事件。历史女神已对上海感到疲乏,对巴塞罗那感到厌倦,但她逐渐对汉口产生了浓厚的兴趣。可她究竟住在哪里?每个人都以见过她为荣,却没有人能确切地说出她的所在。我们是否能在豪华酒店的酒吧里找到她,并发现她正和记者们酗饮威士忌?她是否是

委员长亦或苏联大使的座上宾?她是否更青睐八路军总部,亦或更偏爱德国军事顾问?她是否满足于栖身在人力车苦力的棚屋之中?(第50—51页)

凭借巧妙的营房寓言,不难发现奥登的写作手法,而顾德诺则提醒着我们,散文与诗歌之间的区别不一定在于两位作家本身的区别。[22]他的这一论断再次弱化了作者的权威,提醒我们不仅应当注意到各类戏剧人物和纷繁观点的丰富性,此外也应看到"历史"的幻象充当了统一且权威的叙事方式。在这个群雄逐鹿、错综复杂的国际舞台上,历史学家或许会发掘出有关未来历史的线索,作家本人却知道自己做不到这一点。作者可以记录线索,却无法破译线索;作者能够感知到历史的存在,却不能将她认出来。

两位作家与当时一众政要进行了会谈——包括蒋介石"委员长"及其夫人、威廉·亨利·端纳先生(William Henry Donald,委员长身边极具影响力的顾问)和T. T. 李(此人为"政府的官方喉舌")(第54页)——随后,报纸报道了汉口的一次空袭事件,以及政治家、传教士、将军和大使转向主战的政治立场。初期,也曾有人提示衣修伍德要警惕旅程中前路可能面临的种种危险,他却表示:"空袭将有助于我们打发时间,而在稻田里待上一个夜晚则有助于获得能够还原现实的出色摹本。"衣修伍德的观点提醒读者关注战地作家异乎寻常的寄生主义思想。两位作家首次目睹了一次空袭事件,见证了将在第二次世界大战中占主导地位的残酷战争形式,这一切成了作品生动的焦点:

停顿了半晌之后,远处传来轰炸机沉闷的轰鸣声,声音越来越近,在黑暗中渺无踪迹地穿行。炸弹砰砰坠地的沉闷声响从机场附近到郊区外围均能听见。纵横交错的探照灯形成的标绘点仿佛一条条分隔线;突然之间,其中6架轰炸机一起升空并飞往高处。仿佛有一台显微镜,让引发某种致命疾病的细菌以引人注目的方式出现在视野里。途径之时,它们散发出光亮,微小却致命,感染了整个夜晚。探照灯跟随着轰炸机在夜空中穿行;炮弹将周遭炸得粉碎;曳光弹射向这些轰炸机,仿佛慢动作行进的火箭,只是无望地差了一点……此情此景与贝多芬作品一样恢宏,却又谬误百出,是对大自然巨大的冒犯和整个地球的侮辱。我不知我是否也感到了一丝恐惧,但我的内心仿佛鱼儿一样扑腾乱舞。(第70—71页)

作品融合了高度精准的战争报道(如"纵横交错的探照灯形成的标绘点仿佛一条条分隔线")、小说家内心感受的记录(如"我的内心仿佛鱼儿一样扑腾乱舞")和关于战争的隐喻投射(如将战争比作"引发某种致命疾病的细菌")。审美乐趣的观感(如"与贝多芬作品一样恢宏")在此混杂着伦理和生态学意义上的冲击(如"对大自然巨大的冒犯")。在日本天皇生日当天发生空袭之后,衣修伍德用精准贴切的语言描绘出了平民伤亡的惨烈程度:

  平民们被炸得断臂残肢、肮脏不已,十分惨烈,砾石和沙子在爆炸中撞击他们的血肉之躯。只见其中一具尸体旁边,有一顶丝毫无损的全新草帽。所有的躯体看上去都十分弱小、极其贫苦且毫无生气。然而,在我们伫立在一个老妇旁边之时,我看见她的脑浆浸透了一条小毛巾,十分骇然。我还看到,老妇沾满鲜血的嘴巴张开又闭上,而麻袋下的手先紧握又松开。这竟就是天皇的生日礼物。(第175页)

这是一次关于战争的高规格报道,"天皇的生日礼物"的说法颇似西格夫里·萨松(Siegfried Sassoon)的风格,将世界可怕的鸿沟展露无遗。很快,衣修伍德又开始描述与"海军及领事馆中友人"一起欢聚的场景,因捍卫"大英帝国"而与德国人争执的不快,以及在抵达奇异且欧化的"旅程终点处"时的见闻,该处由怪诞的查尔顿先生(Charleton)管辖,仿佛就是诺里斯先生(Norris)的翻版,带着"一队身穿卡其布短裤的训练有素的男仆"(第178页)。衣修伍德一方面记录着其对战争惨烈的感受,另一方面也着力于描述他们所处的特权社会与世界的荒诞,而此种存在于场景和风格之间的令人不安的冲突感,也是构成作者叙事方式不可或缺的部分。

衣修伍德以节奏轻快且往往富有喜剧性的叙事方式描绘了他们奔赴战地前线及前往上海的旅程。最终,两位诗人作家在彰显特权的租界中坐享安全的生活,在那块国际区域,"外滩上的高楼广厦展现了一座伟大城市的外观形象",但是"两岸的堤坝却是泥泞不堪的"(第237—238页)。此情此景再一次体现了衣修伍德记录的世界所存在的冲突,正如他描述的那样:"国际住宅区及法国租界共同构成了一个城中之岛,仿佛是在荒凉可怖的旷野之中形成了一片曾属于中国城市里的绿洲。"在苏州河的一侧,坐落着"生机勃勃的街道和楼宇;而另一侧,却是一番坑坑洼洼、杂乱不堪宛如月球地表的景象,不时穿插着空旷无人、一尘不染的街巷。"街上偶尔会见到日本哨兵在站岗,且"不论归属于中国还是外国的财产,均被洗劫一空。"衣修伍德还写道:"就像强大却被排斥的看门狗一样,上海真正的主人实际上却居住在暗无天日、荒凉不已的日本租界中,亦或栖身于闸北宛如月球地表的荒野之上,饥渴地望向灯火通明、人口稠密的国际小镇。"(第240—241页)

接下来,作品描述了一个颇为虚幻的场景。两位作家与几个极其有礼貌的日籍男士讨论起他们的旅程,而这是衣修伍德式闹剧的情景,他借助此番交谈开始进行自己的政治宣传。"你们去过中国吗?"日本人问道,"多有意思的经历……我想你们没遇到什么不便之处吧?"衣修伍德答道:"没别的,只有你们派来的轰炸机带来的不便。"日本人依旧还是彬彬有礼,丝毫没有动怒,反而宣称"我们是真的喜爱中国人民",而"这正是这场战争的好处之所在。作为日本人,我们对中国人绝对没有任何怨怼。"(第244页)这引发了两位旅行者难得一见的怨怼时刻:

> 我们略带不悦地反驳说,毫不奇怪,日本人会没有怨怼的感觉。他们何需憎恨?他们何曾有过城镇被烧毁,妇女被奸淫的经历?他们何曾经历过轰炸?我们的四位绅士心中还没有答案。他们只不过是眨了眨眼而已。然而,他们并未感到一丝一毫被冒犯的感觉。其中一位男士随即说道:"那当然是一个很有趣的观点。"(第245页)

在进一步讲述上海外籍人士社群拥有的特权生活——"花园派对和夜总会"之后,衣修伍德记录了一位日本男士辩驳的过程,日本人辩称"发生在广东的大面积轰炸事件比对城市进行军事占领要来得更为人道一些"。面对此种矛盾感,衣修伍德对此种情景下的共谋感到厌恶,他写道:"善意的旅行者、自由主义者和人道主义者只能顾虑地搓搓双手,并惊呼'天啊,这里发生的一切如此可怕——情况如此复杂。'"(第253页)这使读者得以了解"欧洲人"最终无能为力只得妥协的立场,而两位作家从战争中获得了"摹本"。如果说他们难以名状的奔赴"前线"之旅看似虎头蛇尾且难有定论,这无疑就是作品的意图。衣修伍德随即谈到,他"对居于中国的小我有清晰的自我认知",而"他的骑行靴、贝雷帽和高领毛衣"则是"业余人士临阵怯场的症候"。不过,据他观察,读者也可以"从他那里获取有关战时中国的、各类丰富得让人讶异的信息"。[23]这部旅行日记的确充斥着对危机下的中国极其复杂的印象,尽管作者避免使用20世纪30年代"严肃"而"坚定"的政治评论家常用的术语,却仍能将复杂的政治现实记录下来。燕卜荪在香港与两位作家会面时曾谈及"衣修伍德是一个忧心政治的人",这种忧虑在旅行日记里"居于中国的小我"的打趣记叙中熠熠生辉,正如衣修伍德于翌年创作的作品《再见,柏林》(Goodbye to Berlin)那样。[24]

四

衣修伍德讲述了他们多次乘火车之旅中的一次,他记录道:"奥登以其意义深远的沉着冷静,彻底地褪去了粉饰。"奥登的诗作以自身"意义深远的沉着冷静"对其战时之旅进行了思索。题为《战时》的诗作呼应了海顿(Haydn)创作的《战争时代弥撒》(Missa in Tempore Belli),这一极富韵律感的组诗回顾了二人奔赴前线的旅程,用词精辟且立意深远,看似不可能地将德莱顿(Dryden)和里尔克(Rilke)的诗风融为一体。该作品对直截了当阐释的抵触,赋予了其独特的力量。正如叶芝(Yeats)在《塔楼》(The Tower)诗集中创作的组诗一样,十四行诗荟萃了对战时的沉思,诗作本身也被赋予了历史的分量,读者借以了解到诗歌创作之前发生的历史事件、关于旅程的开篇诗句、衣修伍德时刻变换场景又自我挖苦的战争日记,以及关于奥登所摄照片的视觉记录。奥登的诗风兼具戏谑感与疏离感,具有一种奇异的历史巴洛克风格,在与《致拜伦勋爵的信》的侃侃而谈相映成趣的同时,却也记录下了这本亚洲游记中问题重重的繁缛礼节。在奥登后续的作品集中,作品经过了全面彻底的修订,比如重新命名后方才付梓的《中国十四行诗》,又或者其后推出的《战地行纪》版本中,经修订的文本在未附照片的情形下重新印刷成书。若将作品的原始语境排除在考虑范围之外,那么这些组诗可以说丧失了其绝大部分的力量。[25]正如奥登20世纪30年代的许多佳作一样,包括为纪录片《夜邮》(Night-Mail)撰写的诗作及其创作的各类诗歌戏剧和游记,《战时》组诗的诞生具有偶然性、协作性，将诗歌与其他媒介融为了一体。组诗创作的初衷原本是与衣修伍德的散文叙述及"摄影评注"（Photographic Commentary）相并置，组诗也产生了自己原本不具有的"电荷"作用。

作品共附有60余张照片，首先是"蒋介石夫妇"，以及其他华人领袖的正面照，包括以周恩来为代表的"共产党人"和以杜月笙为代表的"资本家"，以及"知识人士"C. C. 叶与两名不具名的"苦力"的照片。接下来是一组肖像，有中国士兵及官员，也有外国医生、传教士、大使及顾问。随后是"战区"系列照片，配文有"战壕之中""敌机凌空"等。作品还附有战争受害者、难民及遭受轰炸后城市的照片，列有"无辜者""罪证"及"屋舍"等配文，其中最后一张照片摄于上海沦陷之后化为废墟的闸北区。在翻阅这一系列照片的同时，读者能够进一步看到专职人员摄制的半正式肖像照，包括外国新闻媒体和摄影记者摄制的照片，例如"特别通讯员"傅勒铭及"新闻摄影师"罗伯特·卡帕（Robert Capa）的照片。同时，读者也得以窥见记录战争年代各处遭到破坏的惨淡景象的照片，如配文为"住院"和"难民营"的照片中满是无名的战争受害者。最后一组照片记录了废墟之中普通人的生活，配文为"人类处境"，其配文源于当代战争电影《战至最后》（Fight to the Last，用衣修伍德的话来说，此照片"无异于对西方世界的模仿"）；在另一张配文为"无名战士"的照片中，穿着军装的中国男孩若有所思地凝视着镜框的方向。[26]这些照片的配文时而仿佛是人类学的教本，时而又带着讽刺性，它们不仅记录了深陷矛盾与困境中的特工、病人、将军、士兵、局中人和旁观者等各类人士，更揭示了整个战地之行的重重问题。两名旅行作家有一张照片摄于战壕之中，只见英姿飒爽的旅行客模样的奥登伫立于战壕中的一名中国士兵旁边。就像傅勒铭和罗伯特·卡帕的照片一样（我们不禁"发现相比之下，中国人不及西班牙人上相"），而这些照片不仅记录了战争，也记录了战地记者本人。

《战时》组诗开篇之前最后一张照片便是"无名战士"，该照片将奥登创作的组诗与第一次世界大战的两大主要遗产——即战争主题诗歌及无名战士纪念碑——相互联系在了一起。不同"报道手法"的并置有助于将奥登组诗上半部分所展现的形而上学思想进行情境化呈现。随即，诗歌中段从人类历史的一般性叙述转为描述发生在中国的战事，以此检验衣修伍德散文叙述及照片背后人类处境近乎代数般的推演。[27] 组诗中非常关键的十四行诗（第十六首）写道："此处的战事有如一座纪念碑/接通的电话正与某人通话/地图上的旗帜昭示着业已出兵/一个男孩带来用碗盛放的牛奶"（第274页）。然而，以其诗之简约，效果却并不简单。该诗借鉴了作品叙述中所记录的作家与将军和领袖人物的多次会面，特别是 A. W. 高代表顾将军（General Ku）"以简易地图阐释战略局势"的情形：

> 一切都看似清晰、整洁却又虚假——从侧面看仿佛整齐划一的小立方格。军队以数学精度展开钳形攻势，而补防从无未能按时抵达的情形。然而，正如奥登后来所说，战争的实情却并非如此。战争原本意图炸毁业已废弃的兵工厂，却在未能命中目标的同时错杀了数位老妪。战争仿佛跛脚般躺卧在马厩之中……战争不洁、低效而又晦涩，很大程度上取决于偶然性。（第202页）

该诗的用词"此处"正如"接通的电话正与某人通话"一样抽象，不过衣修伍德在屯溪（Tunki）的演讲对此诗有所印证。该诗进一步展开论述，提到"生者对生活感到恐惧/本该中午口渴的人却在早上九点就感到焦渴/可能迷途之人确然迷路，而思念自己妻子之人/却有别于一个念想，可能转念即逝"（第274页）。"计划"（plan）与"一位男士"（a man）之间的差距、"妻子"（wives）和"生活"（lives）在用词方面的押韵、更为精炼的十四行诗中"今朝"（now）与"达豪"（Dachau）二词的韵律，凡此种种，均体现出奥登组诗对于战争的描绘方式与衣修伍德散文有所不同，奥登借由莎士比亚十四行诗的文学形式创造出了史诗般的文学效果。他通过"在南京与达豪"诗句中两座城市的并置与"今朝"押韵，并将达豪的纳粹集中营与日本人于1937年12月发动的臭名昭著的"南京大屠杀"相对照和呼应。据《剑桥中国史》(The Cambridge History of China)记载:"在长达七周的野蛮行径期间，至少有42 000名中国人被无情杀害，①其中不少人是被煤油点燃活活烧死的"，还有"大约20 000名妇女遭到奸淫。"[28]在"简易的纪念碑"及"地图"等言简意赅的诗句背后，有着复杂的档案留存形式，其中包括许多中国士兵的照片。

"远离他所习以为常的文化核心/他被自己的将军和虱子所遗弃"，这一摘自《战时》组诗（第十八首）的诗句可谓是奥登最接近传统战争诗的创作。此诗同样也可与衣修伍德的散文及"无辜者"和"有罪之人"照片相对应。通过这些照片，我们得以看见诗中不具名的"他"死于"棉被"之下并"化为中国大地的尘土"。关于死去的战士，奥登写道:"关于他的介绍/并不会随着这场战事一并整理成书"，但他同时也借由此诗，将不论诗作抑或全书均无法准确记录的个体进行了具象化。奥登谈道:"战士的名姓有如其样貌，消失无踪永不复存"，此番辞章与"他们的姓名永存于世"等常见的军事墓志铭中的虚假措辞截然相反，反而是将"他的样貌"与一个真实存在人物的姓名关联在一起。诚如奥登所言，战士所赋予的附加意义"仿佛逗号一般"，看似只发挥着微不足道的作用，可事实上却有助于扩充句子的内涵（以及斯宾塞十四行诗的押韵格式及韵法），由此囊括爱满人间的地球失而复得的人性形象，其中"水流经之处/山脉与屋舍的坐落之处，亦可能有人的踪迹"。如果说诗歌能从照片及散文中汲取力量，那么它也将借由诗歌形式本身的力量发挥其作用。

---

① 据中国统计，南京大屠杀的遇难人数超过30万。——编者注

《战时》组诗(第十九首)也是如此,该诗描述了一次派对的情形——"在草坪上,在开满鲜花的花丛中飘荡/在训练有素者的谈话间流淌。"该诗以彬彬有礼的"意见交换"呈现了"似为私人生活的场景"(第277页)。这是对官方接触及外交娱乐活动的一次简要叙述,尽管旅行日记中经常对此类情景作有趣的记录,此次的笔调却有所不同。这首十四行诗体现了奥登特有的创作禀赋,他能够架起看似不可能的桥梁,让相距"遥远"的军队展开对话,等待"出现一次言语的误区/一切引致痛苦的工具",并坚称"他们的魅力取决于/一片被浪掷的土地,依附于土地的所有年轻人业已遭受杀害/妇女饮泣,小镇笼罩在恐怖之中"。看似琐碎的"魅力"及"误区"与"一片被浪掷的土地"和"笼罩在恐怖之中的小镇"之间的联系让人感到震惊不已,此番情景有别于衣修伍德对另一经历的呈现。他谈到自己曾在位于上海的国际府邸中参加大使举办的"官方花园派对",并感到此次派对是"精心设计的假扮",而派对的地点却与"有如蛮荒月球地表的闸北"相隔不远(第241页)。见诸奥登诗作的是怪异、不具名且委婉的重述(如"一切引致痛苦的工具",而不是"枪支""炸弹"或"武器"的表述)。与此同时,奥登非具体指代的"笼罩在恐怖之中的小镇"以简略的方式描述了现代战争的背景,但读者仍可通过衣修伍德详尽的记录了解战争的详情。

如果说衣修伍德的叙事往往在尚无定论之时便戛然而止,徒留一副自我批评的古怪神情,那么奥登的组诗则是以令人讶异的人类迷失作为结语,且不禁让人回想起关于世纪之初堕落战事的原始记录,可他仍坚持捍卫着伦理自由。组诗寓言式的尾章借助隐喻对旅程进行了充满讽刺意味的最后反思:"我们迷失于自己选择的山脉/一次又一次,我们为一个古老的南方城市而叹息感慨/为了在温暖而赤裸的时代中永葆本能的仪态/为了品尝无辜者口中所言的欢快"(组诗第二十七首)。诗人对"可靠的溪流和屋舍"感到羡慕,并声称"我们受到错误的约束"。该诗以一张图像作为结尾,反映了我们怀揣的关于"好去处"的怀旧梦想,同时坚持捍卫我们的思想自由:我们"永不会如一扇大门般赤裸而平和/亦永不会似喷泉般完美无瑕/我们出于客观需要而生活于自由之中/有如山民居于群山之间"(第二十七首)。这是组诗中颇不相称、熠熠生辉的目的地。奥登的字里行间引述了衣修伍德关于其对战争的描述,称其为"少数笼罩在恐惧中、迷失在群山间的人,在灌木丛中互相朝着对方开枪射击"。然而,现如今,此诗却被翻译成不同的术语,并被解读为旨在坚称思想和伦理上的"自由",最终将我们所有人锁定在一个共同的困境中。

五

颇具讽刺意味的是,《战地行纪》一书提供了当时在描述中国方面最具影响力的两位旅行作家的人物肖像——即美国左翼作家艾格尼丝·史沫特莱和《泰晤士报》特别通讯员傅勒铭。傅勒铭此前已于1934年完成《独行中国》(One's Company)的创作,该作品记叙了作者穿越西伯利亚铁路及中国华南地区的旅程;他同时还于1936年撰写了《鞑靼通讯》(News from Tartary),该作品描述了他在内战①期间从北京去印度的纪实报告。傅勒铭隐匿于英国旅行者的幌子之下,却在《战地行纪》中扮演着英雄般的角色。面对稍显业余的奥登和衣修伍德,傅勒铭显然是位不折不扣的专业人士。衣修伍德指出,傅勒铭的着装"近乎不合情理地正确",仿佛是"从伦敦裁缝铺的橱窗里径直走了出来,为绅士的热带探险装备打广告"(第207页)。出于"对专业人士的嫉妒"和"对伊顿公学精英的反感",两位作家起初对傅勒铭采取的是"防备"的态度,而傅勒铭则怀疑奥登和衣修伍德是"百分百的意

---

① 指第二次国内革命战争。——编者注

识形态学家"。当两位作家向山口艰难迈进时,衣修伍德记录道:"傅勒铭的传奇仿佛一个扭曲的影子,与我们如影随形"(第214页)。当他们最终分道扬镳时,衣修伍德引用奥登所言,说道:"好吧,我们的中国之行一直是与傅勒铭同行,现在我们已是真正的旅行者,且将永远如是。我们再也无需走得比英国布莱顿城更远了。"(第232页)这一作家组合有如奥斯卡·王尔德(Oscar Wilde)和巴利(J. M. Barrie)二人阵营的融合,捕捉描摹出他们在"真正的旅行者"在场时的冒名顶替之感,但同时也提请读者注意傅勒铭式的游记与他们二位所著游记之间的不同之处。

同样的道理也适用于两位作家在旅程中遇到的另一位旅行作家艾格尼丝·史沫特莱。她曾著有《中国红军在前进》(*China's Red Army Marches*)及《中国在反击:一个美国女人和八路军在一起》(*China Fights Back: An American Women with the Eighth Route Army*),两部作品描述了中国抗日战争时的情形,于1938年由英国左翼读书俱乐部出版。她以明目张胆地方式开展宣传,在书中写道:"我发自内心地笃信,中国八路军的核心所体现的正是能够指引并拯救中国的原则",将鼓舞"所有亚洲国家迎来解放"。(第116页)史沫特莱的散文洋溢着对红军英雄主义的热爱,与《战地行纪》不结盟主义的文风形成了鲜明对比。

《战地行纪》作者在其他类型的游记中穿行时,对自身的创作策略具有高度自觉性。各类其他游记作品包括史沫特莱英雄主义式的宣传报道、傅勒铭的冒险故事以及经典的东方主义叙事。一方面,衣修伍德告诉A. W. 高说:"讲述暴行的故事"将"难以在西方留下深刻印象",并力求与《中国的反击》一书的写作风格保持距离。另一方面,衣修伍德还描述了自己仿佛在与奥登一同背诵"想象中的一本名为《傅勒铭在前线》的游记中的段落"(第214页),从而滑稽地模仿了《鞑靼通讯》作者的写作风格。事实上,当两位作家乘汽船抵达上海之时,衣修伍德极尽讽刺意味地谈到了东方人的"旅行者梦想"。"客舱舷窗仿佛是一副画框，"衣修伍德说道，"我们上船不久后就发现，黄铜画框外的景色变得浪漫而虚假。"他随即写道：

> 雨中褐色的河水，身着蝙蝠翅膀般深色斗篷的船夫，滨海的宝塔上树木丛生，群山笼罩在迷雾之中——这些景象都不再是我们刚刚抛诸身后的美丽平凡之国的特征，这一切都是旅行者梦寐以求的风景，那就是神秘的远东国度。在接下来的几年中，相较于过去几个月里所有微妙而混乱的印象，记忆会更青睐于这番戏剧般的简单画面。我认为，尽管我们已经看到、听到并经历了许多，但我仍将以这种方式最终铭记中国。（第234页）

费伯-费伯出版社起初曾委托作家创作一本"关于东方的游记"，而衣修伍德的话语则代表了关于"神秘"东方的"梦想"与作品中所记录旅程之间的差距。这便是两位作家共同创作的作品所竭力抗拒的"虚假旅程"。《旅行日记》更喜欢记录"微妙而混乱的印象"，而非想象中的西方"梦想"中的"中国"或"中国式宣传"言论。在顾德诺看来，衣修伍德的作品"将某种溃败进行了主题化呈现"，而中国"则为衣修伍德作品的写作风格、方式和权威度带来了种种表达危机，这种危机来源于虽未承认却显得过于谨慎的写作方式，另一方面却也因此从其别具一格的戏谑笔调中得到救赎"。[29]然而，正如作品《再见，柏林》所言，这也是衣修伍德看待战时游记时所固有的整体立场。最终来说，该书既未定位"历史"，亦未定位"中国"。

六

奥登并非此时唯一一位从中国归国的英国诗人。威廉·燕卜荪自1937年8月至1939年8月期间在中国待了两年,并于二战爆发后返回英国。尽管燕卜荪未曾创作《战地行纪》一类的大部头书籍,但他撰写了两首意义非凡的诗歌——一首是民谣韵律风格的《中国》(China),描写了中日关系的扑朔迷离;另一首是书信风格的长诗《南岳之秋》(Autumn on Nan-Yueh),讲述了燕卜荪随"被迫外迁的北京高校"颠沛流离的一段经历。在《战地行纪》出版数年之后,两首诗均于1940年刊印于《暴风前夕》(The Gathering Storm)之中。燕卜荪碰巧在香港见到了他的英国旅伴,并指出"衣修伍德是一个忧心政治之人",而奥登则拥有"奥斯卡·王尔德般的魅力"。[30]

如今看来非同寻常的一点在于:在20世纪30年代,两位才华横溢的英国诗人本应在中国抗日战争期间来到中国,并以诗歌和散文的形式对战事进行报道。奥登的《战时》组诗是20世纪30年代最为经久不衰的战争主题诗歌,而燕卜荪的《南岳之秋》则对战争时期难民的思想生活、流亡时期的美学及政治活动进行了睿智的政治沉思。燕卜荪早在1933年就已经访问过中国,并曾有过在日本工作的经历。因此,尽管燕卜荪未从旅行文学的风尚中获益,但他对中国的了解远胜于其同行作家。他遍游中国各地,还曾骑着骡子赴丽江度过了90天的旅程。同时,燕卜荪还曾与流亡的中国高校学者在南岳、蒙自及围墙环绕的昆明一起工作和生活了长达两年的时间。尽管作品并未完全收录燕卜荪关于中国的信件、文章、笔记及广播报道,却囊括了他撰写的旅行笔记、云南生活随笔草稿、关于"一所中国大学"的战时宣传文章(创作于1940年)以及英国广播公司播报的"中国在前行"(China on the March,发布于1942年)。在写给母亲的一封私人信件中,燕卜荪直截了当地将自己与左翼评论家及东方狂热爱好者拉开了距离,却表达了对本土的中国知识分子的极力声援:"我发自内心的支持自由、反对法西斯主义的全部热情是难以伪饰的,而所有这一切都使得我大多数朋友感到,呆在中国是崇高的义举……我可以很骄傲地说,所有这些原本癫狂的远东爱好者最后仅剩下一个人,那就是我自己。"《南岳之秋》一诗肯定了"诗句绝不应发端于政治/或从中借题发挥",却承认对"革命的喧闹"感到不满,同时,还刻意避开了像奥登和衣修伍德那样的左翼立场。燕卜荪说道:"我衷心希望事态变得更为轻松愉快;我感到自己并非孤身一人。"[31]

长达234行的诗作《南岳之秋》由燕卜荪所著,是他在"圣山"上颠沛流离之时创作的诗歌,介绍了关于远行的一切。诗作以"倘若远行是如此普遍的情形,"一句开篇,由北京的中国多所高校为逃离日军而外迁远行的危机,引发人们普遍对"远行"产生深入思考。在旅居南岳的几个月里,燕卜荪开始着手创作他的战后批评论著《复杂词的结构》(The Structure of Complex Words),而此诗是对这一复杂词的试笔。诗人叶芝在《迈克尔·罗巴茨与舞蹈家》(Michael Robartes and the Dancer)的题词中谈到"含义均囊括在航行(flight)之中",而燕卜荪诗作的内涵则取决于该词的两种主要含义,其一是"航空"用语"飞行"(flying),另一种解读则是"逃逸"(fleeing)或逃离。逃离被俘获、被轰炸的命运,为保存中国大学生力军而流亡,这赋予了"远行"一个好名声:"因此,梦见远行或许是正确的,/而我们的逃离,或许也是应然的。"

正如奥登的《战时》组诗一样,燕卜荪对战时中国的思考也很抽象。他将"圣山"变成了对知识分子角色展开冥想的地方。在某一刻,他自问:"什么事业/值得让你们以上帝之名在此从事?"随即他给出了答案,即"出于一种模糊的心愿,希望身处/重要事件发生的地方"。话虽如此,燕卜荪却想到了莎士比亚的《特洛伊罗斯与克瑞西达》(Troilus and Cressida)中的潘达洛斯,他设法使自己脱离了"潘达洛斯的鳟鱼学派/在各项战事中徘徊作响"。不过,燕卜荪指的大概是20世纪30年代的战地记者,他们的职责在于写出还原冲突的摹本。从客居异国的英国评论家的视角来看,此诗提及的中国主要指代山居之人共同面临的思想困境,而非出于"旅行者"的视角进行创作。我们瞥见了这座山,山上"供奉着神圣的佛陀,以及神明/自身",居于山顶的"最高住持"已经"超越了伟人"以及有着身体缺陷的"被装在篮子或板条箱中"的朝圣者。我们还可以感受到军事威胁的存在——我们共聚一堂的地方是"适于炸弹轰炸"的,因为此处"有部级要员出没在现场/(从远离战争的地方来此)/还配备有训练营"——以及觥筹交错的交际("小伙子们都乐于通过饮酒来拉近彼此的距离")。至于燕卜荪自己对于此处的感受,只是在最后才有所提及,当时由于大学外迁,他不得不"再次出逃",而我们得以隐约感受到他离开时的后悔之情,这段节选诗文表现出他对置身于中国难民文化并融入其中这一特殊境遇的伤感之情:

> 我们在这此度过了秋天。然而啊,
> 那可爱的阳台却已消失不见,
> 正如群山消融了积雪。
> 士兵们将来到此处开展训练,
> 还有流经时潺潺作响的溪流。

一声惊叹而富有诗意的"啊"蕴含深意。"私人会谈的对话流"结束于"可爱阳台"的抒情景观,这与亚瑟·威利(Arthur Waley)或埃兹拉·庞德(Ezra Pound)的中文翻译效果相仿。然而,对消失无踪的群山、阳台及溪流的一瞥仍在不经意间被他人的经历所影响。我们从诗中得知士兵们来到南岳开展训练,同时也了解到"流经时潺潺作响的溪流",此处一语双关,既指代冬季的山间溪流,也指代战时中国窃窃私语的士兵和难民们交互的"信息流",而这也与作者信息互通的方式一致。

燕卜荪在诗尾写道:"我曾说过我不会再远行/以如此频繁的方式。"事实上《南岳之秋》的确是燕卜荪最后一次诗意的远行。因此,如果说燕卜荪最初是以英国剑桥诗人身份进行创作，那么从某种意义上来说，他最终更像是一位中国诗人。对他后来发表的许多批评所特有的复杂人类学内涵而言，燕卜荪在中日两国的教学经历不可或缺。其中，包括了创作始于南岳的《复杂词的结构》，以及他最为完备的基督教批评著作《弥尔顿的上帝》(Milton's God)。《南岳之秋》别具一格地记录了诗人燕卜荪参与中国思想史的非凡时刻，与同时代维克托·伯塞尔(Victor Purcell)在其1938年游记《中国万古长青》(Chinese Evergreen)中对燕卜荪的刻画前后呼应。更久远之后，作家韩素音(Han Suyin，原名Rosalie Chou)在他于1968年发表的自传《无鸟的夏天》(Birdless Summer)第三卷中亦对中国高校被迫外迁事件展开了叙述。《南岳之秋》一书在外国人关于中国的文学作品中仍保持着独一无二的地位，部分原因在于它没有意识到自身在构想中国流亡知识分子群体时的独特视角。

七

事实证明，不论对奥登、衣修伍德还是燕卜荪而言，中国之行都是一座分水岭。自中国归来后，衣修伍德在布鲁塞尔和伦敦分别进行了日记写作，而奥登则在同一时期撰写了《战时》组诗的大部分内容。尽管《战地行纪》倾向于被孤立看待，但我们也应同时关注作家在同一时期完成的其他作品。在这一时期，衣修伍德将《迷途者》(The Lost)改写为《再见，柏林》，而奥登则撰写了20世纪30年代他所创作的最引人注目的一些诗作，其中包括《美术馆》(Musée des Beaux Arts)、十四行诗《诗人》(The Poet)及《小说家》(The Novelist)，以及他为19世纪旅行诗人创作的诗歌《爱德华·李尔》(Edward Lear)与《兰波》(Rimbaud)。[32]《战时》组诗提醒我们，奥登理应与布莱希特(Brecht)一起被归类为同一时代伟大的内战诗人,而衣修伍德则在1939年完成其关于中国的著作之后,将旅行日记的写作方向转向以纪录片式的笔触记录灾难笼罩的战场,并于不久后出版了《再见,柏林》。奥登和衣修伍德两人关于中国的联合创作促使诗人和小说家分别开启了新的征程。

对奥登、衣修伍德及燕卜荪而言,战时中国的经历加剧了他们左派之间的政治危机。衣修伍德写道:"在中国之行之后,停止重复口号或借用他人意见,并开始为自己而思考,对于我而言只是时间问题。"在他看来,正是"慕尼黑危机后的遗留反应"促使他"通过冥想来与之契合",而1939年与奥登一起乘船前往美国的旅程则"提供了契机"。"就旅行而言,从这个角度来说,"衣修伍德说道:"它仿佛是一种疾病……我们得以停下来对自己的处境进行评估盘点。"[33]从衣修伍德的叙述来看,此次跨大西洋的远航无疑囊括了当代文学中意义最为重大的一次盘点。"在甲板上的一个清晨,我有感而发,面向奥登说道:'你知道吗,我只是再也不相信这一切了——不论是统一战线、政党路线还是反法西斯斗争。我想这些理念本身并无大碍,只不过我个人出了些问题。我就是单纯感到再也无法将这些理念照单全收。'奥登听后则回应说:'的确如此,我也一样做不到。'"衣修伍德对奥登的认同感到十分惊讶。"如今,通过只言片语,我们两人便都承认了对彼此一直在扮演的角色感到厌恶,当场决定将其抛诸脑后,并为此感到慰藉。过去,我们忘记了我们真正从事的职业。往后,我们将再次以自己的价值观,凭借自身正义感执业,从而真正成为艺术家。"[34]继前往西班牙、中国及慕尼黑之后——当时的历史危机都以这些地名来指称——两位作家随即奔赴美国的新生活,同时也是投身于新思想的目的地。从某种意义上来说,他们如今的方向从此可称作"战后行纪",中国的《战地行纪》已被置于身后。

十二　艾格尼丝·史沫特莱：同路人的故事

顾德诺　著
高　莎　译

旅伴是指与他人一起旅行的人。在20世纪30年代，作为俄语单词popútchik的对等词，英语短语 fellow-traveler 有了更具体的含义，指同情共产主义运动但实际上不是共产党员的人。基于这个含义来思考艾格尼丝·史沫特莱关于三四十年代战时中国的著作似乎比较恰当。旅行写作很少有纯粹的动机——或许幸亏如此——史沫特莱的中国旅行写作的动机以新闻、自传、编史、战争报道、宣传、民族志、抒情诗以及我们即将看到的神话集等形式表现出来。但史沫特莱的写作始终带有政治使命，她热情地投身于意识形态和军事斗争，而在她的有生之年，中华人民共和国就是从这些斗争中诞生的。本文将探讨史沫特莱在描写中国时所绘制的中国的图景、中国的意义以及有关中国的真实情况。

有关史沫特莱生活和写作的真实性是一个有争议的问题。她一生都是激进分子，与她交往的人在美国、欧洲和中国的活动都是秘密的，有时是非法的，甚至被视为是叛国的。她被怀疑从事间谍活动。1949年她在美国陆军的一份关于战时在中国和日本的亲苏特务组织的报告中被点名，1950年在伦敦去世前夕她还被众议院非美活动委员会要求一回到美国就得被传唤出庭作证。[1]但是，如果说这些活动是秘密进行的，那么她对中国的同情就不是什么秘密了。在她关于中国的著作中,到处都写满了对中国的共情。她在公开场合是一个游击分子,她所有的中文写作都是为革命服务的,尽管她对革命的性质和需要的理解发生过变化。

为了推进事业(对这份事业她从未怀疑过),向那些无法了解真相的海外人士报道真相,必要时突出真相、戏剧化真相,以此来反抗对中国的无知和谎言,这既是一种道义上的责任,也是一种职业使命。有时候真相需要帮助。如果说史沫特莱是一位班扬式的真理斗士,那么写作就是她的战斗武器。史沫特莱在来中国之前创作的自传体小说《大地的女儿》(*Daughter of Earth*)中,已经出现了对语言媒介本身的不信任迹象。"我写的不只是文字,"她的叙述者一度说,"我写的是人的血肉"。[2] 这就是承诺以通俗易懂的风格直接传达个人所见,相应地拒绝虚妄的展示,拒绝借助媒介来呈现,这样的承诺在一个持不同政见的革命性的英语传统中可以找到,尽管史沫特莱的写作中附带了一种美国特有的、爱默生式的笔调。

否定修辞是激进写作的一个特点。这一特点隐藏在维尔浮莱德·欧文(Wilfred Owen)同样自相矛盾的主张背后,欧文在他那本充满争议的战争诗集的序言的草稿中宣称,"首先,我不关心诗歌","真正的诗人必须诚实";剩下的才是文学。[3] 因为要讲的内容十分紧急,欧文和史沫特莱会对有时似乎不足以完成任务的语言失去耐心。这种对语言局限性的愤怒可能会转变为一种形式上的考量(就像有时候欧文以及艾略特[T. S. Eliot]的"斯威尼"及其抱怨中所表达的现代主义一样,"和你说话时,我必须使用语言。")[4] 在史沫特莱看来,这是她浪漫主义的标志,一方面,引领她努力超越语言,直接交流现实——"写人类的血肉"——另一方面,引领她走向语言这种理想的写作方式,其中语言及其表现的真相之间没有距离。

十二　艾格尼丝·史沫特莱:同路人的故事

艾格尼丝·史沫特莱的旅行

1928年末,艾格尼丝·史沫特莱作为自由派《法兰克福新闻报》(Frankfurter Zeitung)的特派记者来到中国。她是新来中国的,但不是革命激进运动里的新人。十多年来,她一直书写印度穷人的困境,长期参与海外印度的民族主义运动,开始在美国,后来在欧洲,她相信,中国将成为受压迫人民与其剥削者之间的全球性战争的主战场。

史沫特莱自己的成长经历给了她这场战争的第一手经验。她出生于密苏里州贫困租户农场,在科罗拉多州新移民小镇长大,条件艰苦,家庭困难。美国西南部此时开始开放铁路和矿业公司,她后来回忆道:"洛克菲勒的科罗拉多燃料和钢铁公司拥有除了空气之外的一切东西。"[5] 根据她在《大地的女儿》一书中的描述,她十几岁时在新墨西哥州当过教师,扛过枪,后来在亚利桑那州和加利福尼亚州勉强上了大学。从学生时代起,她就开始投身社会主义和女权主义事业,并开始写作。1916年,她搬到东部的纽约,投身于政治行动主义、新闻报道和秘密活动之中,先是为山额夫人(Margaret Sanger)的计划生育运动工作,后来越来越多地参与印度脱离英国独立的事业。1918年,由于与印度政治流亡者有联系,史沫特莱被捕入狱。接下来10年的大部分时间里,她先后在美国和欧洲从事印度独立运动。她对这一事业的支持,在很多方面预示着她后来对中国革命的认同,正如她相当敏锐地认识到的,这源于她对美国的忠诚。

我和我的(印度)同志们一起,说话和写作,我觉得我正在塑造美国本土的土地。在与他们的合作中,我意识到我是多么地道的美国人,多么地土生土长,我是多么本能地呼吁美国人民的原则、传统和思想,而他们只能提出一个智力诉求。他们中的一些人叫我巴林(姐姐),这温暖了我的心,激发了我内心的力量和决心。因为这里面不仅有爱,还有同志情谊。我爱他们,但这份爱,我一直都无法给予我的兄弟,我的父亲和我的阶级。(《大地的女儿》,第 358—359 页)

史沫特莱与厄恩斯特·布伦丁(Virendranath Chattopadhyaya)缔结了一段"革命婚姻"——"对我来说,他不仅仅是一个人,"她说,"而是一项政治原则"(《中国战歌》,第 23 页)——史沫特莱和布伦丁一起住在柏林,继续学业,激进运动和写作。正是在柏林,史沫特莱的健康状况出现问题,并经历了一段时间的精神分析治疗,"受了两年的折磨"(《中国战歌》,第 19 页)。自传体小说《大地的女儿》就是在这一时期的危机和反思中诞生的,而这次中国之旅——如奥登的诗歌《远航》(The Voyage)[6]所言,就像每一次旅行一样——在一定程度上是一次告别过去的尝试,一次重新开始的尝试。

1928 年 12 月底,史沫特莱越过苏中边界进入中国,对中国的第一印象并不令人兴奋。"行李盖了章,我们转过身来面对的是中世纪"(《中国战歌》,第 27 页)。这是一个常见的类比,几乎是陈词滥调,但在史沫特莱的案例中所以之变得有趣,是因为美国没有经历过中世纪。然而,不久之后,很可能是中国让她想起了自己成长经历中充满了美国西部急迫和危险的一面。走过满洲里之后,她开始南下,参观了北京和南京,并于 1929 年 5 月在上海定居。上海当时是中国人口最多的城市,也是最大的通商口岸。史沫特莱计划在这座繁华的大都市呆的时间比全国任何地方都长,尽管她在书中贬低过上海,但是因为除了后来陷入困境的汉口,她对中国的任何城市都不怎么感兴趣。让她产生这种偏见的一个原因是,中国共产党人基本上被赶出了城市,现在进行的是一场农村运动。史沫特莱对中国现代性的看法不是都市的世故,而是在军队、农民和革命中发现的清教徒式的救赎性的朴素。[7]在上海,她最初接触的大多是其他外国人,包括德国、印度和美国的流亡者,还有中国的知识分子,他们通常在海外接受过教育。1929年12月,史沫特莱第一次见到了作家鲁迅,开始接触"新左翼作家联盟"。她还忙着帮助孙逸仙夫人宋庆龄撰写书信和演讲稿,尤其是为反帝国主义联盟写作,成为上海最有见地的西方记者之一。

1932年,史沫特莱把随笔、故事以及对中国的印象整理在一起,出版了《中国人的命运》(*Chinese Destinies*)(1933年),并开始了关于江西苏区(中国共产党控制的地区,她未访问过)的写作,这就是后来出版的《中国红军在前进》(*China's Red Army Marches*)(1934年)。当时她的朋友有作家伊罗生(Harold Isaacs)、埃德加·斯诺和费正清(J. K. Fairbank),她的敌人则包括知道她的反帝国主义历史,对她进行监视的英国情报机构,以及让上海成为左翼平民的危险之地的国民党暴徒。1936年,史沫特莱在上海感到窒息,于是搬到西安,也因此有了新闻工作者的好运气。12月,"少帅"张学良在西安扣押了蒋介石,迫使他停止对共产党军队的敌对行动,形成统一战线,共同抵抗日本进一步侵占中国。史沫特莱因向报刊和电台报道这一事件而出名,对她而言,更重要的是,她因此最终收到正式邀请,访问新的共产党总部延安。[8]

从西安到延安,史沫特莱用了三个星期,一到共产主义的大本营她就抓紧一切时间收集关于中国革命及革命志士的信息,在国内外出版物上发表。在延安大本营外围山坡上一个宽敞的窑洞里,她写下了对毛泽东、彭德怀、朱德、周恩来和其他共产党领导人的长篇采访,并开始撰写红军的农民总司令朱德的传记。这部传记在史沫特莱逝世后以《伟大的道路》(*The Great Road*)(1956年)为名出版。1937年,史沫特莱申请加入中国共产党,但被告知她作为党外人士会更有用处。在延安的几个月里,她的休闲活动包括灭鼠、园艺、分发来自西班牙的反法西斯小册子,她还教共产党领导人跳舞。1937年9月,她从马背上摔下,脊椎受伤,因此离开延安回到西安,《中国在反击》(China Fights Back)(1938年)一书的开头讲述了这一段旅程。

接下来史沫特莱应朱德邀请加入他指挥作战的八路军,她和八路军待了三个月,这段时间是蒋介石与中国共产党签署和平协议之后和卢沟桥事变之前的一段和平时期,接着卢沟桥事变导致了对日本宣战。随后,她被派往汉口(长江边武汉的一部分)。南京沦陷后,汉口成为中国的新首都。① 因为越来越多的空袭,汉口成为战争的焦点,不久,来访的衣修伍德被汉口深深打动,因为汉口"掌握了一切线索,专家只要能找到这些线索,就能预测未来五十年会发生的重大事件。"[9]1938年1月到达汉口后,史沫特莱投入大量精力协助中国红十字会,向红军提供服务。当时她是《曼彻斯特卫报》(Manchester Guardian)的通讯记者,她的文章也会出现在《今日中国》(China Today)、《国家》(Nation)、《现代评论》(Modern Review)和其他报刊上。史沫特莱在汉口待了十个月,在日军攻陷汉口前几天悄悄离开了。她后来回忆道:"从心理和人性角度来看,在汉口的最后几天仍然是我记忆中少有的、不同寻常的日子。"那种氛围让她想起萧伯纳(Shaw)的《心碎之屋》(Heartbreak House)。[10]离开汉口后,史沫特莱前往新成立的共产党领导的新四军游击队,作为战地记者和医务人员参加在长江下游南岸的活动。

从1938年11月到1940年4月,史沫特莱一直留在华中地区的新四军里,大部分时间都在奔波。在艰苦的环境中,她完成了"所有外国记者,无论男女,在中国战区内时间最长的一次旅行"。[11]这些旅

---

① 此处作者有所误会,汉口或武汉在当时并没有成为首都。1937年10月底,当时的国民政府宣布迁都重庆,12月国民政府在重庆正式办公,但1937年11月国民政府所属军事、经济、外交等部门均由南京暂迁至武汉,武汉成为当时中国的军事、政治、经济中心,被认为是实际上的临时"首都",直至1938年8月国民政府驻武汉各机关全部迁至重庆。——译者注

行——如果这个词足够恰当的话——按照时间顺序记录在她最好的著作《中国战歌》(Battle Hymn of China)中,尽管这本书省略了她自己政治和个人生活中大部分复杂的经历。与她早期关于中国的书不同,这本书以她早年生活的素描开始,似乎是为了表明她在美国和欧洲的经历与她在中国的漫游之间的连续性,而书名则表明了这场中国运动与一场决定性的美国斗争之间的亲缘关系。[12]同时,献词清楚地表达了忠诚——"致中国的战士们:世界反法西斯斗争中贫穷而光荣的先驱们"。史沫特莱不仅因对中国局势的权威报道享誉海外,也在她描写的中国士兵中赢得了知名度。她每到一个地方,通常都会被要求就包括中美关系、中国军事现状和"改革建议"(《中国战歌》,第319页)[13]等各种问题对部队发表演讲。

健康状况进一步恶化后,史沫特莱勉强同意前往重庆,这是中华民国政府最新的所在地。1940年8月,她抵达香港,在玛丽医院(Queen Mary Hospital)接受了胆囊手术。在那里,史沫特莱被警察禁止发表言论、写作或参与公共活动(《中国战歌》,第354页)——经历了前线生活的极度简朴和巨大牺牲后,史沫特莱感觉一些中国城市腐败、不真实,殖民时期的香港对她来说也是如此。1941年,她回到美国,希望康复,并帮助美国公众舆论支持中国革命。这绝不是她冒险经历的结束,但她再也回不了中国了。中华人民共和国宣布成立的第二年,她在英国去世,骨灰被安葬在北京八宝山革命烈士公墓。

宣传和真相

史沫特莱关于战时中国的描写,尤其是对与八路军和后来的新四军共处数月的叙述,在英语文学中是独一无二的。把这些描写当作一种旅行写作来看待,实际上是故意忽略了要点,但它以特别有趣的方式提出了关于表现、形式和他异性等常见问题,这些问题是由动机不那么迫切的旅行叙事提出来的。她写作的动机问题当然是至关重要的,正如当她的美国同胞、军事观察家埃文斯·卡尔逊(Evans Carlson)上尉指责她不公正时,她所欣然承认:

> 当然,我并不是不偏不倚的,也不会装腔作势。不过,我没有说谎,没有歪曲,没有误传。我只是讲述我每天的亲眼所见和亲身经历。这就是事实。为什么我在这支军队而不去另一支军队?因为我全心全意地相信这支军队的崇高目标和诚实正直。我听说过从上海到南京一路作战的中国军队了不起的英雄事迹,但我想跟八路军一起工作和生活。(《中国在反击》,第255页)

开始是为自己的写作所做的辩护,到最后却变成对政治忠诚和职业选择之类的声明。史沫特莱出于政治目的写作,这在她那一代的作家中,也许更是一种常态,而非特例。这里值得注意的是——这种写作可以被认为是崇高的,天真的,或者是虚伪的——在史沫特莱的政治忠诚和真实报道之间没有任何冲突,没有任何差距。几年后,乔治·奥威尔在回顾西班牙内战,思考有关那场内战的偏颇到荒诞至极的报道时,已经开始相信,即便是对战争事实——或其他任何东西——的客观真实的历史记叙,从那以后或许都是不可能的(这种担忧被投射到《1984》中)。[14]史沫特莱否认自己的作品中有任何冲突,她把中国革命,尤其是士兵们,刻画成英雄,而她自称是一个忠实而权威的实事求是的记者。[15]这一否认能说明她的作品的一大特点:既有一再重申的对真相的承诺,是革命式的和清教徒式的,又有史诗、民谣和浪漫传奇中传统的修辞手法,通常与英雄的言辞有关,高度文学化。史诗即真理,真理即史诗。

史沫特莱是一名士兵中的作家,她经常对自己的异常感到忐忑不安。她是革命现场的一名临时演员——这是"同路人"的另一层含义。她常常会觉得自己一无是处,甚至是一种障碍。这种感觉在《中国在反击》(China Fights Back)的开头部分表现得非常强烈,她描述了自己从延安穿过群山回到西安的可怕旅程。寒冷、潮湿、饥饿、疲惫,加上脊椎受伤带来的持续疼痛,她满怀愧疚地记录着周围的美景。"我躺在担架上,望着四面八方绵延不绝的山脉,偶尔也会看到似火的红叶。我们经过的山脉被低矮的灌木丛和小树所覆盖,盛开着各种各样的花——风信子、白色的雏菊,以及各种黄色的和紫色的野花。"(《中国在反击》,第 25 页)这是作家,尤其是旅行作家应该使用的语言,但是,史沫特莱却避开了美化风景的诱惑,因为她太在意那些饥饿而疲惫的男人,那些轿夫和护卫,因为没有他们的工作,她自己根本无法穿过这片土地。"跟单纯的八路军士兵相比,我是一个贵族,也像贵族一样旅行"(《中国在反击》,第 31 页)。[16] 如果说,审美事实上不是与应受谴责的奢侈、不平等和颓废联系在一起的话,那它也是无关紧要的。终于到了西安,她记录了自己在广播中听到来自北京的音乐时的厌恶之情。"或者我们可以听听上海夜总会那令人作呕的音乐——男人递给女人一朵兰花。在充斥着死亡和毁灭的上海,一朵兰花!那位先生递给她一朵兰花!不是炸弹,是兰花!"(《中国在反击》,第 40 页)。轰炸的时期可不是送兰花的时候。

史沫特莱不刻意追求文笔的优美,也尽量不像奥登和衣修伍德以及后来的海明威(Hemingway)等名作家一样重复他们自己的旅行。[17] 虽然她声称自己是一个简单的事实的报道者——"我只是讲述我每天的亲眼所见和亲身经历"——但是在她的作品中依然有政党正统观念的痕迹。在她早期的作品中,国民党被描述得不比一个犯罪团伙好多少,但她对蒋介石及其政党的敌意在他们与共产党结盟的岁月中被压制,直到统一战线破裂后才表现出来。更令人感兴趣的是,她对中国生活的描写中所体现的现实主义,甚至是自然主义,是如何在政治压力下不时屈服于一种看似完全不同的写作模式的。

史沫特莱的第一本著作《中国人的命运》收录的是对中国的印象，可以归入人文地理类。这本书采用电影蒙太奇手法来展现中国，有人物插图，有对普通中国人民生活的讲述，而这些都发生在动荡的国家大事件中。书中许多内容来自她对贫苦农民和士兵生活状况的细致观察，既丰富又感人。然而，正如书名所体现的那样，她的民族目的论意识，有时会让她赋予这些人一种历史预兆，使他们成为典范，甚至具有讽喻意义，角色们会开始像在歌剧中一样表现和说话。这里有"湖南矿工起义"一章中的一个例子，这一章的高潮是处决二百名阻碍革命的敌人。（"确实很少！因为矿工只杀死了自觉有罪的人。"）①[18]年轻士兵玉宫（Yu-kung）被命令吹响军号发出行刑信号，这时他在死者中认出了自己的父亲，一名"黄色工会领袖"。他对一位老革命者说。

"那是我父亲——他也在那里被杀了。我吹响了号角。"

宋（Sung）停了下来，低头看着那张抬头看向自己的苍白的、孩子气的脸。他的大手轻柔地落在年轻人乌黑的头发上，年轻人的眼睛里闪烁着爱和自信的光芒。

宋说："你并不孤单。我们都必须认识到，在革命中，我们可能不得不牺牲父亲、母亲、姐妹、兄弟。但你是一名共产主义青年——你的生命属于党。你没有家庭，除了共产党没有父母。不是这样吗？""是的，"玉宫回答。"现在跟紧我，"宋告诉他。在随后举行的群众大会和为游行做准备的所有时间里，玉宫都站在他身边（《中国人的命运》，第122页）。

这有可能基于史沫特莱在上海的一名共产党线人向她报告的一

---

① 后文引用该著时简写为《中国人的命运》。——译者注

件真实的轶事,但故事本身肯定是虚构的,这些对话就像在李维(Livy)笔下任何一个战场场景上的交流一样,方法很相似。当把这段文字放在同样一本描写农民、学生、知识分子和各种妇女经历的书中,放在可以更直接地被观察到的素描旁边时,这个苦难的景象变得完全透明,这样,政治的光芒就可以穿透它。再现与现实之间的鸿沟关闭了,没有给批判性的意见或异议留下任何空间。[19]

在《中国红军在前进》中,史沫特莱对1928年至1931年的共产主义运动的记述里包含了很多类似的内容,同样,这些内容她也没有亲身经历过。在《中国人的命运》采用的详述方法中,信息通常通过具有代表性的个体,比如战士、农民、矿工和政委等的经历和记忆进行传达。其中一章的标题是"七桥歌谣",它实际上是叙事性散文版本的歌谣,歌谣是一种最受欢迎的表达革命性的形式,为直白的史诗事件提供了额外的表达机会。

> 还有一位在红军医疗队工作的农妇,她看到自己的儿子在敌人的子弹扫射下受伤牺牲。透过他那发紫的嘴唇,她听见他在叫她:"妈妈!妈妈!"
>
> 她忘记了战火和敌人的子弹,径直走到空旷的地方,弯下腰,半拉半抱地把儿子挪到安全的地方。但当她看着他的脸时,她发现那根本不是她儿子,而是林漂(Lin Piao),最勇敢的红军指挥官之一。
>
> 经历了那样一些残酷的时刻,这个农家妇女身上发生了一些变化,她对儿子的爱超越了她儿子本身,她拥抱了林漂和所有在红军队伍里战斗的儿子们。红军里的人都开始像她的儿子,说话的时候也都有他儿子声音的回声。就在那时,这个农妇成了红军的一员,红军军人的命运也就是她自己的命运。[20]

这种神奇的呈现,或者实际上是宣传,本身并没有什么错,但与一种提出纪实现实主义真理主张的呈现模式不相称。但这也许指向了社会现实主义表现本身的一个特征。现实主义源于科学,是从对现实的实验性观察中推论出一般规律来观察现实;这两种话语被归结为客观和预言,纪录片和空想家。小说中的自然主义对笨拙的宣传、陈腐的预言、蹩脚的象征主义并不陌生。这样的时刻可能被视为现实主义历史本身危机的征兆,这一危机也会在现实主义努力展示个体生命如何与目的论的大模式相关联的过程中出现。史沫特莱对朴实自然主义的报道本能和她寓言式的变形毕竟不是矛盾的,而是同一枚硬币的两面:她笔下的中国既是世俗的,又是虚幻的;既是纪实的,又是神话的。[21]

　　我们可能预料,当史沫特莱在报道她没有亲身经历过的事件,而且现场没有目击者时,这种寓言化倾向就会发生。但事实并非如此,我们可以通过追溯《中国战歌》中的一个主题——实际上是一个家谱,或至少是一个家族的相似之处——来看到这一点。史沫特莱在上海时认识了鲁迅,曾与他共事,并对他十分钦佩。1936年,史沫特莱在西安听说鲁迅去世了。"不久前我才刚听到我父亲去世的消息,我感到非常遗憾和悲伤。鲁迅的逝世对我来说不仅是一种个人的悲哀,而是一个国家的悲哀。"(《中国战歌》,第99页)史沫特莱并不是唯一一个认为鲁迅在某种意义上既是父亲又是国家象征的人,但当她到达东里(Tungli)的红一方面军总部时,鲁迅很快就有了一种神奇的死后显灵的表现。

> 这是我第一次看到大批红军,我好奇地环顾四周。他们的面容给我留下了深刻的印象。他们的脸上不像许多士兵那样有沮丧、空虚的表情,而是有一种鲁迅大作中所表现出来的那种重要的意识。(《中国战歌》,第109—110页)

父亲的角色和国家的象征似乎已经被红军自己继承了。在她第一次见到总司令朱德,就在引人注目的那一瞬间,移情的过程就完成了。"的确,他看起来像红军的父亲……我张开双臂搂住他的脖子,亲吻他的双颊。"(《中国战歌》,第118页)

不仅伟大的作家和伟大的将军是史诗人物,那些无名的士兵也是,就像她后来看到的那些士兵一样,在命运之光的感化下,在夜晚沿着一条山间小路悄悄急行。当每个士兵从阴影中走出来,在她面前迅速走过时,她仿佛目睹了历史的进程。

> 这场景似乎是不真实的,却又像石崖一样真实。注定要决定整个亚洲命运,乃至在无数方面决定人类命运的钢铁般的中国人,从黑暗中走出,走了过去,然后以迅捷而无声的步伐,再次陷入黑暗之中。一个大个子从我身边走过,我一定是因什么事惊叫起来。因为他转过脸来对着我,笑着消失在黑暗中。(《中国在反击》,第141页)

荷马笔下的英雄与奥林匹斯万神殿相伴,也常常与之相关,奥林匹斯万神殿在他们的事务中永远存在。史沫特莱笔下的人物与超自然的存在——历史、革命、土地——有着同样密切的关系,有时也会产生同样高雅的风格。他们的经历、艰难和胜利,经过精心报道,不仅对全国,乃至对全世界都产生了影响。"在我看来,中国的问题、优点和缺点似乎是整个世界的问题。"(《中国战歌》,第349页)对史沫特莱来说,中国是一个启示,是一个真理得以显现的国家。

自然化与神话

史沫特莱的作品中有一种支配性和组织性的修辞,它将当地的和普遍的、纪录片和神话结合在一起,同时又使被压抑的中国美学重新注入她的记录中。这种修辞体现在她为自传体小说《大地的女儿》选择的书名中,体现在下面这样的描写中。那是她在山里的朱德的司令部度过的第一个早晨,伴着曙光醒来,听到远处的音乐,"如此甜蜜,如此令人欣喜,我从床上爬起来,伸着耳朵去听,"她走了出去。

> 在那里我找到了乐队。这是黎明的音乐,是白昼来临的音乐。鸟儿的颤音在这里响起,在那里响起……传来了微弱的犬吠声,又传来了奶牛的低沉、轻柔的哞哞声,仿佛是远处一件乐器奏出的音符。大地上的一切生命都苏醒了。森林和森林里的生命都在骚动。我惊奇地站在那里,听着这音乐,如此甜美,如此难以言喻的甜美。接着,从这微弱、清晰、但又几乎听不见的音乐中传来了一种新的声音。今天的第一声号角!它来了,温柔地,劝诱着,似乎轻轻地摇晃着战士们的肩膀,轻轻地,轻轻地说:"现在,来吧,起来吧,起来吧,请起来吧!同志,不要偷懒,看,这一天来了!"(《中国在反击》,第87—88页)

学文学或音乐的学生会知道到这是一个晨曲(aubade)的例子,一种理想化的、非常传统的、唤起黎明的景象和声音,其背后有着悠久的浪漫传统。但是这段话,尽管是约定俗成的,也还是否认了它的人为性(这样做当然是晨曲的惯例)。清楚不过的是,起初看起来像是管弦乐队在演奏,结果却既不是艺术,也不是作曲,只是觉醒的大地自己的声音。史沫特莱之所以能让自己的文学创作如此繁盛,是因为黎明也是继续革命生活的号角。这号角将她有关自然的写作从轻松的乐事和纯粹的美化中解放出来;而在另一方面,这种写作与大自然景象完美结合,赋予了革命一种自然发展过程一般的地位和必然性。八路军被彻底自然化了。在黎明,在革命中,东方一片红。

红军通过士兵——史沫特莱强调说，其中大部分是农民——不仅仅是为土地而战。红军就是土地。自然化的修辞被代表为一种自然的力量，一种大地自身的表达。[22]这有助于解释为什么在史沫特莱看来，真正的中国是在山区而不是在城市。作为"大地的女儿"，她自己的农村背景是她进入这个阵营的密码，她是这个阵营的历史学家，而朴实的品质或外表则标志着这些英雄与众不同。她说，军队本身"有一种简单的伟大，就像大地一样基本，一样含蓄"，"它们属于中国，它们就是中国"（《中国战歌》，第131页）。在共产党、部队、民间和大地之间有一个封闭的认同圈。行军途中，士兵的长笛声提醒她，中国群众中一股民俗文化潮在继续流行，"没有因模仿西方'文明'而破坏，因为在上海，许多中国中产阶级不了解，也不尊重中华民族的本土文化。"（《中国在反击》，第184页）农民司令朱德身上透着无可挑剔的土气，不过这一测验可适用于任何人：她喜欢上了将军，"因为他看起来像一个树上的节疤"（《中国在反击》，第267页）；埃文斯·卡尔逊上尉一开始受到怀疑，但"当你和他一起散步时，你会发现他像他的家乡新英格兰的农民一样坚定。"（《中国战歌》，第142页）

在史沫特莱看来，军队和它所占领的地区就是中国，因为它既代表了中国的过去，也代表了中国的未来。民间记忆里的过去以它自己的方式、自己的语言、民谣和音乐表现出来。当士兵们走过，未来就镌刻在了大地上，"因为八路军确实是带着它的口号走遍了全中国，这些口号虽是手写的，却是来自士兵们的内心和思想深处。"（《中国在反击》，第206页）所以说，自然化的修辞是如此地彻底，一旦离开部队，只能是经历死亡。《中国在反击》描述了朱德和其他指挥官如何要求史沫特莱离开八路军去汉口。她的回答是——"用他们听不懂的语言"——用富有诗意的语言表达出来的，这种语言是她从小接受教育时学到的表达激情和真理的最基本的习惯用语。"不要催我回去不跟随你，你往哪里去，我也往哪里去。你在哪里住宿，我也在哪里住宿。

你的国就是我的国,你的神就是我的神。"(《中国在反击》,第 268 页)《圣经》中的词句——出自《路得记》第一章,第 16 节——是一个旅居者的恳求,请求不再只是路过,而是被当地社区所接受。这是一个令人心酸的时刻。她的请求被拒绝了;她必须继续她的旅行。"我似乎是在向大地告别。"(《中国在反击》,第 272 页)第二天黎明,她痛苦地出发了。几天后,她看到饥饿的难民争抢着登上开往汉口的火车。在车厢里,她遇到了其他乘客,这些乘客象征着中华民国时期的苦难——一个富有的地主和他的家人,还有堆积如山的财产,一个殴打孩子的残忍母亲,一个宣扬地狱之火的中国基督教妇女。她回到了另一个中国,一个堕落的世界。

最后,我用一个小故事来结束我所讲的史沫特莱对中国的描述,同时也来说明她的材料并不总是服从于构建它的政治意愿。《中国在反击》是以日记形式写成的,通常附有地名和日期。1937 年 11 月的大部分时间里,她每天都和八路军司令部一起行军。11 月 21 日的日记标题是"一个无名的村庄",开头是这样的:

> 这是我几个星期以来第一次能睡到大半夜。有一次在夜里,我以为天亮了,便起身来看。月亮快圆了,照耀在白雪覆盖的大地上。那是一幅难以形容的美丽景象。在这个贫穷的村庄里,贫穷的痕迹被抹去了,建筑物上是一片片闪闪发光的白色屋顶和阴沉、昏暗的阴影,其中隐藏着多少我不知道的定数。我回到冰冷的炕上,梦见庞贝废墟。在几个小时的时间里,我仿佛走遍了这座古城的大街小巷。在废墟中,我发现了各种形状和大小的古象牙碎片,我还发现了非常漂亮的青铜器。我正凝视着一个装满遗物的黑坑,突然被军号唤醒,我醒来迎接新的一天。(《中国在反击》,第 184—185 页)

史沫特莱是一位经验丰富的精神分析学家，她开始解析自己的梦，并得出结论说，她在睡梦中一直在"高速公路和小路上"徘徊。"知道你的潜意识认为你是一个充满了古代遗迹的古老废墟城市，几乎没有什么东西值得被挽救，这很难令人鼓舞。"（《中国在反击》，第185页）也许这就是这个梦的意义所在，它的解释也与史沫特莱的观点一致，即世界的未来正在中国形成，而她自己的植根于欧洲的文化曾经辉煌一时。不过如果我们把这个梦放在它相应的叙述背景下，或许还有其他解读方式。

书中有两个梦境，第一个是月光下村庄的变形，如此逼真——就像一个梦——仿佛真的是在白天。月光把这个平凡的村庄变成了一幅图画，把它美化得妙不可言，抹去了它贫乏的痕迹，赋予它一种浪漫的内在感和神秘感。[23]梦也许是一种告诫，警告做梦的人，还有比审美对象更重要、更有力、更持久的东西，这些东西不能拯救庞贝的人民，而且无论如何也不能使我们分散对真相的注意力，就像月光对村庄撒了个谎一样。也许在梦中，史沫特莱的清教徒良心在提醒她，沉湎于中国之美，就是在歪曲这个国家，就是无视它的苦难和斗争。

但同样可能的是，月夜景色可以读出先知的愿景，在这个愿景里，月亮的秘密部门实施了一次变形，革命也预示着这样的变形，中国变形为一个地方，在这个地方，人与自然和谐相处，共同创造美与和平，创造救赎性的纯净，贫困和战争已经消失，历史已经终结、超越。这个乌托邦式的愿景，这种想象出来的中国革命的结局（在两种意义上），可以被视为是史沫特莱渴望结束的又一个例子。但在这种情况下，封闭很快就被未被平息的无意识打开，伴随着一个令人矛盾不安的梦。在这里，一个黑暗的裂缝，一个浪漫主义写作中寓言通常所在的地方，揭示了一个不同的、远离快乐的未来的愿景。这个未来不是田园牧歌，而是天启，是一个伟大文明消亡的严峻的前景，它的废墟和遗骸被一个来访的游客在梦中拾起。用奥登的话来说，这趟旅程到底在为中国找什么？最终，让艾格尼丝·史沫特莱倾尽毕生精力并为之写作的革命，其伟大目的论的确定性到底有多可靠呢？号声把她从这个梦中唤醒，不久她就又开始赶路了。但这个令人不安的梦并没有被遗忘，它模糊的形状仍然是她有关中国的经历和记忆的一部分，也是她留下的记录的一部分。

注 释

导论

[1] Archibald John Little, *Mount Omi and Beyond* (London: Heinemann, 1901), 103.

[2] W. H. Auden and Christopher Isherwood, *Journey to a War* [1939], rev. ed. (London: Faber, 1973), 8.

[3] Peter Fleming, *One's Company: A Journey to China* (London: Cape, 1934), i.

[4] E. G. Kemp, *The Face of China* (London: Chatto and Windus, 1909), vii.

[5] Bertrand Russell, *The Problem of China* (London: George Allen and Unwin, 1922), 17.

[6] 同上,74-5。

[7] 参见 Colin Mackerras, *Western Images of China* (Hong Kong: Oxford University Press, 1989).

[8] Jonathan D. Spence, *The Search for Modern China*, 2nd ed. (New York: Norton, 1999), 117.

[9] George Earl Macartney, *An Embassy to China: Lord Macartney's Journal 1793-1794*, ed. J. L. Cranmer-Byng (London: Longmans, 1962), 238. 马戛尔尼于1806年去世,清朝末代皇帝于1912年退位。

[10] 1945年日本投降的时候,关内日军约一百二十五万人,东三省约九十万人,另外中国各地还有约一百七十五万日本普通民众。参见

Spence, 460.

[11] Michel Butor, "Travel and Writing," *Temperamental Journeys: Essays on the Modern Literature of Travel*, ed. Michael Kowalewski (Athens, GA: University of Georgia Press, 1992), 60.

[12] Helen Carr, "Modernism and travel (1880 - 1940)," in *The Cambridge Companion to Travel Writing*, eds. Peter Hulme and Tim Youngs (Cambridge: Cambridge University Press, 2002), 70 - 86; quotation 73.

[13] Evelyn Waugh, "Preface" in *When the Going was Good* (Boston: Little, Brown and Company, 1947), ix - xii; quotation xi.

[14] 参见 James Duncan and Derek Gregory, "Introduction," in *Writes of Passage: Reading Travel Writing*, eds. James Duncan and Derek Gregory (London: Routledge, 1999), 1 - 13.

[15] Michael Kowalewski, "Introduction: The Modern Literature of Travel," in *Temperamental Journeys: Essays on the Modern Literature of Travel*, ed. Michael Kowalewski (Athens, GA: University of Georgia Press, 1992), 1 - 16; quotation 8. 另外可参见休姆(Peter Hulme)的意见:"旅行书写有四个近邻:小说(文学)、民族志(人类学)、文献(历史学)、报道(社会学)。" Peter Hulme, "Introduction," in *Studies in Travel Writing* 1 (1997): 1 - 8; quotation 5. 彼得·毕晓普(Peter Bishop)也指出了旅行写作的混合性,它常常"被认为要么是非严格意义上的科学观察,要么是低于纯粹小说的文学写作。" Peter Bishop, *The Myth of Shangri-La: Tibet, Travel Writing and the Western Creation of Sacred Landscape* (Berkeley: University of California Press, 1989), 3.

[16] Mary Baine Campbell, "Travel Writing and Its Theory," in *The Cambridge Companion to Travel Writing*, eds. Peter Hulme and Tim Youngs (Cambridge: Cambridge University Press, 2002), 261 - 278; quotation 265.

[17] 关于这一段,参见 Campbell, 266 and 263. 坎贝尔(Cambell)也给出了研

究旅行文学各种方法的例子。

[18] 参见 Campbell，271-273，她指出詹姆斯·克利福德（James Clifford）、马尔库斯（George Marcus）和提出"深描"理论的格尔茨是来自人类学领域的最主要思想资源。坎贝尔也展示了有关他者的模式——开始于法农（Frantz Fanon）有关他异性的心理学，终结于拉康（Jacques Lacan）的客体关系的模型——如何被后殖民批评家斯皮瓦克（Gayatri Spivak）和芭芭（Homi Bhabha）等运用于对旅行写作的理论研究。

[19] Campbell, 262. 关于研究重点向后现代模式的转变，可以参考以下研究：Caren Kaplan, *Questions of Travel: Postmodern Discourse of Displacement* (Durham and London: Duke University Press, 1996); Alison Russell, *Crossing Boundaries: Postmodern Travel Literature* (New York: Palgrave, 2000). 有关旅行书写研究的最新进展回顾可以参考 Kristi Siegel's "Introduction: Travel Writing and Travel Theory," in *Issues in Travel Writing: Empire, Spectacle, and Displacement*, ed. Kristi Siegel (New York: Peter Lang, 2002), 1-9.

[20] Duncan and Gregory, 3.

[21] Duncan and Gregory, 3.

[22] Michael Hanne, "Introduction," in *Literature and Travel*, ed. Michael Hanne, Rodopi Perspectives on Modern Literature Series 11 (Amsterdam: Rodopi, 1993), 3-7, quotation 5. 加粗字体为作者所加。

[23] 参考 Peter Hulme and Tim Youngs, "Introduction," in *The Cambridge Companion to Travel Writing* (Cambridge: Cambridge University Press, 2002), 1-13; 6. 另外还可参考 Zweder Von Martels, "Introduction: The Eye and the Mind's Eye," in *Travel Fact and Travel Fiction: Studies on Fiction, Literary Tradition, Scholarly Discovery and Observation in Travel Writing*, ed. Zweder Von Martels (Leiden: Brill, 1994), xi-xviii, particularly xvii.

[24] Campbell, 261.

[25] Paul Fussell, *Abroad* (New York and Oxford: Oxford University Press, 1980), 219-220.

一 后浪漫主义旅行者笔下的中国与自画像：19 世纪 40 年代德庇时对中国的改写

[1] John Francis Davis, *Sketches of China: Partly During an Inland Journey of Four Months, Between Peking, Nanking, and Canton; With Notices and Observations Relative to the Present War*, Vol. 1 (London: Charles Knight and Co., Ludgate Street, 1841), 68.

[2] 同上，无页码。

[3] John Francis Davis, *The Chinese: A General Description of the Empire and its Inhabitants: With the History of Foreign Intercourse Down to the Events which Produced the Dissolution of 1857* (London: J. Murray, 1857) n. p.

[4] Nigel Leask, *British Romantic Writers and the East* (Cambridge: Cambridge University Press, 1992), 20.

[5] 柯勒律治称，他是在阅读一本 17 世纪的游记时睡着后创作的《忽必烈汗》，这本游记融入了马可波罗游记的部分内容。格伦·方（Karen Fang）近期指出，这首诗还"把 18 世纪中国美的传统风格提炼为充满高度浪漫精神的寓言。"("Empire, Coleridge, and Charles Lamb's Consumer Imagination," *SEL: Studies in English Literature*, 1500-1900 43. 4 [2003]: 824).

[6] Jane Austen, *The Complete Novels* (Oxford: Oxford University Press, 1994), 568, 570.

[7] Austen, 570.

[8] 参见 Andrew Blake, "Foreign Devils and Moral Panics: Britain, Asia and the Opium Trade," in *The Expansion of England: Race, Ethnicity and Cultural History*, ed. Bill Schwarz (London: Routledge, 1996), 232.

[9] Davis, *Sketches*, 1: 2.

[10] 同上,第 2 卷,第 158—159 页。

[11] Nigel Leask, *Curiosity and the Aesthetics of Travel-Writing*, 1770–1840: "*From an antique land*" (Oxford: Oxford University Press, 2004),引用多处。

[12] Davis, *Sketches*,前言[无页码]。

[13] 试比较尼古拉斯·克利福德(Nicholas Clifford)后期的游记"*A Truthful Impression of the Country*": *British and American Travel Writing in China*, 1880–1949 (Ann Arbor, MI: University of Michigan Press, 2001), 47.

[14] 克利福德(Clifford)提到亨利·詹姆斯(Henry James)对意大利明暗对比法(chiaroscuro)感兴趣,之后他又把目光投向后来的旅行家,探寻真实的中国(1994);苏姗·肖恩鲍尔·图林专注于女性旅行家,最著名的是伊莎贝拉·伯德·毕肖普(Isabella Bird Bishop)和康斯坦斯·戈登·卡明(Constance Gordon Cumming),两位维多利亚时代最高产的女性游记作家(*Victorian Travelers and the Opening of China*, 1842–1907 [Athens: Ohio University Press, 1999])。主要是在中英商业竞争方面写了很多内容。详见 Lila Marz Harper, *Solitary Travelers: Nineteenth-Century Women's Travel Narratives and the Scientific Vocation* (Madison, NJ: Fairleigh Dickinson University Press, 2001),第 22 页; Susan Morgan, *Place Matters: Gendered Geography in Victorian Women's Travel Books about Southeast Asia* (New Brunswick: Rutgers University Press, 1996),引用多处。

[15] Thurin, 96.

[16] Davis, *Sketches*, 1: 39.

[17] 同上,第 1 卷:第 129 页,第 1 卷:第 47—48 页。

[18] 同上,第 1 卷:第 82 页。

[19] 同上,第 1 卷:第 128 页。

[20] 同上,第 1 卷:第 77 页。

[21] 同上,第 1 卷:第 77—78 页。

[22] 同上,第 13 卷:第 17 页。

[23] 同上,第 1 卷:第 196 页。

[24] Charles Dickens, *Little Dorrit* (Oxford: Oxford University Press, 1989), 18, 20.

[25] 同上,第 152 页。

[26] 试比较 Jeremy Tambling, "Opium, Wholesale, Resale, and for Export: On Dickens and China, Part I," *Dickens Quarterly* 21.1 (2004): 28-43; Wenying Xu, "The Opium Trade and Little Dorrit: A Case of Reading Silences," *Victorian Literature and Culture* 25.1 (1997): 53-56.

[27] Thurin, 60.

[28] 《曼斯菲尔德庄园》中奴隶贸易的"死寂"被认为是从爱德华·萨义德当时在其颇具影响力的分析中将小说重新纳入的地缘政治话语以来对不同空间的他异性和帝国文化产物的长期思考。详见 Edward Said, *Culture and Imperialism* (London: Chatto and Windus, 1993), 73. 关于这个问题的详细讨论请见 Susan Fraiman, "Jane Austen and Edward Said: Gender, Culture, and Imperialism," *Critical Inquiry* 21.4 (1995): 805-821; Franco Moretti, *Atlas of the European Novel* (London: Verso, 1999), 27. 试比较 Tamara S. Wagner, *Longing: Narratives of Nostalgia in the British Novel, 1740-1890* (Lewisburg, PA: Bucknell University Press, 2004),第 2 章及第 3 章的部分内容。

[29] 特罗洛普(Trollope)1876 年的《我们现在的生活》(*The Way We Live Now*, London: Penguin, 1994)在 19 世纪较晚期出版,聚焦于商业,书中辅佐中国皇帝的谏臣也是一位商业新贵。虽然为中国皇帝所设的宴会实际上是各路商界新贵的集会,但面对当时英国商业社会生活方式的种种问题,沉默旁观的正是外国人眼中这位神秘莫测的"东方人"。

[30] 试比较安德鲁·布莱克(Andrew Blake)对德·昆西(De Quincey)有关"马来人的梦境"和道林·格雷(*Dorian Gray*)鸦片幻象的看法(尤其是第 253—243 页)。

[31] Leask, *Curiosity*, 1. 利斯克谈到了位于"热带地区"的国家,虽然各国地理位置不同,在文化上也有差异,但它们都"被欧洲人视为'古老之地'"。

[32] Davis, *Sketches*, 1: 156, 1: 284, 2: 72-73.

[33] 同上,第2卷:第83—84页。

[34] 同上,第2卷:第18—19页。

[35] Clifford, 23, 27.

[36] John Stuart Mill, *On Liberty*, ed. David Spitz (New York: Norton, 1975), 67.

[37] Davis, *Sketches*, 1: 146-47.

[38] 同上,第1卷:第7页。

[39] 同上。

[40] 同上,第1卷:第64页。

[41] 同上,第2卷:第34页,第1卷:第54页。

[42] 同上,第1卷:第7页。

[43] 试比较 Tamara S. Wagner, *Occidentalism in Novels of Malaysia and Singapore, 1819-2004: Colonial and Postcolonial Financial Straits* (Lewiston, NY: Mellen, 2005).

[44] Thurin,第146页,第18—19页。图林在其有关英国游记的重要研究中简要地涉及了有关中国西方主义重要性的内容,她甚至有了进一步的深入,对玛丽·普拉特(Mary Pratt)有关帝国主义或东方主义"凝视"(gaze)的重要探讨提出了相反的观点:"中国人把外国游客种族化来看待说明真实状况与普拉特对'凝视'的发现相反……'洋鬼子'遇上'天朝人','欧洲原始部落野蛮人'遇上'粗俗野人'代表了反刻板印象,东方化和西方化共举的独特战斗。"(20)

[45]《牛津英语词典》对"Rufus"一词的解释如下:"1. 形容词 = Rufus 见1884年《哈泼斯杂志》(Harper's Mag.)622/1 红尾鹰,因其尾羽呈鲁弗斯色而得名。见飞利浦斯(Phillips)1887年《盘菌手册》(*Manual of the Discomyc.*),第261页。拔火罐……外表呈红褐色……;食用菌子实层凹

陷处,红白色。2. 名词(首字母也可大写),1)美国俚语。指一位农夫。2)口语,对红头发人的昵称。"在《大卫·科波菲尔》(第26章)中,狄更斯把维多利亚时代小说中最令人厌恶也是最臭名昭著的红发恶棍之一称为"这令人厌恶的鲁弗斯"。很感谢 Mitsuharu Matsuoka 能够帮我指出这一点。

[46] Couze Venn, *Occidentalism: Modernity and Subjectivity* (London: Sage, 2000), 1, 80. 史书美(Shu-mei Shih)特别关注20世纪初中国现代主义写作,她采取了略微不同的方法,认为"西方主义并没有对西方的他者进行任何'代表性的遏制',而是将他者作为一种普世价值来推广,使其凌驾于如今独特的中国文化之上。"(*The Lure of the Modern: Writing Modernism in Semicolonial China*, 1917-1937 [Berkeley: University of California Press, 2001], 14.)

[47] Chen Xiaomei, *Occidentalism: A Theory of Counter-Discourse in Post-Mao China* (Oxford: Oxford University Press, 1995), 4-5. 伊斯梅尔·塔利布(Ismail Talib)同样将其称为"东方主义的他者,一个现存的逆向过程"("After the (Unwritten) 'Postcolonial' in Southeast Asia: What Happens Next?" *The Silent Word: Textual Meaning and the Unwritten*, eds. Robert Young, et al. [Singapore: Singapore University Press, 1998], 63.) 西方主义近来在文学和文化理论领域蓬勃发展,西方主义的内涵摇摆不定是其核心问题,西方主义究竟是有关"西方"的研究,还是一种修正主义策略,的确最为重要。《牛津英语词典》只列出了"西方主义者"(occidentalist)的一种含义,即"喜欢或提倡西方习俗、思维模式的人"或"研究西方国家的语言和制度的人"。抛开字典上的定义不谈,不可否认的是用"西方主义"来描述对"西方"主要的敌对反应已经变得十分普遍。最近,伊恩·布鲁马(Ian Buruma)和阿维夏伊·玛格利特(Avishai Margalit)都将西方主义斥为对"西方"现代性"令人讨厌的夸张化描述",并进一步争辩认为"没有一个西方主义者可以完全不受西方的影响,即使是最狂热的圣战士也是如此。"(*Occidentalism: The West in the Eyes of*

注　释

its Enemies〔New York:Penguin,2004〕,6,144.)试比较 Wagner,*Occidentalism*,25 - 30.

[48] Judith Snodgrass, *Orientalism, Occidentalism, and the Columbian Exposition: Presenting Japanese Buddhism to the West* (Chapel Hill: University of North Carolina Press,2003),11.

[49] Snodgrass,11.

[50] Davis, *Sketches*, 2:161.

[51] 同上,第1卷:第32—33页。

[52] 同上,第1卷:第34—35页。

[53] Leask, *Curiosity*, 4.

[54] Davis, *Sketches*, 2:149.

[55] 同上,第1卷:第191页。

二 转变中国之眼:麦都思牧师的"伪装"和维多利亚时期的中国观

[1] W. H. Medhurst, *A Glance at the Interior of China Obtained During a Journey through the Silk and Green Tea Countries* (London:John Snow,1850).该书另有一发行量较少的版本,1849年由上海墨海书馆(Shanghai Mission Press)出版。

[2] W. H. Medhurst, *Glance*, 1.

[3] 麦都思写给蒂德曼(Tidman)牧师的信,1855年9月6日,CWM LMS(Central China Correspondence:School of Oriental and African Studies Archive),Box 2 Folder 1 Jacket A.

[4] 伦敦会是18世纪晚期,作为新教福音主义复兴的一部分,由一些英国国教和长老教牧师、教徒创建。1818年定名为伦敦会。到1818年时,伦敦会已经不限于某一特定宗派,但观点总体上是公理会的。其传教工作始于南海,后扩展到北美,南非和亚洲。伦敦会第一位与中国人打交道的传教士是罗伯特·马礼逊(Robert Morrison),他于1805年到达槟榔屿。关于马礼逊的更多内容,参见 Lindsay Ride, *Robert Morrison: The Scholar*

and the Man（Hong Kong：Hong Kong University Press，1957）。伦敦会 19 世纪活动的历史，参见 Richard Lovett，*The History of the London Missionary Society 1795 - 1895*（London：Henry Frowd，1899）。近期对于伦敦会批判性研究，尽管其中未涉及中国，参见 Anna Johnston，*Missionary Writing and Empire*（Cambridge：Cambridge University Press，2003）。关于伦敦会另一位传教士理雅各（James Legge）的记述，参见 Norman J. Giradot，*The Victorian Translation of China: James Legge's Oriental Pilgrimage*（Berkeley, CA：University of California Press，2002）以及 Lauren F. Pfister，*Striving for 'the Whole Duty of Man': James Legge and the Scottish Protestant Encounter with China*，Scottish Studies International（Frankfurt：Peter Lang, 2004）。关于近期对于 19 世纪在中国开展的传教工作（不限于伦敦会）的评价，参见 Ryan Dunch，"Beyond Cultural Imperialism：Cultural Theory, Christian Missions, and Global Modernity," *History and Theory* 41（Oct 2002）：301 - 325.

［5］W. H. Medhurst，*China Its State and Prospects，with especial reference to the spread of the gospel; containing allusions to the antiquity，extent，population，civilization，literature and religion of the Chinese*（London：John Snow，1838），96. 强调为原文所有。

［6］关于 16、17 世纪耶稣会士的著述有很多，其中的两本是 Jonathan Spence，*The Memory Palace of Matteo Ricci*（New York：Penguin，1985）以及 David Mungello，*Curious Land: Jesuit Accommodation and the Origins of Sinology*（Honolulu：University of Hawaii Press，1989）.

［7］参见 A. J. Broomhall，*Hudson Taylor and China's Open Century*，7 vols.（Sevenoaks, Kent：Hodder and Stoughton and the Overseas Missionary Fellowship，1981）.

［8］伦敦会上海使团中，与麦都思几乎同时代的传教士的游记著作有：William C. Milne，*Life in China*（London：Routledge，1858）；Jane R. Edkins，*Chinese Scenes and People*（London：James Nisbet，1863）；

Alexander Williamson, *Journeys in North China*, *Manchuria*, *and Eastern Mongolia*, *with some account of Corea* (London：Smith, Elder and Co., 1870)；以及 Isabelle Williamson, *Old Highways in China* (London：The Religious Tract Society, 1884).

［9］Medhurst, *Glance*, 38.

［10］可参见，如 John King Fairbank, *Trade and Diplomacy on the China Coast: The Opening of the Treaty Ports 1842–1854*, 2nd ed. (Stanford, CA：Stanford University Press, 1969), 294–295.

［11］其中包括英日字典，英语—福建话字典，英汉词典；讨论将"God"一词正确翻译成中文的小册子；历史经典和《千字文》的翻译；对上海、马来群岛以及其他地方的地理描述；还有各种短语手册，包括遗作《中文对话》(*Chinese Dialogues*, Shanghai：n.p., 1861)等，书中的问答具体而繁多。中文回答者有时热情洋溢——"你会发现这肉汤非常好。使用汤匙,更容易将汤舀起来"——有时则随着外国人问题变得尖锐而保持沉默。书中靠后的章节只有问题而没有答复。如："你做什么工作？/你对准时怎么看？为什么昨天没有早点来？/为什么没有早点到？/为什么不照我说的做？"(24)或者是伪装成问题的命令："看没看到我的小刀？/把你的小刀给我，我看看是不是我的？"(26)并且很多问题都是诱导式的："你熟悉的人里面有没有人溺死过女孩？"(39)在《中国内地》一瞥中谨慎的表述，在这本书中都露骨自信，说明这本用于与当地人交流的书出版时间更为靠后。

［12］有关麦都思在手册写作方面的创新，参见 Jane Kate Leonard, "W. H. Medhurst：Rewriting the Missionary Message". 这篇见解深刻的文章收录于 Suzanne Barnett 和 John Fairbank 编著的 *Christianity in China: Early Protestant Missionary Writings* (Cambridge, MA：Harvard University Press, 1985) 一书的 47—59 页。作者总结道："麦都思对世俗学习的重视对中国的新教传教运动产生了深远持久的影响。他从狭隘的宗教领域投身到更广阔的教育领域中（既包括中国教育也包括西方教

育)。这种重新定位影响了传教士本身。它造就了一批像麦都思这样的传教士学者。鸦片战争后,他们在通商口岸扮演了文化调解人的重要角色。就麦都思来说,无论是向中国人传播西方的历史和价值观,还是向西方人深刻且敏锐地解释中国,这两方面他都是一位领袖。"(第 59 页)

[13] 这个词是安德鲁·华尔斯(Andrew Walls)的。参见 *The Missionary Movement in Christian History: Studies in the Transmission of Faith* (Maryknoll, NY: Orbis Books; Edinburgh: T&T Clark, 1996) 以及 *The Cross-Cultural Process in Christian History: Studies in the Transmission and Appropriation of Faith* (Maryknoll, NY: Orbis Books; Edinburgh: T&T Clark, 2002)。

[14] 例如参见 Robert Fortune 的作品,尤其是 *Three Years Wandering in the Northern Provinces of China, Including a Visit to the Tea, Silk and Cotton Countries* (London: John Murray, 1847); Karl Gützlaff 的 *Journal of Three Voyages Along the Coast of China in 1831, 1832, and 1833* (London: F. Westley and A. H. Davis, 1834);以及 Evariste Regis Huc 的 *Travels in Tartary, Thibet, and China in the Years 1844, 1845, and 1846*, trans. William Hazlitt (London: T. Nelson, 1856)。

[15] 这一点其实有点让人惊讶,因为最近学术界对帝国时期的传教士事业比较关注。参见 Gauri Viswanathan, *Outside the Fold: Conversion, Modernity, and Belief* (Princeton, NJ: Princeton University Press, 1998); Anna Johnston, *Missionary Writing and Empire*, 1800–1860 (Cambridge: Cambridge University Press, 2003);以及 Eric Reinders, *Borrowed Gods and Foreign Bodies* (Berkeley, CA: University of California Press, 2004)。

[16] Fortune, *Three Years Wandering*, 4.

[17] 参见 Jonathan Crary, *Techniques of the Observer: On Vision and Modernity in the Nineteenth Century* (Cambridge, MA: MIT Press, 1990); Jennifer Green-Lewis, *Framing the Victorians: Photography and the Culture of Realism*

(Ithaca, NY: Cornell University Press, 1996); 以及 James Ryan, *Picturing Empire: Photography and the Visualization of the British Empire* (Chicago: The University of Chicago Press, 1997). 对这一领域的概述, 参见 Vanessa R. Schwartz 和 Jeannene M. Przyblyski, eds. *The Nineteenth-Century Visual Culture Reader* (New York: Routledge, 2004).

[18] 参见 Elizabeth H. Chang, "'Eyes of the Proper Almond Shape': Blue and White China in the British Imaginary 1823 – 1883," *19th-Century Studies* 19 (2005): 17 – 34.

[19] 包括 James Weldon Johnson 的 *Autobiography of an Ex-Coloured Man* (1912), Nella Larsen 的 *Passing* (1928), 以及 John Howard Griffin 的 *Black Like Me* (1961). 关于伪装叙事的学术著作参见 Elaine K. Ginsberg, ed. *Passing and the Fictions of Identity* (Durham, NC: Duke University Press, 1996) 和 Gayle Wald 的 *Crossing the Line: Racial Passing in Twentieth-Century U.S. Literature and Culture* (Durham, NC: Duke University Press, 2000). 将伪装行为解读成"跨文化化装"也可参见 Gail Ching-Liang Low 的 *White Skins Black Masks: Representation and Colonialism* (London: Routledge, 1996).

[20] 例如, 可参见 Amy Robinson, "It Takes One to Know One: Passing and Communities of Common Interest," *Critical Inquiry* 20 (Summer 1994): 715 – 736.

[21] 迈克尔斯质疑种族只能被看作一种纯粹的文化概念, 写道:"伪装这一概念——不管它是采用某种外表, 让你看起来属于另一种族, 还是常采用一种行为, 让你看起来属于另一种族——都需要将种族理解成有别于外表和行为的某种东西"("The No-Drop Rule," *Critical Inquiry* 20 [Summer 1994] 758 – 769, 768). 另, 对迈克尔斯观点的质疑, Ron Mallon 做出了清晰的分析, 参见"Passing, Traveling, and Reality: Social Constructionism and the Metaphysics of Race," *Noûs* 38, 4 (2004): 644 – 673.

[22] 这并不是说要抛开关于基督教视觉修辞的大量著作。在众多著作中,可参见 David Morgan 的 *The Sacred Gaze: Religious Visual Culture in Theory and Practice*(Berkeley, CA:University of California Press, 2005),Robert S. Nelson 主编的 *Visuality Before and Beyond the Renaissance*;*Seeing as Others Saw*(Cambridge:Cambridge University Press, 2000),以及 Mark Taylor 的 *Disfiguring: Art, Architecture, Religion*(Chicago:University of Chicago Press, 1992)。我认为由于中国作为视觉区别的场所具有独特地位,再加上新教传教士对于中国"偶像崇拜"有争议的态度,视觉问题在这里比别处更为突出。

[23] 这是一种他认为也必须同时发生在语言层面上的革新。他在外恒河传教团(Ultra-Ganges Mission)中工作时,写给伦敦会高层的信里说道:"对于中国人,主要困难在于,很难让他们明白自己的罪恶和危险,这主要是因为在他们心中'罪(sin)'和我们的理解完全不同,sin 和 crime 在他们的语言中都是"罪",是同义词。他们认为只有在人类的法律下可审理、可惩罚的事情才是有罪的(sinful)。"(麦都思写给伦敦会高层的信,1832年6月30日,*Oriental and Indian Collections*[British Library],MSS Eur C794)。这种语言上的不对应是麦都思工作生涯中面对的核心问题,尤其是他着手翻译《旧约》和《新约》后。我无意低估此类问题的重要性,但文本转化和视觉转化的全面交叉研究,超出了本文的范围。

[24] Fortune, *Three Years Wandering*, 253.

[25] Medhurst, *Glance*, 10-11.

[26] *Glance*, 8.

[27] 同上,第23页。

[28] 同上,第128页。

[29] 同上,第145页。

[30] 同上,第47页。

[31] 同上,第104—105页。

[32] 同上,第122页。

[33] 同上,第33页。

[34] 同上,第99页。

[35] 同上。

[36] 同上,第22页。

[37] 同上,第17页。

[38] 同上。

[39] 同上,第21页。

[40] 同上,第146页。

[41] 同上,第99—100页。

[42] W. H. Medhurst, *China*, 482.

[43] W. H. Medhurst, *Glance*, 170-171.

[44] 同上,第171页。

[45] 同上,第177页。

[46] 更多有关茶叶产业的内容,可参见 Robert Gardella, *Harvesting Mountains: Fujian and the China Tea Trade*, 1737-1935 (Berkeley, CA: University of California Press, 1994).

[47] Medhurst, *Glance*, 167.

[48] 同上,第190—191页。

[49] 同上,第192页。

三 帝国主义之行：额尔金勋爵来华历程与维多利亚时期自由主义的局限

[1] Elgin, *Letters and Journals of James, Eighth Earl of Elgin*, ed. Theodore Walrond (London: John Murray, 1872), 325.

[2] "第二次鸦片战争"在历史学上可能比"亚罗号战争"更准确,因为这个名称考虑到了19世纪中期两次重要的中英军事冲突之间的历史连续性。第一次鸦片战争(1840—1842)以香港被割让给英国结束,为"亚罗号事件"创造了直接的可能条件。见注释4。

［3］J. R. Seeley, *The Expansion of England* ［1884］, ed. (John Gross Chicago: The University of Chicago Press, 1971), 13.

［4］当时广州的英国理事巴夏礼爵士（Sir Harry Parkes）当然对此事件有不同看法,他对此事件的叙事可能有历史学意义:"西式中国三桅帆船（Lorcha）指的是一类融合了英格兰和中国特点的帆船,在这些海域由当地船员操作将促进便利,因此十分需要使用……亚罗号就是这样一艘船,它定期登记,在它的船员被中国官员逮捕时正由我负责。逮捕光天化日下发生在一个拥挤的锚地,执行的场面与环境都非同寻常。四名官员和近四十个人登上了帆船,降下船帆,将船员捆绑带下船到附近的一艘中国战船……我给帝国的长官去了一封心平气和的信,乞求他公开释放船员……长官却当场拒绝作出任何妥善处理,因为他声称这艘帆船不是英国船只,其船员是中国人,只能由他处置;作出这个声明后,他就不再处理包令爵士和我的任何申请,也不派遣任何官员与我商讨此事。" Stanley Lane-Poole, *The Life of Sir Harry Parkes, Sometime Her Majesty's Minister to China and Japan*, vol. 1 ［1894］ Wilmington: Scholarly Resources Inc. 1973), 228-229. 对"亚罗号事件"和第二次鸦片战争更近期的研究,参见 J. Y. Wong, *Deadly Dreams: Opium, Imperialism and the Arrow War (1856-1860) in China* (Cambridge: Cambridge University Press, 1998)

［5］Karl Marx, "Parliamentary Debates on the Chinese Hostilities," in Karl Marx and Frederick Engels, *Collected Works*, vol. 15 (London: Lawrence & Wishart, 1986), 209.

［6］包令的演讲"知识对家庭与社会幸福的影响"的编者按中写道:"包令博士是一位了不起的旅行家。他相继居住在西班牙、葡萄牙、俄罗斯、芬兰、瑞典、德国和荷兰。今年他主要从事重要的外交事务,与贸易和商业相关。1828年他访问了低地国家,了解他们公款账的记录方式;1830年,他因类似的任务随同当时的亨利·帕内尔爵士（Sir Henry Parnell）（已故的康格尔顿勋爵）(Lord Congleton) 前往法国。1831年,他与当时

的尊敬的维利尔斯先生(Mr. Villiers)(已故的康格尔顿勋爵)被任命为马德里大使,和两名法国长官一起视察法国与大不列颠的关税,旨在拓展两国贸易。1834年,他被授予同样的任务前往比利时;1835年同样地前往瑞士;1836年前往北意大利和中意大利。包令的最后一次派遣是去往埃及、叙利亚、东方,这至今仍有可能带来最有利的结果。"John Bowring, *The Influence of Knowledge on Domestic and Social Happiness* (London: John Chapman, [1840?]), 2.

[7] Bowring to Clarendon, September 9, 1856, quoted in G. F. Bartle, "Sir John Bowring and the Arrow War in China," *Bulletin of the John Rylands Library* 43.2 (March 1961): 299.

[8] 关于"亚罗号事件"的国会辩论的生动记录,见 Marx, "Parliamentary Debates on the Chinese Hostilities."

[9] 对帕默斯顿自由主义的研究,参见 E. D. Steele, *Palmerston and Liberalism: 1855-1865* (Cambridge: Cambridge University Press, 1991).

[10] 汉娜·阿伦特对帝国对外政策的起源和形成的思考值得在这里引用:"帝国主义的发生是当资本主义生产中的统治阶级与国家经济扩张的限制之间发生了矛盾。资产阶级出于经济必要性转向了政治。因为资产阶级不愿放弃基于不断的经济增长这一内生规律的资本主义体系,资产阶级不得不将这条规律施加在本国政府上,声明扩张将成为外交政策的最终政治目标"。Arendt, *The Origins of Totalitarianism* (San Diego, New York, London: Harcourt Brace Jovanovich, 1973), 126.

[11] Harriet Martineau, *A British Friendship and Memoir of the Earl of Elgin and Kincardine* (Windermere: J. Garnett, 1866), 28.

[12] W. P. M. Kennedy, *Lord Elgin* (London and Toronto: Oxford University Press, 1926), 227.

[13] W. H. 奥登说:"在所有可能的项目中,旅行对艺术家来说是最困难的,就像它对记者来说是最容易的一样"(Auden, *The Dyer's Hand and Other Essays* [London: Faber and Faber, 1962], 310)我们可能可以明白为什么

旅行作为一个项目对艺术家是最困难的,但对记者而言不应该是最容易的。实际上,"旅行写作"用通用术语是很几乎不可能确定意义的,它不能明确某种特定的表达模式,因为它融合了多种不同的形式——日记、记录、信件、散文,它也不是一个东拉西扯的主题的合集,把所有这些写作种类凑到一起。旅行写作不能只是一系列报道或观察的集合。旅行者决定看什么、如何写。旅行作家在是一个旅行家之前首先是一个作家,他在旅行开始之前决定要看什么、写什么。正如桑塔格所说:"至少在我生活中出现旅行之前,已经有旅行书籍了。它们告诉你世界很大,但也是可以环行的。充满了目的地。"Susan Sontag, "Homage to Halliburton," in *Where the Stress Falls: Essays* (New York: Farrar, Straus and Giroux, 2001), 255.

[14] 例如帕克斯"认为'伯爵'目空一切,外强中干:他不喜欢并强烈抨击他的审慎、敷衍的政策,并且预言他的返回(额尔金的第二次出行)将不会有好处。"See Lane-Poole, *The Life of Sir Harry Parkes*, vol. 1, 339.

[15] 另一个是华莱士家族,参见 Sydney Checkland, *The Elgins, 1766 - 1917: A Tale of Aristocrats, Proconsuls and Their Wives* (Aberdeen: Aberdeen University Press, 1988), 1.

[16] 参见 Walrond, "Memoir of James, Eighth Earl of Elgin," in *L&J*, 3. The quotation is from *Hamlet*, III, 1.

[17] 参见 Walrond, "Memoir of James, Eighth Earl of Elgin," in *L&J*, 6 - 7.

[18] 参见 Kennedy, *Lord Elgin*, 34 - 35.

[19] Kennedy, *Lord Elgin*, 31.

[20] J. L. Morison, *British Supremacy and Canadian Self-Government, 1839 - 1854* (Glasgow: James MacLehose and Sons, 1919), 217.

[21] Kennedy, *Lord Elgin*, 256 - 257.

[22] Elgin, "The Address of the Earl of Elgin (Ambassador Plenipotentiary to the Courts of Pekin and Japan) to the Merchants, Prior to the Execution of Recent Treaties with the Emperors of China and Japan,"作为附录收录在

François Froger, *A Journal of the First French Embassy to China, 1698 – 1700* (London: Thomas Cautley Newby, 1859), 207; 原文小写字母.

[23] Elgin, "The Address of the Earl of Elgin," 206; 原文斜体.

[24] 参见 Checkland, *The Elgins, 1766 – 1917*, 163.

[25] Byron, *The Curse of Minerva*, 1: 208. 当这些雕塑于 1810 年被移出帕特农时,拜伦在雅典,看到了这些雕塑被堆放在船上运走。*The Curse of Minerva* 的一部分草拟于场地附近。在 *The Curse of Minerva* 之前,拜伦已在一首更早的诗 *English Bards and Scotch Reviewers* 中谴责过此类暴行。关于济慈对这些雕塑的赞美,参见他的十四行诗 "On Seeing the Elgin Marbles"和"To B. R. Haydon, with a Sonnet Written on Seeing the Elgin Marbles."在一篇相关论文中,我讨论了全球帝国主义语境下的浪漫主义审美。参见 See Q. S. Tong, "The Aesthetic of Imperial Ruins: The Elgins and John Bowring," *boundary 2: an international journal of literature and culture* 33, no. 1 (Spring 2006): 124 – 150.

[26] John Newsinger, "Elgin in China," *New Left Review* 15 (May-June 2002): 139.

[27] Fuimus, "Letter to His Excellency the Right Honorable Lord Elgin, on Responsible Government, together with His Lordship's celebrated speech, delivered in the House of Commons, as Lord Bruce, in 1841, deprecating, in the strongest terms, all appointments to office by a tottering ministry, not enjoying the confidence of the people" (Montreal: Printed by Donoghue and Mantz, 142, Notre Dame Street, January 1847), 12, 17.

[28] John Bowring, *The Political and Commercial Importance of Peace: A Lecture Delivered in the Hall of Commerce London* (London: Peace Society [1846?]), 23 – 24; 原文斜体.

[29] 参见 Bernard Semmel 的 *The Rise of Free Trade Imperialism: Classical Political Economy, the Empire of Free Trade and Imperialism, 1750 – 1850* (Cambridge: Cambridge University Press, 1970), 尽管发表于三十多年

前,仍然是关于自由贸易和帝国主义关系的重要研究。

[30] Seeley, *The Expansion of England*, 89–90;原文斜体。

[31] 参见 W. H. Dawson, *Richard Cobden and Foreign Policy: A Critical Exposition, with Special Reference to Our Day and Its Problems* (New York: Frank-Maurice, 1927), 193.

[32] Richard Cobden to John Bowring, August 28, 1859 (无页码: Special Collections, The University of Hong Kong Library).

[33] 参见 Keith Windschuttle, "Liberalism and Imperialism," in *The Betrayal of Liberalism: How the Disciples of Freedom and Equality Helped Foster the Illiberal Politics of Coercion and Control*, eds. H. Kramer and R. Kimball (Chicago: Ivan R. Dee, 1999), 81.

[34] 见 Maurice Cowling, *Mill and Liberalism* (Cambridge: Cambridge University Press, 1990), il.

[35] 近期关于自由主义和帝国主义关系的评论,参见 Uday Singh Mehta, *Liberalism and Empire: A Study in Nineteenth-Century British Liberal Thought* (Chicago: University of Chicago Press, 1999).

[36] C. K. Ogden, *Jeremy Bentham, 1832–2032: Being the Bentham Centenary Lecture, delivered in University College, London, on June 6th, 1932* (Bristol: Thoemmes Press, 1993), 21.

[37] Elie Halévy, *The Growth of Philosophic Radicalism*, trans. Mary Morris (London: Faber, 1949), 510.

[38] Marx and Engels, *Manifesto of the Communist Party*, in *Collected Works*, vol. 6, 487–488;斜体为我添加。

[39] Checkland, *The Elgins, 1766–1917*, 164.

[40] J. L. Morison, *The Eighth Earl of Elgin: A Chapter in Nineteenth-Century Imperial History* (London: Hodder and Stoughton, 1928), 310.

[41] Morison, *The Eighth Earl of Elgin*, 312.

四　镜像：约翰·汤姆森镜头中的东亚

［1］John Thomson, *Straits of Malacca, Indo-China, and China, or, Ten Years Travels, Adventures, and Residence Abroad* (New York: Harper and Brothers, 1875), v. 关于汤姆森的背景信息，参见 Stephen White, *John Thomson: A Window to the Orient* (London: Thames and Hudson, 1985).

［2］John Thomson, *Illustrations of China and Its People: A Series of 200 Photographs, with Letterpress Descriptive of the Places and People Represented*, 4 vols. (London: Sampson Low, Marston, Low and Searle, 1973), I, "Introduction."（这几卷未标注页码；参考文献按照卷次、文中所附影像标题标注）

［3］Thomson, *Straits*, 9.

［4］White, *John Thomson*, 9-19.

［5］Thomson, *Illustrations*, "Introduction".

［6］汤姆森清晰地阐明这是他的目标，见 *Illustrations*, "Introduction," *Straits*, 8 以及 "Notes of a Journey to Southern Formosa," *Journal of the Royal Geographical Society* 43 (1873): 97.

［7］Thomson, *Straits*, v-vi. 此类光的意境在汤姆森作品中反复出现。

［8］John Thomson, "Geographical Photography," *Scottish Geographical Magazine* 23, no. 1 (1907): 14.

［9］Thomson, *Straits*, 216.

［10］将东方帝国描述为贫瘠、无趣，乃至在西方侵入之前无历史可言，这是汤姆森作品近乎固定的特征。见 Thomson, *Illustrations*, texts accompanying "Hong Kong," "Canton," and "Foochaw Arsenal"; Thomson, *Straits*, 2 (on Dutch rule in Java and Malaya), 93 (Singapore), 345 (Japan).

［11］James R. Ryan, *Picturing Empire: Photography and the Visualization of the British Empire* (Chicago: University of Chicago Press, 1997), 67, and generally 61-68.

［12］Thomson, *Illustrations*, "Introduction."

[13] 同上。

[14] G. [*sic*] Thomson, "Notes of Cambodia and Its Races," *Transactions of the Ethnological Society of London* n. s. 6 (1869), 246－252. 怀特(White)将此视为汤姆森的作品和插图说明,因为管理这些是版画而非照片,但毫无疑问是以汤姆森的影像为基础的。克劳福德(Crawfurd)的系列论文始见于该刊(1865)第3卷,论述语言作为种族与种族融合的测试,第4卷(1866)又发表了《论黑人的身体与精神特征》(On the Physical and Mental Characteristics of the Negro),第5卷(1867)又发表了关于欧洲人、亚洲人研究的姊妹篇。同一卷中,汤姆森、克劳福德的两篇论文论述了以颅骨形状、皮肤、毛发、眼睛为依据的种族划分。在同一卷中,克劳福德还贡献了另一篇论文《论人种的纯洁性》(On the Plurality of the Races of Man)支持了多元发生学说的理论(theory of polygenesis)。

[15] 1865年,华莱士(*Wallace*)为伦敦民族学会撰文,通过辨析马来人和巴布亚人,描述了马来半岛的种族结构。参见"On the Varieties of Men in the Malay Archipelago", in *Transactions of the Ethnological Society of London* (henceforth TESL) 3 (1865): 196－215。他的理论进一步完善于 *The Malay Archipelago: The Land of the Orang-Utan, and the Bird of Paradise: A Narrative of Travel, with Studies of Man and Nature* (New York: Harper and Brothers, 1869);华莱士在最后一章总结了关于种族的观点("On the Races of Man," 584－599)。另可参见 *Studies in Science and Society*, 2 vols. (London: Macmillan, 1900), I, Chapters 19－21. 1860年代华莱士的人种志地域背景信息,参见 George Stocking, *Victorian Anthropology* (New York: Free Press, 1987), 96－102. 关于同期太平洋种族的探讨,参见 Douglas A. Lorimer, "Theoretical Racism in Late-Victorian Anthropology, 1870－1900," *Victorian Studies* 31, no. 3 (1988): 413－415.

[16] 参见 Walter Fergus and G. F. Radwell (presented by Francis Galton), "On a Series of Measurements for Statistical Purposes recently made at

Marlborough College," Francis Galton, "Notes on the Marlborough School Statistics," and Colonel A. Lane Fox (later Pitt-Rivers), "Principles of Classification," all in *Journal of the Anthropological Institute* (henceforth JAI) 4 (1875): 126 – 130, 130 – 135, and 293 – 308. 高尔顿(Galton)的后续著述，参见 JAI 5 (1876): 174 – 180. 高尔顿的背景，参见 Stocking, *Victorian Anthropology*, 92 – 96. 关于利弗斯(Pitt-Rivers)博物馆，参见 David K. van Keuren, "Museums and Ideology: Augustus Pitt-Rivers, Anthropological Museums and Social Change in Victorian Britain," *Victorian Studies* 28, no. 1 (1984): 171 – 189.

[17] 起初，该项目由英国科学促进会(the British Association for the Advancement of Science)主办，第一版出版于1874年，后续版本由人类学研究所重编。关于利弗斯的参与，参见 F. W. Radler, "Report on Anthropology at the Meeting of the British Association," *JAI* 3 (1874): 333. 利弗斯主要关于物质文明方面的论文，署名首字母 A. L. F. (Augustus Lane Fox)，再版亦然。

[18] 然而，泰勒(Tylor)又注释道，在科学意义上，当时多数"种族影像"不足。鉴于种族学系统中的人种的普遍性，恰当的摄影技术的价值是检测轻率归纳的一部分，并继续列举了他的归纳法。参见 E. B. Tylor, "Dammann's Race-Photographs," *Nature* 15 (January 6, 1876): 185 – 186.

[19] W. L. Distant, "Eastern Coolie Labour," *JAI* 3 (1874): 139 – 144; quotation 139.

[20] G. W. Leitner, "The Siah Posh Kafirs," *JAI* 3 (1874): 341 – 360, esp. 341 – 344.

[21] C. H. Read, preface to *Notes and Queries on Anthropology*, eds., C. H. Read and John George Garson, 3rd ed. (London: Anthropological Institute, 1899).

[22] Henry Balfour, "Presidential Address," *JAI* 34 (1908): 13.

[23] British Museum(C. H. Read, ed.), *Handbook to the Ethnographical Collections* (London: British Museum, 1910), 43.

[24] 有关赫胥黎(Huxley)的体系,参见 Elizabeth Edwards,"Photographic 'Types': The Pursuit of a Method," *Visual Anthropology* 3, no. 2-3 (1990): 241-247; quotation on 245. 爱德华兹(Edwards)注释道,值得注意的是,严格按照赫胥黎的指导原则的唯一拍摄对象是囚犯,处于英国权力完全管控之下的人。

[25] 该影像被标注为"尼科巴群岛人"(Nicobar Islanders),位于卷首,无相关文章。迪斯坦特(Distant)在影像注释中将其记在拉尔夫·梅尔多拉(Ralph Meldola)名下(1875)。他为印制该影像的辩言,类似汤姆森惯常的"与相机的第一次接触"论断:"我相信,这是对这些无名之辈的第一次摄影"。参见 *JAI* 7 (1877): 209 and frontispiece. 19 世纪 80 年代,半色调处理的发展带来了便利于期刊选用摄影作品的技术性突破,但是直到 19 世纪最后十年,期刊印制影像才成为常规特征之一。关于这些发展,参见 Beaumont Newhall, *History of Photography* (New York: MOMA, 1982): 249-257.

[26] 参见 E. F. Im Thurn, "Anthropological Uses of the Camera," *JAI* 22 (1893): 191-194 and Plate XI.

[27] Thomson, "Geographical Photography," 17.

[28] 关于这些发展的简易总结,参见 Douglas Lorimer, "Theoretical Racism in Late-Victorian Anthropology, 1870-1900," *Victorian Studies* 31, no. 3 (1988): esp. 421-425.

[29] Ryan, *Picturing Empire*, 163.

[30] 例如,关于柬埔寨人,参见 Thomson, *Straits* 100, "Notes on Cambodia," 251-252;关于老挝人,参见 Thomson, *Straits* 116;关于广东省的客家人,参见 Thomson, *Straits* 259;关于汉江流域的种族变化,参见 Thomson, *Straits* 284,关于南口印度种族混合的推测,见 Thomson, *Straits* 534.

[31] Thomson, *Straits*, 325;参见 generally 315 - 338;"Notes of a Journey," 101 - 106; and Thomson, *Illustrations*, "Natives of Formosa."此后,汤姆森观察到岛屿上黑人消失,指出在早期移民时期,他们"被更强大更合适的种族所代替"。

[32] Thomson, *Illustrations*, I, "Macao."又见 Thomson, *Straits* 20, 277(关于葡萄牙),243,497(关于衰落的鞑靼人).

[33] Thomson, *Straits*, 20(此处指葡萄牙槟榔屿).同期关于环境主义的一次激烈争论,参见 Winwood Reade, *Savage Africa: Being the Narrative of a Tour in Equatorial, Southwestern, and Northwestern Africa* (London: Smith, Elder, 1863), 509 - 528. 在伦敦民族学会就詹姆斯·航特(James Hunt)声名狼藉的论文("On the Negro's Place in Nature")进行辩论时,Reade 做出了类似的干预,参见 *Journal of the Anthropological Society of London* 2 (1864): xviii. 理查德·伯顿(Richard Burton)也曾为环境恶化辩护,至少在中东如此;参见 W. H. Wilkins, ed., *The Jew, the Gypsy, and El Islam* (London: Hutchinson, 1898), esp. 316 - 320. 关于一种更为平衡的达尔文式观点,参见 T. H. Huxley, "On the Methods and Results of Ethnology" (1865), in *Man's Place in Nature and Other Anthropological Essays* (New York: Greenwood, 1968), 244 - 246, 249 - 252.

[34] Thomson, *Straits*, 277.关于种族融合灾难性后果的最强烈的观点,伦敦民族学会的多元遗传学家提供了针对性的丰富资料。可参见例如 1864 年匿名论述的匿名观点,"Miscegenation" in *Anthropological Review* 2 (1864): 116 - 121.

[35] *Illustrations*, I, "Macao."关于种族与阶级,参见 Douglas A. Lorimer, *Colour, Class and the Victorians: English Attitudes to the Negro in the Mid-Nineteenth Century* (New York: Leicester University Press, 1978), esp. Chapter 5.

[36] 关于汤姆森走上街头之动机的革新特征,参见 White, 21, 38, 41.

[37] 引自 White, 38.

[38] Thomson, *Straits*, 309.

[39] 同时代观点的比较,参见 H. P. Robinson, *Pictorial Effect in Photography* (London: Piper and Carter, 1869), esp. 21 - 23. 稍后的摄影观,更为贴近汤姆森对民族科学、摄影艺术的同期关注,参见 P. H. Emerson, *Naturalistic Photography for Students of the Art* (London: Sampson Low, Marston, Searle and Rivington, 1889), esp. 29 - 33.

[40] 当巴纳多博士(Dr. Barnardo)被指控创制了虚假街头顽童摄影肖像时,他使用了同样的论据,参见 Valerie Lloyd, The *Camera and Dr. Barnardo* (Hartford: Barnardo School of Printing, [1974]), 12.

[41] 引自 White, 40.

[42] 汤姆森援引拉斯金(Ruskin),出自 White, 40. 罗宾逊(Robinson)也使用了拉斯金作为对象统一性的试金石,参见 Robinson, *Pictorial Effect*, 18, 21.

[43] Thomson, *Straits*, 94.

[44] Thomson, *Straits*, 189.

[45] 这种实践也有技术的一面:更为受限的景深使得汤姆森可以使用更快的快门速度。相比他的中国主题摄影,这种技术在他的伦敦摄影中使用更多。

[46] 在实践中,汤姆森很好地模仿了理查德·比尔德(Richard Beard)的例子,伯德为梅修《伦敦的劳工与穷人》(*London Labour and the London Poor*)拍摄的银版照片总是将劳工的劳动工具与交易联系起来。汤姆森在其后期的东部伦敦作品中曾公开感谢梅修对他工作的示范作用,因而他们之间的平行比较意义非凡。参见 Thomson's preface to John Thomson and Adolphe Smith, *Street Life of London* (1875 - 1876; collected in book form in 1877).

[47] Ryan, *Picturing Empire*, 163.

[48] 参见 Thomson, *Illustrations*, I, "香港的轿子"一图的文字。这是汤姆森另一个反复出现的主题。参见 *Illustrations* 中"福州苦力"和"上海车夫"

二图中的文字,以及 Thomson, *Straits* 第 263 页上对心满意足的棚户区居民的讨论。

[49] Thomson, *Straits*, 176.

[50] Thomson, *Straits*, 511, 512.

[51] Thomson, *Illustrations*, I, "Physic Street."

[52] Thomson, *Illustrations*, III, "Street Groups, Kıu-Liang";又见无标题文献 Plate XXIX,描述为"最底层的小商贩"。

[53] Thomson, *Straits*, 498.

[54] Thomson, *Illustrations*, I, "Canton Junk."

[55] Thomson, *Illustrations*, II, "Beggars."英文文本中,这是梅修关于乞丐讨论中的清晰次议题,但是更为公开的平行类比可以在梅修兄弟奥古斯图斯(Augustus)的"文献"小说《金铺路:伦敦街道上的传奇与现实(1857—1958)》(*Paved with Gold, or, The Romance and Reality of London Streets* (1857-1958))中找到。当然,最为人所熟知的"化身"是狄更斯的费金(Dickens's Fagin)。

[56] 参见 Thomson, preface to *Street Life*;汤姆森伦敦形象的更深入讨论,参见本人的"Photography and the Image of the London Poor" in Debra N. Mancoff and D. J. Trela, *Victorian Urban Settings: Essays on the Nineteenth-Century City and Its Contexts* (New York:Garland Publishing, 1996), 179-194, or *Fixed Positions: Working-Class Subjects and Photographic Hegemony in Victorian Britain* (Ph. D. dissertation, Indiana University, 1994), Chapter 5. 也可参见 Ryan, *Picturing Empire*, 173-180.

[57] Thomson, *Street Life*, 2. 在汤姆森作品中,"标签化"的人格形象是另一个经常出现的主题。汤姆森的文字与合著者阿道夫·史密斯(Adolphe Smith)的文字通常可以通过姓名首字母加以区分,即使没有首字母的标识,通过文体风格特征也很容易将二者区分开来。参见 Prasch, *Fixed Positions*, 193 n. 5.

[58] Thomson, *Street Life*, 12.

[59] Thomson, *Street Life*, 95.

[60] Thomson, *Straits*, 463.

五 吃在中国：维多利亚时期旅行文学和报章杂志中的中国食物表征

[1] Mrs. J. F. Bishop [Isabella L. Bird], *The Yangtze Valley and Beyond: An Account of Journeys in China, Chiefly in the Province of Sze Chuan and among the Man-tze of the Somo Territory* (London: John Murray, 1899), 300.

[2] "Chinese Cookery," *Temple Bar* 93 (1891): 112.

[3] 参见 Jay Denby, *Letters of a Shanghai Griffin to His Father and Other Exaggerations* (Shanghai: The China Printing Company, 1910), 124-129. 书中的"格里芬"(griffin)是一位初次来到东方的年轻官员。很难在去中国的旅行者和在中国居住的英国侨民所写的游记间作出区分，比如在伯德与立德及其夫人之间，后者也曾在中国旅行，并对其经历进行了叙述。尽管这些群体并不等同，但本文将其叙述一同视为广义上的旅行写作现象。

[4] 伯德随后又在下书中重复表达了这一观点：*Chinese Pictures: Notes on Photographs Made in China* (London: Cassell and Company, 1900)，她在一个小孩用筷子吃米饭的照片旁这样注释："通常，中国人都是好厨师，食物也很健康，蒸是最受欢迎的方法。"

[5] "Bird's Nest Soup," *The Cornhill Magazine* 8 (January 1887): 80. 被转载于 *The Eclectic Magazine of Foreign Literature, Science, and Art* 45 (1887), 371-377.

[6] 由于期刊媒体上的文章经常是匿名的，因此很难评估作者有关中国和中国人的经历到底有多直接，但是很显然，旅行作家和特定的自然主义者的作品是了解期刊文章主题和思想的关键。

[7] "The Edible Birds' Nests of the Eastern Islands," *The Penny Magazine of*

the Society for the Diffusion of Useful Knowledge 10 (1841): 368. 也可参见 John Crawfurd, *History of the Indian Archipelago: Containing an Account of the Manners, Arts, Languages, Religions, Institutions, and Commerce of Its Inhabitants* (Edinburgh: Archibald Constable and Co., 1820), 3: 437.

[8] 燕窝贸易的晚期历史可以证实这一模式,因为东南亚地区收集燕窝的区域,例如马来半岛和婆罗洲,后来都为欧洲所控制,正如该地区的航运贸易。比较: Dai Yifeng, "Food Culture and Overseas Trade: The Trepang Trade between China and Southeast Asia during the Qing Dynasty," in *The Globalization of Chinese Food*, ed. David Y. H. Wu and Sidney C. H. Cheung (London: Curzon, 2002), 21-42, 该书作者认为,在此期间,海参贸易大部分仍在中国人手中。

[9] 参见 George Wingrove Cooke, *China and Lower Bengal. Being "The Times" Correspondence from China in the Years 1857-1858* (London: Routledge, Warne, and Routledge, 1861), 235-244. "中国晚餐"最初刊载于 *Times* on February 2, 1858. 有关柯克的传记简介,参见 *Nineteenth-Century Travels, Explorations and Empires: Writing from the Era of Imperial Consolidation 1835-1910*, Vol. 4: *The Far East*, ed. Susan Schoenbauer Thurin (London: Pickering and Chatto, 2003), 1-2.

[10] John Dudgeon, "Diet, Dress, and Dwellings of the Chinese in Relation to Health," in *The Health Exhibition Literature* (London: Executive Council of the International Health Exhibition, and for the Council of the Society of Arts/William Clowes and Sons, 1884), 19: 317. 德贞也是下述游记的作者 *Notes by the Way: Taken during a Journey by the So-called Overland Route to China* (London: Williams and Strahan, 1866)。

[11] 参见 David Burton, *The Raj at Table: A Culinary History of the British in India* (London: Faber and Faber, 1993), 1-11.

[12] 参看 Jules Verne, *The Troubles of a Chinaman*, in *The Leisure Hour* (1880), 55-58.

［13］参见 Archibald John Little, *Through the Yang-tse Gorges, or Trade and Travel in Western China*（London：Sampson, Low, Marston, Searle, and Rivington, 1888），305.

［14］Arthur H. Smith, *Chinese Characteristics*（London：Keegan Paul, Trench, Trübner, and Co. Ltd. , 1892），2. 北华捷报社1890年在上海出版了相同的版本。

［15］参见刘禾与明恩溥同名著作中的导言 *Chinese Characteristics*（Norwalk, CT：EastBridge, 2003,）i. 也可参见 Charles W. Hayford, "Chinese and American Characteristics：Arthur H. Smith and His China Book," in *Christianity in China: Early Protestant Missionary Writings*, eds. Suzanne Wilson Barnett and John King Fairbank（Cambridge, MA：Harvard University Press, 1985），153. 更多生平信息参见 Kathleen L. Lodwick, "Smith, Arthur Henderson," *American National Biography Online* database, accessed April 3, 2006.

［16］参见"中国烹饪",转自 *The Pall Mall Gazette* in *Littell's Living Age*, 5th series, 144. 1857（January 17, 1880）：190.

［17］C. F. Gordon Cumming, *Wanderings in China*, 2 vols.（Edinburgh and London：William Blackwood and Sons, 1886），I：219. 在印度,女性在烹饪描述中占主导地位,与此形成对比的是,在中国,由于英国女性居民的匮乏,大多数烹饪描述都来自男性。少数女性的描述主要来自从事传教工作或探险的女性。

［18］Charles Darwin, *The Descent of Man and Selection in Relation to Sex*（Princeton, NJ：Princeton University Press, 1981），12.

［19］Henry Spencer Ashbee, *The Metropolis of the Manchus*（London：n. p. , 1882），31.

［20］James Dyer Ball, *Things Chinese: Being Notes on Various Subjects Connected with China*（London：Sampson Low, Marston, and Company, Limited, 1892），154.

六 与他者相遇：女性旅行者在中国(1880—1920)

[1] Robinson 曾经质疑过把具体情况并不相同的女性都笼统归为"女性旅行者"进行总体研究的做法。Jane Robinson, introduction to *Unsuitable for Ladies: An Anthology of Women Travellers*, selected by Jane Robinson (Oxford: Oxford University Press, 1994), xii; xvii. 本文使用"女性旅行者"这一称谓并不是在批判女性"好奇心强又有足够的胆识,一时起意离家看看,并无严肃的意图"(ibid., xvii),也不否认不同的旅行者及其旅行书写之间的差异性。

[2] Michel Foucault, *The Archaeology of Knowledge* (London: Tavistock, 1974), 8.

[3] Ellen Newbold LaMotte, *Peking Dust* (New York: The Century Co., 1919), viii.

[4] 同上,viii.

[5] Mrs. [Emily Lucy French] Daly de Burgh, *An Irishwoman in China* (London: T. Werner Laurie, [1915]), 143.

[6] Dorothy Middleton, *Victorian Lady Travelers*, With a New Introduction (Chicago: Academy Chicago Publishers, 1982 [1965], rpt. 1993), 22.

[7] 关于维多利亚时期女性社会角色的批判性研究很多,如可参见 Nina Auerbach, *Woman and the Demon: The Life of a Victorian Myth* (Cambridge, MA: Harvard University Press, 1982); Jenni Calder, *Women and Marriage in Victorian Fiction* (London: Thames and Hudson, 1976); Gail Cunningham, *The New Woman and the Victorian Novel*; Foster, *Victorian Women's Fiction: Marriage, Freedom, and the Individual* (London: Croom Helm, 1985); Patricia Stubbs, *Women and Fiction: Feminism and the Novel, 1880–1920* (London: Methuen, 1981). Vicinus 明确指出:"对中产阶级来说,无所事事之余,最热衷的事情就是慈善。" Martha Vicinus, "Introduction: The Perfect Victorian Lady," in *Suffer and Be Still: Women in the Victorian Age*, ed. Martha Vicinus

（Bloomington: Indiana University Press, 1972）, vii - xv; xi.

[8] Isabella Bird Bishop, *The Yangtze Valley and Beyond: An Account of China, Chiefly in the Province of Sze Chuan and among the Man-Tze of the Somo Territory* [1899], in ibid., *Collected Travel Writings*, 12 vols.（Bristol: Ganesha Publishing, 1997）, 11: 192.

[9] 亨丽埃塔1880年去世,约翰与伯德结婚5年之后,于1886年在米德尔顿（Middleton）去世。

[10] 参见 Alexandra Allen, *Traveling Ladies*（London: Jupiter, 1980）, 247 - 248; 264. Tinling 还提到在印度阿姆利则也有一所亨丽埃塔·伯德医院。Marion Tinling, *Women into the Unknown: A Sourcebook on Women Explorers and Travelers*（New York: Greenwood Press, 1989）, 51.

[11] Isabella Bird Bishop, *The Golden Chersonese and the Way Thither* [1883], in ibid., *Collected Travel Writings*. op. cit., vol. 6: 87.

[12] 同上, vol. 6: 88.

[13] 同上, vol. 6: 89.

[14] 同上, vol. 6: 91.

[15] E. G. [Elizabeth Georgina] Kemp, *Chinese Mettle*（London: Hodder and Stoughton, 1921）, 29.

[16] C. F. [Constance Frederica] Gordon Cumming, *Wanderings in China*, 2 vols.（Edinburgh and London: William Blackwood, 1886）, I: 168.

[17] 同上, I: 169; I: 167.

[18] 同上, I: 169.

[19] Michel Foucault, *The Order of Things: An Archaeology of the Human Sciences*（New York: Vintage, 1994）, xv.

[20] Mary Gaunt, *A Broken Journey: Wanderings from the Hoang-Ho to the Island of Saghalien and the Upper Reaches of the Amur River*（London: T. Werner Laurie, [1919]）, 75.

[21] 同上, 82.

[22] [Mary Wortley Montagu], *The Selected Letters of Lady Mary Wortley Montagu*, ed. Robert Halsband (Harmondsworth: Penguin, 1970), 91.

[23] 同上,91.

[24] Cicely Palser Havely, "Bird, Isabella (1831 – 1904)," *Literature of Travel and Exploration: An Encyclopedia*, 3 vols., ed. Jennifer Speake (New York and London: Fitzroy Dearborn, 2003), I: 102 – 104; 103.

[25] Bird, *Yangtze*, 11: 210.

[26] Susan Schoenbauer Thurin, *Victorian Travelers and the Opening of China, 1842 – 1907* (Athens: Ohio University Press, 1999), 138.

[27] Mary Gaunt, *A Woman in China* (London: T. Werner Laurie, 1914), 384.

[28] Grace Thompson Seton, *Chinese Lanterns* (New York: Dodd, Mead and Company, 1924), ix.

[29] Seton, 191 – 192. 西登与中国人的接触中有一些有趣的经历,可惜与本文主题无关,无法在此讨论。作为康涅狄格州妇女选举权联盟主席,她曾经与当时中国的大总统黎元洪讨论过美国妇女参加选举的问题。一战期间她在法国组织和指挥着一个妇女流动救济团体,并与孙中山先生的夫人宋庆龄讨论过该团体的情况,后者也是一位女权思想的先驱。西登的传参见 Lucinda H. MacKethan, "The Setons at Home: Organizing a Family Biography" at http://www.nhc.rtp.nc.us:8080/biography/mackethan.htm (accessed March 21, 2005). 宋庆龄 1923 年 2 月在上海与西登会面时说"提高女性地位,增加她们受教育的机会和参与国家事业的机会"是当前面临的挑战。宋庆龄与女性选举权拥护者西登都认为,"在中国成功地建立起共和政体是改善中国女性状况的前提"。(Seton, 174).

[30] Mrs. Archibald [Alicia] Little, *Intimate China: The Chinese As I Have Seen Them* (London: Hutchinson, 1899), 134 – 144.

[31] 同上,145.

[32] 同上,163.

[33] 参见同上,136."用逐渐裹紧的方式改变脚的形状并不难,就像欧洲妇女束腰那样。"

[34] 参见 Mary Louise Pratt, *Imperial Eyes: Travel Writing and Transculturation* (London and New York: Routledge, 1991).

[35] Elizabeth Crump Enders, *Swinging Lanterns* (New York and London: D. Appleton and Co., 1923), 333.

[36] Hans-Georg Gadamer, *Truth and Method*, trans. rev. Joel Weinsheimer and Donald G. Marshall, 2nd, revised edition, (New York: Continuum, 1997), 270. 本文接下来使用现象学理论框架对旅行书写进行分析的方式受益于张隆溪先生的一篇论文。在文章中他首次使用伽达默尔的理论对自我与他者的相遇做出了非常恰当的分析。Zhang Longxi, "The Myth of the Other: China in the Eyes of the West," *Critical Enquiry* 15 (Autumn 1988): 108 - 131; reference to Gadamer, 128 - 131.

[37] Gaunt, *Woman*, 141.

[38] 同上,141.

[39] 参见 Gadamer, 306:"这些原本被认为是各自独立存在的视域的融合才是理解。"

[40] Ibid., 269. Nicholas Clifford 在研究英美作者关于中国的旅行书写时,使用了类似的分析框架。他把旅行文学理解为"主体与客体、观看者和观看对象、所见所闻与记录方式之间对话式的互相作用。"本文聚焦于观看者与观看对象之间的互相作用。参见 Nicholas Clifford, "*A Truthful Impression of a Country*": British and American Travel Writing in China, 1880 - 1949 (Ann Arbor, MI: University of Michigan Press, 2001), 15.

[41] Gaunt, *Woman*, 148.

[42] 参见 Gaunt, *Woman*, 25; 370.

[43] 参见 Foucault, *Order*, xv.

[44] Gaunt, *Woman*, 147.

[45] Gaunt, *Woman*, 141 and Gadamer, 388.

[46] 卡明于1878年圣诞节从韩国乘船到达上海,但是决定继续直接乘船前往香港。她还从香港乘船去了广州,然后返回香港,乘船沿中国海岸线北上,沿途靠岸到访汕头、厦门、福州、宁波、上海、烟台和天津。

[47] Cumming, II: 159; II: 153; II: 155.

[48] 同上,II: 161-162.

[49] 同上,II: 160.

[50] 同上,II: 160.

[51] 同上,II: 160-1.

[52] 参见 Thurin, 84; 93; 引文出自 Cumming, II: 162. 卡明的游记作品突出的特征是她更关注旅行相关的事宜,如住宿、购物等,这很可能意味着当时中国游记的读者兴趣的变化。

[53] *The Academy* 杂志中有论者认为在所有关于英国公使馆的记叙中,西德莫尔的记叙是最可信的。见 Rev. of *China: the Long-Lived Empire*, by Eliza Ruhamah Scidmore, *The Academy* 59 (July-December 1900): 68-70; particularly 69.

[54] Scidmore, "Peking," 864.

[55] 两处引文均出自 Scidmore, "Peking," 864.

[56] Eliza Ruhamah Scidmore, "Rev. of *China: the Long-Lived Empire*", *The Literary World* 10 (August 1, 1900): 147-148; 148.

[57] Alicia Little, *Round About My Peking Garden* (London: T. Fisher Unwin, 1905). 艾米莉·戴利也经历了"中国社会日益动荡不安的时期,最后以义和团爆发为终结"(Daly, 174),但是出于安全考虑,她带着孩子和保姆离开中国,先到日本,后经温哥华,回到祖国爱尔兰(ibid., 174-206),1901年3月才返回中国。由于艾米莉的丈夫没有跟她在一起,在与丈夫的多次通信中,她向丈夫远程报道了义和团运动的情况。关于围攻北京,最详细的记录来自美国传教士 Mary Porter Gamewell 女士,她于1871年—1900年在中国生活和工作。参见 *Mary Porter Gamewell and*

Her Story of the Siege of Peking, [ed.] A. H. Tuttle (New York: Eaton and Mains, 1907).

[58] Little, Garden, 11.

[59] 同上,27.

[60] 同上,31.

[61] Alicia Little, Guide to Peking (Tientsin: Tientsin Press, 1904), 78.

[62] Gaunt, Woman, 64 and 70.

[63] 同上,64.

[64] 同上,57-58.

[65] 同上,58-59.

[66] 同上,59; LaMotte, 167.

[67] 参见 Foster, Across New Worlds, 170.

[68] LaMotte, 49. 拉莫泰还指责了西方各国贪污腐败,并且反过来腐化中国人,使中国一直处于赢弱状态,易于控制(LaMotte, 74-5)。1917在北京时,拉莫泰尖锐地评论了后来被称为"老西开事件"的法国非法扩张租界、拘禁中国警察的事件。这一恶行发生的同时,在战争硝烟弥漫的欧洲,同盟国正在执行针对野蛮的德国人的"文明"使命(ibid., 112)。

[69] Immanuel Kant, The Critique of Judgement, trans. with analytical indexes James Creed Meredith (Oxford: Clarendon, 1952), 104-105.

[70] 见 Sara Suleri, The Rhetoric of English India (Chicago: The University of Chicago Press, 1992), 24-48.

[71] Alicia Little, "In the Wild West of China," The Nineteenth Century 39 (Jan/June 1896): 58-64; 63.

[72] 同上,63.

[73] 参见 Pratt, 201ff. 关于殖民话语占主导地位的情况下维多利亚时期女性旅行书写既具有颠覆性,又自相矛盾的特点,参见 Sara Mills, Discourses of Difference: An Analysis of Women's Travel Writing and Colonialism

(London and New York: Routledge, 1991). 但是就立德和肯普二言,正如我们在这里所看到的,她们对殖民政策的叙述并没有表现出明显的颠覆性。

[74] E. G. Kemp, *The Face of China: Travels in East, North, Central and Western China. With Some Account of the New Schools, Universities, Missions, and the Old Religious Sacred Places of Confucianism, Buddhism, and Taoism* (London: Chatto and Windus, 1909), 192.

[75] Pratt, 202.

[76] Kemp, *Face of China*, 192, emphasis added.

[77] Pratt, 204.

[78] Kemp, *Face of China*, 193.

[79] Little, "Journey," 483.

[80] Elizabeth Kendall, *A Wayfarer in China: Impressions of a Trip Across West China and Mongolia* (London: Constable, 1913), 27-28.

[81] Kendall, 27.

[82] Kendall, 25.

[83] Gaunt, *Woman*, 215.

[84] 同上,212.

[85] Yi-Fu Tuan, *Passing Strange and Wonderful: Aesthetics, Nature, and Culture* (Washington, DC: Island Press, 1993), 132. 段义孚认为中国风景画是中国人宇宙哲学观的反映,这一观点并不为艺术史家认同,后者对他的看法进行了修正,但是他对于中西艺术观和自然观的比较研究对本文下面的分析有重要的启发意义。见 Tuan, 132ff. 段义孚关于中国风景画提出的"陈旧的"观点,见 Michael Sullivan, *The Birth of Landscape Painting in China* (Berkeley and Los Angeles: University of California Press, 1962).

[86] Gaunt, *Woman*, 218-219.

[87] 同上,212.

[88] 同上,219.

[89] 这一过程在艺术史研究中被称为"修行绘画",来自清代画家石涛对绘画实践的思考。感谢香港大学 Yeewan Koon 向我推荐乔迅的重要作品 *Shitao: Painting and Modernity in Early Qing China*(Cambridge: Cambridge University Press,2001),尤其是其中第9章对石涛绘画哲学的论述——观者被教导如何观看,其"师"在与"生"交流的过程中也经历着对自我的分析,带来的结果是对自我主体性认知的深化,导致主体的新生。正因如此,石涛被认为是中国最早出现的一批具有"现代性"的画家之一。在这些画家那里,风景画体现的不再是传统的宇宙观,而是以自身为本的宇宙观。

[90] Hay, 239.

[91] Gaunt, *Woman*, 225.

[92] Hay, 239;248.

[93] 参见 Hay, 241.

[94] Gaunt, *Woman*, 225.

[95] 参见 Hay, 247.

[96] Gaunt, *Woman*, 226.

[97] Foucault, *The Order of Things*, xx. 括号内的文字为本文作者添加。

[98] 引自同上,xv.

七 游记与人道关怀:立德夫人在中国

[1] 关于利他主义的文献众多,例如 James R. Ozinga, *Altruism*(Westport, CT and London: Praeger, 1999); Shaun Nichols, *Sentimental Rules*(Oxford: Oxford University Press, 2004); Robert F. Haggard, *The Persistence of Victorian Liberalism: The Politics of Social Reform in Britain*, 1870–1900(Westport, CT: Greenwood Press, 2001)等。

[2] Mary Louise Pratt, *Imperial Eyes: Travel Writing and Transculturation*(London and New York: Routledge, 1992).

[3] The Gertrude Bell Archive: The Letters, May 5 1903. http://www.gerty.ncl.ac.uk/letters/1610.htm.

[4] 关于立德夫人在中国的著作更详细的讨论,可参见拙作 *Victorian Travelers and the Opening of China*, 1842 - 1907 (Athens: Ohio University Press, 1999)。

[5] Little, *Intimate China* (London: Hutchinson and Co., 1899), 5.

[6] Little, *The Land of the Blue Gown* (London: T. Fisher Unwin, 1902), 43.

[7] Charles Dickens, *Great Expectations*. With an Introduction by David Trotter. Ed. with Notes by Charlotte Mitchell (London: Penguin, 1996), 40.

[8] 感谢约翰·默里出版社(John Murray Publishing House)允许笔者详细阅读伯德的信件档案。

[9] 在《长江流域旅行记》一书中,伯德描述了该传教士,言辞辛辣,说他生活节俭,但传教工作似乎无所收效。参见 *The Yangtze Valley and Beyond* (London: John Murray, 1899; reprint, Boston: Beacon Press, 1987), 319.

[10] Fan Hong, *Footbinding, Feminism and Freedom: The Liberation of Women's Bodies in Modern China* (London: Frank Cass, 1997)。一书简要总结了缠足的社会意义,列出了一长串批评缠足的中国哲学家和作家的姓名,见该书第 50 页。

[11] 关于传教士、外国活动家以及中国人自己在结束缠足中所起的作用,参见 Kuang-sheng Liao, *Anti-foreignism and Modernization in China 1860 - 1980* (Hong Kong: Chinese University Press and New York: St. Martin's Press, 1984), 40 - 52;以及 Dorothy Ko, *Cinderella's Sisters: A Revisionist History of Footbinding* (Berkeley: University of California Press, 2005), 14 - 18.

[12] 立德夫人认为自己对时任两广总督的李鸿章的采访有点像意外的新闻

采访,她用了八页篇幅详细叙述。(《蓝袍》,第 311—319 页)

[13] Kung Hui-chung 一名难以确认,可能是立德夫人误会了。

[14] Tim Futing Liao, "Women in the Taiping Movement in Nineteenth-Century China" in *Women and Social Protest*, eds. Guida West and Rhoda Lois Blumberg（New York and Oxford: Oxford University Press, 1990）, 120 - 133. 该文作者注意到,义和团运动时期,红灯照的姑娘和蓝灯照的寡妇都未缠足,她们是"首批真正得到解放的中国女性。"(见该著第 132 页)也可参见 Fan Hong, *Footbinding, Feminism and Freedom: The Liberation of Women's Bodies in Modern China*.

八 "利益范围":伊莎贝拉·伯德用文字和照片构建的 19 世纪晚期的中国

[1] 转引自 Mary H. Wilgus, "Sir Claude MacDonald, the Open Door, and British Informal Empire," in *China, 1895 - 1900*（New York: Garland, 1987）, 5.

[2] Harry G. Gelber, *Opium, Soldiers and Evangelicals: Britain's 1840 - 1842 War with China and Its Aftermath*（New York: Palgrave Macmillan, 2004）, 12.

[3] Susan Morgan, *Place Matters: Gendered Geography in Victorian Women's Travel Writings about Southeast Asia*（New Brunswick, NJ: Rutgers University Press, 1996）, 145.

[4] 转引自 James L. Hevia, *English Lessons: The Pedagogy of Imperialism in Nineteenth Century China*（Durham, NC: Duke University Press, 2003）, 13.

[5] Eiko Woodhouse, *The Chinese Hsinhai Revolution: G. E. Morrison and Anglo-Japanese Relations, 1897 - 1920*（London: Routledge, 2004）, 9.

[6] Thomas Richards, *The Imperial Archive: Knowledge and the Fantasy of Empire*（London: Verso, 1993）, 1.

[7] Hevia, 13.

[8] Nicholas J. Clifford, *"A Truthful Impression of the Country": British and American Travel Writing in China, 1880 - 1949* (Ann Arbor: University of Michigan Press, 2001).

[9] Susan Schoenbauer Thurin, *Victorian Travelers and the Opening of China, 1842 - 1907* (Athens: Ohio University Press, 1999), 17.

[10] Isabella Bird Bishop, *The Yangtze Valley and Beyond: An Account of Journeys in China, Chiefly in the Province of Sze Chuan and Among the Man-Tze of the Somo Territory*. 1899. Rpt. (Boston: Beacon Press, 1987), 序言, vii, viii.

[11] Gelber, 1.

[12] 同上, 52.

[13] Ian Hernon, *The Savage Empire: Forgotten Wars of the 19th Century* (Thrupp, Gloucestershire: Sutton Publishing, 2000), 69.

[14] Gelber, 52.

[15] Glenn Melancon, *Britain's China Policy and the Opium Crisis: Balancing Drugs, Violence and National Honour, 1833 - 1840* (Aldershot, Hampshire: Ashgate, 2003), 2, 6, 137 - 139.

[16] Gelber, 157.

[17] 同上, 159.

[18] Ranbir Vohra, *China's Path to Modernization: A Historical Review from 1800 to the Present* (Upper Saddle River, NJ: Prentice Hall, 2000), 44 - 45.

[19] 转引自 Wilgws, 17.

[20] 同上。

[21] Vohra, 56, 60.

[22] Vohra, 80.

[23] Yueh-Hung Chen, "Anglo-American Policy toward China." M. A. thesis (Kent State University, 1958), 29.

[24] E. W. Edwards, *British Diplomacy and Finance in China*, 1895–1914 (Oxford: Clarendon Press, 1987), 19.

[25] L. K. Young, *British Policy in China*, 1895–1902 (Oxford: Clarendon Press, 1970), 79.

[26] Bishop, *The Yangtze Valley*, 11.

[27] Thurin, 137.

[28] Bishop, *The Yangtze Valley*, 520.

[29] 同上,3.

[30] 同上,7.

[31] 同上,10.

[32] 同上,10.

[33] Archibald Colquhoun, *Overland to China* (London: Harper, 1900), 314.

[34] Young, 82.

[35] Bishop, *The Yangtze Valley*, 11.

[36] 同上,11.

[37] 同上,520.

[38] 同上,528;斜体为我所加。

[39] 同上,527.

[40] 同上,54.

[41] 同上,81.

[42] 同上,87.

[43] 同上,176.

[44] 同上,63.

[45] 同上,62.

[46] 同上,95.

[47] 同上,11.

[48] 同上,11.

[49] Lila Marz Harper, *Solitary Travelers: Nineteenth-Century Women's Travel*

Narratives and the Scientific Vocation (Cranbury, NJ: Associated University Presses, 2001), 133.

[50] Bishop, *The Yangtze Valley*, 534.

[51] John Thomson, *Thomson's China: Travels and Adventures of a Nineteenth Century Photographer*, ed. Judith Balmer (Hong Kong: Oxford University Press, 1993), xiii.

[52] John Thomson, *Illustrations of China and Its People, A Series of Two Hundred Photographs with Letterpress Descriptive of the Places and People Represented*, 4 vols. Reprinted as *China and its People in Early Photographs*, ed. Janet Lehr (New York: Dover Publications, 1982).

[53] John Thomson, *Through China with a Camera* (Westminster: A. Constable and Co., 1898).

[54] Pat Barr, *A Curious Life for a Lady: The Story of Isabella Bird, A Remarkable Victorian Traveller* (Garden City, NY: Doubleday and Company, 1970), 271.

[55] Nancy Armstrong, *Fiction in the Age of Photography: The Legacy of British Realism* (Cambridge: Harvard University Press, 1999), 106.

[56] Isabella Bird Bishop, *Chinese Pictures: Notes on Photographs Made in China* (New York: Charles L. Bowman, 1900), 28.

[57] Bishop, *The Yangtze Valley*, 534.

九 在中国逆流而上：1905—1911年港粤两地间的三次殖民之旅

[1] 关于殖民行政人员的写作及其在小说话语中的表现的评论，参见 David Bivona, *British Imperial Literature, 1870 - 1940: Writing and the Administration of Empire* (Cambridge: Cambridge University Press, 1998)。

[2] 卢格德最著名的作品是他的《政治备忘录》(*Political Memoranda*, 1919)，该备忘录于1905年首次发布，是为驻尼日利亚北部的政治官员编写的指导手册，还有《双重使命》(*The Dual Mandate*, 1922)，他在书中编纂了

他的间接统治理论(theory of Indirect Rule)。这两部著作在卢格德在世时出版过多个版本,它们的传播帮助巩固他作为英国非洲和泛帝国专家的声誉。

[3] Flora to Edward Lugard, July 29, 1907. *Lugard Papers* (MSS. Brit. Emp.), S. 66, 37.

[4] "HongKong's New Governor: Scenes of his arrival," *The Hongkong Telegraph*, July 29, 1907.

[5] 该报提到了卢格德曾在西非从事军事活动的早期职业生涯,此后他在香港任职前曾担任北尼日利亚官员。

[6] 在香港,卢格德继续向平民生活过渡。此前他的职业生涯主要是在打击奴隶主的运动中度过,在西非安抚抗拒英国商业公司和领土扩张的土著人。至今尚未被研究的卢格德在香港和非洲的职业生涯之间的关系是我《帝国全球化与殖民交易:"非洲卢格德"与香港大学》("Imperial Globalization and Colonial Transactions:'African Lugard' and the University of Hong Kong", *Critical Zone 2*, Hong Kong and Nanjing: Hong Kong University Press, 2007。)一文的主题。在给弟弟的信中,卢格德反复提到他与副总督、当时的殖民地秘书梅含理爵士(Francis Henry May)的关系不融洽。与卢格德不同,梅含理的大部分职业生涯都在香港度过。卢格德认为梅含理爵士是殖民主义和殖民主义贸易利益集团的领袖,他们不仅出于对大学项目的财政负担的担忧而反对建立大学,而且对中国大学毕业生可能带来的竞争充满敌对情绪。商人们相当公开地在英文报纸上表达他们的意见。参见例如《香港电讯报》(*The HongKong Telegraph*)于1909年2月17日、3月5日、6月5日和7月3日发表的一系列社论,质疑建立香港大学在财政上的可行性以及募捐的成功率。

[7] 再举两个旅行之外的例子:卢格德在给爱德华·格雷爵士(Sir Edward Grey)的信中写道:"我常常想,有关'黄祸论'的言论是否有一天会实现,而中国人的能力和工业将主导世界的商业贸易。"(1909年,日期不明,

引自 Margery Perham, *The Life of Frederick Dealtry Lugard Later Lord Lugard of Abinger*, vol. 2 [London: Collins, 1960], 373)。同样,在弗洛拉给爱德华的信中也写道:"我想他(卢格德)认为中国人是他迄今所遇到的所有非欧洲人种中最优秀的。"(January 14, 1912, Lugard Papers, 37)

[8] Frederick Lugard to Edward Lugard, January 10, 1908, cited in Perham, vol. 2, 372。

[9] 比阿特丽斯·韦伯在 1905 年至 1909 年间是皇家济贫法委员会的成员(the Royal Commission on the Poor Law),她和西德尼共同撰写了该委员会的少数派报告(Minority Report)。报告主张国家干预才能解决贫困的根本问题。他们是多产的作家,出版了关于工联主义(trade unionism)、地方政府、教育以及他们作为活动家的经验和生活工作等方面的书籍。

[10] 韦伯夫妇的亚洲游记直到 1992 年伦敦经济学院(the London School of Economics)百年校庆时才得以出版。所有引文均来自 *The Webbs in Asia: The 1911–1912 Travel Diary*, ed. George Feaver (London: Macmillan, 1992)。

[11] 此观察记录见于 1911 年 11 月 6 日的日记。韦伯夫妇于 10 月 25 日首次抵达奉天。

[12] 值得一提的是,韦伯夫妇的名声因他们在以下著作中所表达的对斯大林主义俄国的热情支持而大打折扣: *Soviet Communism: A New Civilization* (London: Victor Gollancz, 1937)。

[13] Charles Eliot, *Letters from the Far East* (London: Edward Arnold, 1907)。引用后的参考页面均出于此。

[14] 必须指出的事实是,1900 至 1904 年,爱理鹗在担任"东非保护国"特派员期间实行了白人至上的政策,并给予白人殖民者大量的土地特许权。参见 Charles Eliot, *The East Africa Protectorate* (London: Edward Arnold, 1905)。

[15] P. J. Cain and A. G. Hopkins, *British Imperialism, 1688–2000* (1993),

2nd ed. (London: Longman, 2002)。

十 哈里·弗兰克在中国

［1］"Harry A. Franck: Wandering in China and Japan," 爱荷华大学（the University of Iowa）馆藏的宣传手册。http://sdrcdata.lib.uiowa.edu/libsdrc/details.jsp? id=/franck/2（获取于 2005 年 3 月 23 日）.

［2］John Cutler, review of *Wandering in Northern China*, in the *Boston Evening Transcript*, November 3, 1923, book section, 3; Clarissa Rinaker, review of *Northern China*, in the *Nation*, December 26, 1923, 744; Karlene Kent, review of *Roving Through Southern China*, in the *New York Herald-Tribune*, December 20, 1925, 14.

［3］Harry A. Franck, *A Vagabond Journey Around the World: A Narrative of Personal Experience* (New York: The Century Co., 1911), 457-460.

［4］弗兰克的作品近期被存入密歇根大学图书馆,不过还有待整理和编目。

［5］Barry Curtis and Claire Pajaczkowska, "'Getting There': Travel, Time and Narrative," in *Travellers' Tales: Narratives of Home and Displacement*, eds., George Robertson et al. (London and New York: Routledge 1994), 201.

［6］Franck, *Glimpses of Japan and Formosa*, 11, 159-160.

［7］R. L. Franck, *I Married a Vagabond: The Story of the Family of the Writing Vagabond* (New York: D. Appleton-Century Co., 1939).

［8］Stephen Clark, *Travel Writing and Empire: Postcolonial Theory in Transit* (London: Zed Books, 1999), 20.

［9］Franck, *Northern China*, ix, 9.

［10］Franck, *Northern China*, 360; *Southern China*, 5.

［11］Franck, *Northern China*, vii-viii.

［12］Franck, *Southern China*, vii.

［13］Sara Mills, *Discourses of Difference: An Analysis of Women's Travel Writing* and Colonialism (London and New York: Routledge, 1991), 69 – 70.

[14] Franck, *Northern China*, 82 ff; 222; *Southern China*, 14.

[15] Franck, *Northern China*, 95 – 97; *Southern China*, 274; Agnes Smedley, *Battle Hymn of China* (New York: Alfred A. Knopf, 1943), 59.

[16] Franck, *Northern China*, 95 – 97; *Southern China*, 274, 285.

[17] Nicholas Clifford, "A Truthful Impression of the Country": British and American Travel Writing in China, 1880 – 1949 (Ann Arbor: University of Michigan Press, 2001), Chapter IV.

[18] James Buzard, *The Beaten Track: European Tourism, Literature, and the Ways to Culture, 1800 – 1918* (London: Oxford University Press, 1993), passim; John Pemble, *The Mediterranean Passion: Victorians and Edwardians in the South* (Oxford and New York: Oxford University Press, 1998), 69 – 71, 260.

[19] Bertrand Russell, *The Problem of China* (London: G. Allen Unwin, 1922), 75.

[20] Franck, *Northern China*, 105 – 106; *Southern China*, 1.

[21] Isabella L. Bird, *The Golden Chersonese And the Way Thither* [1883] (Reprint, Kuala Lumpur: Oxford University Press, 1967), 30, 92; Elizabeth Kendall, *A Wayfarer in China: Impressions of a Trip across West China and Mongolia* (Boston and New York: Houghton Mifflin, 1913), viii.

[22] Helen Carr, "Modernism and Travel," in *The Cambridge Companion to Travel Writing*, eds. Peter Hulme and Tim Youngs (Cambridge: Cambridge University Press, 2002), 70 – 86.

[23] 如可参见 Roderick Nash, *The Nervous Generation: American Thought, 1970 – 1930* (Chicago: Rand McNally and Co., 1970); David J. Goldberg, *Discontented America: the United States in the 1920s* (Baltimore: Johns Hopkins University Press, 1999); Lynn Dumenil, *The Modern*

Temper: American Culture and Society in the 1920s (New York: Hill and Wang, 1995).

[24] Franck, *Northern China*, 82ff, 164, 398 - 399; *Southern China*, 169, 591.

[25] Franck, *Southern China*, ix, 146, 382; *Northern China*, 449.

[26] Mary Louise Pratt, *Imperial Eyes: Travel Writing and Transculturation* (London and New York: Routledge, 1992), 64, 75; Mills, *Discourses*, 73 - 75.

[27] Peter Fleming, *One's Company: a Journey to China* (New York: Charles Scribners' Sons, 1934); Harold Speakman, *Beyond Shanghai* (New York: Abingdon Press, 1922); Edgar Snow, *Red Star Over China* (New York: Random House, 1938); Graham Peck, *Two Kinds of Time* (Boston: Houghton Mifflin, 1950). 关于旅行作家斯诺的论述,参见"*Truthful Impression*", 133 - 142; Clifford, "White China, Red China: Lighting out for the Territory with Edgar Snow", *New England Review*, xviii, no. 2 (Spring, 1997), 103 - 111.

[28] Franck, *Northern China*, 244.

[29] Franck, *Northern China*, 235, 165; *Southern China*, 31 - 32, 279; John Dewey and Alice Chipman Dewey, ed. Evelyn Dewey, *Letters from China and Japan* (New York: E. P. Dutton, 1920), 183.

[30] Franck, *Northern China*, 286, 401.

[31] Clifford, "*Truthful Impression*", 73 - 75; Russell, *Problem of China*, 167.

[32] Franck, *Southern China*, 623 - 624; *Northern China*, 372.

[33] J. R. Wallace, review of *Southern China*, *The Independent* (Boston, October 31, 1925), 507, 512.《穿越中国南方》是该评论的题目。

[34] Japanese Government Railways, *Guide to China With Land and Sea Routes Between the American and European Continents*, 2nd ed. (Tokyo: n. p., 1924).

[35] *Saturday Review of Literature*（January 16，1926），501.

[36] Franck，*Northern China*，201.

[37] Franck，*Vagabond Journey*，457.

[38] Franck，*Southern China*，292.

[39] Franck，*Northern China*，261.

[40] Franck，*Southern China*，266-268，274，294.

[41] "East and West Clash Anew at Shanghai," *New York Times*，June 14，1925，sec. xx，p. 5；"Harry A. Franck：Wandering in China and Japan"（宣传手册）.

[42] Franck，*Southern China*，51.

[43] Pemble，*Mediterranean Passion*，274.

[44] Joseph Warren Beach，"The Naive Style," *American Speech* I（August 1926）：576-583.

[45] Harry A. Franck，*East of Siam: Ramblings in the Five Divisions of French Indo-China*.（New York：The Century Company，1926），viii.

十一　战地行纪：奥登、衣修伍德和燕卜荪的中国之旅

[1] W. H. Auden and Christopher Isherwood，*Journey to a War*（London：Faber and Faber，1939），20. 后续文中不时以插入语方式引用《战地行纪》相关描述。

[2] Valentine Cunningham，*British Writers of the Thirties*（Oxford：Oxford University Press，1988），349.

[3] Samuel Hynes，*The Auden Generation: Literature and Politics in England in the 1930s*（London：Faber and Faber，1976），229.

[4] Martha Gellhorn，*The Face of War*（London：Granta Books，1988），15.

[5] Hynes，341.

[6] Evelyn Waugh，"Spectator," March 24，1939 in *W. H. Auden: The Critical Heritage*，ed. John Haffenden（New York and London：Routledge

and Kegan Paul, 1983), 289–291.

[7] Randall Swingler, "Daily Worker," March 29, 1939, in *W. H. Auden: The Critical Heritage*, 291.

[8] Paul Fussell, *Abroad* (New York and Oxford: Oxford University Press, 1980), 219–220.

[9] Cunningham, 391.

[10] 参见 Douglas Kerr, "*Journey to a War*: 'A Test for Men from Europe'," in *W. H. Auden: A Legacy*, ed. David Garrett Izzo (West Cornwall, CT: Locust Hill Press, 2002), 275–296; Tim Youngs, "Auden's Travel Writings," in *The Cambridge Companion to W. H. Auden*, ed. Stan Smith (Cambridge: Cambridge University Press, 2004), 68–81; Maureen Moynagh, "Revolutionary Drag in Auden and Isherwood's *Journey to a War*," *Studies in Travel Literature* 8 (2004): 125–148.

[11] "Evelyn Waugh on a Pantomime Appearance, Mr. Isherwood and Friend," March 24, 1939, in W. H. Auden: *The Critical Heritage*, 289.

[12] Youngs, 71.

[13] Christopher Isherwood, *Christopher and His Kind* (London: Methuen, 1976), 289.

[14] 在其撰于1939年8月31日的日记中,作者写道:"我几乎每天都迫使自己坚持关于中国之行的创作",Christopher Isherwood, *Down There on a Visit* (London: New Signet Modern Classics, 1974), 133.

[15] Joanna Bourke, *The Second World War: A People's History* (Oxford: Oxford University Press, 2001), 3–4.

[16] John K. Fairbank and Albert Feuerwerker, eds., *The Cambridge History of China, Volume 13: Republican China 1912–1949, Part 2* (Cambridge: Cambridge University Press, 1986), 547.

[17] 引述自创作于1939年的原文,原因在于《战地行纪》1973年版修订幅度较大,该版本行文顺序亦作了重新调整,削弱及稀释了原文蕴藏的

力量。

[18] W. H. Auden and Louis MacNeice, *Letters from Iceland* (London：Faber and Faber, 1937), 227.

[19] Kerr, 278.

[20] John Fuller, *W. H. Auden: A Commentary* (London：Faber and Faber, 1998), 235.

[21] 参见 Moynagh, 125-148.

[22] 顾德诺相较两位作家而言，更强调"诗歌与散文作为创作媒介的区别"，并认为"衣修伍德参考奥登的（散文）旅行笔记及其自身旅行见闻，来创作《旅行日记》，而奥登则时刻准备将朋友的观点乃至论述融入诗歌段落之中，并因此闻名"，292.

[23] W. H. Auden and Christopher Isherwood, *Journey to a War* (London：Faber and Faber, rev. ed., 1973), 8.

[24] William Empson to John Hayward, May 23, 1938, *William Empson: Volume One: Among the Mandarins*, ed. John Haffenden (Oxford：Oxford University Press, 2005), 483.

[25] 奥登在其为修订版《战地行纪》创作的引言"Second Thoughts"中说，他"讶异地发现他原先创作十四行诗竟如此随意"，而他"修订早前的创作从未像这番如此大幅度地修订诗作"，*Journey to a War* (rev. ed., 1973), 7.

[26] 此画与罗伯特·卡帕颇具英雄主义的照片（摘自下图）中关于"Chinese Defender"的记录形成鲜明对比，后者见于1938年5月的 *Life* 封面。

[27] Geoffrey Grigson 对其进行了评述，并认为衣修伍德的散文作品相较于奥登的诗而言，"道德伦理方面的厚重感及温润感相对较弱"，但他同时也认为"用照片、地图及战争故事的方式创作出来的诗作是一桩好事，"因为它将被"可能原本不会购置另一本单独成册的书中的人们所阅读"，收录于 W. H. Auden：*The Critical Heritage* (1983), 296.

[28] *The Cambridge History of China, Volume 13: Republican China 1912-1949*, Part 2, 552.

[29] Kerr，294.

[30] Empson 于 1939 年 5 月 23 日致 John Hayward 的信，收录于 *William Empson: Volume 1: Among the Mandarins*, ed. John Haffenden (Oxford: Oxford University Press, 2005), 483.

[31] William Empson, *The Complete Poems*, ed. John Haffenden (London: Penguin, 2000), 91–98.

[32] 参见 Edward Mendelson, *Early Auden* (London: Faber and Faber, 1981), 360–361.

[33] Christopher Isherwood, *Diaries: Volume One: 1939–1960*, ed. Katherine Bucknell (London: Methuen, 1996), 6.

[34] 同上。

十二 艾格尼丝·史沫特莱：同路人的故事

[1] Janice R. MacKinnon and Stephen R. MacKinnon, *Agnes Smedley: The Life and Times of an American Radical* (Berkeley: University of California Press, 1988), 338.

[2] Agnes Smedley, *Daughter of Earth*, 1929, Afterword by Paul Lauter (New York: Feminist Press, 1973)。

[3] Wilfred Owen, *The Complete Poems and Fragments*, ed. Jon Stallworthy (London: Chatto and Windus, Hogarth Press, and Oxford University Press, 1983), 535.

[4] T. S. Eliot, *The Complete Poems and Plays of T. S. Eliot* (London: Faber, 1969), 125.

[5] Agnes Smedley, *Battle Hymn of China* (London: Gollancz, 1944), 10.

[6] 1938 年，奥登在其中国之旅中写下了这首诗："也许发烧应该得到治疗，真正的旅程应该有终点/心在那里相遇，那里是真正真实的……" W. H. Auden and Christopher Isherwood, *Journey to a War* (London: Faber and Faber, 1939), 17–18.

[7] Agnes Smedley, *China Fights Back: An American Woman with the Eighth Route Army*, Left Book Club Edition (London: Gollancz, 1938), 34.

[8] 那年早些时候,史沫特莱的朋友埃德加·斯诺(Edgar Snow)访问了陕北革命根据地,那里是红军长征后重新集结的地方。斯诺对毛泽东的大量采访构成了其著作《红星照耀中国》(*Red Star over China*)(London: Gollancz, 1937)的主要内容,这是第一本向西方读者介绍中国共产党的书。第二年,高兰兹(Gollancz)再版该著作左书俱乐部(Left Book Club)版。

[9] Auden and Isherwood, 50. 奥登和衣修伍德在汉口遇到了史沫特莱。"她冷酷、乖戾、充满激情,你不可能不喜欢她,不尊敬她,"衣修伍德说。"他(她)坐在火炉前,缩成一团,仿佛世界上所有的苦难和不公都像风湿病一样折磨着她。"(第60页)

[10] 引自麦金农(MacKinnon)的信,第209页。在这出戏的最后一幕,肖家的房子遭到了空炸。"你听到爆炸声了吗?"戏中角色说。"还有来自天空的声音:如此美妙,就像管弦乐队,就像贝多芬。" George Bernard Shaw, *Heartbreak House*, 1919 (Harmondsworth: Penguin, 2000), 158. 史沫特莱也许没看过《心碎之屋》(Heartbreak House)的表演,但她知道萧伯纳是一个社会主义作家。

[11] MacKinnon, 212.

[12] "共和国战歌"("The Battle Hymn of the Republic")引自《中国战歌》第143页。

[13] 虽然史沫特莱对强加给她的外国专家的角色感到不舒服,但在早些时候,她发现自己不得不解释地球是圆的,钢琴是什么,为什么美国工人没有红军(《中国战歌》,第232—233页)。参观者不仅要收集信息,还被期待表演节目。埃德加·斯诺(Edgar Snow)回忆起在一个叫"保安"的地方为部队表演歌舞杂耍歌曲《飞人》(the Man on the Flying Trapeze)的情景。(《红星照耀中国》[*Red Star over China*],第117页)

[14] "回顾西班牙战争"("Looking Back on the Spanish War")摘自 *The*

Complete Works of George Orwell, ed. Peter Davison (London: Secker and Warburg, 1998),第 13 期,第 497—511 页。奥威尔对亚瑟·凯斯特勒(Arthur Koestler)说,"历史在 1936 年停止了"(第 503 页)。他详细描述了两派信徒所报告的那些截然不同的"事实",并总结道:"这种事情让我感到恐惧,因为它经常给我一种感觉,即客观真理的概念正在从这个世界上消失"(第 504 页)。这篇文章可能写于 1942 年,对于研究意识形态战争的学习史学的学生来说,这篇文章至关重要。

[15] 史沫特莱的叙述比埃德加·斯诺在其极具影响力的《红星照耀中国》(1937 年)一书中的叙述更具党派色彩。考查有关革命及其领导人的负面报道的用词,例如张戎(Jung Chang)和乔恩·韩礼德(Jon Halliday)在 *Mao: The Untold Story* (London: Cape, 2005) 中的叙述,会同样有趣。

[16] 这次旅行中,陪伴史沫特莱的有五名挑夫、两名护卫、一名男孩、一名翻译和一匹备用马。

[17] 在香港,"欧内斯特·海明威(Ernest Hemingway)突然闯进来,提出用他在最后一次文学胜利中获得的财富招待大家喝酒,还用遥远地方的故事来娱乐我们。"(《中国在反击》,第 361 页)史沫特莱对文学旅行作家的轻蔑似乎超过了一般情况下文学旅行作家对游客的轻蔑。参见 Helen Carr, "Modernism and Travel (1880 - 1940)," in *The Cambridge Companion to Travel Writing*, eds. Peter Hulme and Tim Youngs (Cambridge: Cambridge University Press, 2002), 70 - 86.

[18] Agnes Smedley, *Chinese Destinies: Sketches of Present-Day China* (London: Hurst and Blackett, 1934), 121. 那些被处决者被确认为警察、警察间谍、国民党军官和党员。行刑者没有步枪,所以被判死刑的人被用长刀杀死。"他们应该像狗一样死去,因为他们背叛了工人。"(《中国人的命运》,第 121 页)

[19] 布莱希特 1929/1930 年的著作《所采取的措施》(*The Measures Taken*)有一个类似的主题,但政治形式截然不同。在这部作品中,一个人为中国革命事业所做出的牺牲体现在布莱希特版本的史诗戏剧中,这种形式突出了

自己的技巧,并希望吸引观众去研究和辩论这种行动。Bertolt Brecht, *The Measures Taken and Other Lehrstücke* (London: Eyre Methuen, 1977), 7-34.

[20] Agnes Smedley, *China's Red Army Marches* (London: Lawrence and Wishart, 1936), 91-92.

[21] 把这个准则追溯到班扬(Bunyan)的《罪人受恩记》(*Grace Abounding*)和英国现实主义的清教徒的发源地,并不是太不合时宜。

[22] 参见 Roland Barthes, *Mythologies*, 1957, trans. Annette Lavers (London: Paladin, 1973), 117-174. 该书认为史沫特莱对红军的描述是一个巴尔特式的神话似乎有些荒谬,因为巴尔特将神话定义为"非政治化的言论"(第155页),并希望将革命语言排除在神话之外:"革命语言本身不可能是神话。"(第159页)但是,她对革命的自然化使革命非政治化,因为革命被认为是有机的、不可避免的和无可争辩的。

[23] 史沫特莱好几次悲叹地写到一种中国的主观性,而这种主观性她自己肯定还没有发现。"我永远也不可能完全了解深埋在这些工农心中的中国解放斗争的意义和实质……我渴望那能让我看到他们思想和心灵的火花,想象他们为这场伟大的斗争奋斗的信念,他们为之付出的不仅仅是生命。"(《中国在反击》,第123页)

附录：人名译名对照表

A

Ahok	阿霍克
Amherst	阿美士德
Arendt, Hannah	汉娜·阿伦特
Armstrong, Nancy	南希·阿姆斯特朗
Ashbee, Henry Spencer	亨利·斯宾塞·阿什比
Auden, W. H.	奥登
Augustus	奥古斯图斯

B

Balfour, Henry	亨利·巴尔福
Barnardo	巴纳多
Barr, Pat	帕特·巴尔
Barrie, J. M.	巴利
Barthes, Roland	罗兰·巴特
Baudelaire	波德莱尔
Beach, Joseph Warren	约瑟夫·沃伦·比奇
Beard, Richard	理查德·比尔德
Beeton, Isabella	伊莎贝拉·比顿
Bell, Gertrude	格特鲁德·贝尔

Bewicke, A. E. N.	阿里西亚·比尤伊克(立德夫人闺名,见 Little, Archibald and Alicia)
Bhabha, Homi	芭芭
Bishop, Isabella Bird	伊莎贝拉·伯德·毕晓普(闺名为 Isabella Bird[伊莎贝拉·伯德],另有带中间名 Isabella L. Bird 的写法)
Bishop, John	约翰·毕晓普
Bishop, Peter	彼得·毕晓普
Bird, Henrietta	亨丽埃塔·伯德
Blake, Andrew	安德鲁·布莱克
Booth	布斯
Borges, Jorge Luis	豪尔赫·路易斯·博尔赫斯
Borodin	鲍罗廷
Bowring, John	包令
Brecht	布莱希特
Brillat-Savarin, Jean-Anthèlme	让-安特尔梅·布里拉特·萨瓦林
Bruce, Frederick	弗雷德里克·卜鲁斯
Bruce, James	詹姆斯·卜鲁斯(即第八世额尔金伯爵,又见 Elgin)
Buck, Pearl S.	赛珍珠
Bunyan	班扬
Burton, Richard	理查德·伯顿
Buruma, Ian	伊恩·布鲁马
Butor, Michel	布托尔
Byron	拜伦

C

Campbell, Mary	坎贝尔
Canning	坎宁
Capa, Robert	罗伯特·卡帕
Carlson, Evans	埃文斯·卡尔逊
Carr, Helen	海伦·卡尔
Chang, Elizabeth H.	伊丽莎白·H·张
Chang, Jung	张戎
Charleton	查尔顿
Chattopadhyaya, Virendranath	维连德拉纳什·查托帕迪亚雅
Chen, Yueh-hung	陈月鸿
Clarendon	克拉伦登
Clark, Stephen	史蒂芬·克拉克
Clifford, James	詹姆斯·克利福德
Clifford, Nicholas	尼古拉斯·克利福德
Cobden, Richard	理查德·柯步登
Cochin	柯钦
Coleridge	柯勒律治
Colquhoun, Archibald	柯乐洪
Comte, Auguste	奥古斯特·孔德
Cooke, George Wingrove	柯克
Coolidge, Calvin	卡尔文·柯立芝
Cowling, Maurice	莫瑞斯·考林
Crawfurd, John	约翰·克劳福德
Cumming, Constance Gordon	康斯坦斯·戈登·卡明（有时还写为 Constance F. Gordon Cumming）
Cunningham, Valentine	瓦伦丁·坎宁安

D

Daly, Emily	艾米莉·戴利
Darwin, Charles	查尔斯·达尔文
Davis, John Francis	德庇时
De Quincey	德·昆西
Denby, Jay	杰伊·登比
Derby	德比
Dewey, John	约翰·杜威
Dickens	狄更斯
Disraeli	迪斯雷利
Distant, W. L.	迪斯坦特
Donald, William Henry	威廉·亨利·端纳
Dreiser, Theodore	西奥多·德莱塞
Dryden	德莱顿
Dudgeon, John	德贞
Duncan, James	邓肯

E

Eastman, Lloyd	易劳逸
Elgin	额尔金
Eliot, Charles	义律(1801–1875)
Eliot, Charles	爱理鹗(1862–1931, Sir Charles Norton Edgcumbe)
Eliot, T. S.	艾略特
Elliot	懿律(1784–1863)
Empson, William	威廉·燕卜荪
Enders, Elizabeth	伊丽莎白·恩德斯

Escoffier, Auguste	奥古斯特·埃斯科菲耶

F

Fairbank, J. K.	费正清
Fang, Karen	格伦·方
Fanon, Frantz	法农
Fleming, Peter	傅勒铭
Ford, Henry	亨利·福特
Forman, Ross G.	罗斯·G·福尔曼
Fortune, Robert	福钧
Foster, Shirley	雪莉·福斯特
Foucault, Michel	福柯
Franck, Harry Alverson	哈里·阿尔弗森·弗兰克
Fuller, John	约翰·富勒
Fussell, Paul	保罗·福塞尔

G

Gadamer, Hans-Georg	汉斯-格奥尔格·伽达默尔
Galton, Francis	弗朗西斯·高尔顿
Gaunt, Mary	玛丽·冈特
Gellhorn, Martha	玛莎·盖尔霍恩
Gladstone	格拉司通
Gordon, C. G.	戈登
Grant, Madison	麦迪逊·格兰特
Green	葛林
Gregory, Derek	格里高利
Grey	格雷

H

Halévy, Elie	艾力·阿莱维
Halliday, Jon	乔恩·韩礼德
Hanne, Michael	汉内
Hart, Virgil	赫斐秋
Haughton, Hugh	休·霍顿
Hay, John	海约翰
Hay, Jonathan	乔迅
Haydn	海顿
Hayford, Charles W.	查尔斯·海福德
Hemingway, Ernest	欧内斯特·海明威
Hevia, James	何伟亚
Himmelfarb, Gertrude	格特鲁德·希梅尔法布
Ho, Elaine Yee Lin	何漪涟
Horsburgh	霍士保
Hughes, Charles Evans	查尔斯·埃文斯·休斯
Hunt, James	詹姆斯·航特
Huskisson	赫斯基森
Huxley, T. H.	赫胥黎
Hynes, Samuel	塞缪尔·海因斯

I

Isaacs, Harold	伊罗生
Isherwood, Christopher	克里斯托弗·衣修伍德

J

James, Henry	亨利·詹姆斯

K

Kemp, Elizabeth	伊丽莎白·肯普
Kendall, Elizabeth	伊丽莎白·肯德尔
Kerr, Douglas	顾德诺
Koestler, Arthur	亚瑟·凯斯特勒
Kuehn, Julia	茱莉娅·库恩

L

Lacan, Jacques	拉康
LaMotte, Ellen	艾伦·拉莫泰
Latta, Rachel	雷切尔·拉塔
Leask, Nigel	奈杰尔·利斯克
Legge, James	理雅各
Leitner, G. W.	莱特纳
Little, Archibald and Alicia	立德夫妇[阿奇博尔德·立德/艾丽西亚·立德]
Liu, Lydia H.	刘禾
Livy	李维
Lugard, Edward	爱德华·卢格德
Lugard, Flora	弗洛拉·卢格德
Lugard, Frederick	弗雷德里克·卢格德

M

MaCartney	马戛尔尼
MacDonald, Claude M.	克劳德·麦克唐纳
MacKinnon	麦金农
MacNeice	麦克尼斯

Mann, Thomas	托马斯·曼
Marcus, George	马尔库斯
Margalit, Avishai	阿维夏伊·玛格利特
Martineau, Harriet	哈里特·马蒂诺
Mayhew	梅修
Medhurst, Walter H.	麦都思
Meldola, Ralph	拉尔夫·梅尔多拉
Michaels, Walter Benn	沃特·本恩·迈克尔斯
Mill, John Stuart	约翰·斯图尔特·密尔
Mills, Sara	萨拉·米尔斯
Mitchell, Charlotte	夏洛特·米切尔
Montagu, Mary Wortley	玛丽·沃特利·蒙塔古
Morgan, Susan	苏珊·摩根
Morrison	莫里森
Morrison, George	莫理循
Morrison, Robert	罗伯特·马礼逊
Moynagh, Maureen	莫琳·莫纳
Murray, John	约翰·默里

N

Napier, William John	律劳卑
Newsinger, John	约翰·纽辛格
Norris	诺里斯
Nutting, Wallace	华莱士·纳廷

O

Ogden	奥格登

Orwell, George　　　　　　乔治·奥威尔
Owen, Wilfred　　　　　　维尔浮莱德·欧文

P

Palmerston　　　　　　帕默斯顿
Parkes, Harry　　　　　　巴夏礼
Parnell, Henry　　　　　　亨利·帕内尔
Peck, Graham　　　　　　格雷厄姆·佩克
Pemble, John　　　　　　约翰·彭布尔
Pitt-Rivers, Augustus　　　　奥古斯·皮特·利弗斯
Pitt, William (the Younger)　小威廉·皮特
Pound, Ezra　　　　　　埃兹拉·庞德
Prasch, Thomas　　　　　托马斯·普拉施
Pratt, Mary　　　　　　玛丽·普拉特(带中间名为：Mary Louise Pratt[玛丽·路易斯·普拉特])
Pruen (Mrs.)　　　　　　潘惠廉夫人
Purcell, Victor　　　　　维克托·伯塞尔

Q

Quezon, Manuel　　　　　曼努埃尔·奎松

R

Raffles, Stanford　　　　　斯坦福·莱佛士
Read, C. H.　　　　　　里德
Richard, Thomas　　　　　托马斯·理查德
Rilke　　　　　　　　　里尔克
Robinson　　　　　　　罗宾逊

Rockefeller	洛克菲勒
Rowntree	郎特瑞
Ruskin	拉斯金
Russell, Bertrand	伯特兰·罗素
Russell, William Howard	威廉·霍华德·拉塞尔
Ryan, James R.	詹姆斯·R·里安

S

Said, Edward	爱德华·萨义德
Salisbury	索尔兹伯里
Sanger, Margaret	山额夫人
Sassoon, Siegfried	西格夫里·萨松
Schweizer, Bernard	贝尔纳·史威哲
Scidmore, Eliza	伊莱莎·西德莫尔
Seeley, J. R.	西利
Seton, Grace	格蕾丝·西登
Shaw, Flora	弗洛拉·肖
Shaw, George Bernard	萧伯纳
Shih Shu-mei	史书美
Smedley, Agnes	艾格妮丝·史沫特莱
Smith, Adolphe	阿道夫·史密斯
Smith, Arthur H.	明恩溥
Snodgrass, Judith	朱迪思·斯诺德格拉斯
Snow, Edgar	埃德加·斯诺
Soyer, Alexis	亚历克西斯·索耶
Speakman, Harold	哈罗德·斯派克曼
Spivak, Gayatri	斯皮瓦克

Staunton, George Thomas	斯当东
Stoddard, Lothrop	洛思罗普·斯托达德
Swinger, Randall	兰德尔·斯温格

T

Talbot, Henry Fox	亨利·福克斯·陶博特
Talib, Ismail	伊斯梅尔·塔利布
Taylor, Annie	安妮·泰勒
Taylor, Hudson	戴德生
Tennyson	丁尼森
Thomson, John	约翰·汤姆森
Thurin, Susan	苏珊·图林（带中间名为：Susan Schoenbauer Thurin［苏珊·肖恩鲍尔·图林］）
Tidman	蒂德曼
Tong, Q. S.	童庆生
Trollope	特罗洛普
Trotter, David	大卫·特罗特
Tylor, E. B.	泰勒

V

Venn, Couze	库兹·维恩
Verne, Jules	儒勒·凡尔纳
Villiers	维利尔斯

W

Wagner, Tamara S.	塔玛拉·S·瓦格纳

Waley, Arthur	亚瑟·威利
Wallace, Alfred Russel	阿尔弗雷德·拉塞尔·华莱士
Walls, Andrew	安德鲁·华尔斯
Waugh, Evelyn	伊夫林·沃
Webb, Beatrice	比阿特丽斯·韦伯
Webb, Sidney	西德尼·韦伯
White, Stephen	斯蒂芬·怀特
Wilbur, Martin	韦慕庭
Wilde, Oscar	奥斯卡·王尔德
Williams, S. Wells	卫三畏

Y

Yeats	叶芝
Youngs, Tim	蒂姆·扬斯

译后记

19世纪以来,随着西方的殖民扩张,大批英美人士涉足中国,留下了数量可观的各类游记。本书选择其中的重要人物和代表性著作进行了深入研究,从一个特别有意义的视角展示了自第一次鸦片战争到中华人民共和国建立这百年中中国方方面面所发生的深刻和痛苦的变化。西方旅行者是这些变化的见证人,同时也部分地参与了这些变化。历史需要不断回顾,温故才能知新,才能更好地总结经验教训,把握未来,对于今天日益强大的中国来说更是如此。

本书的第二个意义是可以为国内学界提供游记研究的重要参考。作为一种写作形式,游记凸显了与异域风景和文化的碰撞与交汇,近年来备受西方学界关注,吸引了来自文学、历史、人类学、地理学、社会学等领域的众多学者,日益成为跨学科研究的一块沃土。本书以中国游记为考察对象,对于其中的帝国之眼、文化嫁接、性别政治、游牧主义,以及旅行书写的混杂性、虚构与事实的双栖性都有精彩的论述,非常具有启发性。

对于本书的译者们来说,更大的意义也许是面对疫情此起彼伏时的精诚合作。本书的主体是十二篇相对独立的论文,出自不同的作者,行文和体例不完全相同。2021年我们难以线下聚首,只能不断通过网络协商讨论,反复修改,在尽量尊重原文的前提下力求语言和格式的统一。这本译著可以算是一份共同抗疫、学术抗疫的文字记录。

本书翻译分工如下:导论(顾钧,北京外国语大学);第一章(管宇,中国社会科学院大学);第二章(陶欣尤,对外经济贸易大学);第三章(阮诗芸,北京大学);第四章(葛文峰,淮北师范大学);第五章(李俊灵,北京外国语大学);第六章(江莉,上海师范大学);第七章(程熙旭,北京外国语大学);第八章(蒋雯燕,海军工程大学);第九章(邵霞,商洛学院);第十章(季淑凤,淮北师范大学);第十一章(黄子安,北京外国语大学);第十二章(高莎,北京语言大学)。全书由顾钧、程熙旭统稿。

感谢上海教育出版社李声凤博士在翻译、修改、出版过程中的大力协助和多方关照。

2022年春上海疫情使本来有序的出版进程被迫中断了一段时间,所谓好事多磨,也增添了我们对于学术的执着和文本以外世界的理解。

顾钧　程熙旭
2022年6月10日

图书在版编目（CIP）数据

西方旅行者的中国书写：1840—1940 /（英）顾德诺，
（英）茱莉亚·库恩编；顾钧等译. — 上海：上海教育
出版社，2023.4
 （相遇）
 ISBN 978-7-5720-1878-7

Ⅰ.①西… Ⅱ.①顾…②茱…③顾… Ⅲ.①游记
－作品集－英国－现代 Ⅳ.①K928.9

中国国家版本馆CIP数据核字(2023)第063023号

A Century of Travels in China: Critical Essays on Travel Writing from the 1840s to the 1940s
Copyright©Hong Kong University Press
All rights reserved. No portion of this publication may be reproduced or transmitted in any form or by any means, electronic or mechanical, including photocopy, recording, or any information storage or retrieval system, without prior permission in writing from the publisher.

The simplified Chinese translation rights arranged through Rightol Media
（本书中文简体版权经由锐拓传媒取得 Email:copyright@rightol.com）

责任编辑　李声凤
美术编辑　蒋　妤
设 计 者　梁依宁

相遇
西方旅行者的中国书写：1840—1940
[英] 顾德诺　[英] 茱莉亚·库恩　编
顾　钧　等译

出版发行	上海教育出版社有限公司
官　网	www.seph.com.cn
地　址	上海市闵行区号景路159弄C座
邮　编	201101
印　刷	上海盛通时代印刷有限公司
开　本	635×965　1/16　印张 20
字　数	250 千字
版　次	2023年4月第1版
印　次	2023年4月第1次印刷
书　号	ISBN 978-7-5720-1878-7/K·0020
定　价	68.00 元

如发现质量问题，读者可向本社调换　电话：021-64373213